U0133276

丛书主编　缪合林

新世纪南京发展论丛

社会大分化
——南京市社会分层研究报告

主　编　朱　力　陈　如
副主编　张　曙　施自力

南京大学出版社

《新世纪南京发展论丛》序

罗志林

　　发展是当代世界的主题,特别是当代中国的主题。"发展"到底是什么? 在新的历史条件下,以胡锦涛为总书记的党中央,从实现经济社会快速平稳协调发展出发,提出了坚持以人为本,全面、协调和可持续发展的科学发展观。这一理论为解决什么是真正的发展、发展是为了什么,以及如何更好地发展等重大问题,提供了科学的指导。发展绝不是基于历史惯性向前的运动,而应该有着明确的目标指向,发展应该谋求相关方面的全面发展,最终实现人本身的发展;在信息化时代到来以后,发展理应被理解为不仅是实现工业化的过程,而且包括工业化之后的信息化过程,以及在工业化和信息化基础上所发生的社会转型;发展是政治、经济、文化互动协调的过程,是一个循序渐进的过程;同时,发展还要从哲学层面来审视人与自然、经济社会发展与环境生态支持能力的关系,要反思当代经济社会发展所面临的困境,构想合理的发展观念和发展前景,实施可持续发展战略,走生产发展、生活富裕、生态良好的文明发展道路。在这样的发展观里,我们要特别强调人的全面的发展,它已经成为社会发展的前提、尺度和标志。

　　身居南京,我想到一个人们常用的旨在说明历史演进与发展的俗语："长江后浪推前浪"！万里长江蜿蜒到此准备着以雄浑的气魄与大海会聚，涌起更激越的时代大潮。这座拥有深厚文化底蕴，扎实经济基础和明显区位优势的新世纪滨江城市在它发展的历史进程中将有怎样的作为，我们又何止只是拭目以待，我们必须为她构思一个高可攀登远可达至的发展蓝图，并为此务实进取，孜孜以求。

率先全面建设小康社会，率先基本实现现代化，努力创建"三个文明"协调发展特色区域，是党中央对江苏等东部沿海地区人民的嘱托和期待，也是南京贯彻落实"三个代表"重要思想和党的十六大的战略部署，推进新一轮大发展的重要目标定位。在这个机遇和挑战并存的时代，我们首先要有与世界多极化、经济全球化相适应的发展视野。南京的区域定位不仅仅是江苏的省会城市，还必须建立"长江三角洲重要一角"的区位意识；南京所面临的竞争不仅有国内、省内城市的竞争，而且有来自世界其他城市的竞争；就发展的产业和产品而言，竞争的重点已不再是数量，而是产品的质量、技术的创新和升级等。同时，我们在全面建设小康社会的征途中，不仅要关注主要从经济学视角提出的一些硬指标，更要关注广泛而弹性大的社会学指标。如南京的城市化进程中如何做到农村人口不仅是身份的转变更重要的还有生产生活方式和生活价值观念的转型；南京如何加快培育中等收入阶层，形成"橄榄型"的现代化社会阶层结构；南京如何开发和利用丰厚的文化积淀，吸收和开创优秀的当代文化，并在融合中形成既具有鲜明的地方特色，又有宽阔视野的开放型文化体系，让智慧在这里生长，观念在这里更新，全面提高居民生活质量的同时也为形成新的经济增长极创造好的氛围和强大的文化推动力。还有就是农民问题，就目前的发展现状而言，农民问题是全面建设小康和实现现代化最需核心攻关的难题。南京需要面向未来，认真研究小康建设的新思路和新措施，继续推进农业和农村经济结构的调整，要抓住实现地区协调发展、缩小城乡差别的新机遇，用与时俱进的创新理论指导政策和体制创新。南京可以通过自己的努力，从根本上解决滞后的"三农"问题，并在实现自身健康发展的同时，也期望能给其他地域解决这一问题提供一定的参考。而当务之急,南京要树立全省全市一盘棋的思想,在国家宏观调控和经济紧运行的形势下,按照中共南京市委十一届九次全会提出的"破解难题、加快发展,突出特色、全面发展,解放思想、创新发展"的思路,做好"富民强市"这篇大文章,在保证中央宏观调控的统一性、权威性和有效性的前提下,以科学发展观为指导,积极应对宏观环境出现的新变化,积极探索加快发展的新途径。

确实的,思考和解决这些乃至更多的问题,是我们各级党委、政府和有关部门以及广大社科工作者肩负的重大历史使命。南京优厚的人力资源,是这个城市在新世纪腾飞的最重要的力量源泉之一。我欣喜地看到一套旨在总结、研究、探索南京发展,为南京的发展提供理论支撑和智力支持的系列丛书——《新世纪南京发展论丛》,几年来陆续出了第一辑(共9册)、第二辑(共6册),产生了良好的社会效益。今天,我为《新世纪南京发展论丛》第三辑的出版感到兴奋。这套丛书又一次凝聚了南京市社科院以及南京地区社科理论工作者的智慧和心血。他们考察现实,剖析市情,立足各学科理论前沿,紧密联系南京当前发展实际,在感和悟之间为读者指点迷津。既有问题意识,又有必要的理论分析和总结。我期待有更多的人通过这套丛书了解和关注南京的建设和发展,并且特别希望政府决策部门的同志多关注这样的社科研究成果,"并天下之谋、兼天下之智",确保每一项决策都具备科学性和前瞻性,为南京探索出一条跨越式的甚至是超常规的发展之路。

（作者系中共南京市委副书记）

目　录

作者名单

南京市科技局 2003～2004 年度
重点软科学课题

"现代化进程中的南京社会阶层
结构变动研究"课题组

首席顾问　朱　力

组　　长　陈　如
副 组 长　张　曙　施自力
成　　员　（按姓氏笔画为序）
　　　　　王宇红　王振卯　邓燕华
　　　　　朱考金　许益军　沈　艳
　　　　　张　超　董淑芬

序　言

　　今年,我参加了两次印象深刻的聚会。一次是毕业 36 年的小学同学聚会,还有一次是毕业 30 年的中学同学聚会。参加聚会后的一个最大感慨,就是原本同一起点的同学,在人生之旅上的距离越拉越大。当年一同嬉戏的同学,今天各人的社会身份出现了巨大的差异,有的成了政府的高官,有的成了控制上百亿资产的国企老总,有的成了拥有数千万资产的商人,有的成了学者名医,而有的同学已经退休,甚至失业下岗。记得当时在班级活动上谈理想,每一个同学都希望有一个美好的人生。现在看来,有些人实现了自己理想,也有许多人没有实现自己理想。我想,是什么原因导致当年相似的同学今天产生了如此巨大的差距? 从个体的角度讲,有家庭资源的因素、有个人勤奋努力的因素、有机遇的因素。其中,最重要的还是个人勤奋的因素,从有"出息"的同学讲,一般是在 20 世纪的 70 年代末进入过高等学府,受过高等教育,使他们的人力资本提升,在进入市场经济后的竞争社会中能够有实力有能力参与竞争,在事业上有所成就,攀登到社会的上层。可以说,是青春期大量汗水的投入,才有了中年期事业的丰厚回报。少壮真努力,老大无悲伤,这是人生的至理名言。但个体的因素还不足以概括所有同学今天的变化,还有更加重要的因素,就是社会阶层结构变动的宏观背景。如果没有改革开放后整个社会结构出现的巨大变化,它为每个人的发展开创出巨大的社会空间的话,社会阶层结构还会按照原有的惯性向前滑动,狭窄的、无弹性的社会阶层结构的空间会约束人们的活动,同学之间的地位变化的差距也不会有现在这么大。我感到,同学之间的角色与社会地位的变化,正是我国社会阶层结构变化的一个生动的缩影与写照。

社会阶层结构是一种社会事实,它在个人之外却又控制着个人的行动。大多数人在大多数时间里,都在遵循着社会阶层结构早已为他们安排好了的社会行为模式进行活动。社会阶层结构把人们捆绑在由经济、政治、社会资源建立起来的社会位置上,人们依附于社会阶层结构所编织的社会关系的网络上,社会网络又把人们拴在阶层、初级群体和正式组织的社会结构中。虽然个人永远有一种在特殊情境中如何行动的自主选择,但这种选择在客观上是由社会阶层结构模式决定和安排的。社会生活中的人们无法摆脱制约着他的社会阶层结构。因此,了解社会阶层结构就是使我们知道自己在社会中的位置,更好把握个人发展的机会。

平时,我们对身边的人的社会阶层差异的感觉并不明显,这种差异好像一个自然的阶梯。但是,将处于社会阶梯两端的人的地位相比较时,我们会猛然发现,处于社会阶梯顶端的人的位置与处于社会阶梯底端的人的位置的差距是如此之大,而且,这种社会地位分化并没有停止的迹象。作为一个渺小的个体只能无助地望着这种分化在继续。不管这个个体感到的是多么的不应该,多么的不公平,因处于劣势地位而发出愤怒的呐喊。但社会仿佛像一架巨大的高速运转的机器,对旁边呐喊的人置之不理,继续高速运转着。这就是今天我们社会阶层分化的真实的现状。

改革开放以来,市场经济以其巨大的力量在 20 多年间重新勾勒出了一个新的社会阶层的轮廓。在市场经济的牵动下,社会产生了全方位的、整体性的变化:社会的运行机制变了,社会的制度系统变了,社会的关系性质变了(经济关系、政治关系、社会关系),社会的生活方式变了,社会的价值系统变了,社会的控制保障系统变了,社会的利益格局变了,而社会各种因素变迁的结果,最终引发的是社会阶层结构的重新建构。在社会结构的变动中,任何人都无法躲避这种变化,无论你是主动地适应还是被动地迁就,个人不由自主地随着社会结构的变动而变化。新的富裕者阶层在日益增加,新的中产阶层

在大量产生,但新的贫困者阶层也同时在产生着。这就是我国当下
的一幅复杂的、色彩斑斓的社会结构的图景。社会阶层分化现象不
仅是社会的劳动分工的表现形式,更是建立在新的市场运行机制和
规范、制度上的比较稳定的、逐步制度化的一种社会阶层分化体系。
按照现有的社会运行机制与制度的框架,社会阶层结构演化趋势有
下述几个方面值得注意:

(1) 社会分层的标准有简化的趋势,劳动分工与职业成为判别
阶层身份的主要标准。马克思提出了阶级划分的标准是生产资料的
占有,韦伯提出了阶层划分的标准是经济上的财富、政治上的权力、
社会上的声望。美国吉尔伯特等学者经过系统地总结,提出了测量
阶层的九个基本变量:经济变量有职业、收入和财产;地位变量有个
人声望、交往和社会化;政治变量有权力和阶级意识;还有一个特殊
的因素就是继承与流动[1]。这些分层的因素在社会阶层结构分化
中都可以作为衡量的标准。学术界对阶层的划分的标准不同,以综
合标准为主,但对普通的社会成员来说,日常生活中要识别其他人的
身份和地位,不需要复杂的、严格的研究方法,只需要一种显现的、易
于判别的标志,因而以职业为标准的区分越来越成为经验生活中一
种主要的、简便的、普遍的区分方法。因为我国现阶段社会成员的主
要差别外显的标志是源自于社会分工基础上的行业差别或职业差
别。尽管职业差别并不是社会阶层差别的本质,但却是一个外显的
标志,基于市场经济的社会分工基础上的职业的不同,意味着占有资
源的不同、资源交换形式的不同、交换收益的不同,职业成为分层的
关键性因素和指标。从社会讲,社会分工决定了不同利益群体间劳
动方式、分配方式、社会功能、社会地位方面的差别;从个人讲,职业
是社会成员获得利益的主要来源,职业位置往往决定一个人的经济
收入、社会声望、生活方式、思想观念及各种社会关系,当前人们的各

3

---

〔1〕 丹尼斯·吉尔伯特、约瑟夫·A·卡尔:《美国阶级结构》,中国社会科学出版
社,1992年,第16~19页。

方面差别主要由不同职业及其位置差别所决定的。某些适应市场经济的行业、职业,如私营企业、个体工商户、外资企业等从业者,其经营效果直接与投入有关。某些垄断性行业,如银行、电讯、电力、石化等行业,对所控制的资源有着垄断的特性,因而自然地处于竞争的优势,处于这个行业中的人享有较高的分配收入。这些行业、职业之间的分配似乎与投入没有关系,出现了不同行业与职业之间多劳不一定多得,少劳也不一定少得,要素的投入极难与报酬对等的怪现象。各个行业、职业之间的报酬指数相差太大。在今后一段时期内,行业成为群体地位划分、职业成为个人地位划分的简约化的标准。

(2) 社会分化的结果产生更大的社会差别。市场经济的"马太效应"更加明显,两极分化的社会已经来临。由于市场竞争机制的作用,其优势积累与劣势凝固的"马太效应"十分明显[1]。在市场竞争中,强者具有权力、资金、能力、关系等资源,一旦第一步领先,便步步领先,处于优势积累的地位,而且这种优势具有滚雪球的放大效应。处于市场中的竞争优胜者,不仅经济资源向他们身上集中,而且政治资源与社会资源也开始向他们身上集中。人们对他们原始积累时期的"原罪"淡化,面对他们暴富的现实也无可奈何。而对贫困者群体而言,权力、金钱、关系、能力都属于稀缺的资源,他们改变处境的机会也很少。一步落后,往往是步步落后,在经济资源贫乏的同时,也丧失了政治资源与社会声望,甚至话语权,难以追赶上优胜者,始终处于竞争中的弱势地位,他们仅仅依靠自己的力量是无法摆脱困境的。"马太效应"是市场经济运行机制正负功能的集中体现,说明了市场运行机制的本质是自发地倾向于效率,承认鼓励强者,自发地不承认和排斥弱者。按照市场经济自身的逻辑,这种竞争导致的分化

---

〔1〕 参见《圣经》中的《新约·马太福音篇》,第13节。"耶稣回答说:'因为天国的奥秘,只叫你们知道。凡有的,还要给他,叫他有余;凡没有的,连他所有也要夺去。'"原来意指对教义的学习、领悟问题,现在被泛化为对物质的占有现象。通常指按照市场经济的逻辑力量会将起点的不平等在竞争中不断地放大。

会不断地持续下去,原有的事实上的差别(不平等)因素,无论是个人自然的因素,还是社会体制性的因素,在市场的竞争机制中都会持续地起作用,这种起点的差别因素随着市场竞争的深入被不断地放大[1],成为更大的不公平。市场经济是一种损益经济,在社会竞争中有成功者,也会有失败者,财富不可能平分到每一个劳动者的手中,总会有所倾斜。按照市场运作的机制发展下去,全体社会成员不断地被分化为不同等级的阶层,阶层金字塔格局的形成及金字塔两端分化的格局是一种必然的趋势。市场经济是我们客观的、历史的选择,也是现实的、无奈的选择。我们必须清醒地认识到,我们难以只要市场经济的正功能而拒绝市场经济的负功能。市场经济就是存在冷酷无情的一面,那种既要市场经济的效率,又要回避市场竞争中的血腥,既要一部分人先富,又要各个阶层平等和心理平衡,只能是一种不切实际的幻想。我们只能在阶层的分化中把弊端尽可能地减少到最低的程度。在今后一段时期,社会公平问题依然是最为重要的社会问题。公平是人类社会生活的最高准则,借此以维持事物和事物之间、人与人之间的和谐关系,"只有用公平来处理人和人之间的关系,才能维持人类社会的正常秩序"[2]。我们改革的理想就是创造一种在机会公平的条件下以收入差距作为体现个人的努力和对社会的贡献的机制,处于高收入层的人们要保持这种优势,低收入层的人们也要缩小这种劣势,但必须是通过自己的努力。显然,这一机制的完善是一个漫长的过程。

(3) 社会阶层的继续分化,将使现有的阶层的轮廓浮现出来,界限日益清晰,社会阶层结构进入相对稳定的时期。尽管由相似的收入、权力、声望、职业、教育等多种因素决定的不同阶层成员有日益趋

5

---

〔1〕 从个体角度讲,客观上各个竞争者的智力、体力、能力等素质有差别,在主观上各人的努力和付出是有差异的。在社会性资源方面,各人据有的社会资源是不同的,有职业、权力、身份、财富、教育等差别。这些差别使人们在竞争的起点、条件上处于不平等。

〔2〕 汤玉奇等:《社会公正论》,中共中央党校出版社,1990年,第1~2页。

同的趋势。但在社会生活中不同的阶层成员是相处于同一个空间，并没有明确的标志。其中有许多因素并不是显现的，能够直观地了解的，人们并不了解一个人的收入、财富状况，而声望、教育等因素更是以一种隐性的形式存在难以把握。但是，随着物质资源的市场化分配，以隐蔽的形式存在的阶层，逐步通过物质化的住宅与文化的行为方式的差异显现出来。例如，通过占据的地理位置、面积等空间的资源，将这种隐蔽的财富、地位的差别显性化了。在城市空间上，由住宅的价格决定的生活区域的区隔化成为一种日益显现的现象，富人住宅区、中产阶级住宅区、低收入住宅区，不同的居住区的界线日益明显。富人的居住空间日益扩大并中心化。穷人的居住空间日益紧缩，并被边缘化。隐性的社会阶层结构的轮廓通过在城市空间区位上的分割显现了出来。从城市的区隔化中，我们可以触摸到不同经济实力与社会地位的阶层在城市地理区位上的社会生态分布。而且各阶层之间的生活方式上具有趋同性，在闲暇生活的消费方式上，已经出现了不同阶层在消费与闲暇生活方式方面的不同取向。例如，中产阶级的品牌商店、轿车、旅游、音乐、网络的消费与闲暇生活方式；劳动阶层的大超市、麻将、歌厅、电视娱乐、广场健身的消费与闲暇生活方式；富裕阶层的异地采购、高级轿车、高尔夫球、国际旅游的消费与闲暇生活方式等，不同阶层之间的生活方式区分日益明显。当急剧变迁的社会结构进入一个相对稳定的时期，进入不同阶层的社会成员地位出现了相对的稳固，基于不同阶层的特殊利益，也会形成某些趋同的初级的阶层意识，诸如政治态度、价值观念、社会心态等，这种精神性的趋同因素会凝固化，并会传递下去。"现代化意味着各种新和旧、现代和传统的群体越来越意识到自己是作为一个群体存在；意识到自己在与其他群体关系中的利益和要求。的确，现代化最显著的特征之一就是在传统社会许多自觉的认同程度和组织程度都很低下的社会势力中产生群体意识、内聚性和组织性。"[1]各阶

---

[1] 塞缪尔·亨廷顿：《变化社会中的政治秩序》，华夏出版社，1988年，第38页。

层成员对自身身份的认同感是不同的,处于中间社会地位的阶层成员对自己所属阶层的认同感相对模糊,而处于社会地位两端的阶层,即处于社会地位高低两端的阶层的成员的认同感将相对清晰。处于社会低层的阶层如农民、农民工、工人、失业人员等阶层,他们一方面处于经济、政治、文化方面的劣势地位,面对地位较高的其他阶层有强烈的差别感和相对剥夺感;另一方面,社会的舆论中存在的某些偏见与社会陋俗中存在的某些歧视,将从外部强化他们的身份与地位的差别,刺激他们非主流社会的身份意识。处于社会高层以上的一些阶层,如高级干部阶层、私营企业主阶层、高级知识分子阶层等"社会的成功者",他们并不一定对所属阶层有强烈的认同感,但其精英意识本身使他们感到与众不同,与普通的社会阶层有清晰的身份区分界限。而大众传媒及社会的舆论也自发地将精英阶层与普通的公众区分开来,从外部强化着他们的精英意识。不同阶层在物质层面与精神层面的区别,随着时间的延续,会形成某种初步的阶层的亚文化与认同意识。并且,新的阶层的传递作用也会显现出来,代际的差别将会成为新的社会结构中的一个新的变量而发酵。

(4)通过正当职业途径和合法收入而进入中产阶层与富裕阶层的人会越来越多。我国现在出现的社会分层的收入不平等后果,来源于分配机制的多元化。分配机制的多元化,又来源于市场机制资源配置的不同形式。比起改革开放前人们单一的工资收入来,社会成员收入渠道变得多元化了,除了有正当的工资收入、奖金福利收入外,出现了经营收入、资产(包括金融资产)收入、兼职收入等,还有不正当的职位收入,甚至非法的越轨性收入。由于市场提供的致富机会的增多,收入渠道的多元化,流动途径的开放,大多数人将依靠自己的本领去获得财富。越来越多的社会成员在经济上依靠正当渠道步入了中产阶级或富裕者阶层。目前我国"中等收入者按职业分有 15.9%,按收入分有 24.6%,按消费分有 35%,按主观认同分有

46.8％，按上述四个标准综合来分有 7.1％"[1]。在市场经济初期，竞争具有资本原始积累时期特有的野蛮性与血腥味，诸多私营企业经营者在创业时期不可避免地依赖于某些越轨手段经营企业。现在，他们中的许多人现在已经完成了原始积累，企业成长到相当的规模，其经营方式与经营手段将迎合现代企业的规范化方式经营，在市场规则允许的范围内进行，而放弃低级的越轨型手段。在社会经济体制、政治体制改革初步到位，过渡时期出现的体制转换中的空当和漏洞逐步减少，依靠体制的空隙而发财的机会日益减少。随着社会整体规范的不断完善，法律法规的健全和实施力度的加大，市场经济有了相对优化的社会环境，市场运作机制自身也在不断成熟，市场竞争规则初步形成，对违法经营者的规范约束的压力加大，从事地下经济的活动的空间受到挤压，非法致富所要支付的成本增大。改革初期较普遍的依靠假冒伪劣、巧取豪夺、贪污腐败、欺行霸市的越轨途径与不法手段致富的人将逐步减少。当然，在富裕阶层的参照下，部分社会成员的挫折心理难以消除，为了达到富裕的目标，采取越轨甚至违法手段致富的行为不会停止。如我国农村存在的部分低素质群体，缺少赖以谋生的手段和本领，以越轨性手段致富的活动仍然会存在。城市中不良青少年群体与部分不良社会成员，在追逐财富的过程中将结为具有黑社会性质的势力，通过团体力量来获取不义之财。社会转型期的高失范效应将随着新的社会秩序结构的定格和新的阶层关系的稳定而有所消解，社会失范将维持在一个相对稳定的水平上。

（5）社会流动的速度将加快，社会阶层结构的弹性空间不断加大。社会分层现象是社会分工条件下产生的人们在经济利益、政治权力、职业声望等方面差别的制度化形式，归根结底反映着人们在资源获得上的差异，以及由此产生的人们在价值观念与社会表现方面

---

〔1〕 汝信等：《2004年：中国社会形势分析与预测》，社会科学文献出版社，2004年，第51～64页。

的差异,这些差异、不平等是各个阶层之间相互沟通的障碍,也是产生社会隔阂和社会冲突的起源。社会阶层结构本质上是一种具有摩擦性的、冲突性的社会结构,化解这种磨擦与冲突的主要途径是社会流动。在我国工业化、城市化这一大背景下,经济发展创造出大量职业岗位,给社会流动提供了社会位置。① 随着生产资料所有制结构的多样性,特别是非公有制经济创造了大量的职业岗位,使社会成员向个体、私营、外资、乡镇等企业职业流动的机会大为增多。与之相关的新的阶层(如私营企业主、个体工商户、"三资"企业的管理者)人员有大幅度增长。② 随着产业结构的调整,传统的第一产业的衰退,第二产业和第三产业快速增长,促进了与之有关的行业的发展,创造出新的就业岗位和诸多"白领"职业。如农民阶层中的新生代将以城市生活为主要目标,大量农民进入城市从事第二、第三产业,并在城市逐步停留下来,成为工人和城市居民,使以往人数最多、地位最低的农民阶层数量不断减少。以"白领"职业为主的中间阶层也以较快的速度增长,如与高科技生产相关的技术、服务人员,与外资企业相关的管理人员,与文化行业相关的自由职业者正在大量产生。[1] ③ 随着教育结构的优化,高等教育由"精英教育"转向普及教育,高等院校招生大量增加,使大量处于社会下层的青少年有了接受高等教育训练的机会,提高了他们流动的能力,能与社会中、上阶层的子女站在同一起跑线上公平竞争,有了更多的向上流动的机会。高等教育普及增加了社会流动的普遍性与均等性。与此同时,随着

9

----

　　〔1〕 "1978 年以来,中国职业结构渐趋高级化。2000 年同 1992 年相比,在职业结构的总量中,低层次职业(生产工人和农业劳动者)的比重下降 8.17 个百分点;而中层职业的比重则增加了 7.2 个百分点。目前,我国中高层职业人员 18 年来呈持续增长趋势。高层次职业的数量逐渐增加,在职业结构中的比重不断增大,形成'向上流动的潮流'。而当人均 GDP 超过了 12 500 元后,经理人员、专业技术人员、办事人员、商业服务业人员、产业工人的比重,就会出现一个跳跃式的发展,农业劳动者则大幅度减少。据此,我们认为,未来 8 至 10 年,中国的职业高级化水平将有一个飞跃式的提高,社会中间阶层也将有一个跳跃式的扩大。"参见陆学艺:《当代中国社会流动》,社会科学文献出版社,2004 年,第 8~11 页。

我国人事制度、干部制度、劳动制度、户籍制度改革的深入,阻碍社会流动的各种禁锢逐步解除,社会流动的渠道日益增多,社会流动的频率总体加快,社会为个人发展创造的空间越来越大,社会向每一个社会成员提供的发展机会趋向公平,而在整个社会结构日益合理化的环境下,"由能力为主的个体因素的作用将日益重要"[1]。社会流动的功能从微观的个人角度讲,是社会成员自发地改变自己所处位置上的社会性资源的质和量的分布状况的一种努力与尝试。从宏观的社会角度讲,就是缓解社会阶层差别的消极影响。社会低等级阶层的不平等地位,始终是社会阶层结构持续紧张的矛盾源。处于社会较低阶层在比较利益面前,会产生和累积起不满能量,引起社会隔阂、摩擦甚至社会冲突。社会流动是个人与社会位置之间联系的非固定化,打破了阶层之间的壁垒,使各个阶层的成员处不断地更新变换之中,社会各阶层之间的互动面增加,稀释底层社会成员的不平衡心态,冲淡各个阶层的隔阂与偏见。有助于各阶层之间的相互沟通、理解,加强社会的整合程度。因而社会流动是社会稳定的机制,它可以减弱低等级阶层反抗的集团意识,释放社会不公平的能量形成的社会张力,缓和社会地位差别造成的冲突。在社会流动机制健康的情况下,即机会均等的条件下,地位差别才会产生积极的社会作用,成为对有能力有贡献的人的一种奖赏。合理流动能有效激发人的积极性和进取精神,给社会阶层结构增加活力与弹性。

(6)贫困者阶层将得到社会更大的关注与保护。贫困是一个相

---

[1] "从代际流动率看,1980年以前代际总流动率有41.4%,职业流动率为92.4%,不流动率是58.6%,也就是说,只有三成的子女的职业地位是上升的。1980年以后,代际总流动率达到54%,其中上升流动率40.9%,比1980年前提高了13个百分点,有四成的子女实现了超过父辈的职业地位上升的社会流动。从代内流动看,1979年前,从前职到现职总流动率只有13.3%,这就是说,有86.7%的社会人员在改革前往往是一个职务定终身很少流动。而到了1980年~1989年阶段有18.2%得到了升迁,1990年~2001年阶段则有30.5%得到了升迁,获得了更高职位。"参见陆学艺:《当代中国社会流动》,社会科学文献出版社,2004年,第13页。

对的社会现象,经济落后地区的贫困和经济发达地区的贫困,标准差异是很大的。一般情况下,是以最低生活水平所必须的消费支出作为参照标准,制定出贫困线。当前的贫困者阶层主要有农村贫困者阶层、城市贫困者阶层、生理贫困者阶层。根据国家对扶贫重点县的调查,连年没有解决温饱问题的农户76%生活在山区,46%的农户人均耕地不足1亩,文盲率为22.4%。现在农村的赤贫人口2 900万(人均年收入637元以下),还有5 600多万低收入人口(年均收入低于882元),他们的温饱还没解决,两者相加有8 500多万,相当于农村人口的1/10。[1] 我国农村的贫困者阶层从地区上看,主要是因地理环境险恶而造成的,在相当时期内难以从根本上改变这一状况,农村贫困群体的规模将维持在一定的规模上。随着我国财力的增长,反贫困战略的实施的力度会加大。国家扶持"三农"政策的落实,农村贫困群体的社会生态环境会得到改善,弥补由自然环境恶劣所造成的困难。以城市失业者为主的城市贫困阶层的规模也保持在相对稳定的数量上,前一阶段因企业竞争机制转换而产生的大规模的集中"排冗"式的下岗、失业洪流已经过去,失业规模将与市场运作的竞争规律相吻合,不会再次出现非市场因素的异动。我国经济的持续快速地发展,国家和社会财富的积累,总体国力的增强,使社会保障体系的建构有了良好的经济基础,社会安全网将更加结实,起到对社会贫困群体的托底功能。与此同时,社会民间力量的成长壮大,富裕阶层与中产阶层规模的增长,社会公益活动的日趋活跃,以"第三只手"身份出现的社会民间支持力量也在不断地壮大,发挥出日益增大的保护社会弱势群体的功能。从理论上讲,改革的代价(如失业下岗、通货膨胀等)是由全体社会成员共同承担的,但在实际生活中,由于不同阶层的经济承受能力和心理承受能力的不同,对改革的压力承受感觉是不同的。通常受伤害最大的往往是社会阶层

11

---

〔1〕 何平(国务院扶贫办政策法规组副组长):《中国贫困人口的反弹背后》,《南方周末》2004年7月30日。

结构中处于位置较低的阶层,是一些经济承受力最低的群体。某种意义上讲,社会阶层结构中较低的社会阶层为改革的发展付出了更多的代价。改革是全社会的事业,将社会转型的代价让低等级的社会阶层承受,显然是不合理的,有悖于社会公正原则。这就需要全社会都来关心低等级的社会阶层,特别是关心这些阶层中的弱势群体,共同分担改革的成本。关心社会弱势群体就是关心社会秩序的安全。当弱势群体的生存不得安宁的时候,整个社会也不会得到稳定。

(7) 非政府组织(NGO)将成为调节各阶层利益关系的重要纽带,并推动公民社会的发育。公民社会指相对独立于政治国家与市场经济组织之外的那一部分社会力量(非政府组织或称民间组织)及其活动形式(非营利性的社会活动、社会运动)和活动领域(公共领域)。由市场机制进行资源整合与交换而引起的新的社会分层结构,打破了原有国家与社会重合的关系模式。新生的社会阶层的利益追求与自身的发育,促使国家与社会的分离速度加快,使"公民社会"所需要的各种因素逐步具备。直接或间接地代表各个阶层利益的非政府组织日益增多。如行业协会代表了某个行业中的职业阶层的利益。如私营企业主协会、职业经理人协会、企业家协会、律师协会等等,直接代表了某个职业阶层的利益。还有许多代表公共利益,即代表社会各个阶层利益的组织也在发育、壮大,如消费者协会、环境保护组织、民间慈善、救济组织,也活跃在社会公共领域。原有的人民群众团体随着自身的转型与改革,活动的内容由政治性、意识形态性向非政治性、非意识形态性转变,更多地代表所在团体成员的利益,人民群众团体对政治民主的参与度与关心度将增长,其代表社会公众利益[1]的某些重大的"增权"运动,会影响社会公共政策的走向。随着中产阶层的人数增多,自由职业人员的增长,为民间组织提供了充裕的财富源泉与人力资源。社会的志愿者活动将由老年、妇女、少年人群的参与为主,重点移向青年、壮年人群和职业人员的参与为主。随着社会领域的

---

〔1〕 如妇联、共青团代表的是各个阶层的利益。

NGO(或非营利组织 NPO)的扩散,数量的增多,力量的增强,活动领域的扩大,公民社会将在这些因素的基础上发育起来。非政府组织将承担和替代原来计划体制下政府包揽的诸多功能,特别是在解决某些社会问题(特别是弱势群体的生存困难方面),调整低阶层的利益方面,发挥"第三只手"的功能,化解政府在解决社会问题上的压力。民间组织作为不同阶层、不同利益群体的利益代表和话语代表,成为有别于现有的政府渠道(政治协商会议)之外的一条新的阶层、利益群体对话与沟通的有效渠道,使社会阶层结构内部有了一种新的利益的自我协调机制,使社会各阶层的相互关系更加具有弹性与活力。社会新一代成员受教育程度不断提高,政治民主意识大为增强,尽管青年一代中相当部分成员的弱政治化趋向十分明显,但也有相当部分青年十分关注政治民主、关注社会问题,他们会借助非政府组织与传播媒介表达自己的观念。以网络为平台的社会议论,成为各阶层社会成员传递信息、表达思想的重要渠道,将形成有别于正式传播媒介的另一股以社会公正为价值核心的社会舆论力量,影响力日渐强大。公民社会的发育使政治民主有了健康的社会土壤。

13

　(8)社会阶层结构的动荡源高度集中和明晰。党政干部阶层对中国的宏观形势有总体的把握,对政治、经济、社会各种问题的了解比其他的社会阶层更为清楚,对解决社会问题的困难有更深入的了解,他们的观点具有代表性,他们认为:收入差距、失业和腐败是2002 年和 2003 年社会形势发展中最严重的问题,"收入差距"列各项问题之首。[1] 由南京市委宣传部与南京大学社会学系共同组建的南京市舆情调查中心,于 2004 年初对北京、南京等八大城市居民的电话问卷调查显示,受访者心中的十大问题前三位的是"失业问题严重"、"贫富差距过大"、"贪污腐败严重"。在社会转型时期社会问题不少,但公众对社会问题关注出现聚集效应,即注意力集中到几个

---

　〔1〕 汝信等:《2004 年:中国社会形势分析与预测》,社会科学文献出版社,2004 年,第 24 页、第 128 页。

关键性的,对他们形成强大心理冲击的问题上。这几个社会问题开始形成对社会结构冲撞的社会张力,成为导致社会不稳定的最大的风险源。一是政治风险源:腐败。腐败不仅在经济上扰动市场秩序,政治上腐蚀公务员,更为危险的是社会主文化的核心价值理念被摧毁,导致政治上各阶层对权力集团认同度与信任感的降低,形成对政权合法性的认同危机。在各阶层中,腐败对知识分子阶层的心理压力最大,最易激发起他们的不满。因为腐败摧毁了一个社会最基本的社会公正、民主等核心的价值原则,摧毁了赖以维系社会的集体意识的信仰系统,是社会中的最大的不公正问题。这对于创造、维护社会价值理念的知识分子阶层来说是无法忍受的。腐败是来自高层社会中少数政治精英的破坏力量,对社会阶层的结构造成政治压力,成为引发其他社会问题的政治风险源。二是经济风险源:失业。失业规模的增长导致社会阶层结构中的较低阶层的社会成员利益受损。这是来自底层社会的经济压力。1998 年~2002 年 6 月,全国累计国有企业下岗职工有 2 600 多万,其中 1 700 多万人实现了再就业,再就业率逐年降低。[1] 失业涉及的失业者及家庭的生存问题,失业者阶层的利益受损具有刚性,还带来巨大的心理压力。特别是失业阶层中的长期性失业的群众,时间的延长不仅会导致他们自身长期的贫困,固化他们的弱势地位,形成代际的延续,产生新一代的贫困,而新一代的贫困者更具有反抗的精神,易形成底层社会中的反社会团伙,成为新生犯罪的来源。失业已经不是单独的经济问题,而是一个政治问题和社会问题,成为引发其他一系列社会问题的深层经济风险源。三是社会风险源:贫富两极分化。财富的差异时刻刺激着全社会的成员,这一社会问题将导致中、下阶层社会成员的相对剥夺感的产生,和对社会阶层结构合理性的怀疑。发酵而迅速膨胀的"相对剥夺感",是社会整体性冲突的源头之一,是社会稳定的腐蚀

〔1〕 汝信等:《2003 年:中国社会形势分析与预测》,社会科学文献出版社,2004年,第 3 页。

14

剂。由贫富差距引起的社会不公平感将成为一个持久的社会不安全因素存在下去。但与改革开放初期由一部分人先富而带来的社会震荡相比,平均主义、大锅饭的观念已经受到根本性的冲击。面对社会阶层分化的现实,人们的心理承受力已经有较大的提高。社会成员对公平的理解更加深入的,由分配不均的不满到分配不公的不满,社会成员关注的主要是获得收入的条件和手段的不公平,即人们的竞争的条件与机会是否均等,等量要素的投入是否获得等量的报酬。

这三个风险源相互影响,其负面效应有循环激荡、不断放大危险。社会风险已经有诸多的征兆:在社会成员的议论中,牢骚式、调侃式的社会不满情绪随处可见,在街头巷尾、茶余饭后市民的言谈中,在学校讲坛、书报杂志中,特别是在网络上、在手机短信中,到处可以听到、看到各种社会牢骚的存在。牢骚的主旨是将领导集团中的腐败现象作为笑料,并将其归因于整个高层的管理集团甚至社会制度。腐败产生的"晕轮"效应使管理者极大地丧失了威信。而社会成员的牢骚式宣泄的延续和升级就是行为的对抗,当社会挫折感无法通过制度化渠道宣泄,则采取非制度化渠道,以消极怠工、罢工、游行、静坐示威、越级上访等集体行为形式表达出来。不满议论与反抗行为的危害是直接的,它把社会不满情绪化为对政府、对全社会公共秩序和规范的背叛,严重的可以发展为用各种暴力手段来排泄。在社会的低阶层中,相对剥夺感引发的不满与反抗将会通过涉及他们切身利益的具体事件宣泄出来。这里仅以信访为例,2002 年前三个季度,全国县以上三级党政机关信访部门共受理群众来信来访864.04 万件(人)次。[1] 按照法院系统每年 840 多万件(人)计算[2],2002 年就有 1 700 多万件(人)次。还不算人大、公安、检察系统的。如此大

15

---

〔1〕 王永前:《国家信访局局长周占顺:80%上访有道理》,《半月谈》2003 年第11 期。

〔2〕 "1998 年至 2002 年,法院共接待处理群众来信来访 4 224 万件(人)次,平均每年约 840 万件。"引自 2003 年 3 月 11 日最高人民法院院长肖扬在第十届全国人民代表大会第一次会议上所作《最高人民法院工作报告》。

规模信访，表明在社会的基层正积压着大量的社会矛盾。集体行为增多的原因十分复杂，当然不仅仅是由上述三个问题引起的。但是，腐败、失业、贫富分化这三个问题，损害了相当一部分人的利益，引起大多数社会成员的不满，这个信号却是无误的。这三大风险源构成了"社会结构的薄弱带"，[1]社会各阶层之间社会矛盾的聚集点和冲突场所，会引发最具危险性的社会风险。但由于低阶层没有话语权，没有自身的利益代言人，缺乏阶层整合的条件与能力，没有自己的组织，目前还无法构成作为集团性的反社会的力量。局部性的、地方性的、小规模的群体性抗争事件难以避免，但涉及到全局性的、大规模的群体性抗争暂时还不会直接地爆发出来。如何建立社会的安全阀机制，使我国的社会阶层结构成为一个富有弹性的、能够缓解社会底层阶层的不安全感和不满情绪，有效协调阶层之间的利益矛盾的社会阶层结构，是社会管理集团必须重视的重要课题。

　　我国的社会阶层结构的分化具有双重的动力结构，一是市场经济的逻辑力量，二是政府的政策推动与引导的力量。从我国新的阶层结构的构成来看，主要的动力来自于市场经济的力量。在市场中由于社会分工的需要，生产资料所有制的变化，资源的自由流动与交换，而带来了人们经济收入来源的分化，在经济上首先产生了有差别的阶层。这种市场经济的力量所引发的社会阶层结构的新变化，并不是我们早先预料的、能够控制的。因此，市场经济演化的力量某种意义上讲是一种自发产生的逻辑力量。但是，这并不是说经济政策与社会政策不起作用。我国社会的改革开放政策，就是启动中国社会阶层结构变迁的初始力量，或者可以说是第一推动力。但新的社会阶层结构产生的过程中，经济政策的力量是显见的，它为市场经济

---

　　〔1〕美国社会学家科塞认为：当然，冲突也有正功能，冲突增加社会结构的灵活性，有利于提高社会系统的适应能力。社会没有冲突就会停滞与僵化。社会系统允许对立的要求迅速而直接地表达出来，因此能够通过消除不满的根源而不断地调整自身的结构。冲突本身就是重要的稳定机制。参见[美]L. A. 科塞:《社会冲突的功能》，华夏出版社，1989年，第130～131页。

起了"清场"的作用,即对陈旧的束缚市场经济发展的外部条件进行
了清理、排除,使市场经济能够顺利地发展。与经济政策相比,社会
政策相对滞后,其发挥的功能也不足,只能在市场经济分化出较大的
阶层差异后,对市场竞争中的弱势阶层的社会保障方面起一些有限
的作用。由于过去的社会的阶层结构相对差别较小,社会政策不需
要考虑。而在新的社会阶层结构浮现后,过去未曾有过的社会阶层
结构方面的问题出现了,需要社会政策弥补这方面的空白,社会政策
变得重要起来,社会政策调节社会阶层结构的功能凸现出来。当前,
经济政策的效率导向与社会政策的公平导向,自身的内在逻辑矛盾
并没有很好地协调,演化出一个今天我们必须正视的社会阶层结构
不协调的问题。社会政策在引导建构一个较为公平、合理的阶层结
构方面还没有发挥应有的作用,具有明显的被动性。强化协调社会
阶层结构的社会政策,当然不是强制遏制阶层的分化,而是对分化出
现的问题进行调整和整合,如促进中产阶级的政策、保护低阶层的政
策,对高收入阶层的税收政策,对两极分化引起的社会不公平现象及
其引发的社会问题进行调整的政策等。因此,涉及到人事、劳动、教
育、户籍、人才、社会保障、社会安全等方面的社会政策的健全与完
善,成为整合社会阶层结构的一种重要因素。

　　以上对我国社会阶层结构演化趋势的预测,仅作为《社会大分
化——南京市社会分层研究报告》的序言。本书通过描述、解释的实
证研究,对南京市的社会阶层结构的变化作一些解剖。尽管这种研
究对我国整个宏大的社会阶层结构的变迁来说,不足以概括全貌,从
社会学理论方法讲也没有新的突破。但它毕竟是对南京市社会阶层
结构的首次分析,并发现了一些新的阶层变化的问题。作为记录一
个地区阶层结构的变迁是一个有意义的研究。

朱　力

第一章 南京市社会分层研究总报告

　　社会分层（social stratification）实际上是学者根据不同的标准将社会上的人分成不同的阶层。因此无论怎样分层都不可避免会带有社会建构的性质，并且与其他相关社会因素相联系。确定采用什么样的标准来对当前社会结构进行分析，必然要联系社会结构、社会等级、社会资源、社会流动等众多的概念。社会结构（social structure）这一概念用来从宏观上总体把握社会状况。布劳（Peter. M. Blau）把社会结构看作"一定人口中的成员分布于不同的位置，这些位置反过来又限制了他们社会交往的机会"[1]。一定的社会结构通常可以承担一定的社会功能，这里的社会结构可以是微观层次上社会的组成部分，也可以指众多微观社会组成的整体。必须强调的是社会功能可能是对社会发展起到积极作用，也可能阻碍社会的正常发展。

　　等级也是与社会阶层联系紧密的概念，有学者也将这个词翻译成地位。如果把阶层某些特性通过合法化固定下来，影响布劳的社会结构动力的就有等级参数（graduated parameters），包括收入、教育、年龄、权力、财富、社会经济地位、特权等规定次序的等级纬度。[2] 等级不能完全看作是阶层，但是在中国目前的社会中，这两

---

　　〔1〕 ［美］乔纳森·特纳：《社会学理论的结构》，邱泽奇译，华夏出版社，2001年，第212页。

　　〔2〕 ［美］乔纳森·特纳：《社会学理论的结构》，邱泽奇译，华夏出版社，2001年，第213页。

种情况是相互混杂的。改革开放以前中国社会身份和阶级都用制度确立下来,就是典型的混杂情况,当今社会这种情况仍然在某种程度上延续。

布劳的等级参数中的各项,可以用另一个概念表述,即社会资源。资源是指那些可以满足必要的且重要的经济、政治、社会以及与此相关的各种需要的东西。[1]更深层次的意义上能够满足这些需要的途径,也是资源。社会资源在社会中占有和分配并不是均等的,这是社会各阶层形成的根本原因。"分层本质上是人群之间的关系和人群占有资源的关系",[2]可见,围绕社会分层的各个概念之中资源是最核心的一个。

社会资源的三种主要形式:收入、权力和社会声望在学界经常作为社会分层的主要标准。值得注意的是改革开放后中国社会阶层结构一直处在不断的变动之中。因此在讨论社会分层时必须引入资源的社会流动(social mobility)的概念。社会流动并不单指阶层社会地位的上升或下降和水平流动,也指社会资源的流动。

社会阶层结构变动研究的目的就在于分析南京市社会阶层和社会结构在新资源分配模式下的变动情况,重点在于能够清晰地描述和解释南京市各个社会阶层在这种情况下社会生活的不同特点。其分层标准和中国社会资源在最近 10 多年内流动形式的变化密切相关。在明确具体的分层标准之前,我们有必要先回顾一下社会分层标准的研究。

(1)马克思和韦伯的研究。关于社会分层的研究最经典的当数马克思(K. Marx)和韦伯(M. Weber)的研究。两位德国的思想巨擘虽然在研究方法的取向上并不一致,但在社会分层的研究上观点却并非完全对立。

〔1〕 李路路、李汉林:《资源与交换——中国单位组织中的依赖性结构》,《社会学研究》1999 第 4 期,第 48 页。

〔2〕 李强:《政治分层与经济分层》,《社会学研究》1997 第 4 期,第 86 页。

在马克思眼中"阶级社会"是人类历史发展过程中的一个比较高级的阶段。而"阶级"作为一个经济范畴的概念,体现的是人类社会在经济生产领域的关系。马克思更大范围的假设则是,经济生产的发展是社会发展的主导力量。生产力并不能直接决定全部社会关系的变化,而只是决定了那些基本关系。[1] 马克思在他的《资本论》中,根据不同的收入来源划分了资本主义社会的基本阶级,即资产阶级、无产阶级和地主三大社会集团。但是从没有说社会的划分就是如此单一。相反的,他说道:"在英国,现代社会的经济结构无疑有了最高度的最典型的发展,但甚至在这里,阶级结构也还没有以纯粹的形式表现出来","医生和官吏也形成了两个阶级,因为分属不同的集团,但他们的收入都来自同一源泉"。[2]

韦伯的社会分层理论是目前中国学界确定分层标准的主要依据,因为他的多元分层标准更贴近现实社会中资源以多种形式存在的状况。韦伯认为社会中存在三种不同的秩序,即经济秩序、政治秩序和社会秩序。经济秩序中韦伯使用了内涵和马克思大体相同的概念:阶级(class)。韦伯认为有三个重要的概念与经济秩序相关,即:生存机会(life chance)、经济利益(economic interests)和市场条件(market condition)。[3] 社会秩序中的核心概念是身份。这是一种与社会声望相关的概念。身份在现实生活中区分的标志是生活方式和意识形态。这种身份在传统社会往往是由一些先赋性社会因素获得,而在现代社会中,获得的途径更加多元化。政治秩序中的核心要素是权力,权力意味着在受到反对的情况下仍然能够贯彻自己的意图。[4]

---

〔1〕 侯惠勤:《正确世界观人生观的磨砺——马克思主义著作精要研究》,南京大学出版社,2002 年,第 176 页。

〔2〕 马克思:《资本论》(第三卷),郭大力、王亚南译,人民出版社,1966 年,第 1039～1040 页。

〔3〕 许欣欣:《当代中国社会结构变迁与流动》,社会科学文献出版社,2000 年,第 18 页。

〔4〕 马克斯·韦伯:《社会学的基本概念》,胡景北译,上海人民出版社,2000 年,第 85 页。

韦伯的这三种秩序，实际上是表征经济、身份和权力三种社会资源在社会中流动和分配的方式。虽然这三个方面能够代表社会分层的三种标准，而且在社会各层次中分配和占有的情况也不一样，通常是混合在一起且互相影响的。身份和权力资源在现代社会中已经越来越少为个人所用，通常以阶层占有和分配的形式才能表现出来。

（2）近期中国学界对社会分层研究的发展。20 世纪 90 年代中期以后，清华大学社会学系教授李强的研究将政治分层纳入到社会分层体系当中，用经济分层和政治分层两重标准来概括改革开放前后中国社会阶层结构的变动。政治分层是和韦伯的身份相类似的概念。"在改革开放以前，所谓政治分层是指根据人们的家庭出身、政治身份、政治立场、政治观点将人们分为高低不同的社会阶层。"[1]而且这是中国社会分层的独特现象。与此相对，经济分层则是按照财产收入划分。据此，李强提出了改革开放以前中国经济分层呈现平均化的特点，而政治分层中则出现高低不同的现象，甚至阶层之间有歧视的发生。改革开放后这种局面开始变化。经济上的分层差距逐渐拉大，而政治分层则开始走向平等的局面。当前的社会生活中政治和经济分层的情况同时出现。

另一种观点认为，政治分层在改革开放以后已经不存在，经济分层已经主导了社会结构。[2] 其实无论是政治分层还是经济分层，哪个标准起主导或是共存，都是政治和经济资源在整个社会观念中地位发生变化所致。在改革开放前，政治系统主导整个社会所有资源的分配问题。政治资源处在稀缺状态，必然在整个社会意识形态中得到重视。这时分层依据这个标准为主也就不奇怪了。而 1978 年以后，随着市场在社会资源配置上作用的逐步提

21

〔1〕 李强：《政治分层与经济分层》，《社会学研究》1997 年第 4 期，第 87 页。
〔2〕 米加宁：《社会转型与社会分层标准——与李强讨论两种社会分层标准》，《社会学研究》1998 年第 1 期，第 111 页。

高,社会分层开始向另一个标准靠拢。原有的政治分层标准已经削弱了制度的保证,正在变成以潜在方式影响社会分层的因素。

关键是中国的资源配置的市场化到底发展到了何种地步,而政治分层的因素又以何种方式影响着中国的社会结构。边燕杰等人的研究涉及到了这些问题。学者们首先注意到了在社会主义体系下原来占有或曾经占有政治位置的人可能拥有在市场经济,特别是私人企业中有用的技术资源和社会关系。[1] 必须强调的是,政治分层在新时期已经从原来"地、富、反、坏、右"的表现形式转变为以党员身份和所属单位为特点的新形式。在研究中表明党员身份和所属单位的级别(特别是官僚制单位)都对收入的增加起着明显的作用。在这期间市场和再分配都发生作用,"我们应当给予正明显消融的政治、官僚制度,和似乎要取代它们的市场力量以同等重视"[2]。

2000 年以来中国学界关于社会分层的研究,均考虑到了社会转型为社会分层带来的影响。在陆学艺主持的"当代中国社会阶层结构研究"课题组的第一部成果《当代中国社会阶层研究报告》中就采用多元的划分标准。以职业作为基础,依据组织资源、文化资源和经济资源的占有将中国社会划分为十大阶层,这些阶层还交叉着列入五个社会等级当中。[3] 这个研究已经充分考虑到不同社会资源类别以及相互影响,呈现出一幅完整的以资源占有为标准的静态社会阶层结构图景。通过这种阶层划分,《当代中国社会阶层研究报告》得出结论:"中国社会已分化为十大社会阶层,凡是现代化社会阶层的基本构成成分都已具备,现代化的社会阶层序位已经确立,一个现

---

〔1〕 边燕杰:《市场转型与社会分层——美国社会学者分析中国》,三联书店,2002 年,第 429 页。

〔2〕 边燕杰:《市场转型与社会分层——美国社会学者分析中国》,三联书店,2002 年,第 457 页。

〔3〕 陆学艺:《当代中国社会阶层研究报告》,社会科学文献出版社,2002 年,第 9 页。

代化社会阶层结构已经在中国形成。"[1]学界将这种社会分层的观点称为"层化论"。[2]

2004年"当代中国社会阶层结构研究"课题组又在《当代中国社会流动》一书中进一步完善了他们的观点。在前一个报告认为的"一个现代化社会分层结构在现阶段的中国社会已现雏形"的基础上,认为"改革开放20多年来,中国已经初步形成了一个现代社会流动机制的模式"。[3]在探讨中国当前的社会层化结构形成的原因时认为,影响半个世纪以来中国社会流动的首要因素是基本政治经济制度和经济社会结构,而微观层面的先赋变量和后致变量在中国则往往依附于制度与结构因素。[4]

相对于"层化论",李强认为中国自改革开放以来,中国的利益结构发生剧烈变迁,但是中国还没形成稳定的社会分层。[5]李强持有的观点以他的政治分层和经济分层的划分标准为基础,改革开放后中国的政治分层模式逐渐由经济分层取代,"总体性社会发生了全方位的分化","分化使中国从一致性社会变为多元社会",同时行政领域也从集权走向分权。"中国总体性社会在很短的时间内发生解体,整个社会被切割为无数的片断甚至是原子,也可以称之为社会碎片化。"[6]社会碎片化在农村表现为人民公社解体之后,农民基本没有什么组织可言,而在城市随着单位制逐步打破,总体性社会的组织性也逐步消失。社会的碎片化不只有负功能,它也可能带来正功能,比如社会整体联动机制的消失,使社会

23

〔1〕 陆学艺:《当代中国社会流动》,社会科学文献出版社,2004年,第5页。

〔2〕 张宛丽:《现阶段中国社会分层近期研究综述》,http://www.sociology.cass.cn/shxw/qt/t20040712—2271.htm。

〔3〕 同〔1〕

〔4〕 陆学艺:《当代中国社会流动》,社会科学文献出版社,2004年,第31页。

〔5〕 李强:《中国社会分层结构的新变化》,见:《中国社会分层》,社会科学文献出版社,2004年,第33页。

〔6〕 孙立平、李强、沈原:《中国社会转型的近中期趋势与潜在危机》,见:《中国社会分层》,社会科学文献出版社,2004年,第61页。

出现大规模政治动荡的可能性降低。这种碎片化只是由总体性社会向自组织社会发展的过渡状态。[1] 与李强"碎片化"的理论相类似的观点还有孙立平主要针对中国最近十年社会分层的变化提出的"断裂论"。

最新的社会分层研究中,影响较大的还有中国人民大学郑杭生等学者对于中国当代城市社会分层的研究。郑杭生在《当代中国城市社会结构——现状与趋势》中,开篇就把中国当前正在进行的社会转型与更大范围内的工业化和现代化联系在一起。[2] 根据郑杭生等学者的研究,当前中国城市社会结构的基本格局呈现以下特点:第一,社会分层的主导机制逐渐从政治分层转变为职业分层,职业分层机制的影响越来越大,但原政治分层的残余影响仍不可忽视;第二,社会分层位序经过剧烈变动,市场取向和现代取向的社会分层格局初步形成;第三,不管是从社会分层的结构来说,还是从社会分层的机制来说,都是传统与现代、市场与再分配同时并存,具有社会转型时期所特有的二元化特征。[3]

(3) 南京市社会分层结构变动研究的社会分层思路。陆学艺和郑杭生等学者的研究已经为本研究提供了比较完整的研究范本。他们所划分的十个或七个阶层虽然能够更全面地反映中国社会结构的现状,但是分别讨论各个阶层的状况时候,如果严格按照这十个或七个阶层进行,由于划分的过细,就不免出现资料收集上的困难。实际上,陆学艺和郑杭生的报告中,在分别讨论各个阶层的部分都没有完全按照总论中划分的阶层进行。他们选取能够代表社会的主体结构

〔1〕 孙立平、李强、沈原:《中国社会转型的近中期趋势与潜在危机》,见:《中国社会分层》,社会科学文献出版社,2004年,第61页。
〔2〕 郑杭生:《中国当代城市社会结构——现状与趋势》,中国人民大学出版社,2004年,第1页。
〔3〕 郑杭生:《中国当代城市社会结构——现状与趋势》,中国人民大学出版社,2004年,第51～59页。

的典型阶层作为详细讨论的对象。[1]

南京市社会分层结构变动研究虽然也涉及南京市社会结构的整体状况，但是讨论的重点在于描述和解释当前南京市社会结构中各个阶层不同的特点，所以研究选取了能够反映南京主体社会结构的六个典型阶层作为研究对象，包括：管理者、工人、农民、知识分子、个体私营业主和失业者等六个阶层。

城市流动人口阶层也是当前南京市社会结构重要组成部分之一。对于这个阶层的研究也是近些年来阶层研究的热点之一。在《城市新移民》一书中已经对南京市流动人口进行了相当全面的研究，因此本书不再重复涉及城市流动人口这个阶层。

南京市的这六个阶层，在目前中国的社会转型过程中境遇各不相同。主要体现在他们各自拥有不同的资源占有情况、生活风格和思想观念。本书将尝试讨论：这种差异的具体体现是什么？是什么造成这些差异？这种差异会造成什么样的社会问题？

25

本次研究采用等比分层抽样的方法，在选定的南京市六个阶层之中，每个阶层随机抽取 200 个个案。南京市 13 个区县除溧水县没有做调查外，其他每个区县发放 100 份问卷，涉及各阶层，主要调查地点是：栖霞区马群一带、江宁区大学城附近、浦口区东南大学城附近、高淳县砖墙镇东头刘家村、玄武区中央门、鼓楼区湖南路和北京东路、白下区瑞金路和常府街、秦淮区夫子庙一带和长乐路、下关区各街道、雨花台区雨花路、建邺区南湖街道、六合区各乡镇。调查从 2004 年初开始，至 2004 年 4 月结束。共发出问卷 1 200 份，最终回

---

[1]　陆学艺在《当代中国社会流动》中，分阶层讨论的部分就讨论了"国家与社会管理者阶层"（第六章）、"私营企业主阶层"（第七章）、"社会中间层"（第八章）、"工人阶层"（第九章）、"农民工阶层"（第十章）和"农业劳动者阶层"（第十一章），并没有按照总论中划分的十大阶层讨论。而郑杭生的《中国当代城市社会结构——现状与趋势》一书中，在分阶层讨论的部分中也没有按照划分的七个阶层进行，而是重点讨论"私营企业主"（第六章）、"城市中间层"（第七、八、九章）、"工人阶层"（第十、十一章）和"城市中的农民"（第十二、十三章）。

收有效问卷 901 份,其中男性占 48.8%,女性占 51.2%,年龄分布如表 1-1。

表 1-1　样本年龄分布表

年龄	比例(%)
20 岁以下	1.9
20～29 岁	27.1
30～39 岁	29.8
40～49 岁	25.7
50～59 岁	11.0
60～69 岁	3.1
70～79 岁	1.3

一、南京市社会阶层结构总体状况

（一）财产拥有情况

1. 各阶层年收入比较

据调查,南京市工人、农民、管理者、知识分子、个体私营业主和失业者六个阶层 2003 年平均年收入分别为:11 522.0 元,6 965.5 元,34 231.7 元,26 950.2 元,28 477.8 元和 6 171.0 元。年均收入最高者为管理者阶层,收入最低者为失业者阶层。2003 年,最高收入阶层与最低收入阶层年平均收入差为 28 060.7 元。管理者阶层甚至高出排在第二位的个体私营业主阶层近 5 753.9 元(见图 1-1)。

根据南京市统计局提供的资料,[1]2003 年南京市城镇人口人均可支配收入为 10 195.56 元,而农村人口的人均纯收入为 4 923 元,城镇居民与农村居民在收入上的差距极大。本次调查的结论也

----

〔1〕南京市 2003 年国民经济和社会发展统计公报,http://tjj. nj. gov. cn/nanjing/d_showpage. jsp? articleid=5800&show_page_id=505。

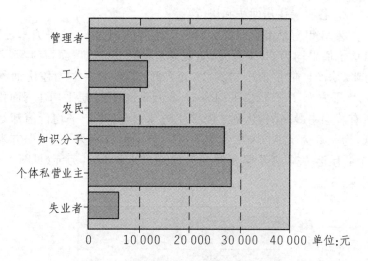

图1-1 各社会阶层平均年收入

证明了南京市农民阶层与其他阶层在年收入上的普遍差距。另一个低收入阶层为失业者阶层,6 171.1 元的年收入甚至低于农民阶层。从各个阶层的年收入标准差来看(见表1-2),阶层内部收入分化最为严重的是管理者阶层。而农民阶层与失业者阶层内部收入的差距较小,结合平均年收入来看这两个阶层收入普遍较低。

表1-2 各社会阶层年收入标准差

所属阶层	标准差
管理者	88 693.8
工人	9 915.5
农民	5 437.0
知识分子	21 500.1
个体私营业主	35 967.9
失业者	7 315.4

2. 各阶层住房面积和房价

2003 年南京市管理者阶层平均住房面积为 89.8 平方米,房产自估价值平均为 30.1 万元;知识分子阶层平均住房面积为 85.7 平方米,房产自估价值平均为 28.5 万元;工人阶层平均住房面积为 74.4 平方米,房产价值平均为 17.5 万元;农民阶层平均住房面积是所有阶层中最高的,达到 144.2 平方米,但是房产平均价值却是最低,为 5.8 万元;个体私营业主这两个指标分别为 93.7 平方米和 30.4 万元;失业者阶层分别为 54.7 平方米和 14.4 万元(见图 1-2、图 1-3)。

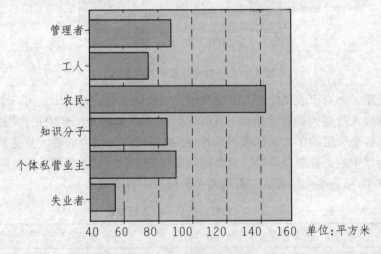

图 1-2 各社会阶层户住房面积

住房占有是财产占有中最明显的测量标准,可以比较准确地反映各阶层在经济方面资源的占有情况。2003 年南京市城镇居民人均住房建筑面积为 21.1 平方米[1],以每户 3～4 人计算,平均户建

---

[1] 南京市 2003 年国民经济和社会发展统计公报,http://tjj.nj.gov.cn/nanjing/ d_showpage.jsp?articleid=5800&show_page_id=505。

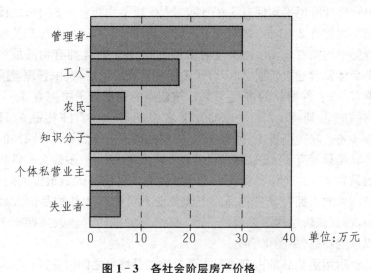

图 1-3　各社会阶层房产价格

筑面积在 63.3～84.4 平方米范围内。本次调查中超出平均范围的阶层有个体私营企业主、管理者和知识分子阶层，在这个范围内的则有工人阶层。失业者阶层的户均住房面积远远低于平均水平。农民阶层虽然占有房屋的面积较大，但考虑到房屋的实际价值，并不能和居民阶层放在同一框架内比较。拥有较大住房面积的阶层，开始追求住房的文化品位问题，他们对住宅的区位、质量、住宅小区管理都提出更高的要求，甚至拥有资本和商业头脑的阶层已经开始将买房看作一种投资行为。而在南京市房价不断攀升的局面下，财产较少的阶层，如工人阶层、失业者阶层还在为满足住房的基本需求奋斗。

3. 各阶层耐用消费品拥有量

调查中我们还包括拥有财产数量一项。在问卷中列出的 8 种耐用消费品(包括：汽车、电脑、摄像机、手机、彩电、电冰箱、空调、洗衣机)中，请填答人选出自己拥有的项目，最后统计数字。结果显示所有填答者中最多的拥有 8 件物品，最少的 0 件。南京市的六个阶层中管理者阶层平均拥有 5.37 件,工人阶层平均拥有 4.32 件,农民阶层平均拥有 2.34 件,知识分子阶层平均拥有 5.85 件,个体私营业主阶层平均拥有 5.43 件,失业者阶层 3.22 件。总体拥有物品最多的是个体私营业主阶层、知识分子阶层和管理者阶层,其中管理者阶层拥有 5～7 件物品的占到 81%。被调查的知识分子中拥有 5～7 件物品的占到 81.7%。工人阶层之中拥有 5～7 件物品的只有 47.5%。农民则更少,拥有 5～7 件物品的只有 6.3%。54.3% 的被访农民只拥有 1～2 件物品。127 个被访农民中,最多拥有 6 件物品的只有 2 人。个体私营业主是填答拥有 8 件物品人数最多的阶层,11.2% 的人拥有 8 件物品。下岗失业人员拥有 3 件物品的人数最多,占到该阶层样本总量的 30%,60.6% 的被访失业人员拥有 3 件以下的物品(见图 1 - 4)。

耐用消费品的占有情况主要反映的是城乡之间的差别。54.3% 的被访农民只拥有 1～2 件物品,而处在城市中的各个阶层大多能够拥有 4～5 件物品(失业者阶层平均占有 3.22 件)。城市中物资普遍匮乏的阶段已经过去,市场已经渐渐进入了耐用消费品阶段。但是这种市场并没有延伸到农村。农民的收入过低,农村的生活方式和生产方式还没有完全脱离自然经济的节奏,都可能成为这种市场延伸的障碍。

(二)教育水平和职业

1. 各阶层教育水平比较

研究所选取的六个阶层中,教育水平也存在明显的差距(见图 1 - 5)。

如图所示,在所有六个阶层之中,知识分子阶层拥有高学历的比例最高,大专以上学历人员占到 93%,管理者阶层也拥有较多的教育(文化)资源优势,70% 的人拥有大专以上的学历。整体文化水平最低的是农民阶层,有 19% 还是文盲,72% 的被访者只接受过初中以下的教育。工人阶层、个体私营业主阶层和失业者阶层大多数人绝大多数接受过中等及以上(初中及以上)教育。不同的是,从图中

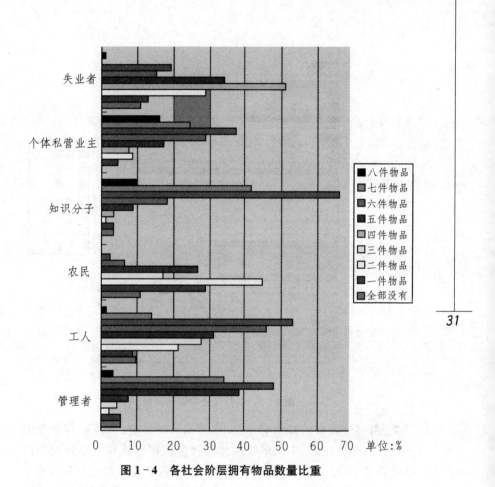

图 1-4　各社会阶层拥有物品数量比重

显示的情况来看,下岗失业人员接受教育层次较低,以初高中教育为主。

2. 所属单位性质

单位性质是获得社会资源的另一个途径。本次调查证实,绝大多数管理者 2003 年所在的单位是政府机关和事业单位,其中以政府单位最多达到 53.3%。而知识分子大多数在事业单位,占知识分子调查个体总数的 69.6%。个体私营企业是知识分子集中的另一单

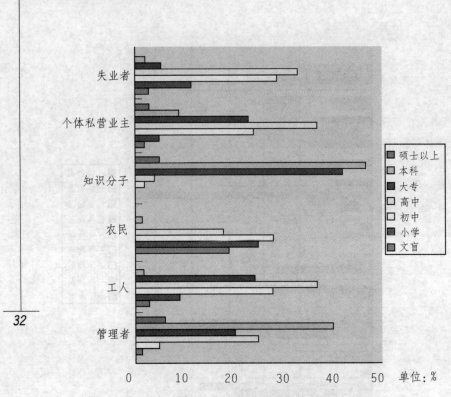

图 1-5　各社会阶层教育状况

位类型,接受调查的知识分子 2003 年有 10.4% 在个体私营企业中工作。改革开放后,中国单位制作为社会控制方式和资源分配手段已经逐步弱化。但这种趋势在企业中似乎强于在政府机关和事业单位,在这两种类型单位中工作的阶层能够更方便获取各种资源,前面统计中显示的管理者阶层和知识分子阶层在经济资源上优势或多或少与这相关。

　　3. 获得工作的途径

　　在问及通过何种方式获得 2003 年这份工作时,南京市六个阶层的回答并不一致。调查问卷中为这个问题提供了七个选项,分别是毕业分配、顶替父母、自主创业、单位招聘、亲友介绍、中介机构介绍和其他途径。统计结果大体可以集中在以下四种模式：

（1）通过毕业分配。管理者阶层和知识分子阶层通常通过这个途径获得工作。管理者阶层中通过这个途径获得工作的比例较高，占受访管理者的 43.0%。知识分子通过这个途径获得工作的比例更高，占到 64.1%。

（2）通过单位招聘。工人和管理者阶层通过这种途径获得工作的数量较多。管理者中 31.6% 的人通过单位招聘的形式获得 2003 年的这份工作。工人中这个选项比例最高，占到 42.9%。知识分子中有 26.0% 的人通过单位招聘的形式找到 2003 年的工作。

（3）主要通过自主创业。个体私营业主阶层主要通过自主创业获得工作。61.5% 的个体私营业主通过这个形式获得 2003 年正在从事的工作。

（4）获得途径不明晰。通过问卷显示的农民阶层工作获得途径并不明晰。除了可以想象到通过顶替父母和继承家业（分别占 17.9% 和 10.7%）来获得工作外，48.2% 的被访南京市农民选择"其他"这一选项。

（三）生活方式与社会交往方式

1. 各阶层消费水平和消费意愿

耐用消费品拥有数量实际上可以和六个阶层消费状况对比来看。调查中请被调查对象填出生活中各项开支在总收入中所占比例，开支项目包括伙食费用、购买服装费用、交通通讯费用、教育费用、医疗费用、休闲娱乐费用和人际交往费用八项。虽然填答这些指标带有主观判断的色彩，但依然可以显示出被调查者的生活状况。

管理者阶层每月消费支出占比例最多的四项由高到低依次是食品消费、教育费用、服装购买费用和交通通讯费用，分别占到总消费的 27.3%、15.6%、12.3%、9.9%。工人阶层消费支出比例最多的四项由高到低分别为食品消费 41.0%、教育费用 20.8%、医疗费用 10.3% 和购买衣服费用 8.8%。农民阶层这四项分别为食品消费

54.7％、教育费用 22.1％、人际交往费用 7.9％和医疗费用 6.8％。
知识分子阶层这四项分别为食品消费 29.6％、教育费用 14.9％、服
装购买费用 12.0％和休闲娱乐费用 9.5％。个体私营业主阶层为食
品消费 34.4％、教育费用 16.5％、购买服装费用 11.9％和人际交往
费用 10.3％。被调查的失业者阶层这四项为食品消费 50.2％、教育
费用 20.7％、医疗费用 11.2％和购买服装费用 9.8％。

从总的消费支出结构来看,各阶层大体相同,几乎都将食品支
出和教育支出作为支出的主体部分。但各个阶层在这两项上的具
体数字却大不一样。从食品支出来看,管理者阶层和知识分子阶
层支出最低,都低于 30％的水平。而农民和失业者阶层则所占比
例则高出 50％以上,农民甚至接近 55％。这充分反映阶层间生活
水平的差距。还可以看到的是教育支出在各阶层中都占有重要地
位。这一方面反映中国文化对教育的重视,另一方面也看到近些
年整个社会教育成本提高,已经明显影响到其他方面生活水平的
提高。

本次调查还涉及南京市社会各阶层未来最希望购买哪类物品。
对于"如果有足够的钱,你最希望购买哪些大件商品"这个开放性问
题,各个阶层回答差异很大。

管理者阶层最希望购买的大件商品中汽车、住房和电脑分别排
在前三位。这个阶层的被调查者中有 83 位回答了这个问题。其中
37 位最希望购买的是汽车,另有 20 位最希望购买住房,有 13 个人
最想购买电脑。

工人阶层最希望购买的大件商品是电脑,126 人中 34 人提到最
想购买电脑。有 28 人最希望购买机动车。被调查的工人中 19 人最
想购买的是住房,另外 18 人最想购买的是空调。比起管理者阶层来
说工人阶层的消费更看重实用。

农民阶层的消费意愿和他们实际收入水平是相关的。农民阶层
是六个阶层中惟一对购买住房不感兴趣的阶层。而且农民最希望购
买的大件商品分散于各类家用电器之中。67 位回答这个问题的农

民中12人希望购买空调,11人希望购买冰箱,7人最想购买彩电,7人最想购买洗衣机,7人最想购买的是电脑。农民中虽然18人提到最想购买机动车,但是其中只有7人要购买汽车,剩下的11人想购买的是货车、摩托车或农用车等生产工具。

知识分子阶层是南京市六个阶层中消费品味最高的阶层。103个被访者中,45人最希望购买的是汽车,20人提到最希望购房,而且其中3人提到希望购买别墅。知识分子对消费品的档次要求很高。尽管都是买电脑,但知识分子中很多人更希望是笔记本电脑,希望购买的电视机特别要"背投"、"等离子电视机"或"家庭影院"。知识分子也是对高科技产品最感兴趣的消费阶层,除去要购买高端电视机以外,被访者中11人提到希望购买的是各类数字产品,如数码相机等。

个体私营业主阶层是对汽车最感兴趣的阶层。99个回答者中47人称最希望购买的大件商品是汽车。其次有20人希望购买的是住房(其中2人希望购买别墅),8人最希望购买电脑。剩下的被访者兴趣分散于各类家用电器之中。

回答了这个问题的下岗失业者共有100人。由于属于城市中的低收入者阶层,失业者阶层希望购买的大件商品多是各类普通家用电器。但是希望买房买车的人比例还是很高,如12%的被访下岗失业者希望买房,另有12%希望买车,希望买电脑的达到28%,买空调的占到19%,13%的人最希望买手机。希望购买电视机、洗衣机、热水器或冰箱的总人数占14%。

总结各个阶层在消费上的特点,我们可以看出,南京市收入较高的三个阶层(管理者、知识分子和个体私营业主阶层)消费兴趣正在向多元化和高档化转型,而收入相对较低的三个阶层(工人、农民和失业者阶层)则更偏重消费的实用性。具体来讲可以看到以下几个特点:

(1)消费支出比例在各个阶层中已有很大差别。尽管占据总支出前两位的都是食品和教育支出,但是工人、农民、失业者三个阶层,占据第三、第四位的仍然是医疗支出或服装消费支出等关系基本生活的消费。而收入较高的三个阶层则有更多的支出用于发展（通讯费用）或提高生活质量。其中知识分子更注重生活的品位。在他们的消费当中，娱乐支出占据了较大的比例。在后面的分报告还可以在个案访谈分析当中看到知识分子阶层会把旅游作为休闲活动重要组成部分，这个阶层由于相对灵活的工作时间，较高的收入和独特的文化品位形成了有鲜明特色的生活方式。管理者与个体私营业主阶层的消费支出更偏重发展。交通通讯和人际交往在他们的消费支出中占有一定比例。值得注意的是，虽然个体私营业主和农民阶层人际交往费用都有很高比例，但是他们面对的环境截然不同，决定了他们的交往动机也完全不同。

（2）消费品的档次不同。管理者与个体私营企业主阶层与其他阶层的消费品差别在于价格档次，价格较高，比较贵重的物品如汽车、房屋是他们消费的主要对象。而且个体私营业主对汽车、别墅比其他阶层有更强的偏好。知识分子阶层则对文化品位较高的消费品情有独钟。他们倾向于购买最先进的科技制品。农民和失业者阶层都因为收入较低，而更看重实用性消费品。他们对于已经在较高收入阶层已经普及了的家用电器，比如手机、洗衣机、空调等更感兴趣。而且农民还将生产工具列入自己的消费计划，这是与其他阶层不同的地方。

（3）消费付款方式不同。这一点尤其体现在住房的消费上。管理者阶层和知识分子阶层不仅收入较高，而且相对稳定。个体私营业主则收入虽高风险性也较大。所以个体私营业主阶层居住的房子不仅面积大，而且多采用一次性购买的形式。面积在 100 平方以上的大套型住房，一次性付款购买的比例远比同属于社会中上层的管理者阶层和知识分子阶层高（见图 1-6）。管理者阶层和知识分子阶层都追求生活的品质，也购买大套型住房，但按揭贷款购买的占了相当比例。有趣的是，农民阶层购房模式更接近于个体私营业主，而工人阶层则更接近于管理者和知识分子阶层。

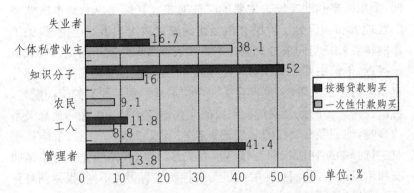

图 1-6　各社会阶层购买 100 平方以上住房的主要付款方式比较

2. 社会交往对象和求助对象

为了解南京市六个阶层的交往状况,在本次调查中一共预设了 9 个选项,分别是:和生意伙伴交往,和邻居交往,和同学交往,和领导交往,和同事交往,和朋友交往,和亲戚交往,和社区交往,其他交往。

经过调查,各个阶层经常交往的对象按选择人数的多少排序,前两名如表 1-3 所示。

表 1-3　各社会阶层交往对象比较

所属阶层	第一	选择的比例(%)	第二	选择的比例(%)
管理者	和同事交往	40.5	和朋友交往	38.9
工人	和亲戚交往	32.6	和朋友交往	29.4
农民	和亲戚交往	40.2	和邻居交往	36.1
知识分子	和同事交往	41.5	和朋友交往	39.3
个体私营业主	和朋友交往	42.0	和生意伙伴交往	18.3
失业者	和亲戚交往	50.6	和朋友交往	32.9

从表中可以看到,管理者阶层和知识分子阶层交往模式几乎相

同,都以同事和朋友作为主要的交往对象。我们可以看到本次调查的管理者和知识分子阶层有相当比例来自政府或事业单位,机关工作的特点就是与同事打交道。工人和失业者两个阶层的交往模式也很接近,他们主要的交往对象是亲戚和朋友阶层,下岗失业者大部分也是来自于工人阶层,他们在失去单位后继续保持原有的交往模式,可以获得较多的社会支持。农民的交往范围明显受血缘和地缘关系的影响,他们经常交往的阶层还保持在亲戚和邻居之中。个体私营业主选择的交往阶层和工作有很大关系,他们经常的交往对象是朋友和生意伙伴,他们交往的动机与其他阶层有很大不同,很强调对自己事业发展的帮助。

　　针对"当有困难时向谁求助"这个问题,问卷中预设了与上题同样的9个选项,还是每个阶层被选比例最高的前两名如表1－4所示。

表1－4　各社会阶层求助对象比较

所属阶层	第一	选择的比例(%)	第二	选择的比例(%)
管理者	向亲戚求助	42.3	向朋友求助	39.2
工人	向亲戚求助	52.9	向朋友求助	27.9
农民	向亲戚求助	66.1	向邻居求助	12.9
知识分子	向亲戚求助	54.7	向朋友求助	33.1
个体私营业主	向朋友求助	41.0	向亲戚求助	40.3
失业者	向亲戚求助	58.1	向朋友求助	28.1

　　虽然比例不同,但是各个阶层的求助对象基本一致。除了农民阶层稍有不同外,南京市其他四个阶层都把求助对象限定在亲戚和朋友阶层之中,农民的求助对象显然还是受到了地缘限制,处在第二位的求助对象是邻居。我们发现无论工人、管理者还是知识分子第一位的求助对象都和第一位的交往对象有明显不同,他们遇到实际困难时都转向亲戚。由此可见,当代中国社会中血缘关系建构的网络仍然对个人有着最重要的意义。

（四）社会态度与观念

1. 生活总体满意度和对生活的期望

在对南京市的六个阶层生活的主观判断的测量中我们发现了明显的差异。对这方面的测量，共涉及了三个问题。具体情况见表1-5、表1-6和表1-7。

表1-5 各社会阶层生活满意度比较（人）

所属阶层	生活满意度					合计
	非常不满意	不满意	无所谓	满意	非常满意	
管理者	4	26	17	88	2	137
工人	16	57	43	76	2	194
农民	6	33	41	47		127
知识分子	3	24	23	91	3	144
个体私营业主	4	32	28	67	3	134
失业者	34	94	17	13	1	159
合计	67	266	169	382	11	895

表1-6 各社会阶层生活水平比较（人）

所属阶层	生活水平					合计
	上等	中等偏上	中等	中等偏下	下等	
管理者		24	84	25	4	137
工人	1	14	97	54	27	193
农民		11	48	45	23	127
知识分子	2	33	80	29	2	146
个体私营业主	2	26	74	23	9	134
失业者		5	27	71	57	160
合计	5	113	410	247	122	897

表1-7　各社会阶层对未来生活水平的预期（人）

所属阶层	未来生活水平					合计
	有很大提高	有所提高	跟现在差不多	有所下降	大幅下降	
管理者	5	77	49	5	1	137
工人	7	97	68	19	3	194
农民	2	42	62	15	5	126
知识分子	6	88	45	6	1	146
个体私营业主	10	79	38	6	1	133
失业者	4	44	82	22	8	160
合计	34	427	344	72	19	896

（1）"你对目前的生活满意吗？"从"非常不满意"到"非常满意"共设置5个等级选项。统计结果显示：南京市六个阶层中除了失业者阶层外，其他五个阶层中都是选择第四级"满意"的占大多数，其中对生活持满意态度（选择"满意"和"非常满意"）的以管理者阶层和知识分子最多，分别占到65.7％和65.3％。六个阶层中只有失业者阶层选择"不满意"的最多，这个阶层选择"不满意"和"非常不满意"的合计竟有80.5％。

（2）"您家的生活处于哪个等级？"从"上等"到"下等"共设置了5个等级选项。这个问题针对南京市各个阶层对自己生活水平等级的主观判断。统计结果进一步证明了第一题的答案。除了失业者阶层，其他五个阶层中大部分人认为自己生活水平属于"中等"。所不同的是知识分子中选择"中等偏上"的人数占22.6％，高于选择"中等偏下"的比例，甚至还有1.4％的知识分子选择"上等"。这使知识分子对自己生活水平的总体认知有上偏的趋势。个体私营业主虽然也和知识分子的情况相类似，但这个阶层中有6.7％的人认为自己的生活水平属于"下等"。南京市失业者阶层对自己的生活水平评价很低，在被访的下岗失业者中，认为自己生活水平属于"中等偏下"和

"下等"的合计有 80％。

（3）"您觉得未来两年您家庭的生活水平会"从"有很大提高"到"大幅下降"也是 5 个等级选项。对自己未来生活水平预期，可以从侧面表示一个阶层对生活的态度积极与否。这个问题的统计结果显示，大部分阶层对生活的态度是积极的。但令人担忧的是，农民阶层和失业者阶层对自己生活水平在近期内改善持消极态度。这两个阶层中分别有 49.2％和 51.3％的人预期两年内自己的生活水平"跟现在差不多"。对生活的消极态度可能会成为引发重大社会问题的导火索。

对自己现实生活的看法及对未来期望都折射出各个阶层对自己地位的不同认知。从本次调查对财产占有的分析来看，管理者排在首位，他们对自己物质生活的评价颇高。但是由于近些年腐败问题日益严重，这个阶层整体的社会声望却降低，对自己生活的评价不可能不受之影响。知识分子目前有较强的优越感，经济上从改革中受益，政治上保持超然的态度，他们对自己评价在各个阶层中综合起来最高是可以理解的。工人尤其是下岗失业的工人，在整个改革开放过程中地位下降。失业者阶层往往有被社会离弃的感觉，因此不仅会认为自己目前生活状况最差而且对未来生活提高也不抱什么希望。农民阶层的境遇在改革开放初期大幅度提高之后，近些年提高速度变缓，甚至生活水平下降。所以他们对现在自己的生活境遇评价较低，但还认为有希望。情感最复杂的恐怕是个体私营企业主阶层了，这个阶层在改革开放后经济条件提高很快，但是面临着社会声望很低的境遇。而且将个体户和私营业主放在一个阶层中考察，使这个阶层内部观念的差异变大，这就是该阶层对自己生活评价不一致的原因。

2. 对改革的受益和受损阶层的看法

反映各个社会阶层社会态度的另一个重要指标就是对中国改革的看法。本次调查询问了哪些阶层在改革中受益最大和受益最小。问卷中列出的 10 个选项包括：国家机关领导、个体私营业主、演艺人员、国企领导、专业技术人员、公务员、工人、纯务农农民、第三产业从业人员和其他。

现将各个阶层认为改革中受益最多和最少的阶层前三名按选择比例由高到低呈现如表 1-8 所示。

表 1-8　各社会阶层对改革中受益最多和最少阶层的判断

阶层 \ 选择	改革中受益最多的阶层(%)			改革中受益最少的阶层(%)		
	第一	第二	第三	第一	第二	第三
管理者	个体私营业主(26.5)	国家机关领导(25.7)	国企领导(21.3)	纯务农农民(52.3)	工人(34.1)	第三产业从业者(6.1)
工人	国家机关领导(38.3)	演艺人员(16.5)	个体私营业主(16.0)	纯务农农民(44.0)	工人(37.9)	第三产业从业者(6.0)
农民	国家机关领导(32.8)	个体私营业主(25.6)	国企领导(12.8)	纯务农农民(85.8)	工人(8.3)	其他(4.2)
知识分子	国家机关领导(35.6)	个体私营业主(22.6)	演艺人员和公务员(15.1)	纯务农农民(63.5)	工人(35.0)	第三产业从业者(1.5)
个体私营业主	国家机关领导(44.3)	个体私营业主(20.6)	公务员(14.2)	纯务农农民(52.8)	工人(40.8)	三产和个体私营(2.4)
失业者	国家机关领导(47.6)	公务员(23.8)	演艺人员(15.9)	工人(65.0)	纯务农农民(31.7)	第三产业从业者(1.7)

从表 1-8 中可以看出,各个阶层对改革中哪些阶层受益最多哪些阶层受益最少的看法是基本一致的。绝大多数被访者认为国家机关领导是改革中最大的受益者,其次是个体私营业主。而被认为改革中受益最少的阶层也集中在纯务农农民和工人身上。只是失业者阶层的被访者认为受益最少的是工人阶层,这很可能与这个阶层大多数人的个人经历有关。从这里联系前面探讨过的失业者阶层与其他阶层在生活满意度等观念方面的不同之处,我们也可以看到一种

迹象:南京市失业者阶层统一的阶层意识正在形成当中,而且这种阶层意识将与其他阶层有明显不同之处。

3. 南京市各社会阶层的社会观念

本次调查选择了 13 个常见的对社会问题的具体表述,让被访者从"非常同意"、"同意"、"无所谓"、"不同意"和"非常不同意"5 个等级选项当中选择和自己看法最接近的一个选项。

从六个社会阶层总体来看,选择差异最大的 3 个表述是"公务员待遇太低,应该加薪"、"失业下岗者没法再就业是因为他们自身的素质和态度"和"职业升迁的主要标准是学历",其中各个阶层看法最一致的表述是"政府应该给弱势群体提供更多的帮助"。

表 1-9 各社会阶层对若干社会热点问题的判断

观 点	非常同意(%)	同意(%)	无所谓(%)	不同意(%)	非常不同意(%)	回答人数
公务员待遇太低,应该加薪	5.5	18.6	17.9	32.4	25.7	884
失业下岗者没法再就业是因为他们自身的素质和态度	4.1	26.4	11.5	50.0	8.1	880
职业升迁的主要标准是学历	3.0	30.3	18.2	43.3	5.4	878
政府应该给弱势群体提供更多的帮助	35.6	57.6	3.6	2.7	0.5	884

分不同的阶层来看,对于"政府公务员是否应该加薪"的问题,管理者阶层当中有 19.3% 的人选择"非常同意",但是同时也有 20.7% 的人选择"非常不同意",选择"同意"和"不同意"两项的比例稍微有些差别分别为 27.4% 和 20.0%。出现这种情况可能是因为一方面,本次调查的管理者阶层很大比例来自政府机关或事业单位;另一方面,管理者阶层的来源并不单一,相当比例的被访管理者不属于政府公务员编制,甚至来自私营企业。其他五个阶层都不认为公务员待遇太低,其中选择"不同意"和"非常不同意"的工人阶层占 66.5%,

农民阶层占 51.2％,知识分子阶层占 54.1％,个体私营业主阶层占 61.4％,失业者阶层 68.3％。值得注意的是农民阶层反对意见相对较少是因为这个阶层选择"无所谓"的比例最高,占到 28.3％。

关于"下岗失业者是否因为自身素质和态度无法再就业"的问题,最大的分歧来自知识分子阶层,这个阶层选择"同意"和"不同意"的分别比例占到 38.6％和 40.0％,比例相当接近。其他各阶层选择都对这个表述持反对意见。选择"不同意"或"非常不同意"的比例全部超过 50％。下岗失业者对这个说法最不同意,反对者占到 73.2％。

"职业升迁的主要标准是学历"这一表述,农民与其他阶层的看法不太一致。农民阶层中同意这种说法的占 45.3％(包括选择"非常同意"的 2.4％和"同意"的 42.9％)。而反对这种看法的只有 31.0％。另有 23.8％选择"无所谓"。其他各个阶层包括知识分子都是反对这种看法的比例高于支持者的比例。造成这种情况的原因可能是,改革开放后教育在农民阶层向上流动中的作用越来越重要,甚至成为惟一途径。

各个阶层对于"政府应该给弱势群体提供更多的帮助"这一表述的看法表现出极大的一致性,选择"同意"或"非常同意"的在管理者阶层中占 95.6％,在工人阶层中占 95.3％,在农民阶层中占88.2％,在知识分子阶层中占 90.4％,在个体私营业主阶层中占 95.5％,失业者阶层中占 93.3％。同时这也是所有表述中各阶层选择"无所谓"比例最小的一个。这反映整个社会对弱势群体问题的关注。

二、南京市社会阶层结构特点

从本次研究阶层划分的标准来看,调查所选定南京市六个阶层可以分别归入到不同的新阶层中,构成南京市现有的社会阶层结构。其中资源强势阶层应该包括管理者和知识分子两个阶层。资源弱势阶层包括工人、农民和失业者三个阶层。而个体私营业主属于正在分化的阶层。

1. 各阶层获取资源途径呈多元化趋势,管理者和知识分子由非市场途径获益增多

通过调查,我们发现南京市管理者阶层和知识分子阶层有许多共同之处。在财产占有方面,两者基本排在六个阶层的前列,而且与工人、农民和失业者阶层拉开相当一段距离。虽然知识分子的年均收入水平、住房面积和住房价值排在个体私营业主的后面(差别非常之小,几乎可以忽略),但是如果进一步考察生活方式(特别体现在消费观念和交往阶层上)上的特点,就会发现知识分子与管理者有更接近之处。这两个阶层在消费支出结构上非常相近,支出最大的前三项都是食品、教育和服装购买费用。管理者和知识分子在这三项上的月支出比例分别为:27.3%,15.6%,12.3%和29.6%,14.9%,12.0%,也是非常接近。但这些表面上的一致性,并不是决定两个阶层都进入资源强势阶层序列的根本原因。影响我们做出这种划分的最终因素是两个阶层获取经济资源的手段在中国最近10年的社会发展中作用增强了,从而导致两个阶层资源占有上的明显优势。这两种作用变强的获取手段是指文化知识和组织手段。

45

(1)管理者阶层和知识分子阶层都属于整体受教育水平较高的阶层。在调查中发现,两阶层文化程度众数都出现在本科阶段,而大专以上学历者都超过70%,远远高于其他几个阶层。通常情况下收入与所受教育水平是成正相关的。本次调查的数据也证明了这个结论。

表 1-10　个人受教育水平与年收入的相关性比较

		本人最高教育程度	2003 年年收入
本人最高教育程度	皮尔逊相关系数	1	0.545
	P 值		0.000
	个案数	900	753
收入	皮尔逊相关系数	0.545	1
	P 值	0.000	
	个案数	753	753

（2）本次调查数据显示，53.3％的管理者 2003 年所在的单位性质是政府机关。而 69.6％的知识分子 2003 年所在的单位性质为事业单位。单位制作为中国计划经济时期社会资源分配的主体手段已经逐渐弱化，但迄今为止，在中国社会当中单位还是相当强的资源分配手段，尤其在政府机关和事业单位。近些年来，政府在中国经济增长的拉动过程中，发挥了主要作用。如果在政府部门或事业单位工作，就意味着获得了资源获取上的组织优势。

2. 个别阶层生活水平较低，社会底层向上流动渠道不畅

工人、农民和失业者阶层作为资源弱势阶层，是因为这三者同样在近 10 年的社会发展中原有的资源获取手段功能开始相对弱化。比起其他三个阶层，在收入上这三者都属于低收入阶层。本次调查中工人的收入稍高一些，年收入达到 11 522 元，但是仍然不到管理者阶层收入的三分之一。农民和失业者阶层的年收入在 6 000～7 000元以内。低收入导致了这三个阶层生活水平相对较低。调查中南京市这三个阶层用于食品消费的支出在月支出比例中都超过40％，而且农民和下岗职工的食品月支出超过 50％，分别达到54.7％和50.2％。

导致这种情况的原因在于，这些阶层不具备现在占有优势的资源获取手段。改革开放初期的市场化，导致新的分配体制的诞生。对于农民来说除了获得劳动分配上的权利外，还获得了选择工作地点的相对自由。在城市中，20 世纪 90 年代以前，企业的单位制还很盛行，工人还拥有相当的组织优势。当时的下岗失业阶层还没有像现在这样形成一种普遍的社会问题。前期中国的市场化还是以放开为主，政府在经济领域的控制力逐步弱化。正如前面讨论过的，20 世纪 90 年代对于中国的改革来说可以算作一个转折点。社会资源由分散转向重新聚集。随着政府的宏观调控能力的加强，农民仅有的政策相对优势已经消失。在城市中，随着所有制结构的调整，企业的单位制消解速度快于政府机关和事业单位，工人依靠组织获取资源的途径也减弱了。更重要的是产业结构调整中，使

失业者阶层的规模迅速增加,这批人在获取经济资源上几乎没有什么优势可言。

目前南京市资源弱势阶层有两个趋势相当明显:

(1) 本来处在最低层的农民阶层,有可能脱离主体社会结构。中国城乡二元分割的社会结构自改革开放以来开始松动。在农村剩余劳动力流向城市的过程中,本来可以看到城乡互相融合趋势。但近些年又出现新的分割形式,这种新的分割不仅是来自身份制度的区分,而是根源于一种潜在的资源分配规则。

与城市市民相比,农民本来就没有什么组织资源可以利用。改革开放以来,村级行政的控制力变弱。农民通常是以个人身份与整个社会的经济体系打交道。这在城市流动者那里体现得更为具体,城市流动者阶层的绝大多数原来的身份是农民。南京市目前共有流动人口 139.821 8 万人[1],除了个别几个流动人口聚集的地区建有流动人口党支部外(如建邺区河南村外来移民党支部),几乎没有什么组织存在。农民多是以个体或小群体的形式流动的,总之农民几乎没有什么可以获取资源的组织形式。可以从调查中农民阶层的"单位性质"看出(见图 1 - 7),除了少数农民工作在各类企业之中,大多数农民工作的地点不能称为单位(性质不明确),根本没有在政府和事业性质单位工作的农民。

从农民的知识层次来看,农民的受教育水平在各个阶层中也是最低的(见图 1 - 5),本次调查数据显示,绝大多数农民的文化水平是初中和小学,其文盲的比例在南京市六个阶层中是最高的,达 18.9%。而这个比例在其他五个阶层中最高也不过 2.6%,如工人阶层。现代社会中知识在获取社会其他资源时显示的作用将越来越大。这方面资源的缺乏,将成为农民融入整体社会的主要障碍之一。

47

---

[1] 数据来源:《跨世纪的南京人口——南京市 2000 年人口普查资料》,中国统计出版社,2002 年。

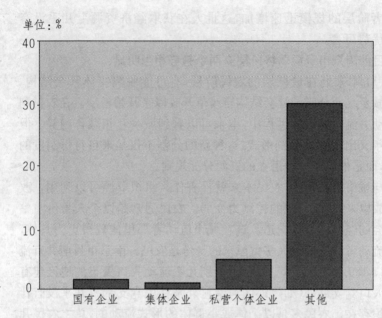

单位：%

图 1-7　农民阶层"工作单位"的性质

　　从工作获得手段来看，农民阶层与现代社会也存在严重的脱节。这次在南京市的调查中为"工作获得途径"这一问题设置了包括"顶替父母"、"继承家业"在内的 9 个选项。但是农民阶层的被访者仍有48.2％填答"其他"一项（见图 1-8）。

　　这能从侧面证明农民阶层大部分成员正通过我们没有料想到的方式获取工作。

　　从获取资源的市场条件看，农民也生活在与城市不同的市场里面。仅以房产价格来看，虽然农民平均住房面积是所有阶层中最大的，但是平均房产价值却是最低（图 1-3）。在南京地区城市房价飞涨的情况下，农民阶层却不能从占有房产中感受到拥有财富。

　　（2）失业者阶层开始形成独立的阶层意识，这种意识与其他阶层差别较大。失业者阶层在 20 世纪 90 年代以后，规模逐步扩大。这个阶层曾经被认为只会暂时存在。因为相当一部分下岗失业者来

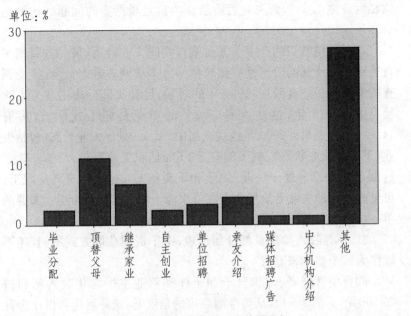

单位：%

毕业分配　顶替父母　继承家业　自主创业　单位招聘　亲友介绍　媒体招聘广告　中介机构介绍　其他

图1-8　农民阶层的工作获得途径

源于整个社会产业结构的调整。工人特别是制造业工人是下岗失业者的主要来源。经过10多年的时间,"下岗"这个暂时性的概念,已经逐步被"失业"代替,这种问题将在一定时间内存在,而不是短时间内能够解决的。从这次对南京市失业者阶层的调查来看,这个与其他阶层不同的阶层意识已经开始形成。

在本章的基本描述部分已经提到过,失业者阶层对自己所处的生活水平的评价普遍低于其他阶层,甚至低于农民阶层。在对改革中受益最小的阶层选择时这个阶层也作出了与其他阶层都不一样的选择,其他阶层普遍认为受益最小的阶层排在第一位的是纯务农农民。只有失业者阶层认为是工人阶层。另一个有关态度的问题是"南京市社会发展最严重的问题是",共设置15个选项。其中认为"下岗失业"为最严重的社会问题的在其他五个阶层中比例都很小,分别为管理者9.0%、工人11.0%、农民5.5%、知识分子6.8%、个体私营业主 7.8％,而失业者阶层认为这是最严重的问题的比例达 43.9％。

这种阶层意识的产生一方面来自共同失业经历,另一方面则来自失业以前所属的阶层性质比较单一。本次调查数据显示,接受调查的南京市失业者阶层,1990 年的时候,已经大部分集中在工人阶层当中。1990 年,这些人有 65.2％的职业是职工或职员,另有 14.8％还在上学。2000 年这些人当中 51.3％处于失业状态(包括失业、下岗和无业状态),剩下的有 34.6％是职工或职员。到 2003 年这批人中 79.1％处于失业、无业和下岗状态,还有 12.7％是职工。可见南京市的失业者阶层中大部分来源于职工和职员阶层。来源的单一性再加上共同的生活经历,很容易形成同一的阶层意识。

3. 中等收入阶层虽然开始形成,由于资源获取方式不同,还不能作为一个整体来看待

调查中管理者、知识分子和个体私营业主平均年收入都超过 25 000元(见图 1-1),从整个南京市的角度看,这些阶层可以作为社会的中等收入阶层。中等收入阶层的概念和“中产阶级”有着密切联系。应该讲中等收入阶层可能形成社会的中产阶级。中产阶级规模的增加,可以起到稳固社会的作用。因为这个阶层可以作为社会最底层和最顶层之间的缓冲,消解社会矛盾。中产阶级通常对社会问题有比较稳定的看法,通常在政治上不会采取激进行动。

问题是南京市既有的中等收入阶层能否构成一个完整的阶层。单从现有的各类社会资源,尤其是经济资源的占有上看,构成南京市中等收入层的三个阶层差异已经不大。这是南京市社会经济近期内保持稳定发展的基础。需要注意的是从资源的获取手段来看,个体私营业主阶层还有分化出去的可能。本次调查数据显示,南京市个体私营业主与管理者和知识分子阶层在收入和住房来源上有较大区别。2003 年南京市管理者和知识分子年收入以工资、奖金和单位其他福利为主的分别占 86.7％和 87.5％。南京市个体私营业主 2003 年年收入的主要来源为经营收入,占所有收入来源的 73.8％。2003

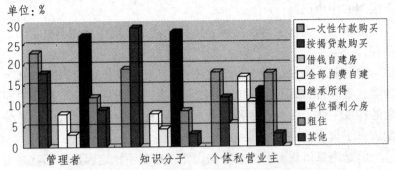

图 1-9　管理者、知识分子、个体私营业主阶层住房来源

年这三个阶层的住房来源见图 1-9。如图所示,单位福利分房是管理者和知识分子阶层的重要住房来源。此外,这两个阶层住房来源相对单一,除了单位分房,多数人花钱购买房屋。而个体私营业主住房来源相对多元化。通过单位分房获得住房的比例较低,而租住房屋的比例较高,达到 18%。收入和住房来源的不同,反映私营业主在资源获取手段上与其他两者有不同之处。收入上管理者和知识分子多是通过组织获得,而个体私营业主则通过市场的手段来获得。住房上三者购买房屋的比例都很高,这是以三个阶层较高的年收入为前提的。除此之外,管理者和知识分子可以通过更多组织优势获得房屋,而个体私营业主这一优势相对较弱。

在中国,政府在配置资源上还有明显的优势,通过组织获得资源具有相对稳定性。通过市场获得资源,毕竟要承担风险的代价。而且一旦政策或者外界经济形势发生变化,个体私营业主阶层必然首先受到冲击。这就构成这个阶层可能从中等收入阶层中分化出去的危险。

还要看到个体私营业主阶层本身也具有分层,个体私营业主因为产业规模的大小不同本身就不具备构成一个阶层的条件。只是在改革开放初期因所有制性质不是公有制才放在一起称呼。陆学艺在《当代中国社会阶层研究报告》中就把这两个阶层划分为两个不同的阶层。即使都存在于社会中间层,个体工商户和私营业主也分处"中上层"和"中中层"。[1]

南京市当前社会阶层结构总体特征就是稳定因素和不稳定因素并存。

中等收入阶层已经在形成之中,而且开始发挥稳定因素的社会功能。管理者、知识分子和个体私营业主三个阶层是未来社会中间层的构成主体。中等收入阶层开始形成,标志着社会财富向公平分配迈出了重要的一步。

但是南京市现有的社会结构仍然存在着不稳定因素。那就是由于社会资源获得手段的差异,造成各个阶层发展方向并不一致。农民阶层由于改革开放初期的政策相对优势消失,几乎失去了获得社会资源的各种手段,生活状况有继续下滑的危险。这个阶层似乎生活在另一种世界当中。失业者阶层正在不断扩大,如果这个阶层的问题长期得不到解决,可能会出现与整个社会不相容的社会观念,最终引起更严重的社会问题。

三、从分化走向整合[2]

南京市目前正处在飞速发展的阶段。2003 年南京市 GDP 达到 1 576.2 亿元,按可比价格计算,比上年增长 15.1%,明显高于全国平均水平,而且也高于江苏省的平均水平。[3] 同时南京市又是江苏省的政治和文化中心,南京市社会的稳定对江苏省乃至全国都有十分重要的意义。根据我们的研究,在飞速的经济发展之中,南京市社会分层上也暴露出一些问题。这些问题不仅表现在构成社会主体的

---

〔1〕 陆学艺:《当代中国社会阶层研究报告》,社会科学文献出版社,2002 年,第 259 页。

〔2〕 此部分参考了《目标·支点·路径》一文,登载于江苏统计信息网 http://www.jssb.gov.cn。

〔3〕 数据来源:http://tjj.nj.gov.cn/nanjing/d_showpage.jsp?articleid=5800&show_page_id=505。

六个阶层在资源占有上面的分化,而且还表现在资源占有手段上的差异。应该采取怎样的措施让南京市社会从转型期的分化走向整合的局面,是社会各界都需要认真面对的问题。为推进南京从转型期的分化走向整合,"扩中提低"有利于实现富民强市的目标。即通过着力提高低收入者收入水平,扩大中等收入者比重,规范调节过高收入者收入,缩小不同收入阶层的收入差距,形成合理的社会阶层结构,走向共同富裕。"扩中提低"应通过以下途径:

1. 创新社会资源,启动居民财富增长引擎

在经济社会发展过程中,社会资源的创新最终体现为居民物质财富的增加。在经济发展已进入一个新阶段,改革开放成本加大、边际效益递减的今天,应当积极培育创新资源,通过深层次的制度创新、技术创新、管理创新等寻找新的增长点,以资源的优化配置推动财富的持续增长。要实现四大转变:一是由局部的改革突破向系统运筹、整体协调的突破转变,提高经济的市场化程度;二是加快所有制结构的变革,重组国有经济部门的资本存量,提升全社会劳动和资本效率,以及人们的绝对生活水平;三是实现经济增长方式由粗放型向集约型的转变,改善增长质量和效益,让全体劳动成员分享经济增长成果;四是由对物质资源的开发转向对人力资源的开发,以人力资本的创新带动物质资本的增值。

2. 努力扩大就业,不断增加居民收入

就业是民生之本。把扩大就业作为实现"两个率先"的重要战略举措和工作目标。依靠经济增长拉动就业增长,改善创业和就业环境,重视减免税费、贷款扶持等优惠政策和社保补贴、岗位补贴、工商登记等再就业扶持政策的落实,多方位提供技能培训、就业信息等就业服务,努力增加就业机会。大力提高劳动者的科学文化素质,提高低收入阶层的就业和收入能力。结合产业结构、所有制结构和企业规模结构的调整,协调推进就业结构调整,注重发展服务业特别是社区服务业等劳动密集型产业、发展非公有制经济和扶持中小企业,注重采用非全日制、非固定单位、临时性、季节性、弹性工作等灵活多样

的就业形式。加快城市化进程,提高城市对农村剩余劳动力的吸纳能力,拓宽农民就业途径。

3. 规范社会分配秩序,实现共同富裕

针对近年来出现的城乡之间、不同行业之间、地区之间等收入分配不均,以及投机和寻租行为等不合法因素导致收入分配差距不断拉大,引发各种社会矛盾问题,必须正确处理好公平和效率的关系,运用各种调控手段,将收入分配差距控制在适当范围内。坚持以按劳分配为主体的、多种分配形式并存的社会主义市场经济分配体制,鼓励资本、技术等生产要素参与收益分配,建立收入分配的激励机制和约束机制。强化税收对个人收入的调节功能,加大对高收入者依法征税力度,加强对垄断行业和高收入行业收入分配的监管。切实保证低收入阶层收入。强化对非法收入的打击力度,整顿不合理收入。加强对农业和农民利益的保护,做到增收和减负并重,缩小城乡收入差距。

4. 构建正常的消费增长机制,激活消费需求

鉴于现阶段消费需求是"富民"的重要力量,因此必须建立明晰的消费增长政策,改变那种只注重生产决定消费、消费被动服从于生产的传统观念,将鼓励消费政策作为居民消费政策的基本取向。政策要点是:既重视短期见效的政策,也重视中长期政策,把提高居民的即期购买力和长期消费能力结合起来;既注重改善消费结构,也注重调整生产结构,特别是要注意解决服务性产业在供给结构和消费结构中的比例偏低、加工工业产品中低档次比重偏高的问题,以促进生产和消费结构的衔接;既不能忽视传统消费品的增长,更要注重培育住房、家庭汽车、旅游等新型消费,培育不同层次和不同收入人群的消费热点;既重视城市居民的消费升级,也要重视启动农村消费市场;还要进一步加快信贷消费,发展信用消费,推动居民消费方式的转变。

5. 完善社会保障体系,维护社会稳定

尽快建立起独立于企事业单位以外、资金来源多元化、保障制度规范化、管理服务社会化的社会保障体系,以适应整个市场化改革和发展的要求。以非公有制经济部门为重点扩大社会保险覆盖面,为

贫困阶层提供基本生活保障。合理调整社会保障费率。加快建立与完善社会救助体系,将最低生活保障制度建设定位为整个社会保障体系的重中之重。逐步缩小城乡社会保障水平的差距,除继续完善城镇居民最低生活保障制度外,将加强农村社会保障制度建设上升为农村反贫困的重要策略,增加对农村社会保障的财政支付,加快推进农村居民最低生活保障制度和公共卫生体系建设。

6. 深入政府机构体制改革,控制政府对社会资源的分配

通过各种社会组织获取资源是社会各阶层获取社会资源的重要手段。政府作为社会组织,其自身也具有很强的主体性,政府组织在协调各方面利益的同时,自身也有利益存在。如果政府过度控制社会资源,各类资源流动的方向就会集中,导致社会贫富差距拉大。政府和事业单位的"单位制"改革,已经初见成效,但仍然落后于企业改革的速度,这是导致这两种单位工作人员在最近资源获取手段变强的重要原因。因此加强对权力机关的监督也是必不可少的措施。

7. 降低教育费用,维护受教育机会的公平

丹尼尔·贝尔预测未来社会知识和技术将成为社会的"中轴",甚至成为社会阶层分化的主导因素。[1] 在中国通过提高教育程度增加社会资源的获取的趋势也越来越明显。社会各阶层平等的获得教育的权利对社会公平的意义重大。南京市是全国的高等教育中心之一,这部分资源如果利用好,可以为南京市各阶层带来畅通的流动渠道。对于南京市来说当务之急是解决两方面的问题。一方面,近些年来教育产业化成了热门话题,当教育可以作为拉动经济增长的力量时,教育成本也会直线提高。目前,下一代教育对于社会低收入阶层来说已经构成巨大的生活压力,影响了这些阶层其他方面生活水平的提高。教育部门必须考虑到如何让教育费用保持在合理的范围内。另一方面,南京市城乡之间居民文化教育程度存在着明显差

---

〔1〕 〔美〕丹尼尔·贝尔:《后工业社会的来临——对社会预测的一项探索》,高铦译,新华出版社,1997年,第17页,第234页。

异,这种差异在高层次教育(专科以上教育)上体现得更为明显。引起这种差异可能有历史、文化和经济等诸多方面的原因,需要在整个社会资源分配上做出调整才可能逐步得到解决。国家可以通过政策上的倾斜来引导资源向农村流动。

8. 加快住房制度改革,规范房地产市场

住房制度改革近几年来进展很快,但是由于南京市是江苏省政治中心城市,是省级政府所在地,这种改革面临更加复杂的情况。另一方面,目前南京市的国民生产总值并非江苏省首位,但是住房价格却一直居高不下。按照南京目前的房价,城市中的大部分阶层购房都会遇到困难,如果继续增高,将会危及大多数居民基本住房需求的实现。因此在住房商品化的同时,必须加大房地产市场的规范,降低房价,并且开发面向低收入阶层住房项目。

9. 大力促进农村发展,保证农村投入

农民阶层与城市各个阶层的脱节仍然是南京市重要的社会问题之一。解决"三农"问题面临的主要阻力来源于两个方面:一是农村现实生产力状况。农民不仅所占财富不多,也几乎没有能够利用的资源。对于城郊农民来说土地本来是很好的资源,但南京城市化征地过程中出现大量"三无"农民的现象,证明了农民阶层在社会发展中的绝对弱势地位。第二,中国目前的社会发展政策中的城市取向。大量资源不合理地向城市积聚导致城市目前发展的活力明显高于农村。20世纪80年代到90年代,中国农村的阶层变化十分活跃。进城务工农民、农村个体劳动者、乡镇企业工人和管理者等等新兴阶层都从原来单一的农业劳动者中分化出来。但是到了90年代以后,阶层分化似乎成了城市的游戏,这段时间农村的阶层分化基本没有什么新的进展。保证对农村发展的投入,保持农村发展的活力,将农民阶层拉回到主体社会结构当中,对整个中国的持续发展有很重要的意义。

第二章 南京市工人阶层研究报告

　　国内关于阶层分化的研究是从 20 世纪 90 年代初开始的。首先是李强等人利益群体的划分,他认为在中国划分阶层为时过早,90 年代早期仅是存在若干不同的利益群体。中国社科院李培林研究员提出职业分化使阶级内部出现分化,他概括新时期阶级阶层结构特点时指出:"深刻的职业分化使原有的同一阶级内部出现了具有不同经济地位和利益特点的社会阶层。"[1]中国社会科学院社会学研究所陆学艺研究员从占有的经济资源和政治资源两个方面指出工人阶层变迁的特点,即权利、地位、收入的跌落,社会态度也发生了变化,"地位跌落感强","社会不公平感、被剥夺感强烈","不满增加"。冯同庆对工人阶层的研究集中于职工内部的阶层分化,他认为改革开放以来,企业职工队伍出现了明显的阶层分化,他侧重从社会行动、心态等微观层面上考察工人阶层的变迁。赵炜等人从企业内部工人阶层的分化,即分为管理者、技术工人、普通工人来阐述这一群体的变化。90 年代后期,李培林等人通过大量的调查发现,下岗失业工人中的大多数都经历了生活困难、找工作难以及社会地位急剧下降的情况,这部分学者集中于对城市中的"弱势群体"的实证研究。(李培林、张翼、赵延东,2000)。

---

〔1〕 李培林:《新时期阶级阶层结构和利益的变化》,《中国社会科学》1995 年第 3 期。

本章主要是对转型时期南京市工人阶层的地位变迁问题进行探讨，我们首先应对工人阶层做一个清晰的界定。工人阶层的内涵和外延具有鲜明的时代性。马克思、恩格斯通常所说的工人，主要是指他们所处时代的雇佣工人，这样的工人具有的基本特征是：不占有生产资料，受雇佣，靠出卖劳动力为生，包括体力劳动者和脑力劳动者，他们是着眼于生产资料的占有关系。我们这里所说的工人阶层的界定是采用陆学艺研究员主编的《当代社会阶层研究报告》里所阐述的，工人阶层是指这样一些人：凭借体力和操作技能资源直接操作生产工具，生产物质产品、提供劳务服务或者为这些生产、服务提供辅助帮助，在管理与被管理关系中属于后者的群体。根据工作类别，工人阶层包括直接生产工人、辅助生产工人、服务人员三个部分。根据操作技能等级，包括熟练工、初级技工、中级技工和高级技工等几个部分。[1] 狭义上的工人分布在制造业、采掘业和电力、煤气等的生产供应业，广义上的工人除这三个行业外，还包括建筑业和交通运输业的生产和服务人员。这里所指的工人不等同于国家管理部门所使用的工人的概念，国家管理部门是从编制的角度界定工人的，编制意义上的工人是一种身份，本章主要是以职业特征来划分工人阶层。目前工人阶层已成为一个庞大而复杂的群体，他们广泛地分布在各行各业中。

本章的数据主要来源于 2003 年底，由南京市社会科学院牵头、南京理工大学实施的南京市社会阶层状况调查。为了方便进行不同阶层的横向比较，我们整合六个阶层的数据；为了进行同一阶层内部的纵向比较，我们单独分离工人阶层共计 196 份问卷，采用 SPSS 专业社会统计软件进行描述性和探索性分析，为了使读者从微观的层面上了解工人阶层的发展状况，我们访谈了若干个工

---

〔1〕 陆学艺：《当代社会阶层研究报告》，社会科学文献出版社，2002 年，第127 页。

人阶层成员,选取部分个案资料辅以论证。以这些数据资料和文字资料为基础,采用定性与定量相结合的方法,从实证调查数据和深度访谈所得的资料出发,探讨南京市工人阶层的变迁、内部结构的分化,不同结构工人群体的比较,在此基础上探讨变迁的原因,探讨工人阶层的社会心态,最后针对这一阶层的发展提出对策性建议。

一、工人阶层变迁的时代背景

改革开放以来,伴随着社会经济的快速发展,我国工人阶层在数量上和内部结构上都发生了重大变化。从数量上来看,1978 年全国工人总数为 1.2 亿多人,2000 年达 2.7 亿人,工人的总数占全国总人口的 20.6%,占地方从业人员总数的 36.7%。越来越多的进城务工的农民也转化为工人阶层的一部分,2000 年乡镇企业工人占工人总数的 49.1%,私营企业工人占 7.7%。[1] 工业化的快速发展带动了产业结构的更新开放,使工人队伍在产业中的分布也发生了较大的变化。据统计,1978 年~2000 年在全国社会劳动者构成中,第一产业从业人数从 70.7% 下降到 50.0%,第二产业从 17.6% 上升到 22.5%,第三产业从 17.7% 上升到 27.5%。

工人阶层的变迁体现为绝对数量的扩大化与结构的多层次化。无论在物质生产部门或非物质生产部门都出现了新阶层与新集团,如以熟练工人与技工为主体的新型工人阶层,以工程技术人员为主体的工程技术人员阶层,以"白领工人"为主体的职员阶层,以"蓝领工人"为主体的体力劳动者阶层等。在 1982 年的第三次人口普查中,生产工人、运输工人的总数为 8 337 万人。1990 年的人口普查中,相应数量为 9 812 万人。1995 年的 1‰人口抽样中,这一数量为

59

---

[1] 温强洲:《工人阶级状况变化及产生误解原因分析》,《武汉市经济管理干部学院学报》2003 年第 3 期。

101 万人，由此推断总体为 10 100 万人。这表明了工人阶层绝对规模增加的趋势。另一方面，生产工人、运输工人在全部从业人口中的比重逐渐下降，1982 年为 15.99％，1980 年为 15.16％，1995 年则为 14.42％。[1]

从南京市的情况来看，1991 年以来，工业从业人数 74.7 万人，其中轻工业 24.02 万人，重工业 50.68 万人。全民所有制工业为 475 381 人，1991 年城镇集体所有制单位职工 237 356 人，其中，轻工业 113 628 人，重工业 123 728 人。

2002 年，南京市规模以上的工业企业数合计 1 992 家，按经济类型划分的企业数、从业人数见表 2-1。

表 2-1　按经济类型划分的企业数（家）、从业人数（人）

	国有企业	集体企业	股份合作制企业	联营企业	有限责任公司	股份有限公司	私营企业	其他企业	港澳台商投资企业	外商投资企业
企业数	156	268	181	196	153	63	402	3	201	213
从业人数	139 334	59 611	31 961	24 292	119 865	51 263	76 213	5 021	48 566	57 295

资料来源：《南京统计年鉴 2002 年》，中国统计出版社，2002 年。

南京市 1998 年工业职工数量是 76 万，2001 年是 58 万。从整个趋势来看，从 1991 年到 1995 年，职工人数变化幅度不明显，但从 1995 年起到 2001 年，职工人数变化曲线呈现明显的下降趋势，2002 年略有上升（见图 2-1）。在这里，我们还不能分辨不同产业结构、不同经济类型企业内部的人数变化趋势。

尽管工业职工人数绝对数量近几年出现下降趋势，但从图 2-3 可以看出，工业企业的利税总额呈现上升趋势，而且上升的幅度还比较大，也就是说，工业创造产值的贡献率仍旧比较大。

---

〔1〕 转引自中国农村研究网：http：www.ccrs.org.cn。

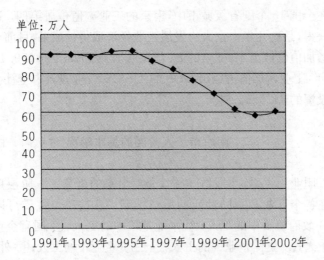

图 2-1 南京市工业职工人数的变化情况

资料来源:《南京统计年鉴 2002 年》

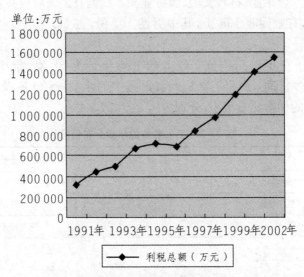

图 2-2 南京市工业的利税情况的变化趋势

资料来源:《南京统计年鉴 2002 年》

在全国 15 个副省级城市中,南京的工业产值位居第四。这一位置的获得,是这几年南京大力发展工业经济取得的成果,目前全市的工业增加值已经由 1990 年的 87 亿元增加到 2003 年的 659.4 亿元。2003 年,工业增加值占全市 GDP 的 41.8%,工业投入占全社会固定资产投资的 41.5%。[1]

二、南京市工人阶层的基本情况

以职业为主要阶层划分依据,分离出来的南京工人阶层广泛地分布在各个行业和不同性质的单位类型中。按单位性质可以划分为:① 政府机关中的工人;② 事业单位中的工人;③ 国有企业单位中的工人;④ 集体企业中的工人;⑤ 三资企业中的工人;⑥ 外资、个体企业中的工人。按行业划分,工人阶层分布的范围比较集中地分布在:工业制造业、农林牧渔业、房地产建筑业、交通运输业、信息产业、商业、金融业、科教文卫、服务业。本次调查工人阶层共发放问卷200 份,有效回收 196 份,其中男性 102 份,占 52.0%;女性 94 份,占 48%。

(1)在年龄结构上:样本的平均年龄为 37 岁,集中分布在23～50 岁区间,36～50 岁是人数最集中的年龄段;20 岁及以下、50岁以上的样本比重很小,分别为 2.5% 和 13.4%。

表 2-2　工人阶层的年龄分布情况

	人数	百分比
20 岁及以下	5	2.5
20～28	54	27.5
29～35	51	24.3

〔1〕 施勇军:《南京工业产值居全国前列》,《南京日报》财政·综合版,2004 年 6 月12 日。

续　表

	人数	百分比
36～50	65	32.3
50 岁以上	31	13.4
合计	196	100.0

（2）样本中的学历分布情况（见表 2-3）。

表 2-3　工人阶层的学历情况

	频数	百分比	有效百分比	累积百分比
文盲	5	2.6	2.6	2.6
小学	17	8.7	8.7	11.3
初中	55	28.1	28.1	39.4
高中	70	35.7	35.7	75.0
大专	46	23.5	23.5	98.5
本科	3	1.5	1.5	100.0
总数	196	100.0	100.0	

注：在涉及有效频率和累积频率时，机器以小数点后四位计算，而我们统计结果采取四舍五入，只保留一位，因而在统计时会出现 0.1％的误差，这个误差在可接收范围内，不影响数据推论总体的可靠性，以下同。

从表 2-3 中可以看出，工人阶层学历情况集中分布在高中、初中和大专，有效百分比分别为 35.7％、28.1％和 23.5％，一般完成职业教育与大专教育的工人阶层，在受教育中获得了职业技能，这部分人中从事工业行业的数量比较多。处于两端的文盲和本科学历占的比例较小，各占 2.6％和 1.5％。

（3）样本中工人阶层的就业状态：正在就业的有 140 人，占总数的 71.4％，非就业状态（包括下岗、退休）的有 52 人，占 27.6％（见图 2-3）。

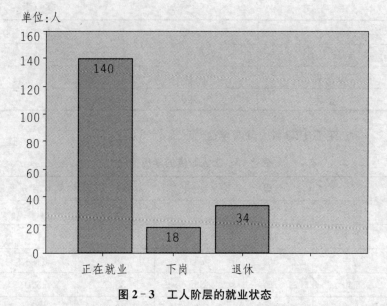

图 2-3　工人阶层的就业状态

三、工人阶层的变迁

在人们的眼中工人阶层往往是弱势群体、低薪群体,但实际上,由于工人阶级内部各个阶层所处的所有制形式的不同和劳动方式的不同,他们在利益分配、思想水平、价值取向上也必然存在不同程度的差异。

(一)内部分化

1978 年以来的改革开放使中国社会发生了深刻的变化,经济体制转轨和现代化进程的推进也促使中国社会阶层发生结构性的改变。原来的"两个阶级一个阶层"(工人阶级、农民阶级和知识分子阶层)的社会结构发生了显著的分化,一些新的社会阶层逐渐形成,各阶层之间的社会、经济、生活方式及利益认同的差异日益明晰化,以职业为基础的新的社会阶层分化机制逐渐取代过去的以政治身份、户口身份和行政身份为依据的分化机制。国有企业、集体企业通过改制、改造、换牌、重组,有的一分为二,有的直接成为三资企业,而这部分企业中的产业工人也就随之改变身份,由国家主人分化成雇佣劳动者。这些迹象表明,社会经济变迁已导致了一种新的社会阶层结构的出现,并且,这种结构正在趋于稳定,与1978年以前的阶层结构相比,这一新的社会阶层结构在基本构成成分、结构形态、等级秩序、关系类型和分化机制等方面都发生了深刻的变化。工人阶层可以划分为以下几个子阶层:

(1) 国有企业工人:国有企业是我国国民经济的重要组成部分,也是企业职工最集中的部门,国有企业职工阶层的变化对工人阶层内部结构变化有重要影响。南京市国有企业工人经历十几年的发展变化,也相应地发生了变化。20世纪90年代中期以后,由于国有企业不景气和国家对国有企业执行"抓大放小"的方针,大多数国有企业很少增加新的劳动力,在不少企业出现了生产工人年龄老化的趋势。

65

(2) 个体、私营企业工人:在个体、私营企业里有许多从事体力和脑力劳动者。到2002年,民营经济吸纳的就业量达到3.09亿人,占全社会就业总量的42%,民营经济在城镇中的就业比重已经超过70%,在第二、第三产业的就业比重更是达到84%,目前再就业的国有企业下岗职工中有70%已经在个体私营企业里工作。[1]

(3) 外资、三资企业工人:外资企业是我国对外开放政策的产物,从兴建之日到目前已经有了巨大的发展,相当一批年轻、文化程度比较高的职工进入外资、三资企业工作,他们形成了工人阶层的一支主要力量。由于所有制性质和单位性质的不同,外资企业里的工人阶层也不同于其他单位性质的企业工人。

---

〔1〕 参见中央统战部副部长、全国工商联党组书记、第一副主席胡德平在全国就业和社会保障先进民营企业表彰大会上的讲话,转引自中国劳动力市场网 http://www.lm.gov.cn。

（4）乡镇企业工人：乡镇企业是 20 世纪 80 年代出现的一种所有制形式，多数是以劳动密集型企业为主，在形成的初期吸收了大量的农业劳动者，为缓解农村的就业压力做出了贡献。当代中国的乡镇企业职工是从传统的农民转化而来的，其工作和生活的主要内容又与工人极为相近。乡镇企业的用工形式主要有临时工、季节工、固定工，以合同制和聘用制为主。在乡镇企业里的职工工资收入已经超过了在农业领域的收入，其工作特点、工作环境（厂房、机器）与产业工人相差不大，所以，其生产领域的员工也可以视为工人阶层的一员。

（5）农民工：改革开放以来，全国已有 2 亿多农业劳动力转移到非农产业，他们目前是建筑、纺织、采掘和一般服务业的劳动主体，他们在现行的户籍制度下仍被认定为农民，但他们已从农民中分离出来，不同程度地融入城市社会，不再从事农业生产，而是从事非农产业的工人，他们与城市和城镇工人共同组成了一个统一而完整的劳动工人阶层。目前，整个产业工人阶层在社会阶层结构中所占的比例则为 22.6％左右，其中农民工占产业工人的 30％左右。作为弱势群体的农民工相对于其他工人群体来说，他们往往远在他乡、举目无亲，比城镇工人阶层更难争取到社会和法律的援助。就南京市的情况而言，截止到 2001 年底，由南京市劳动监察部门负责管理的外来劳动力总数为 20.1 万人，其中，从事瓦木工工种的最多，有 22 865 人。[1]

被调查者在各类企业中的单位性质呈现多样性的特点（见图 2-4）。分布比例相对比较大的是私营、个体企业和国有企业，分别占 29％和 23％。私营、个体企业里的从业人员已经超过了国有、集体企业。市场经济体制下，多种所有制并存，私营、个体企业得到了比较好的发展机会。如今的工人阶层的职业分布呈现多样性、分散性的特点，没有大规模地集中在某些性质的单位。

---

〔1〕 朱力、陈如：《城市新移民》，南京大学出版社，2003 年，第 17 页。

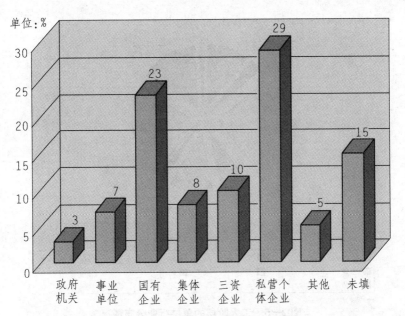

单位：%

图 2-4 工人阶层的单位性质分布情况

工人阶层分布的行业范围的特征可以概括为：广泛和分散。从图 2-5 的切割饼形图我们可以看出，工人阶层的就业范围已经突破了传统的局限于工业制造、厂矿等单一的行业。其从业范围包括了服务业、农林牧渔业、信息产业、房地产建筑业、金融业、交通运输业等。服务业、房地产建筑业和工业制造仍是目前最主要的工人阶层的集中行业。其中，从事服务业的工人阶层比例最大，占 23%，其他两个行业所占比例为 14.8% 和 14.3%。

（二）不同结构工人群体的比较

1. 以空间为轴的横向比较

工人阶层内部出现分化，不同结构工人群体内部存在差异。国有企业、集体企业职工的学历层次相对较低，非国有高科技企业职工的学历相对较高。从年龄结构上来看，国有企业职工队伍年龄结构相对老化，非公有制企业职工队伍年龄结构年轻化。具体的差异可

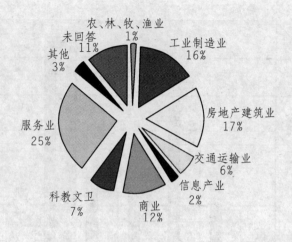

图 2-5　工人阶层的单位行业分布情况

以从以下几个方面体现出来:

(1) 受教育程度的差异。受教育程度是直接影响个人社会地位的重要因素。一般来讲,一个人受教育程度越高,他的经济和社会地位就越高,教育和收入呈正相关。西方社会学家将教育视为"象征性的财产"。从单位性质上看,在外资、三资企业工作的工人的学历都在大专以上,其平均受教育程度在所有类型企业中是最高的(见表2-4)。近年来,外资、三资企业对员工的外语水平和计算机应用也有一定的要求。国有企业和集体企业基本上以高中学历为主,高中学历者占50.8%,其次是大专,占30.5%;私营、个体企业中学历分布比较分散,从小学到硕士,各个学历层次都有,但所占比例最大的是高中,为44.1%,其次是初中,占27.1%。乡镇企业的职工和进城务工的农民工刚刚从农民转化而来,文盲、半文盲比重大,文化、技术素质都比较低,尚未完全摆脱小农意识的束缚。

表 2-4　工人阶层在不同性质单位的学历情况（%）

	文盲	小学	初中	高中	大专	本科	硕士
政府机关、事业单位	2.1	15.5	30.2	18.5	30.2	6.5	0.0
国有企业、集体企业	2.1	0.0	15.3	50.8	30.5	2.3	0.0
外资、三资企业	0.0	0.0	0.0	0.0	70	30	0.0
私营企业、个体企业	2.1	6.4	27.1	44.1	18.7	1.7	1.7

　　（2）收入上的差别。不同结构的工人阶层在收入上存在差别，股份制和股份合作制企业的"产权多元化"使企业改制出现了职工持股、劳动分红等新的分配形式。从样本中被调查者的收入情况来看（见表 2-5），2003 年，外资、三资企业收入比较高，年收入达 23 555元；私营、个体企业工人收入为 19 889元；国有企业工人收入为 12 076元；集体企业工人收入为 11 214元；事业单位工人收入为 9 383元。由此可见，事业单位工人收入比较低，从编制上看，在事业单位里，知识分子、管理干部不属于工人阶层，勤杂工、后勤工、辅助工是工人阶层，而这些人的年平均工资相对来说比较低。企业改制以后，国有企业和集体企业职工工资有了提高。三资、外资企业一般要求有技能、有相当教育水平的人，提供的工资水平也较高，但考核的标准更为注重人力资本的实际价值，比如管理才能和技术水平。不同的工资构成和福利水平确定了收入水平上的差异，有些外资企业里的工人阶层参与利润分配，如股票和其他的金融投资收益，使工人阶层的一部分进入高收入者行列。私营、个体企业的年终奖金、个人业绩所得上的差别也是很明显的。国有企业和集体企业相差不大，国有企业改革，减员增效，优化组合，改制后的企业生产效率相对有所好转，工人的工资相比以前有所提高。但精简的职工，诸如待业、下岗的职工只能领取企业少量的补贴，他们的收入比较低，并且已不计算在企业员工的平均工资里。

69

表 2-5 2003 年和 1990 年工人阶层在不同性质单位的收入比较

单位性质	2003 年平均年收入(元)	1990 年平均年收入(元)	2003 年样本数 N	1990 年样本数 N	2003 年标准差	1990 年标准差
事业单位	9 383	3 412	12	7	5 850	1 994
国有企业	12 076	11 000	26	44	6 410	3 531
集体企业	11 214	12 000	14	25	4 281	3 143
三资企业	23 555	10 000	9	3	12 360	9 878
私营个体	19 889	5 420	58	10	12 691	3 119
其他	6 066	2 000	6	3	4 001	2 365

(3) 社会地位、职业声望的差异。对于工人阶层来说,个体企业、私营企业具有不稳定的职业预期,这些企业的雇工通常以临时工、合同工为主,尤其在服务行业中,临时工更是普遍存在,职工的工作环境、社会保障也不如其他单位性质的企业。因而,个体、私营企业里职工的职业声望要低于环境和工作稳定性方面比较优越的政府机关和事业单位里的职工。政府机关和事业单位中,可利用的政治资源要高于其他行业。从职业声望上来看,工人的声望不如知识分子、管理者,但就行业声望上来看,政府机关要高于其他行业。外资、三资企业的声望要高于国有企业和集体企业,因为这些企业能支付较高的工资,提供更清洁、先进与安全的工作环境,并且给工人提供比大型国营企业还要优厚的福利待遇。所以这种企业的工人常常是其他企业工人羡慕的对象。

(4) 群体认同感的差异。不同所有制性质和不同单位性质的工人阶层的群体认同感是有差异的。在体制改革之前,农民、工人、知识分子的角色认知清晰,工人阶层一律大一统化,工作、生活、消费等等都很相似。他们结交的都是有相同身份职业群体,以车间为基本单位。改制之后,群体内部出现分化,单位、行业、工种的差异代替了"身份"差异。劳动报酬与投入反差大,不同结构的工人阶层的群体认同感也发生了分化,他们结交的是相同职业的群体。外资、三资企业由于较高的收入和较高的教育,其群体认同感不同于国有企业,对于效益不同的国有企业来说,其员工由收入带来的生活方式和生活观念上的差异构成了国有企业内部不同工人的群体认同差异;濒临失业和已经失业的人对减员的抵制和对下岗的恐惧,使他们具有一致的群体认同感。城市中艰难生活的工人阶层对于社会进步的体验和新生的富裕阶层完全不同,有时甚至截然相反,社会结构的变化以及由此导致的相关社会群体地位的变化正是这种不同感受的渊源。

2. 以时间为轴的纵向历史比较

我们将不同年代的各单位性质和所有制性质进行比较,包括收入和企业数量、就业比率等方面的比较,得出十几年来南京市工人阶层的变化趋势。我们选择 1990 年和 2003 年两个时间点上,基本以 10 年为一个变化阶段。首先,从收入上看(见表 2-5),各个行业的年平均收入都有所增长,其中三资企业和私营个体企业增长幅度最大,两者均达到一万多元,在事业单位工作的工人年收入增加也比较快,国有企业和集体企业增减幅度不明显。其次,从人数上看(见图 2-6),1990 年从事工业和农林业占的比率最大,而 2003 年从事服务业占的比率最大。从图 2-7 可以看出 1990 年和 2003 不同单位性质的工人阶层就业人数的变化趋势。1990 年国有企业、集体企业就业人数最多,而 2003 年是私营、个体企业人数最多。这反映了十几年来南京市经济发展结构的变化,也反映了我们国家整个大环境的变化,产业工人的比例大幅度减少,第三产业和新兴的职业类型的出现吸收了大量人员,因而,就业结构也发生了大幅度的变化。

图 2-6 是 1990 年和 2003 年各行业就业比例曲线的变化情况。在两端两条曲线交替出现最大值,可以看出,1990 年从事工业制造业的比例是最高的,从事信息产业的比例最低。而在 2003 年,从事服务业的比例是最高的,从事房地产、建筑业、交通运输业、信息产业、商业、科教文卫的均比 1990 年有所提高。上述变化基本上反映

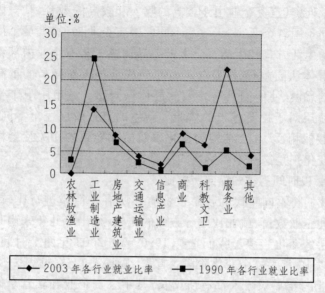

单位:%

图 2-6 2003 年和 1990 年工人阶层在各行业就业的变化情况

了南京十几年来产业结构的变化。

2003 年和 1990 年工人阶层在不同单位性质的就业人数存在明显的不同(见图 2-7)。2003 年就业人数集中的最高点是私营、个体企业,而 1990 年就业人数集中的最高点是国有企业。政府机关与事业单位就业人数变化不大,因为这两类单位的职业数量相对来说比较固定。总体而言,两条曲线呈现交替变化的趋势,变化幅度比较显著。

图 2-8 反映的是 2003 年和 1990 年工人阶层在不同单位性质年平均收入的比较。从图中我们可以看出,2003 年工人的平均年收入要高于 1990 年,政府机关、事业单位的年平均收入比 1990 年高出约 3 倍,变化幅度最大的是三资企业和私营、个体企业中工人的年平均收入。但在国有企业和事业单位的区间,1990 年的年平均收入略低于 2003 年。可见,国有企业已经不再是人们争先恐后、挤破头颅想进去的企业类型了。

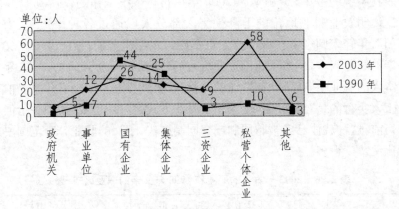

图 2－7 2003 年和 1990 年工人阶层在不同性质单位的就业人数比较

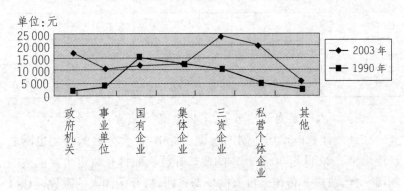

图 2－8 2003 年和 1990 年工人阶层在不同性质单位的年平均收入比较

3. 代际差异

代际差异是反映社会阶层变化和社会开放程度的主要指标,代际间的职业构成能够比较清晰地反映出社会结构的全貌和社会流动的趋势。我们采用 2003 年本人的职业和 1990 年父亲的职业来说明代际差异(见表 2－6),2003 年的本人职业呈现出多样性,1990 年父亲从事信息产业和服务业的比率为 0,而 2003 年出现了多种职业,如服务业、信息产业,第三产业的比重有显著增加。1990 年父亲在农林系统的占27.5%,本人2003年在农林系统工作的仅占0.5%,这说明农业职业地位的下降使得大部分人以通过各种渠道"跳农门",年轻人则宁可在城市打工也不愿意在家里务农。在1990年父亲的职业当中,从事工业制造业所占的比例最大,为40.5%,2003年本人的职业中,在工业制造业的比例仅为14.3%。在改革开放以前工人实行的是"身份"制,工人子女就业方式是"接班"或者"顶替",但目前,这种就业已经被聘用制或合同制取代,子女的职业分布范围要比父辈广得多。

表2-6 2003年本人的职业和1990年父亲的职业比较(%)

	农林系统	工业制造	房地产建筑业	交通运输	信息产业	商业	金融业	科教文卫	服务业	其他
1990年父亲的职业	27.5 100	40.5 100	2.0 100	5.0 100	0.0 100	2.6 100	3.4 100	19.0 100	0.0 100	0.0 100
2003年本人的职业	0.5 100	14.3 100	5.1 100	14.8 100	0.2 100	11.2 100	6.1 100	23.3 100	2.5 100	17.0 100

(三)工人阶层变迁的历史、文化原因

在计划体制向市场体制的转型过程中,社会分层的变化也随之呈现出来。20世纪70年代末的改革开放就如打开一道尘封已久的闸门一样,放进了传统上没有的新奇东西,打开了国人的眼界。如今看来,这一场史无前例的变革使中国社会的深层结构发生了巨大的变化,工人阶层的变迁无疑是在这个大背景下发生的。从改革开放开始,市场经济的发展经历了从小脚女人到放开胆子与步子的过程,公有制经济一统天下的局面不再存在,各种所有制结构并存,多种经济成分并存的局面开始形成。在城市中,个体经济、私营经济、外资企业、改制后的股份制经济等等因为合理的用工制度和资源配置而有了比较好的发展前景。在乡村,二元对立的城乡分割机制正在被打破,乡镇企业异军突起,在吸纳农村劳动力方面发挥了巨大作用。

农民从土地中走出来,成为地地道道的城市打工者,他们有些寄居城市,有些则成为都市与乡村之间"两栖者"。上述这些变化也使社会分层结构产生了巨大的变化,契约制代替了身份制,刚性划分出来的工、农、兵、知识分子已经日渐模糊,随之出现了新的经济形态、新的行业、新的职业,以职业为划分依据的社会分层日趋多样化、复杂化。同样,南京市工人阶层的变迁也是伴随着整个经济结构变迁而衍生出来的。在党的"十五大"以前,整个江苏省还是把主要精力放在发展公有制经济上,其他经济类型的企业在经济发展的环境中仍说不上宽松,"十五大"之后,江苏个体经济、私营经济等才真正大踏步地发展起来。2001 年江苏省创办私营企业最多的城市是无锡,南京位居第三。[1] 南京市的企业可以分为:原先公有制企业"三改"(改革、改组、改造)后的多种所有制成分并存的企业;外来创业者在南京创办的企业,当地业主创办的企业。不同类型的企业、不同行业、不同工种的新变化是工人阶层变迁的直接原因,也正是伴随着这些新变化,工人阶层内部出现了与以往不同的新特点:其内部多层次化,其边界模糊化。

从理性上看,这场变革还具有双面效应。20 世纪 90 年代中期以后,国有工矿企业改革,实行减员增效等政策,导致大批工人下岗,从而在事实上改变了原来那种终身雇佣格局。有相当一部分人员,在"铁饭碗"被打破以后,处于就业无保障的状况。这使他们在心理上承受着很大的压力。应当指出,这种变化带来了正反两方面的影响:好的一面是,这促使大多数工人有了学习技术和专业技能并做好本职工作的积极性;不好的一面是,在传统的计划经济体制下,工人阶层长期没有就业压力,因而没有竞争意识,一旦他们的这种既得利益状况被改变,且一时又不能适应这种改变,他们便难免会有牢骚和不满。

---

[1] 宋林飞:《江苏经济社会形势分析与预测》,江苏人民出版社,2002 年,第 233~236 页。

四、南京市工人阶层的生活方式

所谓生活方式是关于满足生存和发展需要而进行的全部活动总体模式和基本特征的范畴,它反映的是人的全部生活活动。生活方式一般地说包括两个方面,即物质的和精神的。物质生活又可分为劳动时间的和闲暇时间的,生产性的和消费性的;精神生活则包括政治生活、科学和艺术生活以及宗教生活等等。如果人的生存状态可以概括为生产和生活两个领域,生产对生活的影响具有决定的意义,也就是工作影响甚至决定生活,而多姿多彩的生活也反映了人在多大程度上做到了自由自决。因此,虽然我们以不同工种的职业为主要划分标准,但如果要以一种全方位的视角考察现实中的工人阶层生活状态,那么对生活方式的描述必不可少。通常意义上的生活方式主要是除去工作之外的闲暇生活、消费结构和社会交往模式等三个层面,我们对南京市工人阶层生活方式的描述主要从这三个方面探讨。

1. 闲暇生活

工人阶层在工作之后的时间安排称为闲暇时间安排。工人阶层的闲暇时间安排呈现出多种多样的特点,包括与同事、家人、朋友聊天,打牌,看电视,看报纸,参与社会活动,休养生息或旅游娱乐。工人阶层一般较少生活在封闭的高档社区,因而,邻里之间的交往也比较开放,尤其是在老的社区里,职业相差不大的工人们互动、交往比较频繁。

[个案 2－1] 周先生 38 岁 高中 南京某高校后勤工人

我住在校区里,工作的地方和我住的地方比较近,住的地方离市中心比较远,我不怎么到市中心,我爱人和孩子去的次数比较多,他们爱逛街。我一般都是跟朋友同事聊聊天,吃完晚饭就出来,认识的人也多,都在校区里住嘛,随便聊几句,偶尔下下象棋,晚上看电视,我比较喜欢《南京零距离》。我的工作不算累,收入一般,歌厅舞厅我也没那个嗜好,也消费不起。我们这校区不像高档社区,什么娱乐设施都有,我们基本上在家里的时间比较多。周末休息,我们会到亲戚家,但也不是每个周末都去,人家破费,我们也破费,每次去都要买东西。

(访谈员:马　勇)

但也有部分人,在工作中面临较大的压力,尤其部分脑力劳动者,为了完成任务或者使业绩突出,不惜回家加班加点,他们的闲暇时间所剩无几。另外,采用减员增效的企业改革措施之后,人浮于事的现象大大减少,相对而言工作量有所增加,如果企业效益不好,还要面临下岗压力,这些都无疑使得工人阶层没有轻松、充足的闲暇生活。而刚刚走出学校的年轻人要适应公司环境的同时,不断地学习先进的技术,他们不满足永远在基层锻炼,在从低级工到中级工,从中级工到高级工,从普通职员到管理者的升迁动力下,这些人很难真正享受生活。在我们的访谈中,供职某集团公司的彭先生这样说自己的闲暇生活:"目前,我的工作决定我的生活,我是大学刚毕业,我供职的这家企业也不错,就是压力比较大,要看图纸、画图,跟我一块进来的人都很用功,我自己也要抓紧,否则很快就会被挤下来,工作不出色,领导也不重视你。再过几年,等我各个方面都得心应手之后,在公司的地位可能比较高了,也有了一定的收入和地位,我就要好好安排我的业余生活了,不能总像现在这样,回家自己加班,搞得太累,但没办法,起步阶段嘛。"

2. 消费结构

工人阶层的消费仍以满足物质需求为主,在精神产品的消费,比如买报、买书等用于个人发展型消费略逊于知识分子。工人阶层用于文化休闲娱乐方面的每月花费占收入的10%以上的仅为14.5%,而有将近40%的被调查者在伙食方面的支出占工资收入的五成以上。在现阶段,工人的收入用于生存方面的消费比重相对要大一些,而知识分子的收入用于发展的消费比重则要大一些。这是由知识分子从事的脑力劳动的特殊性所决定的,所以,一般的知识分子比较重视发展性的投资,如买书、电脑和其他的一些有利于开发自己兴趣的消费品。我们在问卷中以开放式的问题问到"您最想购买的大件商品是什么?",结果显示:房子、汽车、空调、电脑依次成为工人阶层家庭最想购买的大件商品,绝大部分家庭拥有普通的电器产品。在一般的家庭消费中,除了满足日常生活所需之外,主要是以提高生活水平和生活质量以及家庭投资的要求为主,在所有的消费支出中,家庭日用、子女上学、购置大件、购房是支出的主要项目。他们穿着比较简单,不在乎时尚的东西。目前,工人阶层中的高收入群体的比例在逐渐增大,企事业单位负责人和专业技术人员在城市高收入群体中所占比例超过一半。其中,专业技术人员占城市高收入群体的25.2%,这些收入比较高的工人在消费方面也绝不吝啬,他们已经能够承担起比较昂贵的消费,如拥有电脑、数码相机。几年前人们还谈论过"脑体倒挂"现象,而今专业技术人员占城市高收入群体的比重迅速扩大,这是知识经济飞速发展、技术市场化的结果。

3. 社会交往

社会交往跟人的社会资源息息相关,社会交往某种程度上反映了人的社会关系、社会地位,以及社会支持网络。社会交往受职业、性别、年龄、教育背景等多种因素的影响,而工人阶层内部分化比较明显,其社会交往模式也同样是多种多样。但总体而言,交往对象中同辈群体居多,社会地位相近者居多,同时也受业缘、地缘、血缘、趣缘的影响。在交往对象中,"与同事交往最多"所占比例最大,为38.1%,但是工人在工作中的交流比较少,因为每个工人只完成每个工作任务中很小的工序,工人被固定在流水线的某一岗位,限制了工作中工人之间的交流,这一点在流水作业的制造业中表现得尤为明显。有36.1%的被调查者与朋友交往最多,与亲属交往最多的占20.3%,与领导交往所占比例比较少,仅为2.2%,这说明工人与管理层之间还有较大的分化。工人阶层以协会或俱乐部形式出现的趣缘群体比较少见，在健身馆、高尔夫俱乐部、古玩收藏等同样嗜好群体中很难看到普通工人的身影。问卷调查显示：36.1％的被调查者与朋友交往最多，但在遇到困难时却有51.7％的人向亲戚求助，很少向社区和同事及领导求助，可以看出，在遇到困难时，工人阶层还是相信有血缘关系的亲戚。可见，对亲缘、地缘关系的重视，影响着人们的生活方式和社会交往方式，成为一种"习性"，并具有很大的惯性，这一点，在其他阶层的研究中也可以看出来。受职业特点的影响，工人应酬性的交往、交际性的交往、公务性的交往不如其他阶层人员，例如与生意伙伴交往比较少见，在调查结果的显示中，仅为2.1％。

五、南京市工人阶层的流动

在单位制中，由于个人进入单位后，便获得了一种几乎终身不变的身份，并且难以流动，他的权利要在单位实现。改制以后，职业上岗位流动加快，广泛推行合同制，原先的铁饭碗被打破，职工对单位的依赖性大大减弱，独立性大大增强，绝大部分职工可以根据自己的能力水平和意愿选择就业，在单位、地区、部门之间自由流动。同时也是"市场能力"越强的人往往容易进行经常性的工作流动，市场能力是指以适应能力为主的个人素质。能否有更多的就业后的培训机会也是吸引各阶层流动的原因。

为了清晰地分析工人阶层的流动意愿，我们在问卷中以开放的形式设计了"您最向往哪一种职业"，最后我们将结果分类汇总，发现公务员、老板、教师的比例最高。这说明，这几种职业的收入和社会地位都比较高，也比较稳定。单位性质的选择次序为政府机关、事业单位→三资企业→ 国有企业、集体企业→私营、个体企业。稳定性比较强的国家机关和事业单位成为首选。三资企业近年来也成为人们职业选择的趋向，特别是青年技术人员选择选择三资企业的或者自主当老板的比例较大，一方面是因为三资企业有较高的收入，另一方面是因为这些企业有更多的发展机会。

1. 受教育程度影响工人阶层的流动

教育发展对个人收入和阶层地位变迁的影响我们可以从学历与年收入的方差检验中得以印证。如表2-7所示,本人的受教育程度与收入是呈正相关关系的,相关系数为0.247。P值为0.000,小于0.05。自由度为1,均值平方为14.550。说明受教育程度越高,年收入就越高。职业流动在受教育程度较高的群体中较为常见,直接动机是与流入的单位能提供相对丰厚的报酬相关。

表2-7　工人阶层年收入与本人最高教育程度的方差检验

模型	平方和	自由度	均值平方	相伴概率
回归	14.550	1	14.550	0.000
残差	179.219	171	1.048	
合计	193.769	172		

我们在访谈中也了解到受教育水平影响阶层地位的变化。我们的访谈对象只要是上过大学,即使下岗也容易找到工作。学历越高者职业流动的经历相对比较多,得到的工作机会也相对比较多,而且学历越高者越是呈现向上流动的趋势。高学历者越重视发展,利用业余时间学习,参加技能培训,而不单是重视工资、福利。年轻职工再就业准备比年龄大的职工强,对失业的心理承受能力也要强一些。

[个案2-2]　刘先生　35岁　大学　某民营企业的销售经理

我是学技术的,先是进了一家大型的国有企业,刚开始帮老师傅干些零活,经过一年的学习之后,就能够熟练掌握工作的基本程序和技巧了,加上我平时对技术方面很感兴趣,没事的时候就钻研各种技术,在我离开工厂前一年,我已经晋升为一个10人小组的组长,而且还带两个学徒,我一共大概干了7年吧。

那时下海经商是一件很热门的事情,许多人都下海了,而且赚了很多钱。虽然,我在厂里面做得不错,而且还是"铁饭碗",但是,每天重复做着相同的工作真的很乏味,也没有新鲜感,整个人就显得特别没精神。这个时候,我女儿出生了,在喜悦之余,我也感觉到巨大的经济压力,我希望能够赚到更多的钱,使家人的生活得更好一些。所以,老同学邀请我到他的公司上班时,我就答应了,最重要的是我那时有学历、有手艺、有工作经验,也不怕找不到饭碗。到现在,我已经在这干了将近10年,我的为人比较活络一些,比较适合干这个,收入也不错。现在想起来,我觉得我的选择是对的,否则现在的很多企业效益不怎么好,与其等着下岗,还不如自己早点出来。

　　我们家一年的收入在10万元以上,大部分来自我们的工资、奖金,还有一部分是炒股、购买福利彩票、银行利息所得,除去日常的生活开支、子女教育、节假日外出旅行和一部分流动性资金以外,其余的全部存起来。我觉得我们家在南京市算是中上水平吧。

　　但是呢,我觉得替别人打工总不是长久之计,自己也有一些经验,所以我希望在最近一两年赚够足够的资本之后,开一家自己的公司,自己给自己打工心里面才比较舒服。毕竟,我现在比较年轻,机会和选择还很多,不在年轻时好好拼一下,将来老的时候后悔就来不及了。

(访谈员:刘　勤)

　　2. 年龄也是影响阶层流动的一个重要原因

　　年轻人进入三资、外企大多是通过招工考试和社会招聘,他们对市场化的用工制度比较适应。而年龄大的人对于二次职业流动多持保守的态度,对家庭、子女的考虑比较多,在工作单位中以求稳妥为主。

　　[个案2-3]　邓先生　52岁　高中　南京某厂普通工人

　　我现在是不想换职业,年轻的时候也没有换过,那时,我单位效益还算好,各方面的保障也好。现在效益差些了,不过该减的也减了,该裁员的也裁员了,我也不会下岗了,虽然钱不多,也够维持家用。现在的单位人家都要年轻的,我怎么能竞争得过,再说,我这么一把年纪参加社会招聘,想一想都不现实。有些退休之后的人还继续工作,基本上都是熟人介绍的,而且干的都是简单的活。现在我都要退休了,经不起折腾了。

(访谈员:白　玲)

3. 单位性质影响职业流动

从单位性质上看,从流动频率上看,私营、个体企业高于外资企业,外资企业高于国有、集体企业,集体企业高于国家机关、事业单位。私营企业工人的流动频率最高。这一方面是私营企业的用工制度比较灵活,雇主可以按需要吸纳劳动力。另外,农民工和非熟练工人是两类最不稳定的职业群体,大大小小的个体以及私营企业是他们常常去的地方,哪里有余缺他们就到哪里。因此,私营、个体企业的流动频率高于其他性质的企业。国家机关实行的是公务员制度,比较稳定,进出都有一定的硬性规定,流动的频率最小。

六、南京市工人阶层社会地位及心态的变化

(一) 工人社会地位的落差

转型前的政治分割和身份分割给工人营造了一个安全宁静的港湾,导致了一些工人的"贵族化",他们追求轻松、舒服的生活,变得懒散、涣散,不愿多付出努力,不能容忍高强度的劳动,也不愿学习和运用技能。转型后,体力和操作技能资源更丰富的劳动者进入企业,排斥了这些"贵族工人"。另一些本来适应工人岗位的人,因为年龄增加,体力退化,靠体力和灵敏度支持的操作技能下降,再学习的能力和愿望萎缩,也相继进入了下岗、失业者行列。这些被"资源分割"下来的人多是体弱多病和体力较差者以及40岁以上的女性和45岁以上的男性,这些人学历和技术水平较低,很难

在激烈竞争的劳动市场中胜出,几乎没有希望再回到工人岗位。产业工人的社会地位下降,转型时期,工人的主人翁地位面临着前所未有的冲击。表现在:与管理者收入拉大,对管理干部的特殊化不满。工人阶层在经济改革以前和经济改革的最初 10 年里,在经济分层中一直保持着中等地位,其地位下滑至目前较低的经济地位也就是在最近 10 年里发生的事。随着体力劳动者与非体力劳动者、有技术资源者与无技术资源者之间的差距进一步扩大,产业工人阶层的经济地位有可能还会下降。当前严重的就业压力,更恶化了产业工人阶层在劳动力市场中的状况。尽管这是工业化、市场化推进的必然结果,但在一个较短时期内,经济地位快速下降,的确使这一阶层的成员难以接受。

就目前的许多工人的心态而言,基本情况是有饭吃比没有饭吃好。许多人虽然对目前的工作单位很不满意,同时认为再找一份工作很难。工人们对目前的社会就业条件并不乐观,同时,我们还发现,工人们对目前企业实施的一些改革措施存在着不理解和不认同。

[个案 2 - 4]　刘女士　40 岁　高中　南京某器材公司职员

现在的工人哪能像以前呀,以前什么老保呀,公费医疗呀什么都有,现在最苦的就是工人了,下岗的这么多,到哪里吃饭啊。关于下岗,我认为就是企业领导的问题,那么多好好的厂子怎么说倒闭就倒闭,你看看领导哪个不是穿得好、吃得好。我现在还没下岗,我单位效益还行,如果能找到合适的,我也愿意自动下岗,可是,你看看连大学生都找不到工作,更何况我们了。所以,再怎么地也得干下去。现在有个工作就行,哪还能挑什么工作环境啊,我的要求很低了。

(访谈员:于利杰)

(二) 改革中的工人心态问题

1. 用积极健康的心态面对未来

应该说,企业中很多干部职工欢迎改革,拥护改革,能够正确对待正在进行的企业改革,认为改制是大势所趋,生存所需,发展所望,用积极健康的心态对待未来。他们注重个人的再学习过程,努力提高自己的各种技能,完善个人发展,追求更高的生活目标。

[个案2-5] 张女士 29岁 大专 铁路职工

我是1975年出生的,19岁参加工作,一直没有换过,不过,第二职业换过好几次,干过很多不同的工作,对于别的工作我也想尝试一下,因为我是一个不安于现状的人。虽然我现在的工作足以养家糊口,但我的大脑中有很强的危机意识,因为这种危机就发生在我的身边。前几年我们铁路线改造的时候,引进了许多先进的设备,比如以前的各种数据报表、跳闸的预警都是人工完成的,现在全部是电脑控制,那次就有一批职工下岗了。我想,以后随着科技的发展,我的工作也会被电脑代替,到那个时候,如果我没有其他的工作的话,我就只能等政府救济了。另外,还有一件事给我的印象非常深,我16岁的时候,我奶奶得了尿毒症,如果要治疗的话就要换肾脏,但这项费用要用十几万,我爷爷奶奶生了我爸和我大伯两个儿子,还有我两个姑姑,但那时我们几家倾家荡产也拿不出那么多的钱,更不用说后续的治疗费用了。我就想,像我爸爸那样--个工人,辛辛苦苦干了大半辈子,结果连自己最亲的人都救不了,我觉得这就是他一辈子的悲哀了。我就下决心这辈子要做一个成功的人,不要像我父母一样,他们像牛一样劳作了一辈子,结果什么都没有得到。也许我和他们的观点不一样吧,我渴望成功,我抓住每一次机会,我的第二职业有1 000多块的收入,是在一家外资企业里做销售人员,最近我还想开个自己的店铺。

我的工作是比较轻闲的那种,有时上半年,休息半年,所以我平时除了做第二职业之外,还会在个人发展方面投入很多时间和经历。我现在正努力学习营销方面的知识,也买了一些书,听一些课,有时还会去学习电脑,我觉得这方面的花费是值得的,也是很有必要的,我丈夫支持我这么做,他自己也是如此的。

虽然我是一名铁路职工,是铁饭碗,但我不会被束住手脚,一辈子就吃这口饭,我有我自己更高的目标。现在我还年轻,我还在不断地学习,我现在的时间被安排得满满的,这就是我的资本,或许再过5年、10年我就会成功。

(访谈员:吕新伟)

2. 失落中也有要强的心理,在总体上却保持着自尊

绝大多数的工人从以前的单位人变成了社会人,部分从单位中脱离下来的工人对自己的能力没有自信,尤其是那些没有技能、文化程度又比较低,年龄相对比较大的工人,他们的失业危机感要比其他工人强得多。但也有部分人失落中也有要强的心理:只要努力勤奋,总会有饭吃。尽管工人相对于其他阶层获得的利益相对下降,然而他们的社会行为,尤其是社会心理,在总体上却保持着自尊。

[**个案 2-6**] 徐先生 44 岁 高中 南京某电器公司普通工人

我 1960 年出生在南京,1977 年高中毕业,正逢上山下乡运动,下乡务农一段时间后,在南通参加工作。妻子和儿子目前在南通,周末会过来团聚。我的基本工资加上岗位津贴、奖金等平均每月 1 300元,妻子是 640 元,我的工资收入一部分补贴家用,另一部分作为儿子的教育基金。我是一名普通工人,在社会上处于中下层。我父母也没有什么特殊的社会关系,我的工作是通过自己的努力得来的,并没有依靠他人。

我目前的社会地位不高,从收入上来说算是底层,但是我并不因此而抬不起头来,任何一种行业都有其必不可少的重要性,我的朋友当中有国家公务员、高级管理者,也有农民,大家在一起时并不计较各自的身份地位,一个人在别人心目中的地位也是由知识、品性等来决定的。

现如今,我身边的一些人贫富不均,有人心理极度不平衡,终日怨天尤人。其实,我感觉每个人的财富收入都是通过自身的努力获得的,我觉得钱不在于多,够用就行了,要懂得知足常乐。即使有某些人由于不正当行为得来不义之财,也不能长久守住它。该是你的

就逃也逃不掉,不是你的强求也不来。

在我们家生活的小区中,从事各种职业的人都有,企业管理者、政府工作人员,也有从事社会福利事业的,还有一些普通的工人。其中高层管理者、律师、公务员的声望较高,而工人、农民的声望就较低了。一个人的声望并不是先天注定的,如果拥有权势、金钱,但是不注重自己的品性、修养,他的声望也不会高的。

我最开心的事的就是儿子的学习成绩让人很满意,他今年念高二,相信他会成为高级知识分子,文化程度和社会地位都会远远超过我(谈到儿子时徐先生有掩饰不住的骄傲)。

(访谈员:王 敏)

从访谈中,可以看出徐先生作为一名普通的员工,从收入和职业声望上来看,处于社会中下层,儿子的教育费用使他不能尽享物质丰裕,但徐先生的心态较为平衡,处世乐观,对于这次访谈也十分配合,此次谈话轻松、愉快,看到他们一家人相处得很融洽,可以看出他们生活很美满,懂得知足常乐。

七、南京市工人阶层的社会态度与主观等级认同

(一) 社会态度

随着社会经济制度转型所导致的工人的权力、收入、地位跌落,工人的社会态度也发生了变化。具体表现为:地位失落感、社会不公平感、被剥夺感强烈。在宣传上和政策上开始向知识分子倾斜,正所谓"老大靠了边,老九上了天"反映了工人阶层的这种心态。对社会、对政府、对官员的不满增加,希望改变现状的愿望增强,拥护支持改革的积极心理与高依赖性低风险承受能力的保守心理特质并存。

我们从南京总工会了解到,南京市国有商业企业的改革进入了攻坚阶段,改革改制驶入了快车道,包括所有区县的商贸企业在内,

90％的国有资本将退出,90％的职工将完成身份的转换。[1] 这些改革举措关系到工人阶层的切身利益,也反映到他们社会态度的变化上来。问卷中,"您认为南京市当前社会发展中最严重的社会问题是什么?"其中选择"失业下岗"的比率最大,占 20.6％。对于工人而言,近几年的下岗失业问题与自己的生活密切相关,有的人甚至生活在失业危机感之中,从前那种铁饭碗的安逸感不再存在,工人不得不为自己的今天、明天打算。其次是认为"房价过高"是最严重的社会问题的占 18.9％,选择"教育收费过高"的占 10.6％。"改革中受益最大的群体是哪些人?"其中,选择"国家机关的领导人员"的最多,占 34.8％,其次是选择"个体、私营企业主"的占 26.8％。选择"公务员"群体的占 10.6％,纯务农农民是受益最小的群体,工人阶层排列的名次为倒数第二,仅次于农民(见表 2 - 8)。工人们自身认为工人在改革中的受益程度比较低。近几年社会分层化趋势比较明显,生活条件比较优越,在权力与金钱方面占有优势的群体,自然被视为改革中受益较大的群体。但受益大小却有很大差别,这源于社会发展政策造成的改革时期的利益协调失衡使部分人有较大的获利可能。而另一部分人,比如农民、失业工人却被远远地甩在了后面,这有个人的原因,也有政策的原因,受益者并不是平等地享有受益机会。社会成员不可能整齐划一,分层是必然的,关键是层与层之间的距离和层与层之间的流动是否合理。

表 2 - 8　工人阶层关于哪些人是改革中的最大受益者的判断

	百分比
国家机关领导	34.8
个体、私营企业主	26.8
公务员	10.6

〔1〕 南京市总工会、南京市工人运动研究会:《2003 年度工会优秀调研报告和论文汇编》,2004 年。

续 表

	百分比
专业技术人员	6.6
第三产业人员	11.4
演艺人员	15.9
工人	5.5
纯务农农民	3.4

我们在问卷中也涉及到了有关南京市政府的施政情况的民意调查,在问到"南京市政府在哪些方面取得的成效最显著",选择"整顿治安秩序"的人最多,占23.3%;其次是"发展地方经济",占13.5%;选择"国有企业改革"的占6.3%,这说明南京市政府在整顿治安和发展地方经济方面得到了老百姓的认同,在保障职工权益和国有企业改革方面还存在不足,失业、下岗者的比例偏大,再就业比较困难。

（二）主观等级认同

被调查者自认为的生活水平等级称为主观等级认同。主观等级地位认同与客观社会经济地位分化之间虽然有一定距离,但它能更好地反映工人阶层的自我评价。我们的调查要求人们对自己的生活水平按上等、中等偏上、中等、中等偏下、下等5个等级进行归类,表2-9列出了不同的被调查者对其个人生活水平等级评价的结果。可以看出,绝大多数人倾向于选择中等,被调查者中选择"中等"的有97人,占49.5%,选择"中下等"和"下等"的各占27.6%和13.8%,可以看出,将近一半的被调查者认为自己的生活水平在中等的位置,仍有40%多的被调查者认为自己的生活水平处于较低等级的位置。被调查者生活水平中等和中等偏下者居多,可见,主观等级认同与工人阶层在整个社会分层中的等级基本趋于一致。

表 2-9　工人阶层对生活水平的主观评价

	频数	百分比	有效百分比	累积百分比
缺损值	3	1.5	1.5	1.5
上等	1	5	5	2.0
中等偏上	14	7.1	7.1	9.2
中等	97	49.5	49.5	58.7
中等偏下	54	27.6	27.6	86.2
下等	27	13.8	13.8	100.0
合计	196	100.0	100.0	

八、南京市工人阶层的满意度分析

(一)生活满意度

从表 2-10 中我们可以看出,虽然部分职工对改革有一定的抵触心理,从地位与生活水平相对而言有不同程度的下降,但绝大部分工人阶层满意目前的生活。生活满意度是一种个人主观感觉的指标,可能因为目前的物质生活水平,也可能因为个人的心理状态而产生差异。对目前生活满意的有 76 人,占 38.8%;我们也可以看到,非常不满意和不满意的总数有 73 人,占 37.3%;认为"无所谓"的有 43 人,占 21.9%。也就是说,同属于工人阶层不同职业的、不同收入的人生活满意度相差也很大,工人阶层内部分化也比较明显。

表 2-10　工人阶层的生活满意度情况

	频数	百分比	有效百分比	累积百分比
非常不满意	16	8.2	8.2	8.2
不满意	57	29.1	29.1	38.3
无所谓	43	21.9	21.9	60.2

	频数	百分比	有效百分比	累积百分比
满意	76	38.8	38.8	99.0
非常满意	4	2.0	2.0	100.0
合计	196	100.0	100.0	

（二）工作满意度

被调查者对工作满意度情况（见图2-9）"非常不满意"和"非常满意"占的比例很小,各为3％和1％,满意的占43％,不满意的占26％。不同行业、不同部门其工作环境和收入存在很大的差异,因而,对工作的满意度上也必然存在很大的差异。

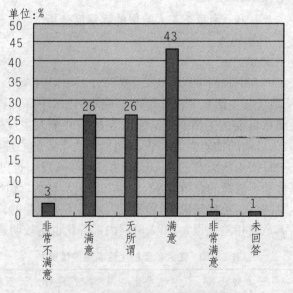

图2-9　工人阶层的工作满意度情况

（三）对未来生活水平的预期

对未来生活水平的预期,在某种程度上反映出被调查者的生存满意程度。表 2－11 是工人阶层对未来两年的生活水平的个人预期。从表中我们可以看出,绝大部分的被调查者对未来两年的生活水平充满信心。认为有所提高的有 97 人,占 49.5%,认为跟现在差不多的有 68 人,占总数的 34.7%。这部分人的职业处于稳定期,不会出现较大的变动,认为自己的生活也不会有大的变化。处于两级的,即认为有很大提高的和大幅下降的占的比例很少,两者均少于 5% 的比例。认为有所下降的有 19 人,占 9.7%。这说明工人阶层对未来生活水平的预期比较高,生活信心较强。绝大多数人肯定近十几年来南京经济的发展,并且认为自己也从中受益。效益不好甚至濒临破产的企业里的工人对未来充满担忧,认为生活水平会有所下降。

表 2－11 工人阶层对未来生活水平的预期

	频数	百分比	有效百分比	累积百分比
有很大提高	7	3.6	3.6	4.1
有所提高	97	49.5	49.5	53.6
跟现在差不多	68	34.7	34.7	88.3
有所下降	19	9.7	9.7	98.0
大幅下降	3	1.5	1.5	99.5
缺损值	2	1.0	1.0	100.0
合计	196	100.0	100.0	

如表 2－12 本人最高教育程度与未来生活水平的交叉分析所示:大专以上学历共有 49 人,经统计我们得知,同等学历中有 63.7% 的人认为自己未来的生活水平将有所提高,有所下降的占 6.1%;高中学历共 70 人,同等学历中有 51.4% 的人认为自己未来的生活水平将有所提高,认为下降的占 7.1%;初中学历的共 55 人,同等学历有 38.1% 的人认为自己未来的生活水平将有所提高,认为下降的占 16.4%;小学和文盲中共 22 人,同等学历中有

31.8％的人认为自己未来的生活水平将有所提高,认为下降的占23.3％。这说明教育程度越高的人对自己未来生活水平的提高越有信心。

表2-12　本人最高教育程度与未来生活水平的交叉分析(人)

本人最高教育程度	未来生活水平						合计
	有很大提高	有所提高	跟现在差不多	有所下降	大幅下降	缺损值	
文盲		2	2	1			5
小学		5	8	3	1		17
初中	4	21	20	8	1		55
高中		36	28	4	1	1	70
大专以上学历	3	33	10	3			49
合计	7	97	68	19	3	1	196

表2-13　个人受教育水平与对未来生活预期的卡方检验

	值	自由度	双尾检验
皮尔逊卡方	35.338	25	0.082
似然比	36.600	25	0.048
线性相关	4.806	1	0.028
有效个案数	196		

对于不同教育水平的人们生活满意度这个问题上的卡方检验结果分析来看(见表2-13),采用似然比检验,其值(likelihood Ratio)是36.600,P＝0.048＜0.05,可以认为不同教育程度的人们在这个问题的回答上,存在显著差异(显著水平是0.05)。

九、存在的问题与对策建议

(一) 问题

从整体来看,改革开放以来,南京市工人阶层的生活水平、文化素质普遍提高,但在社会转型期间,工人阶层也面临着诸多挑战,存在着许多迫在眉睫的问题。

1. 内部分化明显,异质性强

随着产业结构的调整,不同产业结构内部均呈现出传统产业和新兴产业并存的局面。与之对应,工人阶层内部也呈现出知识化群体与传统体力型就业者并存的多样化结构,他们在工作环境、生活环境、兴趣爱好、交往范围、政治意识、价值取向、人生态度方面差异很大。新兴行业中聚集的是技术水平较高的工人阶层,文化知识水平较高,年龄层次低,有较强烈的事业意识和成就意识,社会交往范围广,渴望得到社会认同;传统产业中体力型劳动者集中,文化水平较低,收入水平不高,很多人没有条件跟上知识化的时代发展潮流,自我发展意识薄弱,人际圈子和交往范围狭窄。工人阶层素质参差不齐,不同行业之间差异明显。

2. 工作环境比较差,工人健康得不到保障

工作场所的物理环境直接对工人的健康和安全产生影响,工作环境中有害的物理、化学和生物因素等存在着威胁工人健康方面的隐患,尤其是在小型工作场所工作的工人一般享受较低的工资待遇,教育程度较低,经验缺乏,技能低下,他们很可能对卫生安全防护措施的了解甚少,如不良的空气质量、粉尘、噪声、有毒化学品等与各种疾病的发生有密切的联系。另外,由于部分企业片面追求利益,要求工人加班加点,导致了工人超负荷劳动,也会影响工人的健康。

3. 工人利益受到侵害引发劳资冲突

劳资冲突较多地发生在私营企业和小型外商投资企业之中。

不少私营企业劳动条件恶劣,工人在缺乏基本劳动保护的环境中劳动。在不少私营企业里的外来民工的处境非常恶劣,劳动合同签订率低,履约率更低,企业用工和劳动管理很不规范,工人的利益和安全得不到保障。在许多三资企业,工人都在超强度、超负荷、超体能、超工时("四超"现象)情况下工作,工人由于疲劳过度而遭受伤亡的事件不断发生。有些利益受损的工人采取消极手段,如消极怠工、破坏机器等(深圳曾发生过一起纵火案,致使一些无辜者受害),这些劳资冲突虽然没有发展为重大的社会事件,但潜在的不安定因素是很危险的。

4. 对某些改革措施的不认同,甚至有抵触的态度

现阶段工人阶层的社会地位与传统体制下工人阶层的社会地位相比,出现了明显的"地位落差"。这种"地位落差"使工人内心产生了相当的失落与不满。失落与不满的情绪与心态在一部分老工人和失业工人中体现得尤为突出。部分工人焦虑不安,紧张感加大。干部怕变动、怕失去位置、怕失去权力、怕失去利益;职工怕失业下岗、怕收入减少、怕今后无保障、怕企业搞不好、怕投资收不回、怕领导暗箱操作、怕不按照政策和规定程序办。出现了"改了以后就没有好日子过了"、"就这样混混日子算了"、"改制的好处都被领导占据了"、"置换就是职工买断工龄回家"等牢骚和抱怨。

5. 工人与管理者阶层的分化和矛盾日益明显

改革以前,工人与企业领导是不存在利益关系,干好干坏都拿一样的工资,改革之后,企业的管理者具有法人资格,工人的身份制彻底解除了,管理者与职工是不同的利益群体,以绩效、技能为评价标准,同时随着多种分配方式的出现和市场竞争的加剧,利益上的分化越来越明显。首先,收入差距越来越大。1979年到1991年是改革的初期阶段,工人与管理者之间的差距尚小。从1992年各项改革措施相继出台后,两者间的收入差距拉开了距离,其中1992年管理者的收入为工人的1.259倍,1997年为工人的1.347倍,2000年为工

人的 1. 480 倍。[1] 针对改革的不彻底性和社会发展的阶段性,工人在与企业所有者、管理者的"对话"中实际上处于下风。企业的所有者、管理者在订立劳动合同、规定劳动报酬、支配工人的劳动、处罚和解雇工人等方面具有比相关的制度规定更大的权力,而承担的义务与责任却更少。与经理阶层相比,工人在所处的岗位上能够影响、支配的资源的较低,数量较少(厂长支配着全厂的资源,工人支配着自己岗位的资源),这就决定了工人阶层在整个社会阶层结构中只能处于较低地位。

6. 工人阶层中出现"弱势群体"

改革是利益关系的重新调整。工人阶级承担了很大的改革风险,付出相当大的代价,相对而言,其地位出现了下降的趋势。工人阶层中出现了"弱势群体",这是就业利益和劳动报酬利益没有得到保障的群体。"弱势群体"中许多人是将被淘汰的夕阳产业的工人,本身的职业技术水平较低,年龄偏大。他们的下岗及失业补助或退休工资非常低,再就业和增加收入的能力也很低。工人阶层中的"弱势群体"还有一部分进城打工的农民工,一般从事苦、脏、累、险的工作,收入很低,能吃苦耐劳,但文化技术水平不高,福利待遇较差。

(二)若干对策建议

加强劳动保障部门的行政监管职能建设,推进集体合同和劳动合同制度建设,取消不同所有制企业的职工以及干部与职工、固定工与合同工等身份的界限,使劳动关系合法化、规范化。劳动保障部门发挥行政监管职能,取缔不合理的用工现象,确保劳动者与用人单位在平等自愿、协商一致的基础上,签订劳动合同。2002 年,全市劳动和社会保障部门在全市开展"集体合同和劳动合同管理年"活动,促进劳动关系的调整。集体合同和劳动合同的签订的覆盖面进一步扩大,这些活动应该得到长期有效的落实。据了解,目前个体私营企业

---

〔1〕 石秀印:《社会经济制度转型中的工人阶层及其与管理阶层之间的关系》,转引自中国社会学网 http://www.sociology.cass.net.cn。

的劳动合同签订率由 30％提高到 75.8％,外商投资劳动合同签订率由 85％提高到 99％。

重视就业并建立激励机制。就业问题是解决生存、发展问题的关键,部分工人对下岗有恐惧心理,而企业在自身发展中也必然要减员增效,在紧缩的就业市场中解决就业问题,通常采取的措施是:高就业、低工资。尤其是传统体制下部分下岗、失业和较早退休的职工,他们面临基本的生存问题,这就要靠个人、企业、政府、社会四方面联合解决这个问题。党的"十六大"非常重视就业问题,提出"就业是民生之本"。只有千方百计扩大就业,才能不断改善人民生活。对于面临二次就业的工人,要大力提高他们的文化技术水平,加强对他们的职业技术培训;政府应提供多种优惠政策,以利于他们及早就业。

鼓励工人阶层劳动积极性,建立有效的激励机制主要靠薪金制度的改革。这就要打破传统的死工资制度,采用吸纳工人入股、年终奖金等多种措施,在全市国有企业和国有控股企业普遍建立以年薪为主要形式的经营者收入分配激励与约束机制。发布多种工种(岗位)劳动力市场工资价位和不同行业的人工成本信息,公布企业工资指导线和各个行业工资指导线。

我国技术与资本市场不断更新,新技术、新产业日趋形成,而工人阶层的教育水平、技术准备均显不足。汽车、电子、机械等领域高级技术人才紧缺,工人阶层能否适时而上,在选择行业和职业时多考虑市场需要,有备而战,走知识与技术相结合的道路,改变重体力简单重复劳动,走重脑力的复杂技术型劳动的道路。传统的工厂操作正在被自动化、技术化的生产线代替,工作与创造、利润与生活密切相关,在这种情况下,工人阶层就要自己拓展各种学习渠道,比如,单位培训、学校培训,适时参加各种职业培训,确定某项专长,做到进了单位门槛的再学习,和未进单位门槛的准备学习,在学习中不断挖掘自己的潜力,多方位地提高自己。总之,无论是改善阶层地位还是个人地位,都与教育、职业、收入密切相关,是否具有进取心理,是否将进取心化作实际行动,无论对于年龄较大的工人还是对正值创造力旺盛的中青年工人来说,都是改善自身发展状态所必须具备的。

确保工人阶层中的"弱势群体"的生存和发展,要通过完善社会保障制度来解决。建立健全社会化的社会保障体系,形成多层次、多形式的社会保障格局,切实救助社会弱势群体。对拖欠、克扣农民工工资的企业和个人要严厉惩罚,确保"劳动保障监察 900 维全网"畅通,做到"有报必接,有案必查,有查必果",使法律普及、维权热线等辅助劳动纠纷的解决。

工会组织的作用。可以说,南京的工会组织数量并不少。据统计,截止到 2002 年底南京市基层工会组织 4 560 个,工会会员 115 万人。南京市总工会下属区县总工会 13 个,产业、局、集团公司、开发区等中间层次工会 25 个。另有 24 个直属市总工会的大企业工会。南京市总工会于 1998 年 10 月在玄武区进行了社区工会工作的试点,随后在全市范围内进行推广,短短 5 年时间内,全市 555 个社区全部成立工会组织,吸纳会员 3 万多人。要充分发挥工会组织的作用,就要突破传统上对工会的理解,工会组织应深入工人群体内部,了解他们真正所思所想,了解他们现实生活中存在的问题,协调工人与企业两方面的关系。但目前情况下,三资企业、私营企业的工会比较少,有些甚至根本不存在,政府又难以介入,在通常情况下,职工很难争取企业内部职工集体力量的支持,这些企业的劳资协调关系的处理完全需要借助第三方法定的裁决力量。

十、未来工人阶层变迁的趋势

未来工人阶层结构层次将呈现越来越多样,具有社会包容性的发展趋势。它不仅包括一定意义上的蓝、白领工人阶层,还包括其他行业领域的靠各自收入生活的所有阶层,大大超过了传统上以工业制造业和交通运输业为主要对象的传统划分概念。

产业工人的比例仍会有所下降,新阶层的发展越来越快,不断出

97

现新的职业、新的岗位,吸收了大量的传统意义上的工人。在产业结构的优化变动中,知识产业、第三产业迅速兴起,也使传统产业工人减少,脑力劳动为主的职工新阶层不断出现,例如高新技术领域的科技人员,金融、保险、证券行业和受聘于外资、港澳台投资企业的高级职员等。

难以形成阶层意识,工人的概念模糊化,阶层意识不明显,其内部的凝聚力也大大降低,群体的利益诉求变为个人的利益考虑。工会的作用不再像传统那样能够形成集体力量,集体行动越来越困难。

工人阶层的智能水平、智力素质不断提高。随着高科技产业的发展以及传统产业的科技化、信息化改造,知识技术结构也在不断优化和更新换代,以体力劳动为主的工人日趋减少,以脑力劳动为主的企业经营者、技术人员、管理人员以及从事办公室工作的和销售业务的职工,比重大大增加;大量劳动者处于直接生产过程之外,成为生产的设计者、监督者和调节者。

第三章　南京市农民阶层研究报告

在二元制的当今社会,农民阶层的人口分布最多,与其他的社会阶层相比,无论是在政治、经济、文化各方面所处的社会地位都相对较低。改革开放后农民阶层在国家政策支持下得到了很大的发展,但是由于我国经济体制的变革,旧的经济体制逐渐被社会主义市场经济所取代,在诸多因素的共同作用下,近几年农民阶层呈现的问题日益突出,尤其是该阶层与其他阶层的收入差距逐渐拉大,引起了该阶层的不满,也引起了我国政府的高度关注。2004 年政府一号文件的颁布使农民问题再次成为首要问题。

现有的研究表明,农民问题在我国的经济欠发达地区非常突出,对于地处"长三角"地区的南京市农民阶层来说,他们面临的问题情况与经济欠发达地区的农民阶层相比有何异同? 现实生活中他们面临的情况又是如何呢? 带着这些问题,通过问卷调查法对南京市农民阶层的生活现状、社会流动、观念与态度进行了定量研究,同时带着这些问题进行了个案访谈,以求全面客观地反映农民阶层的真实情况。

经过调查我们发现,南京市农民阶层的文化层次与全国农民阶层相一致,经济收入稳中有升,且收入来源呈现多元化的趋势;生活消费水平有所提高,消费需求旺盛;居住条件大为改善,家庭固定资产增加,与我国的经济总体发展水平相一致;社会交往圈子以血缘、地缘关系为主;总的来说南京市的农民阶层对生活现状较满意,对未来的生活充满信心。从社会流动的代际间流动情况还可以看出,农民阶层的教育、职业都发生了变迁,代内流动的工作状况也随时间出现明显的变迁。他们对于社会的敏感问题以及影响生活的社会问题较为关注,他们对待这些问题的态度与看法不再停留于问题的表象,而是有较为深入的了解。

在本次调查的 1 200 户调查对象中,根据相关标准划分,属于农民阶层的有 127 户,调查内容涉及农民阶层的经济特征、生活方式、心理(思想)状态、价值取向。对于调查回收的相关数据使用统计软件 SPSS11.0 进行录入分析。

一、南京市农民阶层的基本情况

本次调查显示农民阶层规模在逐渐萎缩,乡村的户数、人数都在逐年减少;阶层内部出现了撕裂现象,具体表现为从事传统农业即农林牧副渔以及种植业人数在减少,而越来越多的群体成员进入了诸如工业、建筑业、餐饮业等二、三产业。当然,改革开放 20 年,南京市农民阶层也成为改革的受益者之一,该群体收入稳步上升,收入结构多元化,居住条件大为改善,耐用消费品不仅在数量上而且在种类上都出现了新变化。

在 127 位被调查者中,其中男性有 69 人,占 54.3%;女性有 58 人,占 45.7%。从年龄结构分布看,被调查者中年龄在 16~31 岁之间的占 8.7%,31~40 岁的占 29.9%,41~50 岁的占 33.1%,51~60 岁的占 21.2%,年龄在 60 岁以上的占 7.1%(见图 3-1)。

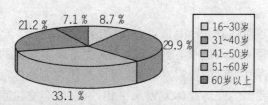

图 3-1 农民阶层年龄结构分布图

被调查者的最高学历调查显示,该阶层总体的文化程度较低,这与全国农民阶层文化程度低相一致。从调查结果可以看出"文盲"有24人,占18.9%;"小学"有32人,占25.2%;"初中"有48人,在所有学历比例中最多,占37.8%;"高中"有22人,占17.3%;"本科"只有1人,仅占0.8%。

1.农民阶层规模在逐渐萎缩

根据南京市统计年鉴的数据显示,乡村户数逐年减少(见图3-2),从1993年的74.29万户减少到2002年的70.64万户,减少了4.9%。相应地乡村的人口数也在逐年减少,从1993年的261.03万人减少到了2002年的230.59万人(见图3-3),乡村人口减幅达到11.7%。出现乡村人口数量减少的原因除了在计划生育政策影响下,农民控制生育子女数而导致的自然增长率下降之外,笔者认为还有一个重要的因素就是城市化进程中,城区的范围不断向外延伸,近郊区的农用地被征用。与此同时,近郊农民"农转非",成为非农业户口,这部分农民属于"被动城市化"。当然,还有一部分农民主动脱离土地,进入城市并在城市站住了脚,成为城市中的一员,这部分人属于"主动城市化"。农民从土地分离出来,这是一个国家实现现代化的必然过程。

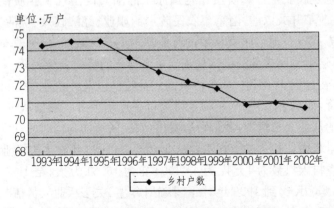

图3-2　1993年～2002年南京市乡村户数

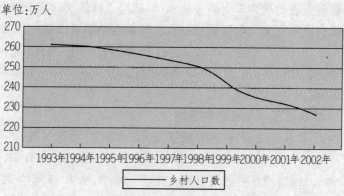

单位:万人

图 3-3　1993 年～2002 年南京市乡村人口数

2. 农民阶层内部出现分化

本文中的"农民"并不是一种职业,并非指的是从事传统的农业生产的人口,而是指居住在乡村,户籍属于农业户口的群体。在改革开放以前,由于政府实行的是严格的户籍管理制度来控制人口流动,属于农业户口的基本上从事第一产业,对于大多数农民来说,户口与职业是一致的。改革开放以后,特别是户籍管理制度松动以后,两者之间开始出现了背离,居住在乡村、户籍属于农业户口的,从事的并不一定是农业生产。阶层结构从原来的同质性出现了异质性的分化,在改革开放以前,南京市农民阶层的职业、经济收入、生活方式、交往方式以及他们子女从事的行业基本上是一致的,但是改革开放以后,这个阶层内部的结构呈现出了多样化的特征。从表 3-1 可以看出,在最近 10 年中,从事传统的农林牧渔以及种植业的人口在稳步下降,而从事二、三产业的乡村人口在逐步上升。根据从事二、三产业的从业人员情况,我们可以看出,农民的流向与当时的社会经济大背景是密切相关的。在工业从业人员中,1993 年在乡办工业中工作的乡村人口数为 15.47 万人,1995 年为 16.01 万人,至 1998 年降为 12.83 万人,到 1999 年时《南京统计年鉴》关于从业人员情况表中就没有专门的关于乡办工业从业人员的调查数据,这是因为中国的乡办企业因为种种原因面临着经营的危机。1995年大部分的乡镇企业进行了改制,从村集体所有转成了私人所有或者其他方式,在这些企业中劳动的乡村人口的行业性质自然也发生了变化。从1998年开始,有越来越多的乡村人口进入了第三产业,如交通运输、仓储、邮电通讯、餐饮、金融保险等行业,其中部分成员甚至已经成为相关领域中的佼佼者,其经济收入已经远远超过了留在土地上从事农业生产的其他成员。他们已经不再是传统意义上的农民,开始进入社会其他层次,从现有的发展态势来看,从原有阶层流出去的人数会越来越多。农民阶层这个最大的阶层在现代化发展过程中将会逐步分裂,其成员从这个社会的基础性群体中游离出去进入社会的其他阶层,这是社会发展的必然趋势。

表3-1　各行业从业人员情况表(万人)

	1993年	1995年	1998年	2000年	2001年	2002年
乡村总人口数	261.03	257.83	250.59	238.24	234.45	230.59
农林牧渔业从业人员	81.61	76.94	74.14	68.71	65.57	56.58
种植业从业人员	70.56	68.43	65.28	58.62	56.96	47.94
工业从业人员	29.57	29.75	24.84	20.60	21.29	22.93
建筑业从业人员	15.47	16.01	12.75	13.84	14.77	16.16
交通运输、仓储和邮电通讯业从业人员	4.57	5.07	5.94	5.69	5.89	6.42
批发、零售贸易业、餐饮业从业人员	3.29	3.59	4.96	5.32	5.61	6.25
金融保险业从业人员	0.11	0.07	0.06	0.07	0.09	0.16
其他从业人员	13.1	12.4	12.61	13.50	13.43	14.28
外出合同工、临时工	6.86	7.45	7.41	8.34	8.72	9.69

数据来源:《南京市统计年鉴》,1994年~2003年。

3. 经济收入稳步上升,收入结构多元化

从改革开放以来,南京市农民的经济收入呈现逐步增长势头,从本次调查中笔者发现,20 世纪 80 年代被调查者的个人收入从 1 733 元增加到 90 年代的 2 942 元,至 2000 年增加到 6 268 元,2003 年达到 6 965 元,在短短的 20 多年时间里,收入增加了将近 3 倍。从图 3-4 中可以看出,20 世纪 80 年代有 42.2% 的被调查者年收入在 1 000 元以下,而到了 2000 年,有 26% 的被调查者年收入在 10 000 元以上,至 2003 年,该比例更是提高到了 29.9%。

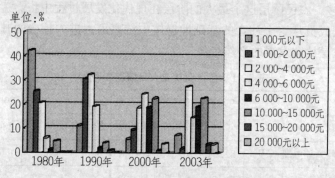

图 3-4   农民阶层人均年收入变化情况

在"收入来源"选项中,4 个时点中除了共同的收入来源,如:工资、奖金和单位其他福利、兼职收入和经营收入外,在 2000 年与 2003 年还出现了两种新的收入来源,一是政府的低保收入和失业救济金,在这两年分别为 1.7% 和 1.6%;二是原单位的补助,分别为 1.7% 和 1.6%(见图 3-5)。出现这种新情况的原因,笔者认为一方面是在城市地域空间向外延伸的过程中,一部分近郊农民失去了具有保障功能的土地,加之由于自身文化程度、技术等方面的原因,在市场就业体系中处于弱势地位,成为"失地又失业"群体。与此同时,国家的社会保障体系逐渐完善,覆盖地区从城市开始走向农村,这部分农村中的贫困群体就成为农村社会保障体系的直接受益者。另一方面是早期被征用土地的农民"农转非"成为城镇居民或者是被企业

单位招工,成为工人群体中的一员,因为企业的转制或者是结构的调整,部分工人下岗,成为城市社会保障体系救济的对象。

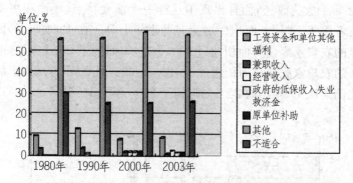

图 3-5　农民阶层收入来源变化情况

　　根据南京市统计局 2003 年的农民抽样调查结果发现,从整体上看,南京市农民的收入结构已经逐步迈入了以工资性收入为主的"苏南模式"的增收轨道,农民收入的主要来源是包括劳务性收入在内的工资性收入,在数量上已经超过农民家庭的经营性收入并首次在总收入中超过了 50%。这次调查表明,南京市农民的人均纯收入已经达到了 4 923 元,其中企业工资性收入达到了2 498.13元,占总收入的 50.7%,这里面包括农民从各类乡镇企业中获得的工资和外出劳务的收入都比 2002 年有了较大的增幅。其次是农户的家庭经营性收入有所下降,在这次调查中发现农户人均家庭经营性收入为2 103元,比 2002 年有所降低,其中第一产业人均收入有所下降,第二、三产业人均收入比 2002 年增加。再次是财产性和转移性收入有了大幅度提高,人均收入为 321 元,比2002 年增长 73.9%,这主要是由城区扩张和规划建设需要征用了部分农业用地而带来的征地补偿款以及因城市建设或道路建设导致的拆迁补偿款等方面收入的增加。从中可以看出农民阶层的收入已经从单纯的农业经营收入转向了多元化收入,实现了收入结构的转型。

4. 居住条件大为改善,家庭固定资产增加

从图 3-6 中可以看出,南京市农民住房面积在改革开放以来的 20 多年中大为改善,而且出现了这样一个演变特点,小面积房型的拥有者逐年下降,大面积住房拥有者逐年上升。在 1980 年,20％多一点的农户家庭住房面积超过 120 平方米,而到了 2000 年,将近有 60％的农户家庭住房面积超过了 120 平方米,而 60 平方米以下的农户比例则从 1980 年的 24.1％降到了 2000 年的 14.6％。

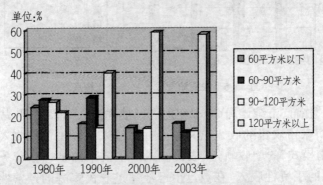

单位:%

图例:
- 60平方米以下
- 60~90平方米
- 90~120平方米
- 120平方米以上

图 3-6　农民阶层住房面积变化情况

住房作为现代社会家庭中最为重要的固定资产,经过 20 年的发展,他们所拥有住房价值有了很大的提高,而且不同价值的房屋的占有率也发生了一定的趋向性变化。从图 3-7 中我们可以看出,作为固定资产的住房价格的变化特点,住房价值在 1 万元以下的拥有者逐年减少,5~10 万元房屋价值的拥有者增速最快,房屋价值在 1~5 万元拥有者变化较小,15 万元以上的高价房屋拥有者逐渐增多。这一系列房屋价值的变化与房屋价值波动存在一定的联系,但是与房屋面积的改善相结合看,更重要的是农民的房屋固定资产价值的提升,也是他们资本积累的一种体现。在 1980 年,有将近 92％的填答者的房价在 5 万元以下,而到了 2000 年,有 45.4％的被调查者的房价在 1~5 万元之间,有 43.3％的被调查者的房价超过了 5 万元,而到了 2003 年,将近 53％的被调查者的房价超过了 5 万元,最高的

房价超过了 30 万元。这一方面固然反映了南京市房屋价格的直线上升,但另一方面也反映了农户家庭资产积累的增加。

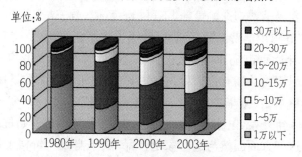

图 3 - 7　农民阶层房屋价值变化情况

在"您家住房来源"问题的回答上,也反映出了这 20 年来的变迁,"全部自费自建"一直是房屋来源的主要方式,这可能与农民传统的生活方式存在一定关系。需要提出的是"借钱自建房"也逐年小幅提升,"一次性付款购买"从无到有。由图 3 - 8 可看出,在 1980 年和 1990 年,大多数被调查者选择了"借钱自建"、"全部自费自建"和"继承所得",也就是要么是自己存钱盖房子,要么是继承家产,而到了 2000 年和 2003 年,出现了新的答案"一次性付款购买",比例分别为 9.7% 和 11.4%。从中可以看出部分先富裕起来的农民进入了城市,与城市市民一样购买了商品房,融入了城市生活之中。当然也有

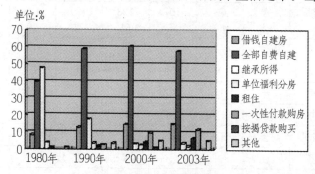

图 3 - 8　农民阶层住房来源变化情况

部分农民是因为拆迁或征地获得了政府补偿款,利用这笔款项购得商品房。在这个问题中,也有个别被调查者选择了"按揭贷款",这反映出个别农民消费观念的更新,不再担心负债,敢于花"明天的钱"。

5. 家庭耐用消费品数量增加,种类出现了新变化

2002 年南京市统计年鉴数据显示,从 1990 年到 2002 年每百户农户年末耐用物品拥有量来看,农民拥有的耐用消费品数量在增加,另外有大量新型、豪华家电"进入寻常百姓家"。从表 3-2 可以看出,从 1998 年开始,电冰箱、抽油烟机、吸尘器、空调机开始进入了农民家庭。这一方面固然与这些家电产品"放下身段"、价格下调有一定的关系,更重要的是农民收入的增加。从图 3-9 我们可以看出,1990 年南京市农民年均纯收入为 886 元,到 1995 年提高到 2 471.44 元,1998 年为 3 724 元,2002 年增加到了 4 578.91 元,分别比 1990 年增加了 2 倍、3 倍、4 倍。经济收入的增加以及消费观念与城市居民趋同,购买电冰箱、空调机等享受型消费品也就势在必行。

表 3-2 平均每百户农民年末耐用物品拥有量

指标名称	单位	1990 年	1995 年	1998 年	2000 年	2001 年	2002 年
自行车	辆	162	193	187	174	182	181
摩托车	辆	2	11	26	29	30	35
电视机	台	73	107	123	124	128	132
彩电	台	9	35	61	74	79	90
录像机	台	—	—	9	12	12	15
照相机	架	1	5	11	10	10	14
洗衣机	台	15	35	56	60	64	65
电冰箱	台	—	—	35	39	43	48
抽油烟机	台	—	—	13	14	19	28
吸尘器	台	—	—	2	1	2	4
空调机	台	—	—	3	6	9	15

数据来源:《南京市统计年鉴》,1991 年～2003 年。

单位：元

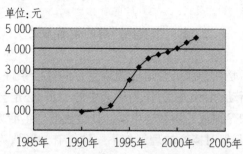

图3-9　农民阶层年人均纯收入变化情况

表3-3　农民阶层拥有的物品数量

拥有物品数量	频数	百分比	累计百分比
0	10	7.9	7.9
1	27	21.3	29.2
2	42	33.1	62.3
3	16	12.6	74.9
4	24	18.9	93.8
5	6	4.7	98.5
6	2	1.5	100.0
合计	127	100.0	

注：本表中的"拥有物品"指的是农户拥有汽车、电脑、摄像机、手机、彩电、冰箱、空调和洗衣机8类物品的数量。

南京市统计资料与本次调查显示的结果有一致性，本次调查中发现农民家庭拥有的家电用品数量不断攀升。在汽车、电脑、摄像机、手机、彩电、冰箱、空调和洗衣机8类物品中，拥有物品的数量见表3-3。从表中可以看出，有70.8％的农户家庭拥有2件及以上家电用品。拥有4件以上的有32户，占总数的25.1％。这些数据说明了南京市农民生活水平的提高。

二、南京市农民阶层的生活方式

社会生活是社会成员为适应赖以生存的社会条件、社会关系所采取的社会活动、生存方式,作为社会中的一员,必定会采取这样或那样的方式来参加或经历社会生活。社会生活与生活方式尽管在理论界经常使用,但对概念的理解却不一致。有学者认为社会生活是指"人类从事的一切生存活动或生活流动,它既包括人们在一定物质生活资料的基础上进行的消费活动、精神文化活动、政治活动、社会交往和日常生活(包括家庭婚姻生活),又包括物质生产及交换活动",[1]这种观点被称为广义的社会生活定义。与此相对应还有狭义的定义,仅仅将这一概念限定在"人们的消费与日常生活领域(包括精神文化生活、婚姻及家庭生活及社会交往等)",也就是说将物质生产及交换活动排除到社会生活之外。本章采用的是狭义的社会生活定义。在现实生活中,人们的社会生活总要采取一定的形式表现出来,这种形式就是社会生活方式(简称生活方式)。所谓生活方式指的是人们在社会客观条件制约和在人们已形成的主观生活意识的支配下,从事各种社会生活的方式。[2] 生活方式是一个历史的范畴,它由一定社会历史阶段生产方式决定,有什么样的生产方式就决定有什么样的生活方式,正如马克思所说的"物质生活的生产方式制约着整个社会生活、政治生活和精神生活的过程"。生产力的发展水平决定着生活方式的内容、结构、水平,同时生产关系也决定着生活方式的基本特征,生产方式的变革和发展推动着生活方式的变化。生活方式还受社会政治制度、文化传统、地理环境、人口状况等客观因素以及人的心理、价值观念和思维习惯等主观因素的影响和制约。

---

〔1〕 袁亚愚:《乡村社会学》,四川大学出版社,1990,第18~19页。

〔2〕 范大平、刘红燃:《论当代中国农村的生活方式建设》,《零陵学院学报》(教育科学)2004年第2期。

由于多种因素的影响,不同时期、不同民族、不同阶段、不同地域的人们的生活方式具有不同的特点,即生活方式具有时代性、民族性、阶级性、地域性等特征。但一定的生活方式一经形成,又具有相对独立性,并对社会生产方式乃至整个社会产生重大影响。科学、文明、健康的生活方式能够促进生产力的发展和社会的进步;愚昧、落后、腐朽的生活方式则会阻碍生产力的发展和社会的文明进步。[1]

关于生活方式的测量大多采用的是综合评价法,社会学、福利经济学、统计学和社会心理学的学者们在长期的经验研究过程中,形成了一些关于生活方式测量的指标,当然也有学者建立了一些指标对生活方式进行质的评价。总的来说可以从 5 个方面来进行大致的评价: 劳动生活方式、消费生活方式、闲暇生活方式、家庭生活方式和交往生活方式。那么,南京市农村阶层的生活方式在这 5 个方面究竟如何呢?

1. 劳动生活方式

所谓劳动生活方式指的是在一定的生产条件下,劳动者在一定价值观的指导下所从事的物质生产、精神生产或劳务活动的方式和行为特征。它包括劳动条件、劳动环境、劳动者的主体状况和行为方式等因素。尽管生活方式已经与生产方式发生了分离,但是劳动在现阶段特别在农民群体中还是生活中非常重要的一部分。劳动条件、劳动环境、报酬与保障如何,直接影响着农民阶层的生活质量。中国农村传统的生产方式是以个体劳动为基础的,这种以家庭为基本经济单位,以个体手工劳动为基础的小农经济生产方式和劳动方式,其突出的特点是劳动者的劳动条件差、环境恶劣、劳动强度大、劳动效率低,"脸朝黄土背朝天"、"日晒雨淋"、"人拉犁耕"、"日出而作,日落而息"等等,是这种劳动生活方式的真实写照。[2] 建国以后,农

〔1〕 范大平、刘红燃:《论当代中国农村的生活方式建设》,《零陵学院学报》(教育科学)2004 年第 2 期。

〔2〕 同〔1〕

111

业技术的推广极大地改善了农业生产方式,减轻了劳动的强度。特别是承包责任制以后,农民的积极性被充分调动,提高了劳动生产率。南京作为全国的经济强市,地理纬度适合从事农业生产,加之农业生产技术的广泛推广应用,劳动强度、劳动环境在全国范围内属于比较优越的。但是如果从报酬、待遇角度来看,南京市农民与全国农民一样,劳动报酬较低,不能享有与城市居民相同的待遇。从图3-10中我们可以看出,城镇居民年人均可支配收入从 1985 年的823 元提高到 2001 年的 8 848 元,增加了将近 10 倍;而农村居民年人均纯收入从 1985 年的 530 元增加到 2001 年的 4 311 元,增加了不到 7 倍。这两条曲线之间的离差从 1990 年开始越来越大,农村居民的收入在增加,但增加的幅度远远赶不上城镇居民经济收入。这也就是为什么许多年轻人不愿意在农村安心从事农业生产,要一心到城市哪怕从事最底层的脏、累、差工作的经济动因吧。城乡二元分割体系的惯性作用,城镇居民与农村居民享受的福利待遇在今天还有着较大的差距。城镇居民享受着城市发展所带来的便利,医疗保障体系、养老保障体系都比较完善,而农村的公共基础设施建设所需的大部分资金主要来自农民,医疗、养老保障体系正在启动或者建设之中。要建设农村小康社会,提高农民的生活质量,除了在发展现代化农业,集约化规模化经营,多渠道为农民增收提供条件之外,建立健全农村的保障体系成为当务之急。

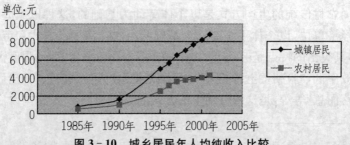

图 3-10 城乡居民年人均纯收入比较

数据来源:《南京市统计年鉴》,1986 年~2003 年

2. 消费生活方式

消费生活方式是一定社会经济条件下人们消费产品（包括物质产品和精神产品）和劳务的活动方式。它主要包括消费水平、消费结构、消费观念、消费习惯等。消费生活方式由社会的生产力水平和生产关系决定，但同时还受到价值观念、民族文化、地理条件、个人素质的影响。[1]从南京市农民阶层的消费生活方式来看，消费水平不断提高，消费结构日趋合理，消费观念不断更新。

据南京市统计局的调查，从 1990 年至 2002 年南京市农民阶层的平均每人全年消费支出在逐年上升（见图 3－11），1990 年平均每人全年支出为 1 137 元，到 1997 年升到最高点为 4 057 元，1998 年支出开始下跌，为 3 686 元，至 2002 年为 3 699.78 元。扣除物价上涨因素，支出增加意味着农民消费水平的提高。

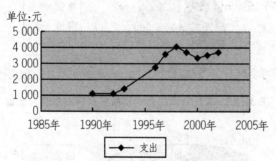

图 3－11　农民阶层年人均支出变化情况

数据来源：《南京市统计年鉴》，1986 年～2003 年

在一般情况下，随着收入的增加，食品支出在总消费支出中的比重会下降。食品消费支出在总支出中所占的比重即为恩格尔系数，它是衡量消费结构是否合理的一个重要指标。据南京市统计局的调

---

〔1〕　范大平、刘红燃：《论当代中国农村的生活方式建设》，《零陵学院学报》（教育科学）2004 年第 2 期。

查资料,2003 年南京市农民的恩格尔系数为 45.92%,本次调查获得的恩格尔系数为 49.9%,与市统计局的数据比较接近。根据联合国的规定,恩格尔系数在 40%～50% 为小康阶段,该数据反映出南京市农民已经跨越温饱阶段,稳步迈向了小康社会。但是如果与工人群体相比还处于较低的层次,本次调查中工人群体的恩格尔系数为 34.3%,这说明尽管农民的生活消费水平有所提高,但与工人群体相比还有一定的差距,这也反映出城乡之间的差距客观存在。农民在服装费用与交通通讯费用方面支出的比重都比较低(见图3-12,图3-13),而用于教育费用支出的比例比较高,这反映出农民在自身享受方面的支出比较低,而在教育培养子女方面的投入比较高,可以看出现代农民对文化教育的重视。

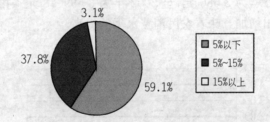

图 3-12   农民阶层每月购买服装费用占总收入比重

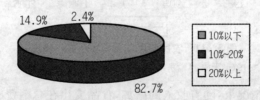

图 3-13   农民阶层每月交通通讯费用占总收入比重

伙食消费方面,伙食支出占总收入 60% 以上的有 50% 的家庭,人数最多;伙食支出占总收入 30%～60% 之间的有 38.9%;伙食支出占总收入 30% 以下的有 12.1%(见图3-14)。这说明农民阶层中同样存在着一定的贫富差距,而且这种差距是明显的,所呈

现的是梯形的差距分布,处于梯形宽底的是占 50% 的不富裕
农民。

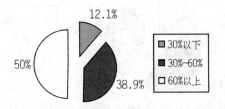

图 3-14　农民阶层伙食支出占总收入比重

　　服装消费方面,农民阶层每月的服装消费在总收入中的比重相
对于伙食来说要少得多,其中消费占总收入 15% 以上的仅有 3.1%,
消费占总收入 5%~15% 之间的有 37.8%,而绝大多数农民服装方
面的消费占总收入的 5% 以下,有 59.1%(见图 3-12)。

　　对于交通通讯方面的消费特点,与服装消费有类似之处,交通通
讯每月消费占总收入 10% 以下的人最多,有 82.7%。交通通讯消费
占每月总收入 20% 以上的最少,只有 2.4%,比例在 10%~20% 之
间的有 14.9%(见图 3-13)。

　　在相关的消费研究中,除日常生活消费外,教育消费在家庭消费
结构中是仅次于住房消费的一种非常重要的消费类型。从图 3-15
所显示的调查数据看,本次调查的结果与这一现象相一致,调查中教
育消费占总收入 30% 以上的家庭,有 15.7%;教育费用在 10%~
30% 之间的家庭,有 41.8%;教育费用在 10% 以下的有 42.5%。笔
者认为出现这一结果是因为农民阶层在城乡二元结构的影响下切身
体会到城乡居民在经济收入、生活水平、劳动条件、福利待遇等方面
存在的现实的不平等,要改变这一不平等的现状,改变命运的惟一出
路就是接受高等教育。与此同时,进城农民自身的遭遇使他们深刻
感悟到因为自身知识的缺乏,在劳动力市场上处于劣势的境地,意识
到知识在生产、生活中的作用越来越大。希望子女有个美好的未来,
不用再像父辈那样过"脸朝黄土背朝天"的艰辛生活,使得农民在教

育上越来越舍得投资。

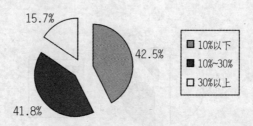

图3-15　农民阶层每月教育费用占总收入的比重

娱乐消费在农民所有消费中所占的比例一直相对较低,这可能与农民经济收入的整体状况与生活习惯有关。从本次的调查来看,娱乐消费在家庭总收入中所占的比例仍然较低,与农民娱乐消费较低相一致。从图3-16反映的情况看,有79.5%的家庭娱乐方面的消费低于家庭总收入的5%,超过10%的家庭只占4.7%,消费在5%~10%之间的也只占15.8%。虽然,在娱乐方面的消费相对较低,但是他们的娱乐消费观正发生改变,由无到有,呈逐渐增加的趋势,从下面的个案访谈就能看出。

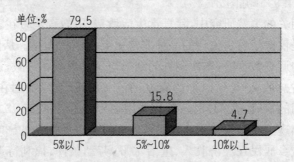

图3-16　农民阶层每月休闲娱乐费用占总收入的比重

[个案3-1]　周先生　48岁　初中　农民

我们是农民,怎么会有节假日呢?当然春节除外,春节我们经常一家人回老家和母亲一起过,不过现在我们家还是会找时间(特别是我儿子放假的时候)出去旅游,我也不能一年到头的工作吧。……

(访谈员:盛余国)

由于南京市家电市场竞争的激烈,导致了家电产品价格的不断下降,加上农户收入的持续上升,与此同时,从图 3-17 可以看出,农民的购买欲望也非常强烈,在"最想购买的大件商品"问题中,有20.3%的被调查者填写了"汽车、摩托车、用于生产的船或者是农用车",18.8%的被调查者填写了"空调",17.1%的被调查者填写了"冰箱",还有部分被调查者填写的是"背投彩电"、"摄像机"等等,这说明农户在解决了基本的生存问题,满足了传统的"新三件"以后,在生活用品上更加追求方便舒适,这也反映出部分农民生活消费水平向着更舒适、更豪华的方向发展。

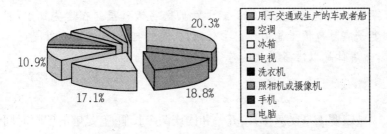

图 3-17　农民阶层最想购买的大件商品

3. 闲暇生活方式

闲暇生活方式是指在一定的社会生产条件下,人们利用闲暇进行休闲活动的方式。在传统社会中,人们终日为生计奔波,几乎没有闲暇时间,更谈不上有什么闲暇活动。现代社会中,科学技术水平的发展和生产力水平的提高,人们的闲暇时间日益增多,活动空间范围在扩大,活动的内容不断丰富,而且活动形式多样化、文明化。现代社会中,闲暇活动方式是如何评价一个群体生活质量的重要指标。闲暇活动不仅能够使劳动者劳逸结合,恢复在工作中消耗的体力和脑力,而且能够提高劳动者的专业技能和社会适应能力,扩大人们的社会交往面,开阔视野,促进家庭关系和社会关系的和谐,促进社会的稳定。

本次问卷调查中没有涉及到闲暇的调查,但个案访谈弥补了这一缺憾。从个案访谈中笔者发现,大部分被访者都认为生活负担很重,没有时间出去旅游。即使有空闲时间,也是与家人聊天、看电视、打麻将等等。

[个案3-2] 李先生 52岁 小学 农民

我们这个家庭,休闲的时候几乎是没有的,因为我已经说过了,两个儿子在上学,老大上大学,老二上高中,马上要参加高考,重担在肩,我与妻子必须不停地劳动赚钱,所以,休闲这个词对于我们这个家庭而言,是近乎陌生的,如果说有一些休闲的话,那也是仅仅在春节期间和偶尔下雨下雪的不能干活的恶劣天气里。在这些日子,我和妻子有时也忙里偷闲地出去转悠,或是打打麻将,再或者就是睡睡觉,休息休息以准备下次的劳作。

(访谈员:宋福波)

城镇职工享受双休日、五一和国庆两个长假,有足够的闲暇时间出去旅游或者接受更新的知识,而农村居民中的部分生活负担较重群体,终日为生计奔波,即使有空闲时间,由于农村的文化娱乐设施缺乏,在难得的闲暇时间里没有心思休闲娱乐;而对于富裕的群体来说,由于本身文化素质的原因,对休闲生活缺乏正确的认识,有的无所事事,有的闲谈酗酒,有的打牌赌博,不利于农村精神文明建设的顺利进行。

4. 交往生活方式

社会交往是社会中的个体成员最基本的需要,也是社会得以正常运行的基本条件。通讯、网络的发展为人们的社会交往提供了快捷、方便的工具。所谓交往生活方式,指的是一定社会历史条件下的个人或群体在社会生活中的交往关系、交往活动和交往礼仪的总称。它是人们的社会生活方式的重要组成部分。

建国以后,农村社会中的剥削关系和人身依附关系已经被彻底解除,但宗族关系、血缘关系、地缘关系还是农民交往生活方式的主要内容。本次问卷调查的结果,也同样能体现这一点。在问及"平时和谁交往最多"时,有40%的被调查者选择了亲戚,35.8%的被调查者选择了邻居,两者之和为75.8%。而朋友、同事、同学、社区以及其他类型的交往则相对较少(见图3-18)。

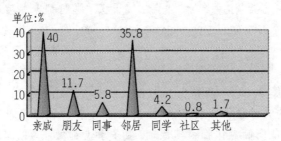

图3-18　农民阶层主要的交往对象

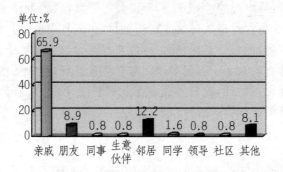

图3-19　农民阶层遇到困难时的求助对象

"遇到生活上的困难时,会向谁求助"这个问题上,有65.9%的被调查者选择了亲戚,有12.2%的被调查者选择了邻居,两者之和为78.1%。选择其他求助对象的相对来说就少得多了,具体情况见

图 3 - 19。个案访谈也论证了农民群体社会交往圈子非常有限,主要的社会关系是血缘关系和地缘关系。

[**个案 3 - 2**] 李先生 男 52 岁 小学 农民

我们家是个农民家庭,没有什么靠山,也没有什么复杂的社会关系,交往最密切的,当然还是亲戚,其次是邻居和几个朋友。我的儿子有一帮好朋友,他们经常保持着密切的联系,常常去聚会,今年春节他们还到我家里来做客的,这些小伙子都非常懂礼貌。俗话说:患难之中见真情,去年我儿子住院开刀,他们都来探望,这让我很高兴。

(访谈员:宋福波)

[**个案 3 - 3**] 李先生 50 岁 初中 农民

我的父母住得离我家很近,所以平时来往最密切的就是和我的父母了,他们俩身体都很健康,但很多事情都做不动了,我和妻子经常给做做事,虽然不住在一起,但我们经常在一块吃饭。女儿经常打电话回来,周末时有空就回家来团聚。平时,我们和亲戚联系的不多,只有过年和过节的时候才能碰个面,偶尔打个电话。女儿的同学常来我家玩,他们一直保持联系,经常打电话。我和妻子都和以前的同学没什么联系了。我们和周围邻居关系很好,经常互相串门,如果家里有什么事的话,我们一般都会找邻居帮忙,因为子女在外,也省得告诉他们让他们担心。

(访谈员:孙义慧)

[**个案 3 - 4**] 王先生 36 岁 高中 农民

在城里我基本上都是跟老乡、朋友在一起,回到家了,也只是到亲戚家、邻居家串串门,一般春节,也都留在家里,很少出去给人拜年,最多在路上碰到了相互问候一下。平时家里也没出现过大矛盾,如果发生矛盾了,都是亲戚、邻居在旁边劝劝,这矛盾也就算过去了,一般家里出现困难,包括钱方面的困难时,我们首先要开个家庭会议,然后找亲戚帮忙。因为是亲戚,大家也彼此了解,找他们帮忙最可靠。

(访谈员:刘凯范)

5. 家庭生活方式

家庭是社会的细胞,家庭的稳定直接影响社会的秩序。家庭生活方式是人类历史上最远古的生活方式。所谓家庭生活方式指的是在一定社会生活条件下的家庭群体,为满足其整体和每个成员的物质文化生活需要而进行的活动方式。其主要内容包括:夫妻间的婚姻生活,家庭的子女教育及老人赡养,以及每个家庭成员的个性生活和家庭独特的家风。家庭生活方式的完善和稳定是整个社会进步和发展的基本条件和基本保证,是整个社会生活方式的重要内容。

夫妻关系是家庭生活方式中的轴心,夫妻关系不协调、不稳定,就会危及到整个家庭的完整性,最后导致婚姻的解体。从个案访谈资料来看,大多数的被调查者的夫妻关系还是比较和谐的,从婚姻的缔结来看,中年群体往往都是"父母之命"或者是经人介绍,尽管婚前没有经过自由恋爱这一环节,双方并没有深入细致地了解对方,但总的来说,婚后的夫妻关系还是比较稳定的,这一方面与传统的价值观念,特别是女性的"嫁鸡随鸡,嫁狗随狗,嫁了扁担抱着走"的观念根深蒂固密切相关外,还与农民的劳动强度大,经济收入低相关。根据马斯洛的需要层次理论,人的最低层次需要是生理需要,也就是日常生活中的吃、穿、住以及躲避危险的需要,在人的最低层次需要得到满足以后,高层次需要在整个需要体系中才会突显出来,追求精神上的爱、尊重、自我价值的实现等等。从访谈资料来看,不少被调查者或者子女还小,需要挣钱提供子女的教育费用,或者是需要上养老人,下养儿女,或者得帮子女买房,对于年收入非常低微的农民来说,要承受这些负担,只有把主要的精力用在参加农业劳动或者外出打

121

工,出卖体力以换取微薄的工资。

[个案3-5] 杨先生 50岁 小学 农民(在建筑工地打工)

1983年,我经人介绍结了婚,当时我已经29岁了,这在农村中属于绝对的晚婚了,没有办法,成分不好啊! 我妻子是安徽人,她家也是很贫穷的那一种,兄弟姐妹比我家还多,(笑),婚后尽管生活困难,但我们过得很好。转眼都已经过了20年了,我们的头发都白了许多,她经常开玩笑地说,到我们杨家没有过上一天好日子(笑而又止,流泪),说实在的,我总是感觉对不住她,觉得欠她太多了。

(访谈员:金胤洙)

[个案3-6] 李先生 49岁 小学 农民

我刚才说过,我有两个儿子,他们的学习还都算可以,都考上了大学。现在的大学学费高得惊人,我们家几乎把每年的所有收入都投到了孩子的上学上,还有的时候不够,得向别人借一些。我就希望孩子能早一点毕业,找一份好工作,好慢慢地还债。以前我最关心的事情就是孩子的成绩,是否能考上大学。当孩子拿到大学录取通知书的时候,同时也是我最高兴的时候,可能也就是我最难忘的事情了。现在我最关心的就是孩子毕业之后是否能找到一份好工作。其次就是地里的收成了,地里收成多一点,我们的日子就好过一点。

(访谈员:曲荣明)

三、南京市农民阶层社会流动与社会认知

(一) 社会流动

在一个开放的社会中,社会中个体成员的社会地位并不是永远固定在社会分层体系中的某一个位置上的,在其一生之中总是

有所变化的,这种变化就是社会流动。所谓社会流动指的是"个人或群体从一种社会集团移向社会经济地位不同的另一种社会集团,或从社会集团内部一个层次移到另一个层次的现象,是指个人社会地位位置的变化及个人社会属性的变化。"[1]在相对开放的社会中,社会流动比较容易与普遍,教育或者技术等是导致社会流动的动力因素,而职业地位的改变则是社会流动的标志。社会流动可分为水平流动与垂直流动两种。水平流动指的是"在同一地位类型中的不同社会位置之间横向的移动,这种流动不会造成人们在社会分层体系中的所处地位的改变。"垂直流动指的是"在社会分层体系中个人或群体跨越等级界限的社会位置移动,包括在地位阶梯上的上升或下降。"在地位阶梯上的上升运动称为上向流动,下降运动则被称为下向流动。评价一个社会在某个时期内的进步与否一个重要的指标就是在该时期内是上向流动的频率超过下向流动的频率还是相反。

　　评价一个社会成员在社会分层体系中位置的指标主要有教育程度、经济收入和职业,本次调查设计关注到了这三个方面,通过对这三个指标的统计分析,发现南京市农民的社会地位发生了一定的变迁。

　　1. 代际间教育程度的变化

　　要分析两代人之间教育程度的变迁,首先要确定父辈最高文化程度的时点和子女最高文化程度的时点,考虑到当前中国两代人之间的平均年龄差距大致在 20~25 岁左右,故父亲一代选择了 1980年的教育程度,子女这一代选择了 2003 年的教育状况。在 127 名被调查者中只有 85 位被调查者填写了 1980 年时父亲的文化程度,所以代际间教育程度的变迁只能在这 85 人之间进行,统计结果见表3-4。

---

〔1〕　朱力:《社会学原理》,社会科学文献出版社,2003 年,第 367 页。

表 3-4　农民阶层代际间的教育程度变化

父辈最高教育程度	本人最高教育程度					
	文盲	小学	初中	高中	大专及以上	合计
文盲	<u>8</u>	16	22	3	1	50
小学	4	<u>5</u>	9	8	0	26
初中	1	0	<u>1</u>	4	0	6
高中	0	0	2	<u>1</u>	0	3
合计	13	21	34	16	1	85

　　如果将上表中父亲文化程度与本人教育程度一致的数据(即在表中有下画线的数字)连成一条斜线,在这条斜线以上的则表明本人的教育程度比父亲的要高,而在这条斜线以下的,则是文化程度不及父亲的。如果用社会流动中上向流动和下向流动来表示的话,则斜线以上的表明是上向流动,斜线以下的则是下向流动。将斜线以上的数字相加除以总数,则得到上向流动率[1],表 3-4 中的上向流动率=63/85=74.12%;将斜线以下的数字相加除以总数,则得到下向流动率,表中的下向流动率=7/85=8.23%,不流动率为 17.65%。上向流动率反映出改革开放以后升学成为中国农民改变自身命运,提高自身社会地位的一条极其重要的流动途径。

　　2. 代际间职业的变迁

　　在 60 个填写父亲 1980 年职业的问卷中可以看出,父亲的职业全部是农民,而与之比较的 2003 年代际职业可以看出,代际间由单纯的农民职业向非农职业过度,由 100%下降到 63.3%(38/60)。具体职业的代际间流动见表 3-5。

表 3-5　农民阶层代际职业变迁

1980 年父辈职业	2003 年本人职业	
	农民	工人
农民	38	22

〔1〕 关家麟:《中国东部地区社会结构变迁》,社会科学文献出版社,2002 年,第 48 页。

　　从代际间的职业获得途径也可以看出职业的变迁。本人职业取得途径更具有多样化,传统的继承家业取得职业的方式仍然是两代人最主要的职业取得方式,但是本人通过这种方式取得职业的比例出现明显下降趋势,具体情况可以见表3-6、表3-7。

表3-6　父辈职业获得途径(1980年)

获得途径	频数	有效百分比	累积百分比
毕业分配	1	0.8	0.8
顶替父母	2	1.6	2.4
自主创业	2	1.6	4.0
单位招聘	3	2.4	6.4
继承家业	104	81.8	88.2
其他	15	11.8	100.0
合计	127	100.0	

表3-7　本人职业获得途径(2003年)

获得途径	频数	有效百分比	累积百分比
毕业分配	2	1.6	1.6
顶替父母	10	7.9	9.5
自主创业	2	1.6	11.1
单位招聘	3	2.4	13.5
亲友介绍	4	3.1	16.6
媒体招聘广告	1	0.8	17.4
中介机构介绍	1	0.8	18.2
继承家业	77	60.5	78.7
其他	27	21.3	100.0
合计	127	100.0	

3. 代内工作状态的变迁

从本次的调查看代内工作状态的波动可能与我国的社会经济发展以及政策变化具有密切关系。从就业状态看,1980年的就业比例为66.1%,比其他年份的就业率都低,但从1980年的下岗、退休情况看,可能由于当时的被调查者没有就业的主要原因是处于学习年龄阶段引起的。因此,可以看出就业率的变化是逐渐降低的,而下岗的比例,呈现逐渐递增,退休也是呈现逐年递增的趋势(见表3-8)。

表3-8-1　就业状态变迁

年份	1980年	1990年	2000年	2004年
填答人数	24	114	111	104
占总填答数的百分比(%)	66.1	89.8	87.4	81.9

表3-8-2　下岗状态变迁

年份	1980年	1990年	2000年	2004年
填答人数	1	3	6	12
占总填答数的百分比(%)	0.8	2.4	4.7	9.4

表3-8-3　退休状态变迁

年份	1980年	1990年	2000年	2004年
填答人数	0	0	6	8
占总填答数的百分比(%)	0	0	4.7	6.3

(二)社会认知

1. 对生活的满意度

农民阶层对生活现状较满意,对未来的生活充满信心。在调查中我们发现,对于生活现状认为满意的所占比例最高,达37%。认为非常不满意的仅占4.7%。认为不满意的占26%,认为无所谓的占32.3%（见图3-20）。从下面个案可以看出,农民对于生活的满意度还是很高的。

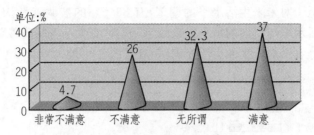

图3-20　农民阶层的生活满意度

［个案3-5］　杨先生　50岁　小学　农民

我对自己的生活还是很满意的,虽然我没有很多钱,但够用就行了,而且我在我们社区的经济地位、社会地位还是比较高的,所以我的生活还是很不错的,我很满意现在的状况,这不是我不思进取,而是我确实很满意……

（访谈员:金胤洙）

在问到"您认为您目前的生活处于何种水平"时,有81.9%的被调查者选择了中等(见图3-21),其中有46.5%的被调查者选择的

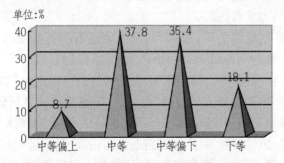

图3-21　农民阶层对生活水平的主观评价

是中等及中等偏上,这说明改革开放 20 多年来,农民群体依靠自己的劳动致富,生活水平得到较大程度的提高。

至于对未来生活水平的期望,有 83.5％的被调查者认为"未来的生活水平与目前的水平大致相当"或者"有大幅度的改善",反映出大部分农民对未来的生活充满信心(见图 3－22)。

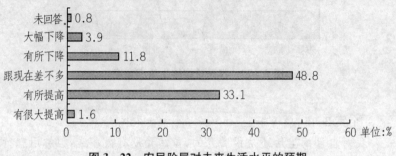

图 3－22   农民阶层对未来生活水平的预期

2. 对当前社会问题的认知

从调查结果可以看出农民阶层对于社会的敏感问题最为关注,对于影响生活的社会问题比较关注。在对"南京当前社会发展中最严重问题"的调查中,农民最为关注的问题是"官员腐败"的问题,占 22.6％,排在第一位。其次就是"物价上涨"问题,占 15％,对于"歧视流动人口"问题的反映也较为强烈,占 12.6％。"社会保障制度不健全"问题也成为他们关注的一个热点,占 11.8％。再就是对"看病费用过高"问题的关注,占 11％,从排名前五项的关注度可以看出,除对社会敏感问题最为关注外,其他四项都是与他们切身利益密切相关的社会问题。此外,对于其他问题的关注情况见图 3－23。在问及"改革中受益最大的群体"时,对 125 名被调查者所做的回答进行分析得出,认为"国家机关干部"是最大的受益群体排首位,占 32.3％;排第二位的是"个体私营业主",占 25.2％;排第三位的是"国企领导",占 12.6％;排第四位的是"演艺人员",占 10.2％。从他们的选择可以看出,他们认为改革开放既得利益群体主要是国家机关、

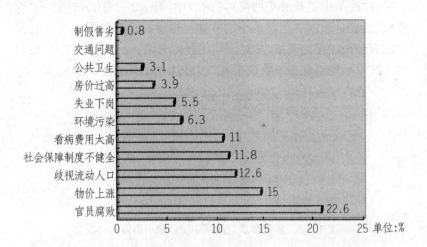

图 3-23　农民阶层对南京市当前社会发展中最严重问题的判断

国家企业的领导干部,而非普通的群众。也可以看出他们对改革过程中利益分配的一种态度与看法。另一方面他们也承认改革开放为个体私营业主带来了机会,赢得了实惠(见图 3-24)。

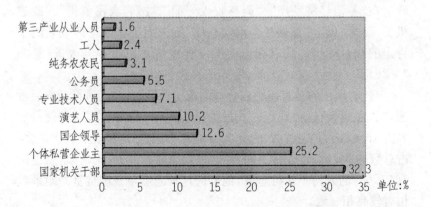

图 3-24　农民阶层对改革中受益最大群体的判断

在"改革中受益最小的群体"调查中,有 85.7％的人选择了"纯务农农民"是改革中受益最小的群体。也就是说改革对于纯务农农民没有带来较多的利益,相对于其他群体来说,受益是最小的。他们对于改革不能给纯务农农民带来较大利益存在看法(见图 3‑25)。

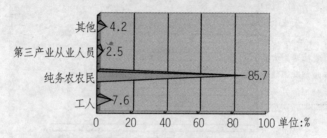

其他 4.2
第三产业从业人员 2.5
纯务农农民 85.7
工人 7.6
0 20 40 60 80 100 单位:％

图 3‑25 农民阶层对改革中受益最小群体的判断

对于"南京政府工作成效最显著方面"的回答,可以看出对于"发展地方经济取得的成效"是他们最为认可的,占到 17.4％。其次是对于"政府在改善城市交通状况"方面工作成效的认可,有 14.9％对此表示了承认。在"美化城市环境"、"促进下岗再就业"、"加强社区建设"、"惩治腐败"方面也给予了一定的认可。但是对政府在"整治经济秩序"、"调整收入分配"、"减轻农民负担"、"改进机关工作作风"、"整顿社会治安秩序"等方面工作取得的成效给予肯定的相对较少。政府在以后的工作中应加以重视与改进(见图 3‑26)。

对于"现在的贫富差距在合理的范围内"所持态度进行调查后发现,"非常同意"这种观点的人很少,仅占 0.8％;"同意"这种观点的人占 15％;认为"无所谓"的有 12.6％;"不同意"这种观点的人最多,占总数的 59.8％;"非常不同意"这种观点的人占 11.8％。也就是说有 71.6％的人持不认可态度,他们的这种态度与我国贫富差距系数相对较高相一致。

国际上通常用基尼系数来反映全社会收入差异程度,系数越大,表示收入差异就越大。从农村居民收入情况看,农村居民的基尼系

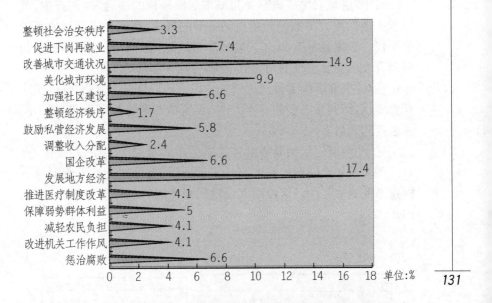

整顿社会治安秩序 3.3
促进下岗再就业 7.4
改善城市交通状况 14.9
美化城市环境 9.9
加强社区建设 6.6
整顿经济秩序 1.7
鼓励私营经济发展 5.8
调整收入分配 2.4
国企改革 6.6
发展地方经济 17.4
推进医疗制度改革 4.1
保障弱势群体利益 5
减轻农民负担 4.1
改进机关工作作风 4.1
惩治腐败 6.6

0 2 4 6 8 10 12 14 16 18 单位:%

图 3－26　农民阶层对南京市政府工作成效最显著方面的判断

数由 1997 年的 0.220、2001 年的 0.250 上升到 2002 年的 0.263。与城镇的情况一样,按照陈宗胜教授的研究成果,即 2002 年南京农村居民的基尼系数在 0.43,也超过了国际公认的警戒线。

农民阶层大多数人对于知识的价值是尊重的、认可的。在对"知识分子应该获得高收入"的态度调查中,有 69.3% 认同这种观点。持不同观点的仅占少数。

在"现代社会靠企业家来推动"的观念态度调查中,持赞成观点的有 31.5%,持无所谓观点的占 46.5%,持不赞同观点的最多,占 49.7%。

对"现实生活中,法律的权威没有很好地树立起来"这一观点,有 3.1% 表示非常同意,有 58.9% 表示同意,这说明持赞同意见的占到了大多数。从农民对这个问题的态度,我们也可以看出,现实生活中,法律权威的树立还需要进一步的努力。

对于"进城农民应该享受与城市居民一样的待遇"的调查中,可以看出他们绝大多数是希望得到平等的待遇,他们希望得到应有的公平权。数据显示有 28.6% 表示非常同意,有 61.9% 表示同意,相对而言表示相反意见的则为数很少,合在一起为 3.9%。

在对"失业下岗者没法再就业是因为他们自身的素质和态度"的调查显示,持同意态度的有 18.3%,无所谓态度的有 23.8%,持不同意态度的人最多,占 54.3%。

对于"政府应该给弱势群体提供更多的帮助"一项的调查中,有 41.7% 表示非常同意的态度,有 46.5% 持同意态度。持无所谓与不同意态度的非常少。这说明农民阶层对于弱势群体所持的态度(见图 3 - 27)。

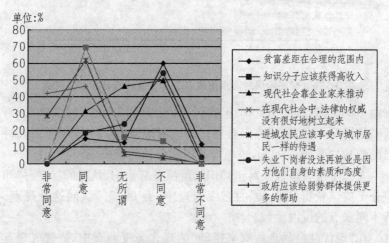

图 3 - 27　农民阶层对若干社会热点问题的判断

从农民对这一系列问题的回答可以看出,对于社会敏感问题他们还是比较关注的,而对于关系到他们切身利益的问题,则投入的关注会更多,他们已不再从表象观察问题。从下面的个案,可以更深切地感受到这点。

[个案3-6] 李先生 49岁 小学 农民

我个人认为现在的社会形势还是很好的,国家和社会的方方面面都在进步,各项事业欣欣向荣,人民的生活水平不断进步,一个人在社会上的发展空间也更大了,各种机会也多了,尽管仍然有很多社会问题需要解决,就比如农民的收入问题和城乡差异问题等,但我相信生活会朝好的方向发展。

(访谈员:曲荣明)

[个案3-2] 李先生 52岁 小学 农民

关于当前的社会形势,我觉得贫富分化,农民收入增长缓慢是最重要的、最危险的,也是最迫切的问题。现在社会上,有钱人越来越有钱,有的吃一顿饭就要花去几万、几十万元,那可是我们农民几辈子也挣不到的啊!中国有这么多的农民,农民不富裕,中国就不能叫做富裕。农民们要是闹点什么事情,那可不是闹着玩的。还有,我们目前比较关心的问题就是台湾问题,只要是中国人,我说的是真正的中国人,都是盼望统一的,我们当然不会例外!只是我们不想打仗,如果战争爆发,受苦受难的还是我们这些平民百姓啊!说实在的,中国已经经不起折腾了,农民也再也经不起折腾了。应当抓紧大好时机,发展经济,使老百姓富裕起来,过上好日子,这才是最根本、最重要的事情。除此之外,老百姓还极其关注一个大问题的是腐败问题。改革开放20多年以来腐败现象越来越严重,出了很多大贪官,老百姓看在眼里,急在心中,我不懂什么大道理,很多话也不好说,但是我明白:一个执政党的腐败如果不及时惩治,必然失去民心,道理很简单:你腐败,老百姓就不拥护你;谁腐败,人民就反对谁。

(访谈员:宋福波)

第四章 南京市管理者阶层研究报告[1]

在以往的相关研究中,对掌管国家与社会管理权力的社会阶层有多种多样的称呼,如权力者阶层(金叶,1999)、官员阶层(武俊平,1997)、管理者阶层(符挺军,1991)、干部阶层(关家麟,2002)、党政干部群体(顾杰善,1995)、国家与社会管理者阶层(陆学艺,2002)等,其中,以干部阶层以及国家与社会管理者阶层这两种提法较为普遍。

干部阶层是对干部这个特定群体的概括。所谓干部,是指在中国共产党、中国各级政府机关、社会团体与群众组织、国有的或集体的企业、军队、行政事业单位中任职,依法列入干部编制,从国家得到薪金并享受干部待遇的各种管理人员、办事员、公职人员等。[2]可见,干部阶层的涵盖面非常广泛。也正因如此,即使同属于干部阶层,不同层级以及不同部门的干部所拥有的经济、政治、文化资源也会有所不同。譬如,高级干部与一般干部、企业中特别是小企业中的干部与党政机关中的干部,他们各自所拥有的资源状况存在很大差别。

国家与社会管理者阶层是由国家与社会管理者构成的阶层,依照《当代中国社会阶层研究报告》一书的界定,国家与社会管理者是指在党政、事业和社会团体机关单位中行使实际的行政管理职权的

〔1〕 本章在写作过程中得到了南京市市委组织部陆勇同志的大力支持,在此表示感谢。

〔2〕 李强:《当代中国社会分层与流动》,中国经济出版社,1993年,第276页。

领导干部,具体包括：中央政府各部委和直辖市中具有实际行政管理职权的处级及以上行政级别的干部；各省、市、地区中具有实际行政管理职权的乡科级及以上行政级别的干部。这个概念在《当代中国社会流动》一书中被进一步完善为：在党政机关、事业和社会团体机关单位中行使实际行政管理职权的领导干部,具体包括：中央政府各部委和直辖市中具有实际行政管理职权的处级及以上行政级别的干部,各省、市、地区中具有实际行政管理职权的乡科级以上行政级别的干部,以及部分拥有实际行政管理职权的处科级以下干部和没有实际行政管理职权的处科级及以上干部。它被视为干部队伍中的一个位置较高的群体。[1] 这种提法,相对于特定历史背景下产生的、具有浓厚政治色彩的"干部"概念来说,无疑是一个较大的突破,但从其具体内容界定来看,依然存在不足之处。

随着改革的深入,原来集为一体的庞大干部队伍将逐渐分化,除了党、政、群干部外,其他群体都将从"国家干部"身份中分离出去,即真正意义上的国家干部只剩下党、政、群干部。党、政、群干部也将实行分类管理,政府机关实行公务员制度,在党的机关、人大机关、政协机关、各民主党派机关及工、青、妇等社会团体参照实行公务员制度。在司法系统实行法官、检察官制度。

有关研究表明,各社会阶层相区别的关键在于经济利益差别——突出表现为特定的社会利益结构的差别。社会利益结构又主要包含两方面内容,"其一是经济和社会资源占有；其二是在一定文化价值观的影响下所产生的行动目标"。社会利益结构使得"人们在此基础上形成不同的社会群体,他们或是占有同样的资源或是具有相似的社会地位,并在此基础上产生共同的期望；或是因某种共同的期望而结合在一起,形成共同的行动"。[2] 据此,本文认为管理者之

---

〔1〕 陆学艺：《当代中国社会流动》,社会科学文献出版社,2004年,第212～213页。

〔2〕 郑杭生：《当代中国社会结构和社会关系研究》,首都师范大学出版社,1997年,第30页。

所以可以聚合在一起成为阶层,乃是因为他们具有共有的利益基础以及基于此的一系列共同特征。

1. 拥有权力资源[1]

社会地位的区分主要表现为两个方面,即类别差异和等级差异(布劳,1977)。而构成这些社会区分,特别是等级差异的主要因素是人们对各种社会资源的占有,这些社会资源既包括经济资源、也包括社会资源和文化资源。按照布迪尤的说法,就是经济资本、社会资本和文化资本,它们是决定人们社会地位的重要因素(布迪尤,1994)。作为管理者阶层,它的一个最明显的特征就是拥有权力资源。这一特征的形成与该阶层所承当的社会角色相关。管理是管理者的首要职责,而管理总是基于相应的职权之上,与权力紧密相连,它是职、权、责的统一,所以,与其他社会阶层相比较,管理者阶层势必具有其他社会阶层所无法比拟的制度化的权力。

2. 社会地位较高,是当前整个社会阶层结构中的主导性阶层

这一特征与管理者阶层的第一个特征密切相关。中国现实的社会政治体制又进一步决定了这一阶层在趋于等级分化的社会阶层结构中处于最高或较高的地位等级。中国的社会发展具有相当明显的政府推进型色彩,即各级党委、政府是社会发展的先导力量,各级干部管理者是当前社会经济发展及市场化改革的主要推动者与组织者。管理者阶层的社会态度、利益及行动取向和品质特性,对于正在发生的经济、社会结构的变迁和将要形成的社会阶层结构的主要特征具有决定性的影响力,管理者阶层在当前的社会阶层结构中是理所当然的处于主导性地位的阶层。

3. 与政治高度相关

政治的核心问题是国家政权问题。管理者阶层因为与政权紧密相连而与政治的关联度最高。在中国过去高度集中的计划经济时

---

〔1〕 依托组织机构而具有的对他人与组织的控制力与影响力,不包括非制度化的权力。

代,整个社会高度政治化,政治的强制原则贯穿于经济以及社会生活的其他领域之中,政治逻辑统治一切领域,包括家庭生活与个人的内心世界。"根正苗红"的政治标准是取得干部资格的首要条件。改革开放以后,经济领域与社会领域虽然获得了不同程度的自治,但"讲政治",依然是考察干部管理者是否合格、过硬的一条首要准则与基本准则。

管理者阶层的性质、特征决定了这个阶层在中国的社会生活中处于非常重要的地位。

(1)管理者阶层是社会的"政治精英"阶层,举足轻重。特别是许多领导骨干,"懂得马克思列宁主义,有政治远见,有工作能力,富于牺牲精神,能独立解决问题,在困难中不动摇,忠心耿耿地为民族、为阶级、为党工作"。[1] 他们对推动社会事业与党的事业发展,至关重要。提高党的执政能力,关键在于提高作为管理者的党员干部队伍的能力。

(2)管理者阶层是联系党与群众关系的现实载体。一方面,群众的意见、要求、愿望以及他们在建设社会主义中所创造与积累的经验要通过管理者去集中、整理、吸收;另一方面,党的路线、方针、政策还要通过管理者去组织、宣传、落实、执行到群众中去。正因如此,"政治路线确定之后,干部就是决定的因素"[2],因此"要寻找能干的干部。现在关键就在这里;没有这一点,一切命令、决议只不过是些肮脏的废纸而已"。[3]

(3)管理者阶层集中了改革中诸多社会纷争与矛盾的焦点所在。他们既是改革的发动者与功臣,也是经济改革和经济增长的较大获益者[4]。由于管理者阶层是执政党和政府意志的代表与

---

〔1〕《毛泽东选集》合订本,人民出版社,1991年,第255页。

〔2〕《毛泽东选集》合订本,人民出版社,1991年,第492页。

〔3〕《列宁全集》第35卷,人民出版社,1986年,第542页。

〔4〕根据中国社会科学院的调查,59.2%的城市居民认为党政干部是改革开放以来受益最多的群体。

体现,其突出的社会角色导致各社会阶层同干部管理者阶层之间的关系——与他们的合作或冲突,常常转而表现为对执政党和政府的支持与不满,从而使得他们往往成为社会关注的焦点。

本章所论及的管理者阶层特指由党的机关、人大机关、政府机关、政协机关、各民主党派机关及工、青、妇等社会团体机关人员所构成的阶层。它与"干部阶层"以及"国家与社会管理者阶层"既有区别又有联系。它是干部阶层的一部分,不包括企业与军队中的干部,换句话说,它主要包括干部队伍中直接执掌公共权力的这一部分人员。

本章主要目的在于结合社会分层有关理论与南京社会发展实际,通过对南京市管理者阶层的梳理,力求把握南京市管理者阶层的客观实际及其发展特点。

一、南京市管理者阶层基本概况[1]

2003 年,南京市机关干部共有人数 29 350 人。其中,少数民族有 410 人。市级机关有 13 234 人,区级机关有 11 620 人,县级机关有 2 120 人,乡级机关有 2 376 人。据统计,2003 年末,南京市常住人口为 643 万人,因此,南京市干部人数约占总人口数的 4.56‰。按照《当代中国社会阶层研究报告》的调查,国家与社会管理者阶层"在整个社会阶层结构中所占的比例约为 2.1%;在城市中的比例为 1%~5%;在城乡合一的县行政区域中比例大约为 0.5%。"[2],这与南京市的统计数据相比,悬殊较大。但另根据关加麟等主编的《中国东部地区社会结构变迁》一书中福清市 1998 年的有关统计数据,1998 年福清市干部数占总人口数的 4.59‰。

---

〔1〕 文中统计数据为机关干部数据,不包括企业。

〔2〕《当代中国社会阶层研究报告》第 10 页。结合国家与社会管理阶层为干部队伍中较高层次的说法,其所占比例应该小于管理者阶层。

南京市与福清市的数据比较接近。

（一）政治结构

中共党员有 23 796 人,约占干部总数的 80％以上。其他社会阶层中的中国共产党党员比例都没有管理者阶层高。另外,还有相当部分民主党派与无党派人士,体现了管理者阶层的强政治性特征以及中国共产党领导的多党合作与政治协商政党制度特色。

（二）职级结构

担任地(厅)级以上领导职务的有 190 人,厅级非领导职务的有 107 人;(县)处级领导职务人数有 4 875 人,处级非领导职务有 2 027 人;乡(科)级领导职务有 5 044 人,科级非领导职务有 8 550 人;科员、办事人员及其他人员有 8 557 人。县(处)级职务以上人数共有 7 199 人,约占总人数的 24.5％。体现了科层职级结构(见图 4 - 1)。

139

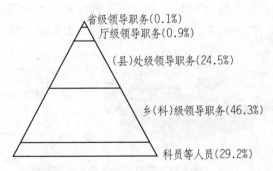

图 4 - 1　南京市干部队伍职级结构

（三）性别结构

在南京市干部队伍中,男性人数有 23 193 人,约占总数的 79％;女性人数有 6 157 人,约占总数的 21％。(见图 4 - 2)。

（四）年龄结构

根据 2003 年统计资料,南京市干部中,35 岁以下有 8 544 人,约占总人数 29.1％;36 岁至 45 岁有 10 542 人,约占总人数的 35.9％;

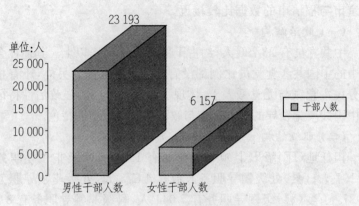

图 4-2　2003 年南京市干部队伍性别情况对比

46 岁至 54 岁有 8 135 人,约占总人数的 27.7%;55 岁及以上有 2 192 人,约占总人数的 7.4%(见图 4-3)。中青年人数(按 45 岁以下统计)约占总人数的 65% 以上,可见,目前南京市干部队伍已形成了以中青年为主体,老、中、青结合,层次比较合理的年龄结构。

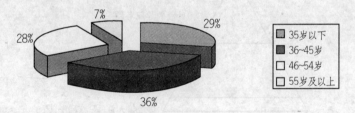

图 4-3　2003 年南京市干部队伍年龄结构情况

(五)学历结构

据 2003 年的资料,南京市党政群社团机关干部中,研究生人数为 565 人,约占总人数的 1.9%;本科人数有 9 851 人,约占总人数的 33.6%;大学专科人数为 14 093 人,约占总人数的 47%;中专人数为 2 276 人,约占总人数的 8%;高中及以下为 2 565 人,约占总人数 9%(见图 4-4)。

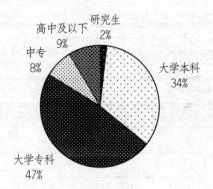

图 4-4　南京市干部队伍学历结构

（六）晋升、离退情况

1. 晋升情况

2003年,南京市党政群社团干部队伍中,晋升人员总数有3 077人,在下一级任职年限不满两年的有367人,约占晋升总人数的11.9%;任职2年以上不满3年的有260人,约占晋升总人数的8.4%;3年以上不满5年的有468人,约占晋升总人数的15.2%;4年以上的有1 959人,约占晋升总人数的63.7%。在获得晋升的人员中,研究生有80人,约占党政群社团干部队伍中研究生数的14.2%;大学本科有1 270人,约占党政群社团干部队伍中本科生数的12.9%;大学专科有1 537人,约占党政群社团干部队伍中大学专科生数的11.2%;中专以下190人,约占党政群社团干部队伍中相应学历段人数的3.9%(见图4-5)。在晋升人数中,年龄在35岁以下的有1 270人,约占相应年龄段人数的14.9%;36~45岁1 317人,约占相应年龄段人数的12.5%;46~54岁359人,约占相应年龄段人数的4.4%;55岁以上31人,占相应年龄段人数总数的1.4%(见图4-6)。

可以看出,在南京市干部管理者的晋升过程中,对干部队伍的知识化、年轻化比较重视。

2. 离退情况

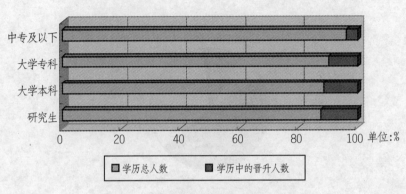

图 4-5　晋升与学历之间的相应比例关系

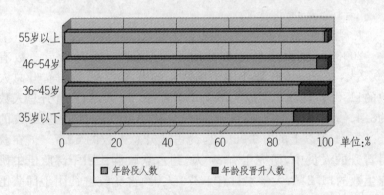

图 4-6　晋升与年龄之间的相应比例关系

2003 年,南京市机关离退休人员共有 11 096 人,约占干部队伍总人数的 37.8%。其中,离休干部 1 908 人,约占干部队伍总人数的 6.5%;退休干部 8 520 人,约占干部队伍总人数的 29%。另外,退休工人 639 人,退职 29 人。

（七）职务工资档次以及工资级别情况

1. 职务工资档次情况

干部总数有 29 393 人,南京市干部阶层职务工资共有十二个档次,从一档到十二档,主要集中在五档与四档,其中五档有 7 687 人,

约占总人数的 26.15%；四档有 7 088 人，约占干部队伍总认数的
24.11%，两者占到总数的一半。十档以后的人数很少，分别为十档
95 人，十一档 4 人，十二档 2 人。其他各档次的情况为，一档 916
人，二档 1 892 人，三档 3 395 人，六档 3 600 人，七档 1 996 人，八档
1 529 人，九档 484 人，另有其他人员 705 人。

2. 工资级别情况

南京市干部队伍工资级别从四级到十五级共有十二个级次。九
级人数最多，为 7 401 人，约占总人数的 25.18%；排在其次的就是十
一级、十级，分别为 4 702 人与 4 117 人；这三者约占总人数的
55.18%。其余各级次的情况为：四级 8 人，五级 42 人，六级 207
人，七级 1 956 人，八级 3 616 人，十二级 3 107 人，十三级 2 395 人，
十四级 1 113 人，十五级 24 人，其他人员 705 人。

二、南京市管理者阶层的变迁

关于南京市管理者阶层的变迁，主要通过以下两个时期来说明：

（一）20 世纪 70 年代末至 90 年代初南京市管理者阶层变动状
况（这里的干部概念指全市整个干部队伍，与本文干部范围有很大不
同）

"文化大革命"中，因受各种政治运动的影响，南京市干部队伍的
建设受到干扰和破坏，大批干部蒙冤受害或被下放劳动。干部的选
用主要是适应当时政治运动的需要或从"工农兵"学员中任用。1976
年时，南京地区的干部数为 98 998 人。

中共十一届三中全会以后，南京的社会发展同全国一样进入
了社会主义现代化建设的新时期，整个干部队伍获得了全面健康
的发展。在中共南京市委的统一领导下，各级组织、人事部门先后
对文化大革命初期被无辜定罪的 500 多名党员、干部进行了平反，
恢复了因冤假错案受迫害的 800 多名党员干部的党籍或公职，并
逐步解决了下放干部的回宁安置问题。1980 年后，根据中共中央

提出的干部队伍"革命化、年轻化、专业化、知识化"的要求,南京市通过接受大中专毕业生、安置军队转业干部、吸收录用、聘用或招考干部等多种渠道,不断扩大干部队伍的总量,调整干部地区和行业分布,改善学历、专业和年龄的结构,以适应新时期现代化建设的需要。

1980 年,南京市(不含中央、省属单位,以下同)的干部总数为 91 497 人。按人员分布可分为:党政群机关 3 255 人,政法系统 3 659 人,外经外贸系统 44 人,工业系统 38 163 人,交通运输系统 963 人,农林水系统 2 738 人,财贸系统 9 743 人,文教系统(含中小学) 32 830 人,统战系统 129 人。按文化程度可分为:本专科 23 097 人,中专 18 937 人,高中 16 927 人,初中 27 103 人,高小以下 5 433 人。按政治面貌可分为:中共党员 34 857 人,共青团员 4 123 人,民主党派 441 人,无党派人士 52 076 人。按年龄可分为:25 岁以下 2 845 人,26～35 岁 17 875 人,36～45 岁 33 281 人,46～55 岁 30 198 人,56 岁以上 7 298 人。

1980 年后,南京市干部队伍总量不断递增(这里数据为干部总人数)。1982 年为 95 555 人,1983 年为 102 887 人,1985 年为 132 200 人,1986 年为 149 094 人,1987 年为 157 874 人,1988 年为 166 650 人,1989 年为 182 285 人,1990 年为 184 423 人,1991 年为 193 541 人,1992 年为 200 109 人,1993 年为 209 470 人,1994 年为 217 181 人,1995 年为 213 327 人(见图 4 - 7)。

由图 4 - 7 可见,南京市干部队伍总数至 20 世纪 80 年代初以来一直处于增长状态,14 年间增长了 2.23 倍,增长率最高的年份约 15%,最低年份是 1995 年,增长率约为 1.77%,年平均增长率约为 7.16%。

(二) 1998 年～2003 年南京市管理者阶层变动状况

1. 干部阶层的总体规模缩小

1998 年,南京市干部队伍有 31 654 人,1999 年为 29 901 人,2000 年有 29 768 人,2001 年有 29 643 人,2002 年为 28 466 人,2003

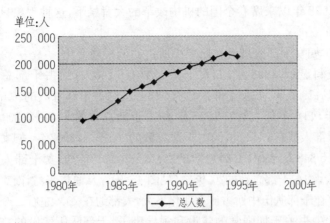

图 4-7　1982 年～1995 年南京市干部队伍总人数变化情况

年为 29 350 人。与南京市前 20 年的快速增长相比较,出现了负增长之势(自 1998 年始)。6 年间的平均年增长率约为- 1.45％。增长率最低年份是 1999 年到 2000 年间,增长率约为- 5.54％(见图4-8)。2003 年,南京市干部队伍人数在前几年一直负增长的背景下,出现反弹,年度的增长率约为 3.11％,为什么在五年负增长的情况下会出现反弹,原因不很清楚(可能与部队干部转业安置有关)。

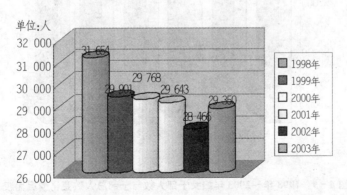

图 4-8　1998 年～2003 年南京市干部队伍总人数变化情况

但自1998年以来席卷全国的机构改革的大背景下,这种现象只能是暂时的。

2. 妇女干部管理者在阶层中所占比例平稳变化

资料显示,1998年,妇女干部人数有6 768人,约占干部总数的21.38%;1999年,妇女干部人数有6 189人,约占干部总数的20.70%;2000年,妇女干部人数有6 215人,约占干部总数的20.88%;2001年,妇女干部人数有6 151人,约占干部总数的20.75%;2002年,妇女干部人数有5 848人,约占干部总数的20.54%;2003年,妇女干部人数有6 157人,约占干部总数的20.98%(见图4-9)。从总体来看,南京市妇女干部在干部队伍中所占比重变化不大,大都约在20%左右。今后应根据党中央关于加强党的建设和领导班子、干部队伍建设的总体部署,进一步解放思想,转变观念,切实做好中高级女干部、党政正职女干部和年轻女干部选拔工作,及时把优秀女干部选拔进各级领导班子。

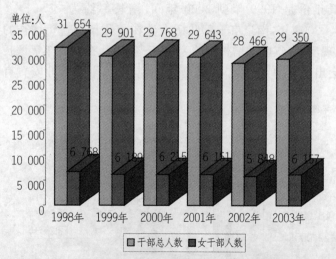

图4-9 1998年～2003年妇女干部人数与干部总人数变化情况比较

3. 干部队伍的文化素质明显提高,知识化趋势增强

　　干部的文化素质是体现干部基本素质的非常重要的基本指标。干部的文化素质直接关系到能否正确地领悟及贯彻执行中央的路线、方针和政策,关系到领导艺术和执政水平,高素质的干部群体必然是具有较高文化素质的群体。而学历,则是用来反映个体或群体文化素质的一个基本指标。自 1998 年以来,干部队伍的文化素质有较大幅度的提高,具有本科及研究生以上学历干部占干部总人数的百分比由 1998 年的15.33％提高到 2003 年的 35.49％,提高了约20.16 个百分点。另一方面,中专及以下干部人数占干部队伍总人数的百分比大幅下降,由 1998 年的 38.92％降到 2003 年的16.49％,下降了约22.43 个百分点(见表 4-1、图 4-10)。另据全国的统计资料,截至 2000 年底,全国有各级各类干部 4 113 万名,其中具有大专以上文化程度的达51.5％。[1] 对照 2000 年底南京市干部队伍的学历状况,具有大专以上文化程度的干部人数占南京市党政群社团干部总数的70.59％,而 2003 年,则占到总人数的83.51％,远高于全国的平均水平。

147

表 4-1　1998 年～2003 年南京市干部队伍的学历变化情况

	研究生 (人)	大学本科 (人)	本研以上占总人数 (%)	大学专科 (人)	中专 (人)	高中及以下(人)	中专以下占总人数 (%)
1998 年	203	4 648	15.33	14 482	5 635	6 686	38.92
1999 年	219	5 140	17.92	14 284	4 658	5 600	34.31
2000 年	269	6 117	21.45	14 628	4 156	4 598	29.41
2001 年	308	7 041	24.79	14 584	3 661	4 049	26.01
2002 年	407	8 312	30.63	14 051	2 766	2 930	20.01
2003 年	565	9 851	35.49	14 093	2 276	2 565	16.49

〔1〕　资料来源:http://gat.dayoo.com/gb/content/2001-06/04/content_133898.htm。

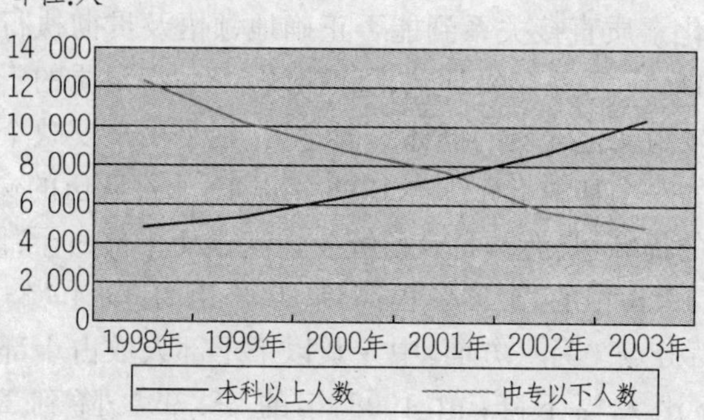

单位:人

图 4-10　1998 年～2003 年南京市干部队伍中本科以上人数
与中专以下人数变化情况比较

4. 干部队伍年龄结构相对稳定,梯次年龄结构比较明显

干部年龄结构主要有两方面需要考虑,一是干部队伍的年轻化状况;二是干部年龄结构的优化状况。

1998 年 35 岁以下的干部人数约占整个干部队伍人数的 37.09%,45 岁以下的中青年干部约占整个干部队伍总数的 68.23%,55 岁以上的约占总人数的 7.91%。2003 年,35 岁以下的干部人数约占整个干部队伍人数的 29.11%,45 岁以下的中青年干部约占整个干部队伍总数的 65.27%,55 岁以上的约占 7.47%。6 年来,干部队伍年龄结构变化不大,体现了以中青年为主,老、中、青结合的特点。另据有关资料,2001 年,全国干部队伍中 35 岁以下的约占 46%,36～54 岁的占48.6%,55 岁以上的占 5.4%[1]。同期比较,2001 年南京市干部队伍中,35 岁以下的占 29.24%,55 岁以上的占 7.39%。相对而言,南京市干部队伍的年龄结构年轻化程度尚有进一步提高的余地(见表 4-2、图 4-11)。

以政府班子年龄结构为例,南京市各级政府班子梯次年龄结构

〔1〕　资料来源:http://www.csoa.cn/zonghexw/t20040603_13048.htm。

比较明显。资料显示,2003 年,市政府一级,48～54 岁年龄段的人数约占班子总人数的 50%,最低年龄段为 43～45 岁,有 1 人。区(县)政府一级,43～50 岁年龄段的人数约占班子总人数的 50%,最低年龄段为 35 岁以下,有 9 人。乡(镇)政府一级,35～40 岁年龄段的人数约占总人数的 58.25%,35 岁以下有 51 人,约占 16.5%。从总体上看,乡(镇)一级年轻化程度较高,区(县)一级年轻化程度不很明显,与市一级没有形成明显的梯次结构,如在 46～54 岁这一年龄段上,占了整个干部人数的 42.71%。市级政府班子年轻化程度高,43～50 岁占 70%。

表 4-2　1998 年～2003 年干部队伍年龄变化情况

	35 岁以下(人)	36～45 岁(人)	45 岁以下占总人数比重(%)	46～54 岁(人)	55 岁以上(人)
1998 年	11 739	9 860	68.23	6 551	2 504
1999 年	9 824	9 950	66.13	7 463	2 664
2000 年	9 298	10 195	65.48	7 623	2 652
2001 年	8 668	10 089	63.28	8 066	2 820
2002 年	8 537	10 353	66.36	7 807	1 769
2003 年	8 544	10 542	65.29	8 135	2 192

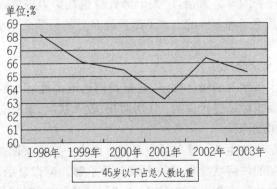

图 4-11　1998 年～2003 年 45 岁以下干部占干部总人数比重变化情况

三、南京市管理者阶层的生活状况

管理者阶层的生活处于社会的中等水平以上,特别是近年来,生活水平提高较快。本次调查充分显示了这一点。

（一）样本概况

在随机抽取的 137 人中,男性有 71 人,约占总人数的 51.82%;女性有 66 人,约占总人数的 48.18%。男女所占比例大体相当。年龄跨度较大,最年轻的 20 岁,最大的 75 岁,平均年龄 37.23 岁。人数主要集中在 25 岁至 45 岁之间。

样本中的学历状况以大专以上为主。其中,硕士以上的有 8 人,本科 56 人,大专 31 人,大专以上共有 95 人,约占总数的 70%,没有文盲。根据对六大阶层的综合分析显示,大专学历以上的约占总人数的 38.2%,可见,管理者阶层的教育程度明显高于平均水平,从调查的学历层次来看,在六大阶层中仅次于知识分子阶层。也由此表明,南京市管理者阶层所接受的教育程度较高。其原因可能有两方面:一是公务员制度确立,改革传统机关进人方式,实行公开考试、择优进人,通过向社会公开招考,一大批受过良好教育,具有较高学历的优秀人才被选入干部队伍;二是随着干部人事制度的改革以及社会管理任务的日益繁杂,广大干部自身也在努力进取,通过自考、函授以及其他多种多样的方式不断提高自身的科学文化水平与学历层次。

（二）生活状况

反映生活状况的指标很多,这里我们选取了能够反映生活状况的三个重要指标来进行说明:住房面积、收入状况、家庭支出。

1. 住房面积

住房是反映生活水准的最重要的方面之一。本次调查对南京市管理者阶层的住房状况作了一个纵向的了解。调查显示,南京市管理者阶层的住房面积自 1980 年以来增加较快,三个时间段的面积递增率分别约为 8.34％、15.33％、16.78％（见图 4－12）。特别是 2003 年与 2000 年相比,短短的 3 年时间,平均住房面积增加了 16.78％。其增长迅猛的原因可能与以下几个方面的因素有关:一是管理者阶层的收入在进入 20 世纪 90 年代以后,经过几次调整,有了较大幅度的增长,购房能力显著增强;二是 1998 年房改新政策对管理者阶层的住房添置产生了一定影响,特别是按揭贷款的方式,使得购房变得相对容易一些;三是从本次调研对象年龄段特点来看,相对集中在一个成家立业、购置新房的年龄段上。另外,与其他社会阶层相比,管理者阶层的现有住房平均面积指标明显偏高。

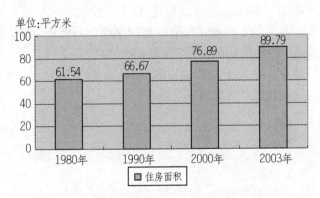

图 4－12　管理者阶层住房面积变化情况

再从住房来源来看,调查资料显示,1980 年,属于单位福利分房的有 17 人,属于自费自建的有 13 人,属于继承所得的有 8 人。1990 年,属于单位福利分房的有 30 人,属于自费自建的有 13 人,属于继承所得的有 5 人。到 2000 年,属于单位福利分房的有 58 人,属于自费自建的有 11 人,属于一次性付款购买的有 19 人,属于继承所得的有 3 人。2003 年,属于单位福利分房的有 58 人,属于一次性付款购买的有 25 人,属于按揭贷款购买的有 20 人,属于自费自建的有 9 人,属于继承所得的有 4 人。从以上的统计资料中可以明显看出:① 越往前期,特别是在 20 世纪 80 年代,住房的来源方式越单一,越往后,住房的来源越来越多样化;② 明显体现出福利分房的阶段性特征。

2. 人均年收入

调查显示,23年来,南京市干部阶层的收入增长幅度较大(见图4-13),1990年到2000年10年间,人均年收入的递增率达到33.2%。2000年到2003年3年间,人均年收入的增长率约为8.1%。2003年,管理者阶层人均年收入为34 231元,另据资料,2003年,南京市机关职工年平均工资为30 889元,调查数据与之出入不大,说明这一数据比较可信。2003年,南京市城镇居民人均可支配收入达10 195.56元,比较可见,南京市管理者阶层的生活水平远高于社会生活的平均水平。另根据国家统计局调查,2003年的前三个季度,国家机关人员的平均劳动报酬最高,为10 633元,比全国城镇单位就业人员的平均劳动报酬9 385元高1 248元。调查资料显示了与全国状况的一致性。

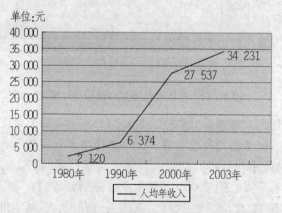

图4-13 管理者阶层的人均年收入变化情况

调查还显示,南京市管理者阶层收入的主要来源是工资、奖金以及单位的其他福利。以2003年为例,在管理者阶层的队伍中,以工资、奖金和单位其他福利为主要收入来源的约占总人数的86.1%;

以兼职收入为主要收入来源的有 10 人,约占总人数的 7.3%;以金融投资收益为主要收入来源的有 2 人,约占总人数的 1.5%;以经营收入为主要收入来源的有 5 人,约占总人数的 3.6%。这表明市场经济大潮对管理者阶层的收入状况也产生了一定的影响,兼职创收是违反国家有关规定的,而且比例达到 7.3%,这一现象值得有关部门重视。

3. 家庭支出状况

被调查者的每月家庭支出状况显示,平均每月伙食费支出约占平均总收入的 21.53%。但占到 30% 的仍有 23 人,约占被调查总人数的 16.8%。联合国粮农组织提出的判定生活发展阶段的恩格尔系数一般标准是:60% 以上为绝对贫困,50%~59% 为温饱,40%~49% 小康,30%~39% 为富裕,30% 以下为最富裕。可见,如果单纯从恩格尔系数来看,南京市管理者的生活水平在总体上达到小康或富裕水平[1]。

大件商品购买欲的差异可以从侧面反映被调查者的生活状况差异,对处于温饱阶段的人是不可能奢望享受奢侈品的。问卷显示,管理者阶层中,最想购买的大件商品是汽车,有 33 人选择此项,约占总人数的 24.1%。另外还有 13 人选择买房子,约占总人数的 9.5%,有 12 人选择购买电脑,约占总人数的 8.8%。"想购汽车"这一项,与被调查的其他社会阶层相比较,其比例较高。

4. 生活满意度

生活满意度是对自身生活状况的一种自我评价。调查显示,南京市管理者阶层对生活的满意度较高,选择满意的有 88 人,约占总人数的 64.2%;非常满意的有 2 人;选择无所谓的有 17 人,约占总人数的 12.4%;选择不满意与非常不满意的有 30 人,约占总人数的 21.9%(见图 4-14)。

当问及自己的生活水平处于哪一个等级时,大多数人认为处于

153

───────────

〔1〕 富裕问题是一个相对的、历史的概念,除了收入而外,还有其他多种因素的影响。

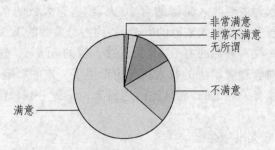

图 4-14　管理者阶层对生活的满意度

中等,有 84 人选择此项,约占总人数的 61.3%;回答中等偏上的有 24 人,约占总人数的 17.5%;回答中等偏下的有 29 人,约占总人数的 21.1%。

问及被调查者对未来两年家庭生活水平的预期时,认为有所提高或有很大提高的有 82 人,约占总人数的 59.8%;认为跟现在差不多的有 49 人,约占总人数的 35.8%;认为有所下降的有 6 人,约占总人数的 4.3%。

根据以上调查,可以初步断言,总体上,南京市管理者阶层的生活状况处于社会的中等偏上,对生活充满信心,生活态度较为积极。但资料也反映出,就管理者的自我评价以及对未来的预期而言,阶层内部差异较大。

四、南京市管理者阶层的观念与态度

S. 奥索基在其著名的《社会意识中的阶级结构》一书中指出:"不同社会类型或不同历史时期,人们对于社会结构的感知、想象和解释是不同的[1]",借用他的这句话到阶层分析当中,不同的社会阶层对于社会结构的感知、想象与解释也存在不同。

---

〔1〕 Stanislaw Ossowski, *Class structure in the social consciousness*, longdon:routledge,1998,p6~7.

观念与态度是反映阶层状况的"软指标"。问卷调查显示,在总体上,南京市管理者阶层的观念、态度是务实、积极、比较开放的。下面,我们就问卷所设计的若干项目作简要分析。

1. 对当前南京市发展问题的判断

调查显示,南京市管理者阶层对南京市当前存在的最严重问题的判断中,占前三位的分别为房价过高、官员腐败、环境污染(见表4-3)。

表4-3 管理者阶层对南京市当前社会发展中最严重问题的判断

	是		否		缺损值
	频数	百分比	频数	百分比	
官员腐败	27	19.7	106	77.4	5
看病费用过高	15	10.9	118	86.1	4
教育费用过高	25	18.2	108	78.8	4
物价上涨过快	7	5.1	126	92.0	4
房价过高	46	33.6	87	63.5	4
交通问题	8	5.8	125	91.2	4
社会保障制度不健全	11	8.0	122	89.1	4
歧视流动人口	3	2.2	130	94.9	4
失业下岗	12	8.8	121	88.3	4
公共卫生	4	2.9	129	94.2	4
社会治安	3	2.2	130	94.9	4
道德滑坡	4	2.9	129	94.2	4
执法不严	3	2.2	130	94.9	4
制假售劣	2	1.5	131	95.6	4
环境污染	26	19.0	106	77.4	4

（1）房价过高。住房，关系到老百姓的切身利益，所以，房价始终是老百姓关注的焦点问题。南京市近几年来的城市发展是有目共睹的，但一度虚高的房价已成为发展过程中一个突出的公共问题。

据南京市城市经济调查队 2002 年对全国十大城市上海、北京、天津、重庆、广州、武汉、南京、沈阳、西安、哈尔滨的统计资料对比分析，2002 年第四季度，南京市房屋销售价格指数为 102.5，房屋租赁价格指数为 103.7，土地交易价格指数为 103.6，与上年比，皆列全国十大城市第三位。而在房屋销售价格指数体系中，销售价格涨幅 35％，列全国十大城市第一位。[1] 房价上涨幅度超出收入的增长幅度。

2004 年初，国家加强了对房地产市场的调控政策，土地市场的整顿力度不断加大，南京市政府也采取了一系列平抑房价的新政，采取了一系列扎实、有效的措施，取得了一定的效果。但抑制房价上涨不是一日之功，房价的调整也不可能一步到位。

（2）官员腐败。腐败现象是转型期中国一定时期内带有普遍性的社会问题。从全国来看，打击、遏制腐败现象，已取得了一定的成效，但是老百姓对反腐败的期望是很高的，腐败问题也异常复杂，因此，反腐败将是一项长期的任务。

调查显示，南京市管理者队伍对这个问题的反应与社会其他阶层的成员对该问题的认识相比，具有一致性。因为腐败直接与管理者自身相关，因此这种态度一定程度上也表明了他们在腐败问题认识上的一种阶层自觉与警觉。近年来，南京市对腐败的早期防范以及注重制度反腐方面，力度不断加强，在南京市乃至于全国范围内都产生了较大的影响。如连续搞了 3 年的万人评议机关活动，有效地促进了机关作风的好转；出台了《关于进一步增强服务意识、提高行政效能的通知》，规范与明确了行政问责制，进一步完善了对领导权

---

〔1〕 资料来源：http://www.longhoo.net/gb/longhoo/news/finance/node93/user-object1ai17452.html.

力的监督制度。

（3）环境污染问题。南京市是全国传统的老工业基地之一，一些企业因为种种原因，资金周转比较困难，再加上比较传统的经营方式与思维方式，往往导致产生的污染问题比较严重，破坏了周围的生态环境。把污染问题作为严重的社会问题提出，一方面表明环境问题在近几年的经济发展中尤为突出；另一方面也反映了管理者阶层对环境问题的深刻担忧。在南京实现新型工业化的过程中，迫切需要寻找一条高效益、低污染之路。

对城市发展中存在的问题及其判断，不同的城市有较大的差异性。2002 年，深圳市社会科学院与深圳市直属机关工委联合课题组对深圳市干部思想状况进行了一次大规模的调研，排在第一位的是交通问题，约有 61.7% 的被调查者选择了此问题；社会治安排在第二位，约有 57.91% 的人对此作了选择；土地面积减少排在第三，约有 47.65% 的人选择了此问题；以下依次为政务环境（47.29%）、市容环境（43.99%）、高等教育（42.8%）、医疗服务（40.62%）、人口规模（40.62%）、诚信建设（40.34%）等。

2. 对改革中受益群体的判断

根据调研资料，南京市管理者认为改革中受益最大的群体是国家机关领导，选择此项的有 35 人，约占被调查总人数的 25.5%，以下依次为个体私营业主、演艺人员、国企领导、专业技术人员、公务员（见表 4-4）。而改革中受益最小的群体为纯务农农民，有 73 人选择此项，占被调查总人数的 53.3%，其次为工人，有 43 人认同此项，约占被调查总人数的 31.4%（见表 4-5）。这与国内其他资料反映出来的情况比较一致。

2003 年 10～11 月间，中国社科院"社会形势分析与预测课题组"组织了一次以 100 名专家为对象的针对此问题的问卷调查，按照顺序，其最后的判断结果为：党政人员、专业技术人员、私营企业主、大中型企业经营管理者、第三产业职工等，而工人、农民排在选项的最后〔1〕。梁栋在《中国党政干部及干群关系的调查分析》中阐明,被调查的城市居民对改革开放以来受益最多的群体的判断,依次为:党政干部(59.2%)、私营企业主(55.4%)、演艺人员(43%)、城乡个体户(33%)、国有企业管理者(29.3%)、专业技术人员(24.3%)、教师(14.9%)、农民(3.4%)、工人(1.5%),其他(0.5%)。调查还发现,不同阶层、不同收入水平、不同文化程度、不同地区的人对党政干部受益问题的看法有差异,随着自身阶层地位的上升,认为党政干部是受益最大群体的人数在减少(但即使最少也占一半以上),认为党政干部是改革开放以来受益最大的群体,已成为社会公众的共识〔2〕。

可见,对南京市管理者阶层的调查情况与中国社科院组织的调查结果有很大的一致性,可信度较高。

表4-4　管理者阶层对改革中受益最大群体的判断

	频数	百分比	有效百分比
缺损值	1	0.7	0.7
国家机关领导	35	25.5	25.5
个体私营业主	32	23.4	23.4
演艺人员	23	16.8	16.8
国企领导	26	19.0	19.0
专业技术人员	5	3.6	3.6
公务员	8	5.8	5.8
工人	3	2.2	2.2
第三产业从业人员	4	2.9	2.9
合计	137	100.0	100.0

〔1〕 资料来源:http://www.china.org.cn/chinese/zhuanti/2004shxs/483013.htm。
〔2〕 资料来源:http://www.china.org.cn/chinese/zhuanti/2004shxs/482971.htm。

表 4-5　管理者阶层对改革中受益最小群体的判断

	频数	百分比	有效百分比	累计百分比
个体私营业主	3	2.2	2.2	2.2
国企领导	1	0.7	0.7	2.9
专业技术人员	3	2.2	2.2	5.1
公务员	4	2.9	2.9	8.0
工人	43	31.4	31.4	39.4
纯务农农民	73	53.3	53.3	92.7
第三产业从业人员	7	5.1	5.1	97.8
其他	3	2.2	2.2	100.0
合计	137	100.0	100.0	

3. 对近年来南京市政府工作成效的判断

调查资料表明,南京市管理者阶层认为政府在美化城市环境、改善交通状况、改进机关作风等三个方面成效最为显著,这三方面所占被调查人数比例各为 21%、19%、15%。

自 2001 年 9 月 17 日至 19 日在南京举办的第六届华商大会以来,用"翻天覆地"四个字来形容近年来南京城市面貌的变化实不为过。纵观国内城市建设,有一个带有共同性的特点,那就是城市面貌的变化往往不是渐进式的而是跳越式的,跳跃的契机常常是举办大的活动。上海、北京、广州、昆明、杭州等许多城市的发展充分印证了这一点。城市交通本身就构成了城市环境的一部分,因此,在城市环境改造得到肯定时,它必然会得到肯定。

依据《中国城市竞争力报告 NO.2》分析,2003 年,南京市在城市自然环境、基础设施方面排在全国最具竞争力的 50 座城市的第五位[1]。伴随城市建设的大力推进,特别是借助于 2005 年全国城市运动会的推动,南京市城市建设势必会再上一个新的台阶。

---

〔1〕　倪鹏飞:《中国城市竞争力报告 NO.2》,社会科学文献出版社,2004 年。

南京市大规模的群众性的"万人评议机关"活动，曾因两位局长被免职而在全国引起强烈反响，如今已成为南京市民生活中的一件大事。经过4年的摸索，特别是2002年，通过对"评价体系"进行研究后出台的《南京市市级机关作风评议方案》，使群众评议机关活动的科学性和民主性大大提高，目前已经初步形成一整套制度化的"万人评议"办法，为党政机关作风建设提供了有益的经验，也极大地推动了南京市机关作风建设。

另一方面，管理者阶层在对减轻农民负担、惩治腐败、解决下岗失业等方面工作，作了较低的评价，被调查者分别约有1.5%、4.4%、2.9%的人完全肯定政府所做的这三项工作。

值得一提的是，依据《中国城市竞争力报告NO.2》，2003年的社会治安状况，在全国最具竞争力的50个城市中，南京市排名第二。在本次调研中，约有9.5%的管理者认为南京市在改善社会治安状况方面取得较大成效。

4. 对若干社会问题的评价

主要包括贫富差距问题、法律权威问题、弱势群体问题以及政府服务意识问题四个方面（见表4-6）。

表4-6　管理者阶层对若干社会热点问题的判断

态度\观点	非常同意		同意		无所谓		不同意		非常不同意		缺损值
	频数	百分比	频数	百分比	频数	百分比	频数	百分比	频数	百分比	
当前社会的贫富差距在合理的范围内	—	—	24	17.5	9	6.6	80	58.4	21	15.3	3
现实生活中，法律的权威还没有树立起来	30	21.9	81	59.1	3	2.2	22	16.1	1	0.7	—
弱势群体应该得到政府更多的帮助	43	31.4	88	64.2	1	0.7	4	2.9	1	0.7	—
南京市政府服务意识有很大提高	13	9.5	78	56.9	12	8.8	26	19.0	8	5.8	—

（1）贫富差距问题、弱势群体问题。调查显示，约有73.7％的人不同意"当前社会的贫富差距在合理的范围内"。

改革开放后，我国在分配政策上打破平均主义，鼓励一部分人和一部分地区先富起来，个人收入差距逐渐拉开。特别是进入20世纪90年代以后，收入差距越拉越大，出现了比较明显的收入分化。目前，我国亿万富翁，已有千计，百万富翁已愈百万。与富翁阶层、白领阶层形成鲜明对比的是由大量下岗失业工人、老、弱、病、残构成的庞大的困难群体。贫富分化既影响效率提高，又产生社会不公，而且对转型期的中国来说，又是一个重要的不稳定因素。

关于弱势群体问题，所设计的选项是：弱势群体是否应该得到政府更多的帮助？选"同意"与"非常同意"的约占总人数的95.6％。

（2）法律的权威问题、政府服务意识问题。所设置的选题是：现实生活中，法律的权威还没有树立起来。对此持"同意"与"非常同意"的约占总人数的81％。

法治是建立社会秩序的基本保障，也是市场经济得以运行的基本条件。改革开放以来，我国的法治建设的进程日益加快，党的"十五大"总结了我们党的历史经验、特别是十一届三中全会以来的治国经验，提出了依法治国的基本方略，九届全国人大二次会议通过宪法修正案，将这一基本方略写入了国家的根本大法，成为我国法治建设的一个重要里程碑。但法治权威在全社会范围内的真正确立还需要一个较长时间的过程，调查显示了管理者阶层对树立法治权威的强烈呼求。

对南京市政府的服务意识问题，管理者阶层对此作了较高的评价，认为政府服务意识大有改善的人数约占总人数的66.4％。这可能与南京市政府长期开展机关作风建设密切相关。

从1991年开始，南京市就比较系统地抓机关作风建设。多年来，每年春节后一上班，第一个全市性会议就是机关作风建设大会。从1994年起，南京市开始设立作风建设监督电话，部分单位还设立了"监督电子信箱"，聘请作风建设监督员，建立作风建设网页。2001年、2002年、2003年，连续3年开展了"群众评议机关活动"，在2003

年的评议中,群众的满意和比较满意率约达98.94%。14年来的机关作风建设,提升了南京市的形象与影响力。

5. 对社会阶层有关问题的判断

问题主要涉及六个社会阶层的有关方面。根据调查资料,大概状况如下,对"知识分子应该取得高收入"问题,管理者阶层对此持"同意"与"非常同意"的约占76.6%;认为"进城农民应该享受与城市居民一样的待遇"的,管理者阶层对此持"同意"与"非常同意"的约占78.8%;认为"工人地位有所下降"的,管理者阶层对此持"同意"与"非常同意"的约占78.1%;认为"失业者下岗没法再就业是因为他们自身的素质与态度",管理者阶层对此持"同意"与"非常同意"态度的只占31.4%;认为"私营企业主应当提高政治地位"的,管理者阶层对此持"同意"与"非常同意"态度的约占44.5%;认为"公务员待遇过低,应当加薪"的,管理者阶层对此持"同意"与"非常同意"态度的占46%(见表4-7)。

表4-7　管理者阶层对有关阶层问题的判断

态度 观点	非常同意		同意		无所谓		不同意		非常不同意		缺损值
	频数	百分比	频数	百分比	频数	百分比	频数	百分比	频数	百分比	
知识分子应该获得高收入	17	12.4	88	64.2	15	10.9	15	10.9	1	0.7	1
进城农民应该享受与城市居民一样的待遇	18	13.1	90	65.7	11	8.0	17	12.4	1	0.7	—
工人社会地位有所下降	30	21.9	77	56.2	12	8.8	17	12.4	—	—	—
失业者下岗没法再就业是因为他们自身的素质与态度	10	7.3	33	24.1	13	9.5	76	55.5	5	3.6	—
私营企业主应当提高政治地位	6	4.4	55	40.1	42	30.7	25	18.2	6	4.4	3
公务员待遇过低,应当加薪	26	19.0	37	27.0	17	12.4	27	19.7	28	20.4	1

6. 对工作的满意度

抽样调查显示,管理者阶层对工作表示"满意"的有 98 人,约占总人数的 71.5%,还有 4 人表示"非常满意",二者比例总量约达 74.4%(见表 4-8)。

表 4-8　管理者阶层对工作的满意度

	频数	百分比	有效百分比	累计百分比
不满意	9	6.6	6.8	6.8
无所谓	22	16.1	16.5	23.3
满意	98	71.5	73.7	97.0
非常满意	4	2.9	3.0	100.0
合计	133	97.1	100.0	
缺损值	4	2.9		
总计	137	100.0		

与其他六大社会阶层相比较,管理者阶层是对工作满意度最高的阶层。这表明管理者阶层的成员对自己职业的认同度相当高。这可能是因为以下几个原因:一是管理者的收入状况较高而且比较稳定,依据前面分析,南京市管理者阶层的收入处于社会平均水平以上;二是管理者具有较高的社会地位,拥有较多的社会资源;三是就南京市的城市社会生态而言,充当管理者角色可能可以获得较大的心里满足感。

从对最向往职业的选择来看,与其他阶层相比较,管理者阶层对最向往职业的回答比较分散。相对而言,选择公务员、自由职业者、教师的较多。选择公务员职业的约占总人数 10.9%;选择教师职业的约占总人数的 8.8%;选择自由职业的约占总人数的 9.5%。向往的原因主要是收入高、受人尊敬。

六、南京市管理者阶层的生活方式

（一）日常消费情况

根据调查资料,被调查的南京市管理者的月日常消费支出情况如下:

购买服装的平均消费支出,约占月消费支出总数的 9.28%,其中,选择占到 10%的有 52 人,约占被调查人数 38%;交通通讯平均消费支出,约占月消费支出总数的 7.50%,选择占 5%的有 38 人,约占总人数的 27.7%,选 10%的 33 人,约占总人数的 24.1%;教育费用平均消费支出,约占月消费支出总数的 10.10%,其中,选择占 10%的有 27 人,约占总人数的 19.7%;医疗费用平均消费支出,约占月消费支出总数的 4.21%,选择 5%的有 30 人,约占总人数的 21.9%;投资储蓄平均消费支出,约占月消费支出总数的 3.65%,其中,选择 20%的有 14 人,约占总人数的 10.2%,选 10%的有 24 人,约占总人数的 17.5%;娱乐休闲平均消费支出,约占月消费支出总数的 5.39%,其中,选择 10%的有 30 人,约占总人数的 21.9%,选 5%有 21 人,约占总人数的 15.3%;人际交往平均消费支出,约占月消费支出总数的 6.53%,其中,选择 10%的有 35 人,约占总人数的 25.5%,选 5%的有 21 人,约占总人数的 15.3%。将其按照所占数量比例从大到小排序,依次为:教育费用、购买服装、交通通讯、人际交往、娱乐休闲、医疗费用、投资储蓄。

以上调查情况显示,总体上,在南京市管理者的日常消费支出中,教育费用占比重最大,再有,一个很突出的地方就是人际交往与娱乐休闲在管理者的日常消费支出中所占的比重较大,人际交往的费用较大可能与管理者阶层的平时"应酬"较多有关,同时也说明南京市管理者阶层的闲暇活动较多,闲暇活动以休闲型、学习型、健身型为主,这与社会阶层地位较低的以娱乐型为主有明显不同。访谈的资料与调查的结果比较一致。

[**个案4-1**]　江先生　51岁　大专　干部

我们家4个人都有工作,有一定的收入基础,平时自己的花销都是自己解决。我们家收入最高的是我妻子,她办了个厂子,效益不错,一年能挣个10来万吧,我在局里的月工资2 000多元,儿子刚刚工作,月工资2 000多元,女儿早他两年工作,月工资有1 500元。除非有比较大的化费,一家人才一起商量。我们家旅游过风景名胜很多,比如:扬州瘦西湖、安徽黄山、杭州西湖、江西庐山,还去过新马泰等国家,平时周末去听听音乐会,去去健身房,有时我们老两口还打打球,跑跑步。以前嘛,物质生活不算丰富,能吃饱就不错了,现在不在乎大鱼大肉,而是要吃得有点特色,吃健康、环保的食物。

（访谈员：袁祖保）

[**个案4-2**]　杨先生　48岁　大专　公务员

作为一名政府公务员来讲,社会地位还是挺高的,平时也挺受尊重的。公务员吃的是国家饭,就是要为人民办实事,这样才能深入人心嘛！我月收入有3 000多,我妻子是个注册会计师,月收入2 000多,老婆喜欢炒股,算是另一种形式的赌博吧,我并不反对,这是她的爱好。她是一个很小心的股民,看好就收,所以,多半是赚的。我们家平时消费还是很高的,宝贝女儿喜欢旅游,没事就和朋友逛街,买衣服,爱美是人的天性,何况女儿也大了,打扮一下也是无可厚非的,她买东西的时候总忘不了我们,虽然很普通,有这份孝心就可以了。一家子过得其乐融融的。我很重视精神生活,看新闻是我每天必做的事,这对我们工作来说也是必要的。我的兴趣爱好比较广泛,喜欢和女儿下下象棋,和朋友打打网球,运动一下觉得整个人都年轻了,精力也旺盛了。如果是一些较长时间的假期,我们一家子常常喜欢出门旅游,耳闻不如目睹,有些地方听别人介绍了,总有想亲自去体验一下的冲动。而且,平时工作也挺忙挺累的,去呼吸一下新鲜空气,未必不是一件好事。旅游增添了我们生活中的许多乐趣。

（访谈员：王雯）

（二）社会交往

对管理者阶层的调查显示，管理者非常注重人际关系，重视社会交往，他们平时交往最多的是同事，这具有明显的阶层特征，原因可能是因为同事关系对于个人的升迁来说非常重要（见表4-9）。

表4-9　管理者阶层主要的交往对象

	频数	百分比	有效百分比
亲戚	16	11.7	11.7
朋友	46	33.6	33.6
同事	54	39.4	39.4
生意伙伴	1	0.7	0.7
领导	1	0.7	0.7
同学	11	8.0	8.0
领导	2	1.5	1.5
社区	5	3.6	3.6
其他	1	0.7	0.7
合计	137	100.0	100.0

当问及遇到困难向谁求助时，调查显示：向亲戚求助的最多，选择此项的有49人，约占总人数的45.8%；其次是朋友，选择此项的有42人，约占总人数的30.7%；选择同事的，只有7人，约占总人数的5.1%，这与交往频数形成巨大反差；另有11人选择向领导求助，约占总人数的8.0%。这种反差可能反映了中国人带有普遍性的两个特点，一是血缘关系重。虽然有一些亲戚平时交往很少，但关键时刻，特别是遇上困难的时候，往往还是觉得亲戚是最可依赖的；二是反映面子问题重要。中国人在乎面子是出了名的，在遇到困难时，碍于面子，很少有人向同事提出求助，尤其是作为管理者阶层，自我评价较高，可能更不愿意在同事面前失去面子。有些时候，领导倒可以

成为求助对象,这可能与中国人的"单位人"意识、"组织"观念较强有关。

个案访谈反映出来的结果与抽样调查的结果基本一致。

[个案4-1]　江先生　51岁　大专　干部

由于我的家人都有工作,所以相对而言,社会关系网络还算广泛,每个人基本上都有自己的社交圈,当然也有交叉的,比如说,父母、亲戚、邻居等。来往最多的是工作上的朋友。如果家里需要一大笔钱,我可能会找银行,毕竟现在大家赚钱都不容易,我们有稳定的工作,信用不是问题。要问现在谁交往的圈子最大,这很难说,我在局里工作,认识的多是官场上的朋友,也有商界的一些朋友。我夫人在商界工作,有很多商界朋友。我女儿不爱说话,朋友不多,是干会计的,倒也合适。我儿子很活泼,很爱交朋友,到银行不到半年,那里所有人都认识他。(江妻)说句实话,不认识几个人,很多事情的确难办。比如说,我上次跑个批文,就是找了父亲原来的同事的儿子,在海关工作的,最后才顺利解决。我不是说什么事都要找关系。很多事情还是要靠自己,如果自己不努力,别人再怎么帮你也不行。只是有点关系总会方便一些。

（访谈员：袁祖保）

[个案4-3]　宇先生　28岁　本科　公务员

我老家是苏北的,我父亲在一个集体企业从事生产与技术管理工作。母亲是一所小学的校长。我们家的生活状况可以用一句话来概括,就是比上不足,比下有余。尤其是我们兄弟俩参加工作以后,家里的经济状况明显好转,我们家没有什么额外收入,主要来自于工资以及单位的一些福利收入,基本上每个人的月收入在2 000左右,像我一个人在南京生活生活费与交往的费用要高一些,目前是稍有结余,以后主要是为买房考虑,说实话,虽然公务员的工资也不算太低,但是相对于南京节节攀高的房价,靠这点工资买房,压力确实很大。我目前是租房住,两室一厅,是朋友的,所以相对比较便宜,否则,开支又要增大很多。我的休闲方式还是比较传统型的,一般都是节假日走亲访友,或是在家自娱自乐,偶尔也会出去旅游,主要是单位组织的,自己出远门的机会很少,这主要受制于经济方面的限制,还有就是工作确实很忙,不管怎么说,成家立业,男人的责任还是较重啊。自己觉得目前的状况处于中等吧,仍需要好好奋斗。

(访谈员:周 晶)

[个案4-4] 赵先生 32岁 专科 公务员

谈到社会关系网络,我现在与父母住在一起,当然跟父母的关系最亲密。然后就是妹妹一家,其他亲戚来往不多。还有就是同事,我们经常一起去吃饭、聊天和打球。邻居都是本单位的,偶尔串串门,在小区里碰到也会打个招呼。同学几乎不联系了。如果我急需一笔钱的话,我会找父亲商量。父亲退休在家,有一定的存款,而且也会支持我,父亲一定会帮助我度过难关的。再说父亲有很多经验与人际关系,不管在经济上还是工作上他都能帮助我解决难题。我家社会关系最广的是我父亲。他在很多地方待过,认识的人很多,工作年限又很长,关系网很大。而且他比较喜欢与人结交,人缘很好,有很多人都认识他。这些社会关系网络对我们有很大影响,以我为例,如果没有父亲的社会关系网,我也不会有机会念大学,也不会走上公务员的道路。所以啊,这种人与人之间的关系不可小看。

(访谈员:王良梅)

七、南京市管理者阶层的社会流动

社会流动是指社会成员从一种社会地位向另一种社会地位、从一种职业向另一种职业的转变。它是社会结构自我调节的机制之一。社会流动的程度与社会分层体系封闭或开放的程度密切相关。根据社会流动的方向、参照基点和原因，社会流动可相应地划分为三种类型：垂直流动和水平流动；个人一生中的流动和代际流动；自由流动和结构性流动。这里，我们选取南京市管理者阶层的代际流动与职业流动两方面作简要分析说明。

（一）代际流动

1. 管理者阶层及其父辈学历情况

根据抽样调查，管理者的学历以本科为主，具有本科学历以上的人数约占总人数的 46.7%（见表 4-10）。

表 4-10　管理者阶层的最高教育程度

	频数	百分比	有效百分比
小学	1	0.7	0.7
初中	7	5.1	5.1
高中	34	24.8	24.8
大专	31	22.6	22.6
本科	56	40.9	40.9
硕士以上	8	5.8	5.8
合计	137	100.0	100.0

对父辈的教育程度调查显示，父辈的学历以初中为主。具体情况为：本科 12 人，约占总人数的 8.8%；大专 22 人，约占总人数的 16.1%；高中 27 人，约占总人数的 19.7%；初中以下 50 人，约占总数的 36.5%。缺损值 26。统计分析显示，管理者阶层受教育程度与父辈的教育程度之间具有相关性（皮尔逊系数为 0.307，$P<0.05$）（参见表 4-11）。

表 4－11　管理者阶层代际间教育程度相关性比较

		本人最高教育程度	父亲最高教育程度
本人最高教育程度	皮尔逊相关系数	1.000	0.307
	P 值		0.000
	个案数	137	111
父辈最高教育程度	皮尔逊相关系数	0.307	1.000
	P 值	0.000	
	个案数	111	111

2. 代际流动的主要特点

代际流动是两代人之间的职业和社会地位的流动。在中国家庭，父亲的地位一般要高于母亲，父亲对子女的影响要大于母亲。因此本研究主要考察父亲与子女的代际流动。具体操作是通过测量儿子的职业与父亲职业的异同表示出来的。

调查显示，被调查者父亲的职业多种多样，其中，职业为工人、农民、知识分子的占相对多数；调查同时显示，南京市管理者阶层代际流动有两个主要特点：

（1）出身于干部、职员、小业主、农民等家庭的代际社会阶层地位都有一定程度的相关性。干部等家庭出身对代际社会阶层地位的变动是正向的，也就是说，父亲的社会阶层地位较高，本人的社会地位也较高。但是干部家庭出身的向上流动率较低，这可能是因为父亲的社会阶层地位本来就较高，因而，本人较难超越父亲的社会阶层地位。

（2）政治上曾受歧视和经济上较贫苦的家庭出身，代际间的相对向上流动率都较高（如工人、农民等）。这可能是因为他们父辈原来的社会阶层地位较低，也可能与具有普遍性的跳出"农门"的冲动意识有关。因此，相对向上流动率越高，在社会阶层地位的流动中，向上流动的可能性就越大。

（二）职业流动

中华人民共和国成立后，在非农业户口中，存在着两种不同的身份群体：国家干部和工人。国家干部又可分为两大类型：一是国家和企事业单位行政管理人员，即狭义上的"干部"；二是从事科学技术研究、教学、新闻出版和图书、文艺及卫生、体育等工作的知识分子，即"技术干部"。二者在编制上有别于工人属于干部编制，在工资级别、工作待遇、出差补助、住房、医疗、福利和社会保障等方面均大大优于工人，而工人又优于农民。可见，在传统的社会体制下，社会形成了干部—工人—农民三级结构，而具有干部身份的干部阶层则成为三个阶层中社会地位最高的阶层。进入干部队伍的要求非常严格，一般只有两种人方可进入干部队伍，一种是正规大中专毕业生分配工作的，不论当官与否，一律列为干部编制；一种是连级以上军队转业人员。还有就是国家每年划拨一定的干部指标，从工人或其他群体中提拔少许干部。一个人一旦取得了干部身份基本上是终身享有。[1] 这种体制具有较高程度的封闭性和凝固性，职业流动的机会较少。

下面我们就以本次调查的数据为基础，对管理者阶层的职业流动情况作一个简要说明。

调查显示，在被调查对象中，管理者阶层中相当一部分人曾经从事过其他职业（见表4-12）。

171

表4-12 管理者阶层的单位性质[2]（人）

	1980 年	1990 年	2000 年
政府机关	33	42	66
事业单位	13	18	24
国有企业	16	21	21

---

〔1〕 关家麟：《中国东部地区社会结构变迁》，社会科学文献出版社，2002年，第128页。

〔2〕 "其他"包括缺损值在内。

	1980 年	1990 年	2000 年
集体企业	12	19	16
私营个体企业		2	4
外资企业			1
其他	63	35	15

　　从单位行业来看,除了政府机关外,主要有工业制造业、科教文卫、服务业、商业等。从职业的获得途径来看主要有:毕业分配、单位招聘、中介机构、顶替父母、自主创业这么几种,随着时间的推移,单位招聘占的比重越来越大。

　　另外,干部下海是管理者阶层职业流动的一个重要方面,据有关资料,我市党政机关干部辞官下海的特点主要体现在以下几个方面:从辞职人数看,人数明显增多;从辞职形式看,主要是提前退休;从干部特长来看,大多数熟悉专业与经济工作;从辞职后的去向看,都从事与原来工作有关联的工作;从辞职的原因看,追求个人价值是主要的外在原因。近几年来的南京市管理者辞职情况的具体数据见表4－13。

表 4－13　2000 年～2002 年我市党政干部辞职情况(人)

年度	市级机关	区级机关	县级机关	乡镇	辞职总人数
2000 年	13	17	6	1	37
2001 年	14	12	4	3	33
2002 年	20	24	11	5	60
合计	47	53	21	9	130

　　注:不包括机构改革期间提前退休人员。

　　从目前干部管理者辞职存在的问题来看,主要体现在相关政策不够完善;对干部辞职后的约束监督力度不够,从而导致干部辞职后的权力期权依然存在等方面[1]。我们应该注意到干部辞职下海既是社会开放条件下的一种必然,同时也要意识到,干部的辞职下海对管理者阶层人才流失也会带来负面影响。

---

〔1〕 沈大春:《解析南京辞官下海现象》,《金陵瞭望》2004 年第 11 期。

第五章 南京市失业者
阶层研究报告

　　伴随着中国体制改革的深入和社会转型的加速,南京的社会阶层结构正在不断地发生变化。在各大阶层中,失业者阶层处于城市社会的底层,属于改革过程中的利益相对受损集团,也是目前城市弱势群体的核心组成部分,因此这一阶层受关注的程度很高。

　　失业者是指具有劳动能力,在一段时间内曾经以各种方式寻找工作,但并未找到工作的人。失业者阶层是指具有上述失业者特征的人群的集合,这一阶层的人群在就业、收入及生活上处于不稳定状态并缺乏必要的生活保障。他们的存在或是由于社会结构的急剧转型或社会关系失调,或是由于自身的某种原因而造成对于现实社会的不适应。这一阶层的成立具有过渡性特点,其中多数人会找到工作,脱离这一阶层,而有些人则长期无法找到工作,滞留在这一阶层中。

　　失业者阶层主要由以下两类人员构成:第一,失业下岗[1]人员。这是目前城市失业者阶层的主体,数量多、范围广,主要表现为一些国有、集体企业破产或倒闭以及企业包袱重、效益差致使一些工人失业、下岗,从而使得这部分城市适龄劳动人口不能就业。这

---

　　[1] 在我国,下岗和失业曾经是两个不同概念。国有企业的职工被裁退在家、领取企业提供的基本生活费并等待安排新工作,称为"下岗";而城镇居民没有工作者或脱离企业者向劳动和社会保障部登记觅职,才属于"失业"。随着体制改革和国企改革的深入,政府抓紧了下岗与失业人员的并轨,加快下岗人员出"再就业服务中心"的速度,于2003年底废除下岗制度。

一类人员是本章研究的主体。第二，部分流动人口。这里主要是指在城市找不到工作的农民工。

本章的主要目的在于了解南京市失业者阶层的经济现状、生活方式及其社会心态。所采用的研究方法主要有：① 问卷调查法。这是本专题研究的主要研究方法之一。主要使用了南京市社会分层研究课题组组织的南京市各阶层的问卷调查资料及个案调查资料。这次共发放了 200 份问卷，其中有效问卷 160 份。② 观察访谈法。主要通过深入南京市各相关职能部门，如市劳动局、市民政局、市总工会等部门进行调研，了解失业下岗人员的状况及相关管理政策等。③ 文献资料收集法。主要搜集包括近几年来对社会结构及阶层进行的相关研究资料以及对失业下岗人员的研究资料。本章采用了部分已有的关于南京市失业下岗情况的相关研究与调查成果作为问卷调查的补充材料。

一、南京市失业者阶层的构成

1. 失业下岗人员

20 世纪 90 年代以来，随着改革的推进和社会的转型，我国失业下岗问题日益严重。在这种情形下，南京市的亏损企业增多，且部分企业亏损严重。1997 年南京市支柱工业企业中的亏损企业为 71 家，亏损额为 5.21 亿元；1998 年亏损企业增加到 88 家，亏损额上升为 7.26 亿元；1999 年亏损状况有所好转，亏损企业为 81 家，亏损额 6.15 亿元。但 2000 年亏损企业的亏损情况又有所加剧。至 2000 年 6 月末，全市支柱工业企业中已有 116 家企业发生亏损，上半年亏损企业亏损额累计已达 6.90 亿元。与 1999 年同期相比，亏损企业数增加 23 家，亏损额上升了 81.1%。[1] 近几年来，由于全市下岗职

---

〔1〕 史明：《对我市支柱工业发展的分析与思考》，《统计分析选编（2000）》，第 36～37 页。

工出再就业服务中心与失业保险并轨及企业三联动改制,南京市的失业下岗人员也呈不断增加趋势。

这从以下两个统计数字中可以反映出来:

(1)城镇离岗职工的数量。1998年南京市的城镇离岗职工有23.02万人,1999年这一数字增加到27.08万人,2000年为26.29万人,2001年为24.91万人,2002年为23.30万人,2003年为21.86万人。[1] 总之,近年来南京市离岗职工平均每年保持在24万人左右。

(2)城镇登记失业人口及其失业率[2]。近10年来南京市登记失业人口呈现不断上升趋势。1995年南京市登记失业人员有3.44万人,1996年有3.64万人,1997年有3.70万人,1998年有3.67万人,1999年有3.72万人,2000年有4.68万人,2001年有5.58万人,2002年有6.46万人,2003年有6.54万人。[3] 尤其是近几年来,南京市的登记失业人口年均增加近万人(见图5-1)。

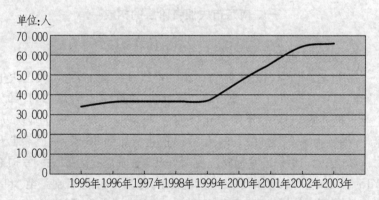

单位:人

图 5-1 1995 年～2003 年南京市城镇登记失业人口数量

〔1〕 参见历年的《南京统计年鉴》。
〔2〕 失业率= 失业人口/(在业人口+失业人口)。
〔3〕 同〔1〕

与此相对应,南京市城镇登记失业率也呈现上升趋势。2001 年城镇登记失业率为 3.59％,2002 年为 4.13％,2003 年为 4.18％。[1]

由于我国登记失业人口的统计,既不包括那些没有登记的失业人员,也不包括下岗人员中没有重新就业的人员,所以城镇登记失业率通常不能反映真实失业率。有资料显示,南京市失业下岗人员隐性就业较为普遍,人数难以统计。南京城镇从业人员从 1995 年的 165.3 万人逐年下降到 2001 年的 145.13 万人,减少了近 20 万人,同期城镇经济活动人口则相应增加了 22.84 万人,表明南京存在着大量的隐性就业活动。在对失业人员调查过程中发现,在领失业保险金的人员中有一部分人已处于临时就业状态。2002 年 10 月份的调查结果显示,南京只有 90 个非正规就业组织,吸纳下岗职工仅 2 000 多人,自 2003 年出台相关优惠政策后,到 2003 年 10 月份,经认定的非正规就业组织已超过 1 958 家,这在某种程度上说明了南京隐性就业活动的广泛程度。[2]

177

根据第五次全国人口 10％抽样调查数据(调查时间为 2000 年 11 月)表明,南京市失业率为 6.08％(男 5.39％、女 6.97％),全市失业人口(15 岁及以上有就业愿望却未就业的人口)总量大约为 21 万人。这表明南京市失业率较高,失业人口总量较大,适龄劳动人口就业形势相当严峻。在失业人口结构中,以失业后寻求再就业的人居多(占失业人口的 63.02％),不过首次找工作的人所占比例也较高(占失业人口的 36.98％)。[3]

关于南京市国有企业失业下岗人员的数量,据市劳动资料统计,2000 年累计近 30 万人。[4] 近几年来这一数字应该是有所增加,按

---

[1] 参见历年的《南京统计年鉴》。

[2] 李琦:《国家战略机遇期与南京"两个率先"》,南京大学出版社,2004 年,第 351 页。

[3] 周长洪:《南京市失业人口状况分析》,《南京人口管理干部学院学报》2003 年第 3 期,第 19 卷。

[4] 周迎春、孙宁等:《南京市失业保障机制分析》,《经济师》2003 年第 3 期。

年均增加万人的速度计算,2003 年底约有 33 万人。

南京市最新调查资料表明[1],有 18.9 万人认为自己正处于失业状态,其中毕业后一直没有工作的有 1 万人,在城镇劳动力人口中,有23.45 万非就业人员,其中有就业能力没有就业愿望的有10.28万人,8.69 万人在家料理家务未就业。[2]

2.部分流动人口

根据已有的研究推算,南京市目前的流动人口为 80 万左右,约占市区总人口的 22％,全市总人口的 14％。[3]

在这 80 万人中,有一部分流动人口找不到工作或工作相当不稳定,他们也是城市失业者阶层的重要组成部分。

二、失业的成因分析

马克思曾指出:"工人人口本身在生产出资本积累的同时,也以日益扩大的规模生产出使他们自身成为相对过剩人口的手段。"[4]这一方面为我们指出资本主义私有制度下失业存在的必然性,另一方面也包含有这样的含义:随着生产力的发展、劳动生产率的提高,使得对劳动力的需求减少,导致雇佣工人失业。另外,在市场经济条件下,企业之间的竞争是不可避免的,一些经营不善的企业必然破产倒闭,在这些企业中的职工就会失业。所以,失业并不是某一社会形态的特有现象,而是社会化大生产和市场经济的必然产物。前苏联、中国以及东欧诸国等社会主义国家都是建立在生产力不发达或者说是生产力欠发达的经济基础之上

〔1〕据了解,此次调查共涉及南京 13 个区县 380 万城乡劳动力,最终核准 375 万名劳动人口的基本数据入库。调查对象包括南京辖区内城乡常住户口中16～59周岁男性、16～54 周岁的女性劳动力资源,外来流动人员不在其内。调查时间为 2004 年 3～4 月。
〔2〕《新华日报》2004 年 8 月 12 日。
〔3〕朱力、陈如:《城市新移民》,南京大学出版社,2003 年,第 351 页。
〔4〕马克思:《资本论》第 1 卷,人民出版社,1975 年,第 692 页。

的,这种较低的生产力水平没有也不可能真正实现社会资源的公平和均等的分配。而市场经济下竞争和效率机制,也决定了一定程度上失业人口的存在是不可避免的。就中国而言,失业产生的主要原因如下:

1. 体制转换过程中固有矛盾的积累与释放

建国初期,由于对我国社会主义是否存在失业这一问题存在误解,我国政府把消灭失业、实现"人人都有工作"确定为就业发展的战略目标。从 20 世纪 50 年代中后期我国开始在城市实行普遍就业政策和固定工制度。这种劳动制度的最主要特征是"统包统配",经常不顾社会生产对劳动力的实际需求,人为地把待业人员用统招统配的方式塞进企业;劳动者失去了择业的自由;"一次分配定终身",劳动者一旦进入单位,便具有了相应的"铁交椅、铁工资、铁饭碗",从而逐步形成对所在单位的人身依附关系,很难实现流动;企业内部奉行"大锅饭"的平均主义分配方式,"宁愿大家一块穷,也不愿使少数富裕"。通过这种就业的"统包统配",表面上基本实现了"人人都有工作"的目标,然而对企业来说,由于缺乏就业的竞争机制和淘汰机制,长期以来形成了国有企业人浮于事、大量冗员存在、经济效率低下的状况。其最终结果造成了企业内部大量隐蔽性失业的存在。

与传统的劳动制度相配套的是我国"低工资、广就业"的就业政策。建国以来,我国选择了"低工资制"作为实现"零失业率"目标的基本手段,其基本依据是"低工资可以广就业",并作为指导我国就业工作与工资工作的基本方针。当时基于我国人口众多,就业压力大的基本国情,通过"三个人的饭,五个人吃",扩大就业容量,为更多的人提供就业机会。当时人们把"完全就业"看作是社会主义优越性的具体表现,认为它体现了社会主义制度下"人人平等"的分配原则。这样,在传统的计划经济体制下,从表面上看我国的失业率维持在较低的水平上,但在实际上,我国不但存在着一定程度的显性失业,而且失业在大多数情况下是以企业冗员的形式存在着。

随着改革的深入,特别是随着社会主义市场经济体制的建立,必须形成与市场经济相适应的就业模式——市场决定劳动力资源配置。随着体制的转换,城市中原来长期存在的企业内部的大量富余人员也必然会走向市场,逐步由隐性失业走向显性失业。早在 1980 年,我国就提出了"在国家统筹规划和指导下,实行劳动部门介绍、自愿组织起来就业和自谋职业相结合"的所谓"三结合"就业方针,开始改变过去国家统包统配的完全就业政策;在 1985 年以来的城市改革过程中,逐步在国营企业中推行劳动合同制,在招工用工方面实行"面向社会、公开招收、全面考核、择优录用"的办法,既给用人单位以自主权,同时也给从业者一定范围的选择自由;国务院 1986 年《关于促进科技人员合理流动的通知》中,第一次规定用人单位有聘任和科技人员有不应聘的权利,从而确定了劳动者与企业的双向选择关系。这样,一方面选择职业的自由和就业渠道的多样化开始使个人有可能摆脱对于单位或国家的依附;另一方面企业的自主权不断地扩大,可以自行安置工人或使富余人员待业、下岗或失业。

在体制转换的过程中,我国从宣布"消灭"了失业,到用"待业"取代"失业"的概念,再到承认失业;从把"消灭失业"、"人人都有工作"确定为政府的失业管理目标和就业发展战略目标,到选择以"保持较低失业率"的就业发展战略目标,本身就是社会进步和人们认识深化的结果。以提高资源配置效率为目的的市场取向改革,使得旧体制下的绝大多数企业被推向市场,而市场竞争要求提高工效、降低成本、减人增效,这就会促使失业下岗人员的增加。

2. 现代化初步发展过程中结构调整的因素

对于一个转型国家来说,要发展现代化,就必须经历这样一个阶段,变革传统的经济体制,调整原有的经济结构。这两个方面都将产生一定的失业下岗工人:变革传统的经济体制,就必须走优胜劣汰的市场经济之路,一部分效益低下的企业就处于停工或半停工状态,扭亏无望的企业就会破产或兼并，从而会产生大量的失业下岗人员；调整原有的经济结构，建立一个合理的经济体系，就必须对一些重复性的、生产水平低下的企业实行"关、停、并、转"，又会产生大量的"结构性"失业下岗人员。正是从这个意义上来讲，失业下岗问题是转型国家现代化发展到一定阶段的必然产物。

在计划体制下，我国城乡发展的二元经济结构特征明显，城市化过程缓慢。改革开放以来，伴随着一系列改革措施的出台，大量的农村剩余劳动力从农业中释放出来，向非农产品产业转移；同时城市的高收入也吸引着大量农村剩余劳动力向城市流动。这就造成了巨大的就业问题。农村劳动力流向城镇使得城镇劳动力受到挤压，增加了解决城镇劳动力就业的难度。此外，与其他国家相比，我国第三产业在国民生产总值中所占比重偏低，今后将面临巨大的发展。目前，许多发达国家第三产业的就业人数占就业人员总量的 60% 以上，发展中国家为 30%。我国劳动力从第一、第二产业向第三产业的转移过程中，不可避免地在一定时期内出现失业下岗现象。

在现代化过程中，产业、产品结构的调整也会引起部分产业衰退，从而出现行业性失业。这里主要包括以下几种情况：① 对重复建设，产业结构、产品结构趋同化，总量偏大，市场供大于求的行业或产品进行调整。② 一些传统的、劳动密集型产业的技术水平低下，产业技术升级换代跟不上经济发展的需求，结构调整困难，出现全行业亏损，如轻纺工业等。③ 随着科学技术的发展，一批新兴产业兴起，一些传统产业、行业将逐渐被淘汰。

目前南京市正面临经济结构、产业结构的调整和升级，对劳动力的吸纳能力减弱。

（1）结构调整进程加快。伴随科技进步和劳动生产率的提高，传统的第一、第二产业，不仅不能扩大就业容量，反而是目前失业人员数量增加的主要出口，第二产业由于技术水平和资本密集程度提高，吸纳就业相对减少。大企业吸纳劳动力的作用逐渐减退，仅南京国有、集体经济排除转制、退休因素,平均每年出来 6 万人左右。[1]

(2) WTO 对就业的影响逐渐显现。加入 WTO 后,一方面南京一些不具备竞争优势的产业如冶金、仪器仪表、电子通讯、机械加工、汽车制造等类型企业受到冲击,已出现兼并、破产情况;另一方面部分企业在激烈的市场竞争下,为了求得生存与发展必须不断地进行创新以提升竞争力,这使得企业对知识型、技能型的劳动力资源需求增加,而让那些缺乏知识技能的人员下岗。

(3) 个私经济发展缓慢。近年来个私企业是吸纳劳动力的重要场所,对于推进再就业发挥着十分重要的作用。而南京在这方面相对滞后。对比苏、锡、杭三市,南京在个体私营经济的发展速度和规模以及从业人口数量上,均赶不上三市。2002 年,个私企业从业人员南京为 60 万人,同期无锡市为 68 万人,杭州市为 85 万人,苏州市为 90 万人。[2]

3. 长期以来劳动力供过于求的矛盾并未缓解

改革开放 20 年来,我国经济的飞速发展一共为我国新创非农产业就业岗位 2.5 亿多个。但是由于 20 世纪五六十年代我国生育失控,人口基数过大,人口增长的惯性使得长时期内我国劳动力绝对量快速增加,从而出现了劳动力总量供求失衡的局面。

南京市近年来劳动力供大于求的矛盾十分突出,目前正面临着失业下岗人员、流动劳动力和新增劳动力"三个高峰"的压力,劳动力资源增量较大,劳动力供求失衡的局面较为严重。据南京市劳动与社会保障服务中心提供的数据,南京 2002 年新增城镇劳动力约 4 万人,下岗职工出中心约 1 万人,在业转失业人员 5 万人,"离土"农

〔1〕 李琦:《国家战略机遇期与南京"两个率先"》,南京大学出版社,2004 年,第 352 页。

〔2〕 李琦:《国家战略机遇期与南京"两个率先"》,南京大学出版社,2004 年,第 352～353 页。

民 4 万人,加上遗留的失业人员 6 万人,总量约 20 万人,而目前全市每年可提供新增就业岗位约 12 万个,缺口有 8 万,劳动力供需不平衡状况比较严重。[1]

4. 劳动者自身素质因素

市场经济的发展为劳动者平等竞争,增加收入创造了良好的外部条件。但市场经济是一种竞争经济,优胜劣汰是市场经济的基本法则。体弱多病、文化技能低、专业技术缺乏等,已经成为部分失业下岗人员不能脱离困境的自身原因。

课题组的调查显示,失业者阶层的文化程度以初高中为主,受教育程度相对偏低。另据抽样调查,目前南京市取得职业资格证书的职工仅占职工总数的 26%(而发达国家取得职业资格证书的职工占职工总数的 86%)。这部分人文化偏低,技能单一,年龄偏大,难以适应用人单位的需要。2002 年南京市登记求职 15.05 万人次,仅介绍成功 3.19 万人次。就业困难人员尤其是"4045"人员,依靠自身能力再就业的成功率较低。[2]举例来说,在苏宁公司的"4050"专场招聘会上,招收保洁员 10 名,有 833 人报名,招收电器维修人员 400 人,报名者却只有 66 人。

另外,许多失业下岗人员就业观念不适应新的就业机制,求职心态存在不少误区,也给再就业带来许多困难,比如下岗后从未找过工作的竟占 47.46%,感到自己技能单一找工作困难的人数近 40%,但是参加转岗培训的人数仅有一半,而且认为培训没有帮助和帮助不大的人数占 73.05%,大多数下岗职工仍希望回原企业(28.81%)和协议保留劳动关系(45.76%),准备自谋职业的只有 25.42%,约占下岗总人数的 1/4。[3]

183

〔1〕 周长洪、杨来胜:《南京市就业形势分析与应对措施》,《南京人口管理干部学院学报》2004 年第 1 期。

〔2〕 李琦:《国家战略机遇期与南京"两个率先"》,南京大学出版社,2004 年,第 351 页。

〔3〕 周迎春、孙宁等:《南京市失业保障机制分析》,《经济师》2003 年第 3 期。

总之,失业者阶层形成的原因十分复杂,且各种原因交互作用。不能否认,在我国体制转轨时期制度性因素或者说体制性因素占据主导地位。这种体制性因素占主导主要表现为:一方面,传统体制下国有企业制度的缺陷造成大面积亏损,部分企业破产倒闭,使得下岗失业人员猛增;另一方面,社会保障制度改革的滞后弱化了社会对失业者的救助,而传统体制下的观念惯性又妨碍了失业下岗人员的再就业。当然,个体性因素也是不容忽视的,个体性因素在体制性因素的基础上起作用。只有这样,我们才能够理解,有人失业下岗后通过再就业走上了致富路,而有人失业下岗后却在生活上陷入了困境。

三、南京市失业者阶层的基本状况与生活方式

(一)失业者阶层的基本状况

1. 性别构成

从性别构成看,被调查者共 160 人,其中男性 72 人,占 45%;女性 88 人,占 55%(见图 5-2)。失业下岗人员女性多于男性,这符合南京的实际情况。

55%　　　45%

□ 男
■ 女

图 5-2 失业者阶层性别结构

根据"五普"抽样调查资料显示,南京市分性别的人口失业率有较大差异:男性人口失业率为 5.39%,女性人口失业率为 6.97%,女性人口失业率比男性高 1.58 个百分点,女性群体在就业上处于明

显弱势地位。其中 25～45 岁的女性失业比例显著高于男性。[1] 女性失业下岗比例高是由于男女职工差异以及存在对女性歧视的传统观念，也由于部分女职工本身文化技术素质较低等多种原因造成的。

2. 年龄构成

被调查者的年龄最小的 23 岁，最大的 63 岁，集中在 35～50 岁年龄段。其中又以年龄在 40 岁的所占比重最大，占 11.3%（见图 5-3）。

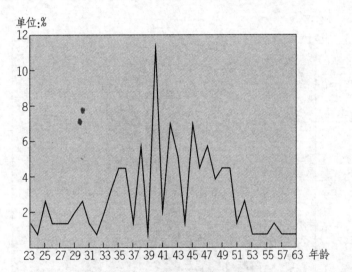

图 5-3　失业者阶层的年龄分布情况

从失业下岗人员的年龄构成看，以中年人为主体。被调查者的年龄集中在 35～50 岁年龄段，这部分人上有老，下有小，负担较重，对生活影响较大。

但单纯失业人员的情况则不完全相同，主要是增加了以学生为主体的初次就业群体。根据"五普"抽样调查资料，南京市存在两个

---

〔1〕 周长洪：《南京市失业人口状况分析》，《南京人口管理干部学院学报》2003 年第 3 期，第 19 卷。

"就业困难年龄段"：15～25 岁初次寻求就业的群体和 40～45 岁寻求再就业的群体。这两个年龄段人口失业率较高,前者超过 12%,后者超过 7%,就业困难较大。

3. 文化构成

调查对象以初高中文化程度为主,两者合占 80.5%,其中初中文化的有 62 人,占 39%;高中文化的有 66 人,占 41.5%(见图 5-4)。

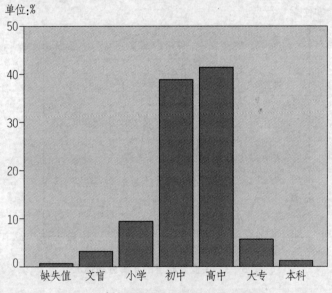

图 5-4 失业者阶层的文化构成情况

从文化构成看,失业者阶层以初高中文化程度为主,这与南京市已有的失业人员文化程度调查基本一致。据了解,2003 年南京市新登记失业人员 88 208 人,期末实有失业人员 65 435 人,其中近半数都是中专和高中等中等学历以下文化程度者(大专以上失业人员有 8 938 人,占 14%;中专和高中 31 824 人,占 49%;初中以下则占 37%)。

与各阶层的平均值一比较,可以看出这一阶层受教育程度相对偏低,如表5-1所示。从各阶层整体统计来看,初高中文化程度占50.1%,大专与本科文化程度的合占到36.1%,而失业者阶层大专以上文化程度所占比例极低。如果与管理者阶层或知识分子阶层相比较,失业者阶层所受的教育程度就更低了。

表5-1　各社会阶层平均受教育程度

本人最高教育程度	频数	百分比	有效百分比	累计百分比
文盲	34	3.9	3.9	3.9
小学	67	7.7	7.7	11.6
初中	200	23.0	23.0	34.7
高中	235	27.0	27.1	61.8
大专	173	19.9	19.9	81.7
本科	141	16.2	16.2	97.9
硕士以上	18	2.1	2.1	100.0
合计	868	99.9	100.0	
缺损值	1	1		
合计	869	100.0		

4. 地域分布

根据"五普"调查资料,南京全市抽样失业率为6.08%,但以农业为主的郊县人口失业率很低:江宁县(现为江宁区)、江浦县、六合县、溧水县和高淳县的失业率分别为3.55%、4.61%、2.72%、2.87%和1.74%,而南京市城区的人口失业率大大高于6.08%的平均失业率。图5-5具体显示出南京市分区分性别的失业率状况。从中可以看出,秦淮、建邺、下关三个城区居住的人口失业率最高,分别为14.28%、11.93%、10.86%,均超过10%;白下、玄武、鼓楼三个城区的人口失业率比较接近,分别为8.45%、8.22%、7.92%,均在8%左右,而浦口、雨花、大厂、栖霞等区人口失业率较低,但也在 6% 左右。由于失业率最高的秦淮、建邺、下关均为南京的老城区,因此调查结果表明:城区失业率较高,老城区的人口失业问题更为严重。[1]

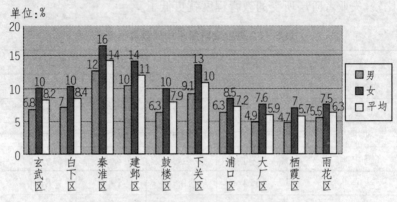

图 5-5　南京市分区、分性别失业情况(抽样)

5. 收入状况

收入是反映阶层分化的重要依据之一。从全市整体来看,城市居民之间收入差距扩大。从反映城市居民收入差距的对比系数看(收入高组与收入低组),2001 年南京为 5.7,2002 年为 4.7,2003 年为 5.3。

在本次调查中失业者阶层 2003 年的个人年平均收入为 7 528.48元(月平均收入为 627.37 元),与各阶层总体的年平均收入(19 725.89元)相比有很大的差距。在收入相对低下的三大阶层中,工人阶层年平均收入为 11 521.97,农民阶层年平均收入为 6 965.55,失业者阶层的年平均收入仅仅略高于农民阶层。

关于失业者阶层的收入来源:由于相当一部分失业下岗人员没有收入来源,所以图 5-6 只是部分地反映了失业下岗人员的两

〔1〕 周长洪:《南京市失业人口状况分析》,《南京人口管理干部学院学报》2003 年第 3 期,第 19 卷。

大主要收入来源：一是工资、奖金、单位其他福利；二是政府的低保收入、失业救济金，两者所占比例都在15％以上。兼职收入、经营收入或原单位补助所占比例极低，都不到5％（见图5-6）。

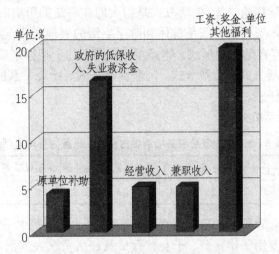

图5-6　失业者阶层主要收入来源

　　另有调查显示，南京市下岗人员的个人主要经济来源一个是下岗生活费，占40.37％；其次是家庭其他成员收入，占27.66％；第三是打零工收入，占21.86％。[1] 在这次调查中下岗生活费被纳入了工资、奖金、单位其他福利之列，所以工资、奖金、单位其他福利成为失业下岗人员最主要经济来源之一。其次，政府的低保、失业救济对失业下岗人员的经济生活也发挥了重要作用。另外调查中没提到的家庭其他成员收入也在很多失业下岗人员中起着举足轻重的作用。尤其是在那些强弱结合的家庭中，当"弱"的一方失业或下岗后，背后仍然有"强"者的经济支撑。

　　另据较多的经验研究表明，亲属网络资助也是失业下岗人员的主要经济来源之一。当调查问及"遇上困难向谁求助"时，回答亲戚

〔1〕　周迎春、孙宁等：《南京市失业保障机制分析》，《经济师》2003年第3期。

的比例高达 53.1%,说明亲戚在解决失业下岗人员的困难、尤其是经济困难方面发挥着重要作用。

（二）失业者阶层的生活方式

社会学理论认为,生活方式是指人们在一定的历史时期生活和活动的基本形式。它既是群体和阶层生活的表现形式,也是社会阶层、群体存在的表现形式。本章主要从以下几个指标来反映失业者阶层的生活方式:消费方式、闲暇活动方式、社会关系网络、对下一代的责任感。

1. 消费方式

表5-2　失业者阶层各项消费占总收入比重的平均值(%)

消费项目	伙食费	服装费	教育费	交通通讯费	医疗费	休闲娱乐费	投资储蓄费
失业者阶层	41.43	5.28	12.43	3.44	5.83	1.60	5.14

从失业者阶层的日常消费特征来看,其生活消费水平普遍较低,其消费主要用于伙食费、子女教育费及住房费三大方面,除住房费所占比重没有统计外,伙食费占收入的比重为 41.43%,子女教育费所占比重为 12.43%(见表5-2)。

[个案5-1]　王先生　46岁　初中　失业下岗人员

平时家里的开支主要是伙食费和女儿教育费,收入不高也不能随便花钱,连饭都吃不上了哪还有心情去玩啊,乐啊,就这样,家里的收入也仅仅只能勉强维持,主要是现在孩子的上学要花好多钱。

（访谈员:唐琳、孔维玮）

[个案5-2]　张先生　54岁　初中　失业下岗人员

现在我家里的主要开支就是伙食费、看病、儿子教育费用。现在挣外快的机会太少了,没有那么多钱,花费又那么多,现在不是说,看病、买房、上学是压在穷人身上的三座大山嘛?

（访谈员:唐琳、孔维玮）

（1）伙食费。伙食费对失业下岗人员来讲无疑是支出的大头。就业是城市居民收入的主要来源，在社会保障体系不健全的情况下，失业给他们的生活带来极大的冲击，首先就是对其生活消费水平的一大冲击。从一定程度上来讲，失去了工作就是失去了饭碗。从在岗与下岗职工收入差距看，两者月平均生活费差距大，"下岗贫困"已成为不可忽视的社会问题。2003 年南京市在岗职工人均工资为22 190元，而离岗职工人均生活费仅为 5 648 元，[1]后者仅占前者的1/4。需要引起关注的是，尽管离岗职工生活费已连续 3 年保持11％以上的增长幅度，但 2003 年仍低于全市城镇单位从业人员15.6％的人均工资增幅。中国人在传统上习惯于"量入为出"，因此收入水平在一定程度上决定着人的消费水平。在本次调查中失业者阶层 2003 年的个人年平均收入为7 528.48元（月平均收入为627.37元），这就决定了失业下岗人员收入的绝大部分要用于填饱肚皮，而不是其他。由于受自身收入水平的限制，失业者阶层在伙食上相对节俭，较少考虑营养等因素。

（2）住房费。随着住房货币化的发展，原来的统计指标住房费（通常包括水费、电费、气费等）已经不能反映人们目前在住房上所投入的费用，购买房子的费用已成为住房费的主体，对那些没有享受到福利分房的人来讲，买房子成了家庭大事，是家庭消费中的重点与难点。本次调查对失业者阶层的住房情况、住房来源等方面进行了详细的调查，使我们更加充分地了解失业者阶层。先看看失业者阶层的住房大小，调查显示，失业者阶层 2003 年的家庭住房面积平均数为 54.72 平方米。从纵向比较来看，失业者阶层在 1980 年时住房面积平均数为 44.52 平方米，1990 年为 46.02 平方米，2000 年为51.88 平方米，2003 年上升至 54.72 平方米。这说明从整体上来看，随着时代的发展，这一阶层的住房面积呈逐步上升趋势。从横向比较来看，失业者阶层的平均住房面积在各个阶层中是最低的。农民

191

---

〔1〕　资料来源：《南京市 2003 年国民经济和社会发展统计数据》第 23 页。

阶层的住房面积最大,平均数为 144.18 平方米,工人阶层为 74.38 平方米,管理者阶层为 89.79 平方米,知识分子阶层为 85.72 平方米,私营企业主阶层为 92.73 平方米,整体平均住房面积为 88.59 平方米。

其次是失业者阶层的住房来源,它主要由以下几部分组成:① 单位福利分房,占 21.7%;② 一次性付款购买,占 19.2%;③ 租住,占 15%;④ 按揭贷款购买,占 12.5%。这至少可以说明两点,一是相当一部分失业下岗人员的住房来源是失业下岗前的原单位福利分房,所占比例也最高,超过了 1/5。二是以住房货币化形式购买的房子也占有相当的比重,一次性付款购买、按揭贷款购买两者合占 31.7%。购房费用的增加,加上原有的水、电、气费等的提高,整体上说给失业者阶层带来了很大的压力,无疑是本阶层消费的又一大重点。

[个案 5-2] 张先生　54 岁　初中　失业下岗人员

现在最大的困难就是住房问题,我们现在一家三口住的还是以前的单位过渡房,希望能找个大点的房子,但是现在房价太高了,买不起啊,不是说了嘛,看病、买房和上学是压在穷人身上的三座大山,现在孩子上了大学也省心了,我自己身体还好,也没有多少病要看,主要就是买房子了,把住房解决了,我就可以放心了。

(访谈员:唐琳、孔维玮)

[个案 5-3] 孙先生　50 岁　初中　失业下岗人员

我现在也没什么困难,你要说困难吧,也就是买房子。我们现在没有自己的房子,现在的房子马上要拆,南京的房价那么高,我们工薪阶层,一年就算存一万,十年也才十万,怎么买房?

(访谈员:唐琳、孔维玮)

(3) 教育费用。教育费用也是失业下岗人员的重要开支之一。随着教育投资的逐年增加,青少年接受教育年限的延长,教育费用成为一笔不容小视的费用,尤其对于失业下岗家庭而言,可算是一个天文数字。失业下岗人员的年龄集中在 35～50 岁,其子女绝大部分正处在读书受教育阶段,因此教育开支所占比重仅次于伙食费。虽然自己失业了,但相当部分失业下岗人员希望自己的后代能够认真读书,有出息,能够在将来找份好工作,以便摆脱自己当前的困境。

但是从整体上来讲,由于父母的失业下岗,经济、文化、社会资源的缺乏,不可避免地会影响到子女的求学和就业。目前南京市市政府在这方面已经出台了一些相关政策来改善这一状况。如从 2003 年秋季开学起,南京市教育局向义务教育阶段城市"低保生"发放了"助学券",试图在一定程度上缓解全市贫困生读书难问题。在就业方面,南京市同样做了一番尝试:南京籍 2004 届普通高校、中专校毕业生,只要是经市总工会认定的 2003 年度市级特困职工家庭子女或经市民政部门认定的城乡最低生活保障家庭的子女,均可以申请登记计划安置就业,由市毕业生就业办公室下达具体的指令性计划指标,进行一对一的推荐,实行一次性的就业计划安置。

调查显示,失业者阶层在其他主要消费项目的支出均远低于社会的平均水准。

(4) 服装费用。在衣着方面,失业下岗人员消费较低,服装费用占收入的百分比仅为 5.28%。相当部分失业下岗人员在衣着方面要求很低,很多人一年到头很少添置新衣服。买衣服也一般到商场或超市买一些较为普通便宜的衣服,很少讲究品牌。所谓"衣食足而知礼节",失业下岗人员对于衣着的不注重,很大程度上受限于自身经济收入。

(5) 娱乐消费。娱乐消费是失业者阶层花钱最少的项目,其占收入的比例仅为 1.6%。也即失业下岗人员的娱乐消费极低,甚至没有。失业者阶层的娱乐消费主要是一些不花钱的娱乐活动,如看看电视、搓搓麻将、打牌下棋等,很少会光顾卡拉 OK 厅、舞厅、影

193

剧院等收费的公共娱乐场所,更谈不上去一些高档的娱乐场所。

(6)投资储蓄费。投资储蓄方面,其占收入比例很低,为5.12%。失业下岗人员的钱很少用于投资,如果有节余的钱更多的是用于银行储蓄。储蓄的钱有的准备生病急用,有的准备用于子女的教育等方面。

(7)消费观。失业者阶层的消费观以生活节俭为主,所挣的钱主要用在三大方面,一是饮食,二是子女教育,三是住房。另外,在某些困难家庭中,消费还主要用于医疗费用。

当问卷问及"今年最想购买的大件商品是什么?"失业者阶层回答排在前四位的是:电脑(占17.5%)、空调(占11.9%)、手机(占8.1%)、汽车(占6.9%)。而从各阶层整体统计来看,今年最想购买的大件商品排在前四位的是:汽车、电脑、空调、房子。这说明各阶层的消费观既有一定的共性特征,但也有一定的个性特征。对失业者阶层来说,最想购买的大件商品中电脑所占比重最大,而汽车是普通市民最想购买的大件商品。

失业者阶层的消费向往在一定程度上反映了本阶层的消费观。他们最想购买的大件商品是电脑而不是汽车,说明他们所向往的消费是建立在自身经济水平基础上的,是从自身的客观实际需要出发的。汽车属于高档消费品,低价位的汽车也要几万元,对失业者阶层来讲,资金上一般承受不起,而且汽车本身对他们来讲也不实用。而电脑却不同,一是家庭使用电脑的普及率越来越高,电脑的信息作用发挥得越来越大;二是电脑的价位适中,中档的四五千元左右,是部分失业下岗人员还能承受得起的。

[个案5-4] 曹女士 48岁 初中 失业下岗人员

现在,我们是租房住。一般生活的常用电器都还有,像彩电、冰箱、洗衣机,都是以前单位效益好的时候购置的。尽管档次不高,但总比没有好。家庭收入来源就是我开店赚点,丈夫工作得点,儿子打工挣点。婆婆的退休金可以维持她自己的生活。收入大部分都用在解决住房和温饱问题,还有一部分要交保险,很少买衣服。当然,更没有钱,也没有精力去炒股。

（访谈员：严　雪）

[**个案 5 - 5**]　张女士　33 岁　大专　失业下岗人员

我失业后领了两年的救济金,总共有 5 000 多元(应该是 6 000 多元),每个月 270 元。但是没有低保(最低生活保障),因为低保是有规定的,好像是家庭人均收入低于 200 元以下的才有吧。我们家就靠我和我丈夫的工资,还有以前的一点积蓄。我丈夫工资也不高,每个月也就五六百块,也就够他自己花,他还要抽烟嘛。我的工资要自己花,孩子还要花,还有我自己还在参加自学考试,这方面也要钱。现在养个孩子挺花钱的,她现在上幼儿园中班,我对她希望挺高的,希望她以后像你们一样上大学,有个稳定的工作,所以我自己很少花钱,一般不买衣服,也不买化妆品。生活还是挺紧的。

（访谈员：唐琳、孔维玮）

195

2. 闲暇活动方式

闲暇活动方式是人们生活方式的组成部分,闲暇活动的功能和价值在于满足人的精神需要。人们的闲暇活动方式主要受经济基础的影响,有了一定的经济基础,才谈得上精神需求。失业者阶层由于在"经济基础"上受限,所以在闲暇活动方式上有着自身的特点。

（1）闲暇时间。失业者阶层的闲暇时间有"量"而无"质"。闲暇时间是人们在劳动时间之外,个人可以真正自由支配的时间。从理论上来讲,闲暇时间是实现一个人全面发展的重要条件,但对一个失业者来讲,闲暇时间的长短并不必然地反映人的全面发展。一是这种闲暇不是工作之余得来的,而是一种被逼无奈的选择。闲暇时间对他们来讲,是徒有时间的长度而缺乏质量的。二是部分失业下岗人员的闲暇时间并不是像人们想象的那样多,相当多的失业下岗人员在失业后忙于家务和找工作,真正的闲暇时间并不多。

（2）闲暇内容。与其他阶层的闲暇内容相比较而言,失业者阶层的闲暇内容较为单调。当然,不同家庭情况、不同性别、不同年龄、不同文化程度的失业者个体在闲暇活动方式上也存在一定的差异。

失业者阶层的闲暇内容以看电视为主,接下来便是看报纸、搓麻将、逛街、串门聊天、锻炼身体等。这说明失业者阶层的闲暇活动方式以一般娱乐消遣型为主,素质提高型较少。

失业者阶层的闲暇活动场所是以户内为主的,户外活动场所如公园、影剧院、舞厅、卡拉 OK 厅、体育场等公共娱乐场所很少去。出于对失业后经济方面的考虑,失业下岗人员很少会到一些收费的公共娱乐场所去活动。这从失业者阶层的娱乐消费支出也可以看得出,娱乐消费是失业者阶层花钱最少的项目,其占收入的比例仅为1.6%。

对失业者阶层来讲,他们双休日、节假日的观念不强,节假日的闲暇活动与平时差别并不大,仅有的节假日闲暇活动内容以家庭聚会、走亲访友等为主,外出旅游等较少。

［个案 5 - 6］ 朱先生 43 岁 初中 失业下岗人员

平时没工作的时候就蹲在家里,转转看看,找找工作。工作的时候就当锻炼身体了。也没什么节假日不节假日的,饭都没得吃了。我一般就靠职业介绍所找工作,我一般天天来,来个个把月的,总能找到工作。我现在想找个看门或者送货的工作。

（访谈员：唐琳、孔维玮）

［个案 5 - 7］ 王先生 46 岁 初中 失业下岗人员

下岗前一点休息的时间都没有,下岗后也一直在找工作,也间断做过一些临时工,做临时工的时候也很少有休息时间,你要挣钱哪有那么多时间休息啊。平时有空的时候就在家待着,看看电视,睡睡觉,没有其他的活动,现在出门就要钱啊。没有工作的时候哪有节假日的概念啊,跟平常一样,也就是走走亲戚,平时跟亲戚、朋友来往较密切,以前的同事很少联系了,邻居嘛,还可以吧,跟亲戚朋友在一起就是在家里吃吃饭,玩玩,出去吃太贵了,承受不起。

（访谈员：唐琳、孔维玮）

不同性别的失业者在闲暇活动方式上有一定的差异。这与男女自身在闲暇活动内容上的差异密切相关。除了共性的看电视、搓麻将、体育锻炼等外,女性在闲暇活动的内容上侧重于逛街、串门聊天等,而男性则侧重于看报纸、打牌下棋等。

不同年龄的失业者在闲暇活动方式上有所不同。相比较而言,40岁以下的较年轻的失业人员,他们的闲暇活动方式更丰富一点,户外的闲暇活动多一些,提高自身素质的活动也多一些。

不同文化程度的失业者在闲暇活动方式上也有一定的差异。受教育程度较高的失业下岗人员,闲暇生活的文化含量有所增加,如有的人在自修学习,有的进各种培训班学习,有的在考各种有利于就业的证书等。

[个案5-5] 张女士 33岁 大专 失业下岗人员

我平时有空在家也就做做家务,带带孩子,剩下的时间我一般是学习,当然有时也看看电视,看看报纸什么的。和以前的朋友、同事也没什么联系了,大学的同学偶尔打打电话。和亲戚倒是联系的稍微多一些。不过在一起吃饭、聚会还是比较少,大家各忙各的。找工作也就靠自己,多到职介所跑跑。我现在有财务证书。现在就是要多些证书,这样比较好找工作。不过实际的工作能力也是老板很看重的。

（访谈员：唐琳、孔维玮）

[个案5-8] 董先生 47岁 中专 失业下岗人员

我下岗后空闲时间比较多,主要是锻炼锻炼,学习学习,现在工作要求高啊,我在学习会计,希望以后能够从事这个方面的工作。节假日也没有什么特别的,跟平时一样。平时大家都忙,也没有太多时间跟亲戚朋友来往,偶尔打打电话聊聊天,很少聚在一起吃饭玩什么的,那都需要钱啊,现在要算计着花钱。

(访谈员：唐琳、孔维玮)

[个案5-2] 张先生 54岁 初中 失业下岗人员

我下岗后的闲暇时间比较多,可以在家里做做家务了,以前上班的时候很忙,没有时间做家务啊,现在做直销,时间很自由,不固定,也可以抽点时间在家里忙忙家务,节假日跟平时一样,忙点家庭琐事,刚下岗的时候还没有电视,没有什么休闲娱乐的,现在有空了就去锻炼锻炼身体,比方说早上去跑跑步,比如我这份工作就是在公园锻炼身体的时候碰到的。我现在也就是跟亲戚朋友来往比较密切,因为离的不远,所以经常串串门,聊聊天,吃吃饭。我们的邻居都是以前国有企业里的职工,很多都不愿意跟人交往的,不愿意跟你聊天的,很少交往。

(访谈员：唐琳、孔维玮)

[个案5-9] 任先生 54岁 初中 失业下岗人员

这么长时间没有工作了,我一直都闲着,在家的时候闲着就看看电视,所以经常来这个劳动力市场转转看看信息,想着碰个运气找个好的机会找个好的工作。节假日的时候跟朋友串串门,聊聊天,主要是在家里,不能出去啊,没有钱啊,总不能出去玩一次,然后饿几天吧?总体来说,跟这些人的来往都不是很多。

(访谈员：唐琳、孔维玮)

[个案5-10] 赵先生 40岁 初中 失业下岗人员

我平时和周围的人交往不是太多,有时就是在一起聊聊天,看看有什么工作上的信息。哪有什么闲暇时间呢,我们一天到晚都要工作嘛,挣钱都挣不上,哪有心思玩。不过要想找到工作,主要还是靠自己。看看报纸,到职业介绍中心看看,也就这些。

（访谈员：唐琳、孔维玮）

[**个案 5 - 11**]　李先生　35 岁　高中　失业下岗人员

我现在空着时间就来转转找工作,职业介绍中心不开门的时候就去接接小孩,在家看看电视,不怎么去玩,没有那个经济能力啊。节假日跟平时一样。主要是跟朋友同事交往,也就是打打电话,从来不聚会,哪有钱聚会啊。聚会就要吃饭就要出去玩,承受不起。

（访谈员：唐琳、孔维玮）

[**个案 5 - 4**]　曹女士　48 岁　初中　失业下岗人员

节假日对我们来说是与平时没有什么区别的。我们现在做的事情决定了我们与节假日无缘。一般情况下,我不会关上店门,也不会给自己放假去旅游,那是不现实的。空闲时间,就看看电视。逢年过节,多做几个菜,仅此而已。唉,属于我们这一阶层的,想要谈什么休闲,那是不可能的。

（访谈员：严　雪）

199

[**个案 5 - 12**]　林女士　51 岁　初中　失业下岗人员

节假日一家人团聚在一起的时候,我们通常就是一家人上街买点好菜,回到家里来庆祝。至于旅游什么的,我们还没怎么考虑过。一来经济不允许,二来我们都有时间的时候,各个旅游景点都很拥挤,我们也就不考虑了。当我一个人在家的时候,虽然有很充裕的时间,可是却没有什么兴致出去玩。

（访谈员：汤网保）

3. 社会关系网络

在日常交往中,失业者阶层与之经常打交道的是亲戚、朋友、邻居、同事等,其中亲戚和朋友是这一阶层的主要交往对象。与之相对应,交往方式是通常所说的"串门",交往地点也主要是在家里。社会交往的主要目的较为单纯,主要是增进彼此之间的感情,增加生活的乐趣等。

在回答"平时和谁交往最多"的问题时,失业者阶层的回答按顺序由高到低依次为:亲戚(占 36.3%)、朋友(占 19.4%)、邻居(8.8%)、同事(6.9%)等,亲朋所占比例合为 55.7%,由此可见,传统的亲朋关系在失业者阶层的社会关系网络中依然处于核心地位。

当问及"遇上困难向谁求助"时,调查答案按先后顺序为:亲戚占 58.1%,高居首位;其次是朋友,占 19.4%;其他的求助对象如社区、邻居、同事等,所占比例都很低,低于 5%。求助对象中亲朋共占高达72.5%的比例,说明失业下岗人员在失去工作以后,情感归宿于传统的血缘关系。

表5-3　各社会阶层与"向亲戚求助"交叉分析(%)

所属阶层	向亲戚求助	
	是	不是
管理者	42.31	57.69
工人	52.91	47.09
农民	66.13	33.87
知识分子	54.68	45.32
个体私营业主	42.16	57.84
失业者	58.13	41.88
合计	53.20	46.80

通过不同阶层与"向亲戚求助"的交叉分析可以看出,六大阶层中,只有私营企业主阶层、管理者阶层"向亲戚求助"的比例低于50%,其他阶层"向亲戚求助"的比例均高于 50%,其中"向亲戚求助"中比例最高的是农民阶层(占 66.1%),接下来就是失业者阶层。这种传统的血缘关系所占比重很高,说明南京人比较重人情,受传统伦理影响较大。受民族传统的影响,在一定意义上讲,中国是一个人

伦型的社会。亲友之间的相互帮助是一件比较"正常"的事情，尤其是当一方亲友遇到困难的时候。据上海的一项调查，在所问的 294 名下岗职工中，有 173 名回答说其家庭目前生活主要来源是依靠配偶的收入，有 47 名回答说是依靠父母、子女、亲友的接济。我们的这次调查也明显反映了这一特点。

另有调查显示，这种以亲朋关系为主导的社会关系网络在失业者阶层求职过程中发挥着重要作用。在社会转型期的中国，通过社会关系网络求职与通过非正式的市场渠道求职这两种方式将长期并存。有研究表明，"下岗工人对两类求职渠道的利用有着很大的不同。一般而言，他们利用较多的是非正式的社会关系网络，而不是正式的市场渠道。"[1]南京失业下岗人员在求职过程中并没有充分发挥劳动力市场的作用，有调查表明，"南京下岗职工绝大多数通过亲戚朋友、原单位安排和自己去找工作，只有大约 10% 左右去职介机构碰碰运气"。[2]在一定的社会条件下，社会关系网络对家庭成员的职业获得应该与自身知识、能力等有同等程度的影响。个人的能力在短时间内是不可能发生较大改变的，但在社会关系网络中找对了人就可以让你"峰回路转"。

与其他阶层相比较而言，失业者阶层在经济资源、权力资源、文化资源等方面都比较匮乏，这一群体比其他群体更需要社会的帮助，更需要社会的物质或精神关怀，因而这一群体对人际关系的敏感度很高，也最有体会。传统中国社会是一个重义轻利、否认物质利益的社会，而改革开放以来，人们讲利益、讲报酬，这已经为人们所接受。但是也有相当一部分人见利忘义，败坏了社会风气，使人与人之间的关系变得微妙复杂。对失业下岗人员而言，一方面自己的处境决定了别人很少有什么事情去求自己；另一方面

---

〔1〕 桂勇、顾东辉等：《社会关系网络对搜寻工作的影响——以上海市下岗职工为例的实证研究》，《世界经济文汇》2002 年第 3 期。

〔2〕 周迎春、孙宁等：《南京市失业保障机制分析》，《经济师》2003 年第 3 期。

自己找工作等得事事求人。因此他们对其中的人情道德冷暖感受较深，再加上对失业前后状况比较就更有感触。值得欣慰的是，有相当一部分失业下岗人员在经历了失业与下岗初期的心理调适以后，逐渐振作起精神，认识到关键还要靠自己，通过进一步学习等方式，求得自身的发展与进步。

[个案 5 - 13]　钱先生　45 岁　高中　失业下岗人员

以前我在××工厂工作，期间还做过车间主任，在厂子里大家也比较尊重我，因为当时手中还有点权力吧。孩子他妈跟我一个厂，结婚头几年生活也不错。但是一次工伤事故(孩子他妈高位截瘫)后家里就不行了，治疗孩子他妈的病花光了家里所有的钱，所借的债还不知道能不能还得起来。再后来厂子垮了，下岗分流，一杆子撸到底，给了几个钱，都给孩子他妈治病了。孩子他妈后来只好求助于新闻媒体，一开始还能帮一点，后来也慢慢烦了，不搭理了。在这个社会里，只能靠自己，什么人也靠不住。

我们这个家，现在也没什么人跟我们交往。有困难的时候，当然是先找亲戚了，然后是朋友，可是亲戚朋友又能帮多少，要自己才行啊。我是不行了，年龄不饶人，想学什么也学不会。只希望孩子会好一些，她现在朋友里也有不少读大学的，只希望她踏踏实实的，能做点事情，学点技术，能挣钱。

（访谈员：李宗明）

[个案 5 - 12]　林女士　51 岁　初中　失业下岗人员

平时我们家不太走动，来往密切的也就是和亲戚朋友、邻居了。一般都是串门。如果家里急需一笔钱，我们一般都是找亲戚帮忙。毕竟有血缘关系比较靠得住。如果在家庭工作上出现什么问题，我一般还是找亲戚。家里的事情让外人知道是不太好的。

（访谈员：汤网保）

[个案5-6] 朱先生 43岁 初中 失业下岗人员

现在和以前的朋友、同事来往都少了,朋友在一起要吃饭喝酒花钱,所以聚的次数就少了。有也是偶尔的。和亲戚就是过年过节的吃吃饭而已。现在主要是靠自己了,找工作就到职介所。

(访谈员:唐琳、孔维玮)

4. 对下一代的责任感

对下一代的责任感可以分为子女教育期望和子女职业期望。调查显示,相当部分失业下岗人员对下一代的责任感较强,他们希望自己的子女能够接受良好的教育,找到一份好工作,有稳定收入,生活上能够过得更好。虽然自身处境较为艰难,但这部分失业下岗人员想方设法积极实现各种形式的再就业,竭尽全力为子女的学习或深造创造较为良好的条件。这从失业者阶层的教育支出占收入的比重中可窥见一斑。对于子女的择业,他们很难确定将来子女会从事什么样的职业,但他们的共同希望是子女的职业较为稳定,不像他们现在这样遭受失业之苦。从失业者阶层的职业向往来看,他们最向往的职业是公务员和教师,而这两大职业的共同点是它们的职业稳定性,失业者由于深受自身工作经历的影响,往往最看重职业的稳定性,他们把自己的期望也寄托在自己子女的身上。

[个案5-12] 林女士 51岁 初中 失业下岗人员

1997年～1998年我和丈夫先后下岗,而这个时候我们的儿子正好面临考高中,正是需要钱的时候。经过我们夫妻商量,丈夫出外打工。在亲戚朋友的帮助下,丈夫先后到山东、温州、常州等地打工。我为了照顾儿子,通过职业介绍所和中介也先后找了数份工作,做保健产品的推销员、工厂打杂、为单位看门等,但都不是很理想。最后在社区居委会的帮助下,我开始从事家庭保姆的工作。虽然我们夫妻俩都很辛苦,但我们的孩子很懂事,从小就知道为家里分忧。他学习一直很努力,考上南京最好的高中,后来又以优异的成绩考进了南京

203

本地的一所国家级重点大学读书。因此,我们夫妻俩就是再辛苦也是值得的。我就是希望他能在大学里面好好学习,等到大四的时候能考研成功。现在社会只有高学历的人才能有好的工作和好的收入,才不用像我和他爸爸一样辛苦一辈子也没熬出头。而且学历高的人才能在社会上得到别人的尊重,有比较高的社会地位,我和他爸爸就是赶上了文化大革命,吃尽了没有学历的亏,我们不愿意让孩子再重蹈覆辙了。(林女士在说到"尊重"的时候特别强调了这两个字)

(访谈员:汤网保)

[个案5-11] 李先生 35岁 高中 失业下岗人员

我的爱人还在职,在南京一家棉纱厂上班,一个月700～800块钱,然后就是我的下岗补贴(一个月200～300元),没有其他的补助金补贴低保之类的。我有个七八岁的儿子,上小学二年级,下岗后对他的生活有影响,对学习没有什么影响,跟父母住在一起,他们都是工人,还有退休工资,还能给家里补贴点。平时主要花费就是吃饭,穿衣服可以穿的差点,但是吃饭是省不掉的,另外还有水电费,电话费,有线电视费,平时都是父母在家里的时候买菜、交费,我们只是一个月交个200块钱作为补给,这样我们的经济压力就缓解了很多,这样五口人大概一个月1 000多块钱吧。现在主要依靠父母,我们就存点钱,如果孩子生病,去个儿童医院,发发烧都要几百块钱,还有要给孩子留点钱。对于孩子,当然能往上上还是继续上学,现在没有学历找工作太难了,我们不管多困难都会尽力的。

(访谈员:唐琳、孔维玮)

[个案5-5] 张女士 33岁 大专 失业下岗人员

现在养个孩子挺花钱的,我家女儿现在上幼儿园中班,我对她希望挺高的,希望她以后像你们一样上大学,有个稳定的工作,所以我自己花钱很少,一般不买衣服,也不买化妆品。生活还是挺紧的。

(访谈员:唐琳、孔维玮)

　　但是从客观上来讲,有部分失业下岗人员对待子女的心理及教育等方面是"心有余而力不足",自己的失业或下岗在事实上对子女造成了很大的影响,影响了子女的求学和就业。另外,不能否认的是,也有一小部分失业下岗人员缺乏对下一代的责任感。这部分人对自己的生活现状失去了信心,从而也对社会对自己的子女不能尽到责任。据江苏省人口情报研究所徐愫、殷丰的调查研究表明,南京失业下岗人员的失业或下岗,对失业者的家庭及对未成年子女在心理、个性和学习等方面有一定的影响,这种影响主要表现在以下三大方面:① 面对困境难牵手,下岗职工离婚多。家庭的破裂给未成年子女造成沉重的心理压力,有的家庭不负责任地将子女放在老人身边不闻不问,有的单身母亲无法承受子女的生活费用,使这些孩子得不到父母及社会的关爱,心理缺陷十分明显。② 打麻将忙生意,对子女教育无心问。下岗后有些职工从此就消沉下去,陶醉于麻将桌,对子女不管不问。还有的下岗职工下岗后忙于做生意,他们认为只要满足子女在经济上的要求,教育是学校的事,对子女的教育也无心过问。③ 处境窘迫孩子苦,方方面面应关爱。下岗职工家庭中未成年子女除了要面对父母下岗后不好的心情之外,还要面对经济困难的尴尬。[1]

205

[个案 5 - 7]　王先生　46 岁　初中　失业下岗人员

　　我家女儿上高中,下岗后经济紧张了,给她的生活费少了,但是学习没有耽误过什么,学费啊,买书啊,该给的钱还是要给,总不能不让孩子上学吧? 对她的学习也没有太高的期望,估计她考不上大学,就现在的学习成绩来看,没有那个水平,就算考上了我们也没有那么多钱供她上学啊,现在大学的学费那么高,我还不知道什么时候找到合适的工作,根本上不起。毕业后就找个工作干干吧,挣点钱贴补

---

〔1〕 转引自中国人口网：http: chinapop. gov. cn。

补家里。

（访谈员：唐琳、孔维玮）

[个案5－2] 张先生 54岁 初中 失业下岗人员

我的儿子在南京工业职业技术学院上大学。当时下岗对他基本上没有影响，虽然我只有初中文化，但是我们那个年代的初中文化相当于现在的大学程度啊，很值钱啊，所以我也知道学习的好处，就没有耽误他的学习。不过他现在对学习不是很专心，也就图他大学毕业，至于研究生什么的，估计他不想考，也考不上，即使考上了，我们也负担不起，现在上学费用太高了，没有经济能力。就希望他毕业后找个稳定的工作，最好是从事电子商务方面的，因为他学的就是电子商务这个专业，比较对口，而且现在这个方面也开始热门了，比较容易挣钱，工作也不容易丢掉，然后成个家，这样就够了，我们也就放心了。

（访谈员：唐琳、孔维玮）

[个案5－8] 董先生 47岁 中专 失业下岗人员

我本人下岗后就没有了收入，以前的单位只是还有养老保险给办，其他什么补贴都没有。我爱人还在职，家中就靠她的工资生活。女儿在上学（具体年龄被访人拒绝告知，很有抵触）。我下岗后对她有很大影响，给她的零花钱少了，生活节省多了，她也能理解，但是学习开始分心，成绩不如以前，毕竟家里状况不如以前了。我对她也没有什么特别高的期望，上大学的可能性比较小吧，家里也负担不起，就找个稳定的工作，有个收入就可以了。现在家里的开支主要就是用于伙食费，小孩的教育费用，其他的也没有太多的花费，毕竟家庭经济条件不允许啊。

（访谈员：唐琳、孔维玮）

四、南京市失业者阶层的社会心态

社会心态是指社会群体或阶层中较为普遍存在的、具有一定共同性的社会心理反应或心理态势。本节主要从失业者阶层对自身生活的态度及对社会问题的态度两大方面展开分析：

（一）对自身生活的基本看法

1. 对现有生活水平的主观评价

失业者阶层对自己所处生活水平的评价非常低，认为自己生活水平处于中等偏下的占 44.4％，处于下等的占 35.6％，两者合占 80％；而认为生活水平中等的占 16.9％，处于中等偏上的占 3.1％（见表 5 - 4）。

表 5 - 4　失业者阶层对生活水平的主观评价

	频数	百分比	有效百分比	累计百分比
中等偏上	5	3.1	3.1	3.1
中等	27	16.9	16.9	20.0
中等偏下	71	44.4	44.4	64.4
下等	57	35.6	35.6	100.0
合计	160	100.0	100.0	

通过所属阶层与生活水平的交叉分析可以看出（见表 5 - 5），在各大阶层中，失业者阶层对自己所处生活水平的评价最低，其次是工人阶层，再次是农民阶层。在现阶段，这三大阶层正是我国社会转型时期利益相对受损集团，也是较少或很少拥有权力资源、经济资源和文化资源的社会阶层。

与其他阶层相比较，失业者阶层的现实物质生活水平，如收入、住房情况等较为低下，他们对自身所处生活水平的评价也很低，这与研究者眼中失业者阶层在社会阶层结构中的客观实际情况相吻合。

表 5-5　各社会阶层与"生活水平"交叉分析

所属阶层	生活水平						合计
	缺损值	上等	中等偏上	中等	中等偏下	下等	
管理者			24	84	25	4	137
工人	3	1	14	97	54	27	196
农民			11	48	45	23	127
知识分子	1	2	33	80	29	2	147
个体私营业主		2	20	60	17	3	102
失业者			5	27	71	57	160
合计	4	5	107	396	241	116	869

2. 对未来生活水平的心理预期

失业下岗人员从自身现状出发,对未来生活水平的预期十分悲观,因为有 51.3% 的人认为将来的生活水平跟现在差不多;但令人欣慰的是,有 30% 的人认为未来生活水平会有所提高或有很大提高;另外引人关注的是,有 18.8% 的人认为将来的生活水平会有所下降或大幅下降(见表 5-6)。

表 5-6　失业者阶层对未来生活水平的预期

	频数	百分比	有效百分比	累计百分比
有很大提高	4	2.5	2.5	2.5
有所提高	44	27.5	27.5	30.0
跟现在差不多	82	51.3	51.3	81.3
有所下降	22	13.8	13.8	95.0
大幅下降	8	5.0	5.0	100.0
合计	160	100.0	100.0	

通过交叉分析可以看出(见表5－7),从整体上看社会各阶层对未来生活水平的预期是好的,认为未来生活水平会有所提高在各大阶层中所占比重都很高。与其他阶层相比较,失业者阶层对未来生活水平的预期是最低的,是目前最值得关注的阶层之一。

表5－7　各社会阶层与"未来生活水平"交叉分析

所属阶层	未来生活水平						合计
	缺损值	有很大提高	有所提高	跟现在差不多	有所下降	大幅下降	
管理者		5	77	49	5	1	137
工人	2	7	97	68	19	3	196
农民	1	2	42	62	15	5	127
知识分子	1	6	88	45	2		147
个体私营业主	1	8	61	27	4	1	102
失业者		4	44	82	22	8	160
合计	5	32	409	333	71	19	869

对未来生活水平的预期也即对未来生活的"信心指数",对未来生活水平的预期十分悲观,说明失业者阶层对未来生活水平能否提高缺乏信心。对失业或下岗人员来讲,能否实现再就业、找到一份好工作是他们提高未来生活水平的关键。而对相当一部分有就业意愿,但又因年龄问题、技能问题而出现就业困难的人来讲,不能不担心自己未来的生活水平会呈下降趋势。当调查问及"您目前最大的困难是什么"时,回答最多的就是"找不到工作",有人回答"经济困难",而困难的根本原因还是找不到工作,所以只有实现再就业,有了就业收入才是他们摆脱困境的根本出路。

3. 关于生活满意度

生活满意度是指对自己生活质量的主观体验,它是衡量一个人生活质量的综合性心理指标。值得让人关注的是,本次调查结果显示失业者阶层的总体生活满意度已经超出了一个合理的范围。调查显示,失业者阶层的生活满意度相当低,对现实生活表示不满意占 58.8%,表示非常不满意占 21.3%,两者共占 80.1%;而表示满意的占 8.1%,表示非常满意占 0.6%,两者之和仅为 8.7%(见表5-8)。

表5-8 失业者阶层生活满意度

	频数	百分比	有效百分比	累计百分比
缺损值	1	0.6	0.6	0.6
非常不满意	34	21.3	21.3	21.9
不满意	94	58.8	58.8	80.6
无所谓	17	10.6	10.6	91.3
满意	13	8.1	8.1	99.4
非常满意	1	6	6	100.0
合计	160	100.0	100.0	

通过所属阶层与生活满意程度的交叉分析可以看出(见表5-9),其一,失业者阶层的生活满意度最低,其次是工人阶层,再次是农民阶层。生活满意度较高的阶层是知识分子阶层、管理者阶层和私营企业主阶层。其二,失业者阶层也是六大阶层中惟一一个不满意程度超过满意程度的阶层,虽然工人阶层和农民阶层生活满意度也较低,但是他们的整体满意程度超过了不满意程度。一个人的生活满意度一方面取决于自身对目前所具有的与期望之间的差距;另一方面与诸多社会心理因素,如压力、他人支持、角色成就和生活质量等密切相关。失业下岗人员由于缺乏稳定的工作,失业前后生活方式的改变,加上对社会上不公平不合理事情的切身感受,因而对生活的不满意程度很高,相对剥夺感强烈。

表5-9　各社会阶层与生活满意度交叉分析

所属阶层	生活满意度						合计
	缺损值	非常不满意	不满意	无所谓	满意	非常满意	
管理者		4	26	17	88	2	137
工人	2	16	57	43	76	2	196
农民		6	33	41	47		127
知识分子	3	3	24	23	91	3	147
个体私营业主		2	25	18	54	3	102
失业者	1	34	94	17	13	1	160
合计	6	65	259	159	369	11	869

失业者阶层的生活满意度低下与就业状况、收入状况及对社会环境的感受等密切相关。能否就业关系到能否有收入,能否满足居民最低生活需求,而收入满意度在很大程度上影响着居民的生活满意度及对未来生活的预期。

[个案5-4]　曹女士　48岁　初中　失业下岗人员

当前家庭最关心的事情还是工作问题,说白了还是钱的问题,我们急需要一个稳定的经济支柱。我想我们家最快乐、最不愉快、最难忘的事都是与工作有关的。找到工作、失去工作是"家政大事"。

(访谈员:严雪)

综上所述,不同的社会阶层对生活水平变化以及对个人生活状况的满意度的评价存在明显差异。其中干部阶层、私营企业主阶层、知识分子阶层对生活水平和生活现状的满意程度评价较高,而失业者阶层、农民阶层、工人阶层的评价则相对较低。前三者无疑是改革的主要受益集团,而后三者则在一定程度上是改革的利益相

211

对受损集团。由此可见,能否享有改革成果是影响他们主观评价的重要因素。

4. 关于职业向往

失业者阶层最向往的职业排名依次为:公务员(占 23.8%),教师(占 5.4%),工人(占 4.6%),医生(占 3.1%),个体(占 3.1%)。

从各阶层整体统计来看,最向往的职业集中在公务员、教师这两个职业上。为什么公务员在失业者阶层中有如此高的职业声望?从向往这种职业的最主要原因分析来看,最主要的原因是收入高,占 48.5%;接下来才是福利好和受尊敬,分别占 8.5%、7.7%(见图 5-7)。

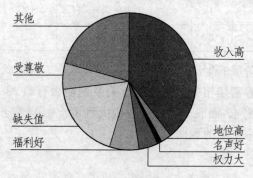

图 5-7　向往这种职业的最主要原因

职业评价是针对这一职业的社会地位、工作环境、经济收入以及文化层次等综合的判断。一方面,公务员得到人们的好评,与这一职业较丰厚的职业报酬、较高的社会声誉密切相关。近几年来,多次的公务员加薪也在一定程度上给了人们以公务员收入高的印象;另一方面说明拥有"政治权力"的多少仍然是当前职业评价的一个重要标准。在我国,"官本位"的影响源远流长,是否拥有较大的政治权力是人们进行职业评价和职业选择的一个重要标准。因此公务员成为人们最推崇的职业。

其次是教师的职业声望较高。南京是一个人才荟萃的地方,是除北京、上海之外的全国第三大科教基地。近年来,南京各高校的教师、科研单位的科研人员的待遇有了较大幅度的提高。从职业评价的角度来看,教师的社会地位也有了相应的提高,通常情况下,大学教授和大学教师的职业排名是比较靠前的。

公务员和教师两大职业是当前我国各种职业中最稳定和收入相对较高的职业,而职业稳定程度和收入水平是失业者阶层择业时考虑的两大主导因素。在面临择业时,失业者由于深受自身工作经历的影响,往往最看重工作的稳定性;其次,由于有原来工作作参照,认为工作报酬也不能太低,要在自己可以接受的范围之内。这是失业者阶层在就业过程中有时会出现"高不成、低不就"现象的重要原因之一。

5. 精神状态

与生活满意度相对应,失业者阶层的精神状态欠佳,不满情绪强烈。应该说,改革开放以来,失业者阶层的整体心态应该是积极向上的。这主要体现在思想解放上,特别是通过学习邓小平理论和"十五大"、"十六大"精神以来,人们普遍解除了"左"的思想禁锢,商品、市场和竞争观念大大加强。其次是改革意识和对改革的承受能力明显增强。但与此同时,失业者阶层因利益相对受损而表现出的消极心态值得关注,主要表现为"受挫"情绪强烈、吃亏心理严重、社会焦虑感突出、相对剥夺感强烈等方面。失业下岗人员认为自己在企业中辛苦地干了几十年,为企业做出了很大的贡献,他们由在岗突然变为离岗、失去工作,心理失落感非常强烈,其中有些人的正常心理受到不同程度的扭曲,出现自暴自弃、不求上进的现象。有的失业下岗人员在心中郁积了许多不满和对社会现象的不理解,从而苦闷、失落,有部分人甚至产生了对社会的报复心理。

失业下岗人员的相对剥夺感较为强烈。所谓相对剥夺感是人们的一种否定性主观心理感受,它来源于自身的期望与自身认定的实际状况之间的差异。随着改革开放步伐的加快,贫富差距的拉大,失业下岗人员的不满情绪强烈,从纵向比,他们当中大部分人的生活水

213

平并不比过去好；从横向比，他们又属于获利最少的群体，认为自己应该获得更多，特别是社会上分配不公现象的存在，使得这一阶层的相对剥夺感就更加严重。这一点从他们对待贫富差距的态度上有所反映。

[个案5-9]　任先生　54岁　初中　失业下岗人员

现在的贫富差距太严重了，富的人富死，穷的人穷死，差距太大了，都不能接受，不像毛泽东那个时代，大家都一样，没有穷富，大家要穷一起穷，要富一起富，多公平啊，现在就不一样了，富的人钱多得花不掉，我们这些穷人就整天想着省钱吃饭。太不公平了。

（访谈员：唐琳、孔维玮）

[个案5-7]　王先生　46岁　初中　失业下岗人员

现在贫富差距太大了，都是很正常的事情了，那些富的人很有钱，我们穷的人就没有钱，好多富的人都是贪污违法得来的，只是没有被发现，等到被发现了，揭露出来了就该蹲监狱了，那都富得不合法的。不过，社会公不公平是政府行为，那是他们的事情，我们小老百姓即使不服气又能怎么样？我们就像小蚂蚁，政府让我们怎么做就只能怎么做，不然还能怎么样？我们又没有权力要求政府怎么样？再说要求了，政府听我们的吗？所以我们也烦不了这些事情了，只要有个工作，有口饭吃就够了，多余的也不去管了，那不是我们的事情，是政府的事情。

（访谈员：唐琳、孔维玮）

[个案5-2]　张先生　54岁　初中　失业下岗人员

现在的贫富差距太大了，已经是在不能接受的范围内了，这个贫富差距问题是个国家体制问题。集体企业、个体企业、全民企业的工资、待遇不公平，没有理顺关系，分配严重不公，比如有的人轻轻松松动不动就好几千好几万，而有的人冒着生命危险，受着工业污染还去干,这么辛苦也只有几百块钱。现在还有的不公平不仅仅是经济收入,还有政治、文化问题,国家发展了,经济上去了,大家都富了起来,自然会考虑一个政治问题,但是政治方面也是不公平的,所以贫富差距问题是一个包含政治、文化的一个大问题,不仅仅是经济问题。

（访谈员：唐琳、孔维玮）

[**个案5-3**]　孙先生　50岁　初中　失业下岗人员

现在中国贫富差距太严重了(当时十分激愤)。再这样搞下去,迟早会出事。中国人又多,你说要像人家美国那么些人,不也好发展的多嘛。而且现在这么多人下岗、失业,我还算好的,我弟弟妹妹日子难过得多。我弟弟家,弟媳下岗了,现在每个月150块,弟弟也下岗了,还有肝炎,不好再找工作,每个月领200块低保,能干什么,孩子还在上中学,现在上学是一笔不小的开支。没办法,只好我帮帮他,要不一个家怎么过呀?那些工厂的领导,把企业搞垮了,自己倒是一点都不吃亏,反而自己从中得利。

（访谈员：唐琳、孔维玮）

应该说,失业下岗人员在离岗之后有一个心理转变过程是不可避免的。茫然无助、怨天尤人,几乎是所有失业下岗人员都曾经有过的状态。几年前家政服务员招聘工作常常无人问津,而国有大商场等"正规"企业招保洁工、炊事员,哪怕工资低得多,报名的却要"打破头"。南京也曾出现过赶走农民工腾出就业岗位,而失业下岗人员却不愿干的怪现象。而如今部分失业下岗人员的就业观念已经有了一定程度的改变,相当一部分人增强了竞争意识,认识到只有靠自己的奋斗,才会有新的出路等。

[**个案5-11**]　李先生　35岁　高中　失业下岗人员

现在的贫富差距很大,但是没有办法,领导一天24小时,我们老百姓也是一天 24 小时,人不能怨别人,总体来说,社会大气候是好的,只是地方的小气候对我们穷人不好。贫富差距也是社会发展,你能说没有进步嘛?高楼大厦都起来了,不是发展是什么?谁都想有钱,但是不能光想,要靠自己的努力,钱也不是想就能想来的,牢骚多了没有用,多了也不是就有钱了,要有个好的心态。人要活着就要动起来,不断地找工作,人要主动适应社会,不能让社会反过来适应你,这几个月我一直在找工作,找不到继续找,人要有好心态就能成功,人只要努力就能致富。

(访谈员:唐琳、孔维玮)

(二)对社会问题的基本看法

失业者阶层的社会心态是很复杂的,他们对几个主要社会问题的看法见表 5-10。

表 5-10 失业者阶层对若干社会热点问题的判断(%)

观 点 ＼ 态 度	非常同意	同意	无所谓	不同意	非常不同意
现在的贫富差距在合理的范围内	3	7	6.3	46.3	31.9
知识分子应该获得高收入	3.75	53.13	23.75	12.50	0
现代社会靠企业家来推动	0	20.63	31.88	33.75	4.38
在现实生活中,法律的权威没有很好地树立起来	7.5	63.13	13.75	7.5	0.63
个人所得税制度对工薪阶层比对富裕阶层更严厉	16.88	35	25.63	12.5	2.5
进城农民应该享受与城市居民一样的待遇	16.25	44.38	16.25	13.75	1.88
工人的社会地位有所下降	35.63	51.88	3.13	2.50	0.63
失业下岗者没法再就业是因为他们自身的素质和态度	3.75	15.63	5.6	50	18.13

续　表

态度 观点	非常同意	同意	无所谓	不同意	非常 不同意
政府应该给弱势群体提供更多的帮助	39.38	47.50	3.13	1.88	1.25
南京市政府的服务意识有很大的提高	2.5	35.63	25.63	21.88	6.88
职业升迁的主要标准是学历	3.13	24.38	23.13	36.88	3.75
按资分配等新的分配方式是不公平的分配方式	1.25	33.75	35	20	1.88
私营企业主应当提高政治地位	3.75	23.75	43.75	17.5	3.75
公务员待遇太低,应该加薪	2.50	6.25	20	35.63	29.38

1. 关于最严重的社会问题

"您认为南京市当前社会发展中最严重的问题是什么",失业者阶层的回答首先是失业下岗问题,所占比重高达43.9%;接下来依次是官员腐败,占17.2%;房价过高,占15.3%;物价上涨,占12.7%;教育费用过高,占12.1%。

根据零点公司的调查发现,下岗与就业已经连续3年成为中国居民最为关注的社会问题,关注率高达52.9%;其次是社会保障问题,关注率为32.1%。

南京市各社会阶层对目前社会问题的看法有一定的一致性,但也存在着相当大的差异:失业者阶层侧重关注失业下岗问题、官员腐败问题;管理者阶层、知识分子阶层、私营企业主阶层侧重关注房价过高、官员腐败问题;工人阶层关注房价过高、物价上涨与官员腐败问题;农民阶层关注官员腐败问题等。不同社会阶层对突出社会问题的排序与认同度之间所存在的差异,主要是由于各社会阶层被访者所处的位置、视角和利益受损情况各不相同,因而他们对各种社会问题的关注程度也不一样。

值得注意的是,调查结果显示,只有失业者阶层高度认同南京市当前社会发展中最严重的问题是失业下岗问题,其他阶层对这一问题的认同度很低。这对于失业下岗问题政策的出台及如何解决失业下岗问题可能会产生一定的负面影响。而房价过高(农民阶层除外)、官员腐败则是各阶层认同度较高的社会问题。这值得政府在这方面采取相应的措施来缓解当前的矛盾。

2. 关于改革的受益群体

"您认为改革中受益最大的群体",调查得到的答案一是国家机关领导,占 35%;二是公务员,占 16.9%;三是个体私营业主,占 15%;四是演艺人员,占 8.1%;五是国企领导,占 7.5%。(见图5-8)

"您认为改革中受益最小的群体",调查答案高度集中在两个群体:一是工人,占 50%;二是纯务农农民,占 29.4%。

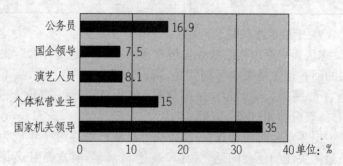

图 5-8　失业者阶层对改革中受益最大群体的判断

令人十分忧虑的是,工人和农民这两大群体是当前中国社会的最基本群体,均自认为和被认为是收益最少的。这种情况,必须引起高度的重视,如果一个社会的最基础阶层产生了相对剥夺感,那将是非常危险的潜在因素,在某些突发事件的刺激下,容易发生失去理性的集体行为。

3. 关于贫富差距

对"现在的贫富差距在合理的范围内"的调查,结果显示,只有 10% 的人表示同意或非常同意这一看法,而有 78.2% 的人表示不同意或者非常不同意这一观点。

失业者阶层对这一问题的回答，表明了他们对贫富差距问题的态度。这么高的反对率反过来说明，在他们心目中，贫富差距已经过大，已经不在合理的范围之内。

表 5-11　各社会阶层对贫富差距的判断（人）

所属阶层	缺损值	非常同意	同意	无所谓	不同意	非常不同意	合计
管理者	3		24	9	80	21	137
工人	4	1	16	15	110	50	196
农民		1	19	16	76	15	127
知识分子	1	1	25	13	84	23	147
个体私营业主		2	16	12	56	16	102
失业者	8	5	11		74	51	160
合计	16	10	111	75	480	176	869

值得让人深思的是，通过不同阶层交叉分析可以发现，不仅仅是失业者阶层对"现在的贫富差距在合理的范围内"这一问题持否定态度，各阶层都对这一问题持否定态度。六大阶层都有一半以上的人认为现在的贫富差距已经不合理（见表 5-11）。从整体上看社会各阶层中有 55.2% 的人表示不同意这一看法，有 20.3% 的人表示非常不同意这一看法，两者合占 75.5%。

20 世纪 90 年代中期以后，全国和南京市的贫富差距呈现继续扩大趋势是客观事实。在南京，城市居民之间收入差距扩大，从反映城市居民收入差距的对比系数看（收入高组与收入低组），2001 年南京为 5.7，2002 年为 4.7，2003 年为 5.3，而且由于存在大量的隐形收入，实际的收入差距应该更大些。但整体上来看南京的贫富差距依然在合理范围之内，接近警戒线。这次调查显示绝大多数的市民认为当前的贫富差距不合理，即人们在心理上将实际的贫富差距进一步放大，这与社会上一部分人的腐败和非法致富有一定的关系。

在市场经济社会，由于人们在能力、生产要素的拥有量以及劳动贡献量诸方面存在着差别，因而造成社会成员、社会阶层之间在社会财富分配方面的差异。应当说这是一种正常的现象。但是,这种差距不应过大,不宜超过一定的"度",它应是以广大社会成员都能够普遍得到社会经济发展所带来的益处为前提条件的。否则,便成为一种不公平的社会现象。绝大多数的市民认为当前的贫富差距已经不合理,这说明南京市民对于贫富差距的社会心态已经发生了很大变化,而人们对贫富差距的社会心态变化又会影响到人们对社会公正的信念。市民的这种社会心态,会在一定程度上影响其对社会发展的参与,损害了其勤奋工作的意愿和能力,助长了无责任化倾向,从而妨碍经济的健康发展。当务之急是要扭转这种局面,设法调整人们关于贫富差距的社会心态。

4. 关于工人的社会地位

对"工人的社会地位有所下降"的调查,结果显示,有 51.9% 的人表示同意,有 35.6% 的人表示非常同意,两者合占 87.5%(见表5-12)。这说明失业者阶层对工人社会地位的下降有着高度的认同感。由于失业下岗人员有相当一部分由工人阶层转化而来,对于工人阶层的社会地位随时代变迁而发生的一系列变化,他们当中的相当一部分人有着切身的体会,因而认同率也就更高些。

表5-12 失业者阶层对"工人的社会地位有所下降"的判断

	频数	百分比	有效百分比	累计百分比
缺损值	10	6.3	6.3	6.3
非常同意	57	35.6	35.6	41.9
同意	83	51.9	51.9	93.8
无所谓	5	3.1	3.1	96.9
不同意	4	2.5	2.5	99.4
非常不同意	1	0.6	0.6	100.0
合计	160	100.0	100.0	

通过与所属阶层的交叉分析发现,失业者阶层对这一问题的认同率最高,甚至比工人阶层本身的认同率都高。工人阶层对自身社

会地位下降这一问题有16.8％的表示非常同意,有56.6％的表示同意,两者合占73.4％。而失业者阶层的这一比例高达87.5％。

不过从整体上看,各阶层对工人社会地位的下降这一观点都有较高的认同率,说明绝大部分市民对这一观点已经形成了共识。

5. 关于无法再就业的原因分析

对"失业下岗者没法再就业是因为他们自身的素质和态度"的调查,结果显示,在失业者阶层中只有19.38％的人表示同意或非常同意这一观点,有50％的人表示不同意这一观点,有18.13％的人表示非常不同意这一观点,两者合占68.13％。这说明绝大部分失业下岗人员不赞同这一观点,不认为是自身的素质和态度导致无法再就业,而是另有其他原因。

从图5-9可以看出,各阶层对这一观点大多持反对意见,但同

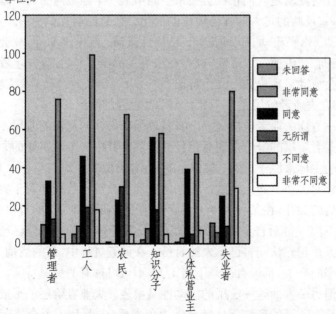

图5-9　各阶层对"失业下岗者没法再就业"的判断

时也有相当一部分人(不超过 50％)同意这一观点,这在知识分子阶层、私营企业主阶层、工人阶层中表现较为明显。

客观地讲,在我国体制转轨时期制度性因素或者说体制性因素是导致失业下岗的主要原因,但是个体性因素在体制性因素基础上起作用。失业者阶层对这一问题的态度较能反映客观事实。但是换个角度来讲,如果绝大部分失业下岗人员把无法再就业的原因归咎于其他原因而忽视自身的素质和态度,那么失业下岗人员的这种心态反过来会阻碍他们进一步提高自身的素质,进而影响他们的再就业。

五、失业者阶层的社会流动

社会流动是人们在社会关系空间中从一个地位向另一个地位的移动,它反映的是人的社会地位的变化。社会流动有多种形式,如垂直流动、水平流动、代际流动、结构性流动、自由流动等,社会流动的"流向"、"流速"、"流量"也存在很大的差异。南京市失业者阶层的社会流动呈现出如下几个特征:

1. 失业者阶层是一个社会流动性较强的阶层

一方面失业者阶层是一个有着较强身份认同意识的阶层。为什么失业者阶层的身份认同意识较为强烈? 其中一个最主要的原因是他们的主体来源于国有、集体企业,有着类似的经历与特征。其次,政府针对失业下岗人员的一系列特殊优惠政策以及社会对于失业下岗人员的关注,在某种程度上实际强化了失业下岗人员的身份意识。失业下岗人员对自身身份的强烈认同,甚至体现在一部分已经重新就业人员仍然认同自己原来的身份。在调查过程中,有的店铺老板、报刊亭的亭主,都说自己是下岗工人,不认可现有的身份特征。

但另一方面这一阶层的流动性又很强。失业者阶层的形成本身就是社会流动的产物。从社会学视角来看,失业是一个合格劳动角色由于某种原因暂时未能获得或失去一个职业角色而发生的一种被迫性无职业流动或下向职业流动现象。[1] 失业的社会流动属性在于无流动性、下向流动性和被迫性。对失业者阶层来讲,失业本身对他们来讲就是一种地位下降,是社会流动中的下向流动。失业者阶层的主体来源于国有工业企业职工,而国有工业企业职工在改革开放前是当时中国的中间阶层,无论与农民还是与当时城市的非国营企业劳动者群体相比,其工资水平、福利待遇、公费医疗及作为"老大哥"政治声望等方面形成的经济、政治、社会地位都占有明显的优势。但在 20 世纪 90 年代以后,由于国有企业体制僵化,在市场经济中缺乏竞争力,国有企业职工自身也由于技术和年龄等原因失业、下岗、内退,从传统中间层的地位下降。

失业下岗人员社会流动的主要取向或者途径是再就业。再就业的社会流动属性在于上向流动性和主动性。能否实现再就业是决定失业者阶层能否实现社会流动的关键。再就业是一个从失业到就业的流动过程,这种流动是一种结构性流动,它是社会转型时期的重大职业结构调整。在再就业的流动过程中,有一部分人在权力、声望和经济收入等方面有所下降,但也有相当一部分人在经济收入以及其他方面呈现上升情况。2003 年 1 月,南京市委、市政府明确提出到 2005 年,通过实施"十百千万"工程,即 3 年内新增就业岗位 10 万个,每年创建 100 个充分就业社区,新办 1 000 家灵活多样的劳动组织,帮扶 1 万名就业困难人员(男 45 岁以上,女 40 岁以上)再就业,力争 3 年内基本解决国企下岗失业人员再就业问题。到 2003 年末,南京市共有 13.2 万下岗失业人员通过登记招聘成功实现再就业,有 4.95 万人获得职业资格证书。2004 年 1～7 月份,南京全市共新增就业岗位 7.71 万个,4.98 万名下岗失业人员实现了再就业(其中有 8 200 名就业困难人员实现再就业)。[2]

---

〔1〕　陈成文:《社会学视野中的失业概念及其启迪意义》,《中国软科学》2000 年第 11 期。

〔2〕　参见《扬子晚报》2004 年 8 月 25 日。

223

2. 失业者阶层向上社会流动的概率较低,社会流动以水平或向下流动为主

不能否认,失业下岗人员中有一部分人因为重新就业而改变了自己的现状,实现了自身社会地位的垂直上向流动,如有人通过创业走上了致富路,甚至有人改变了原有的社会地位,向上流动到其他如私营企业主阶层、管理者阶层等社会地位更高的阶层上去。部分媒体报道的失业下岗人员下岗后凭借自身努力、在政府帮助下成功创业的人士多可归于这一类。实际也是如此,失业或下岗可以成为一个人实现社会流动的转折点。相当多的失业下岗人员在失业前的收入是比较低的,企业效益又不好,趁失业下岗,部分有文化有能力有才干的人利用这个机会,通过重新就业或者自己创业提升了自己,实现了阶层的上向流动。

但是失业者阶层的整体素质决定了这一阶层的社会地位不高,向上流动的机会不多,社会流动以水平或向下流动为主。在2003 年的 6.5 万失业人员中,长期失业者有增多趋势,失业 6 个月以下和以上分别占一半,他们中有相当一部分人再就业较为困难。一是由于失业下岗人员的文化程度偏低而年龄偏高;二是由于失业下岗人员普遍缺乏劳动技能培训。据抽样调查,目前南京的失业下岗人员自身技能水平偏低,他们中绝大多数无职业技术职称,取得职业资格证书的职工仅占职工总数的 26%(而发达国家这一数字为 86%)。[1] 由于缺乏专业技能,失业下岗人员在市场导向就业机制中处于劣势,很难改变自己现状。一方面是他们中一部分人出现再就业的困难;另一方面是部分已经重新就业人员中绝大部分收入比较低下,月收入大多在 400~1 000 元左右,很难实现阶层间的向上流动。

---

〔1〕 李琦:《国家战略机遇期与南京"两个率先"》,南京大学出版社,2004 年,第351~352 页。

［个案5-7］ 王先生　46岁　初中　失业下岗人员

目前最大的困难就是找工作太难了,自己学历不高,年纪也不小了,工作太难找了,都来这里转了两个月了,还是没有眉目。只要有了固定的工作生活就没有问题了。

（访谈员：唐琳、孔维玮）

［个案5-9］ 任先生　54岁　初中　失业下岗人员

我现在面临的最大困难就是工资不够用,没有钱可是个大问题,吃不饱饭就什么都不能干啊,而工资不多就是因为没有固定的工作。现在找工作太难了,到处都是下岗的职工,大家都来这里找工作,你看,这个劳动力市场周一至周五上午开放,每天都有很多人在这里,大部分都是下岗的。我现在这个年纪这个文化程度也没有什么特高的期望,只要能挣钱就可以了,累点都没有关系的。

（访谈员：唐琳、孔维玮）

［个案5-14］ 陈先生　45岁　高中　失业下岗人员

我们这几幢楼都是热电厂的职工,多数也是下岗在家,没有职业,靠短工和低保过活,也有好的,做生意发财的,离开了这里。大多数还是跟我们差不多。

（访谈员：李宗明）

［个案5-10］ 赵先生　40岁　初中　失业下岗人员

我们家在浦口,我以前在我们那边的乡镇企业干,工资也就五六百块。1998年厂子倒闭了,我就只有自己出来找工作了。后来我就在南京市区找工作,搞绿化工作搞了6年,工资从500块到1 000块,还可以。今年年初家里有点事情就回家了一趟,回来以后就没有工作了,所以现在又在重新找工作。我现在也就靠临时性的工作挣点钱,还有以前的一些积蓄。家里主要靠我爱人的工资了。

（访谈员：唐琳、孔维玮）

3. 失业者阶层社会流动的主要方向是由"体制内"单位流向"体制外"单位,由"二产"流向"三产"

目前南京市失业人员大多为就业转失业人员,主要来源于国有企业、集体企业,特别是国企改革和三联动改制产生大批失业者,也即失业者阶层主要产生于政府主导下的"体制内"单位。据南京市统计局城调队 1998 年 4 月的一次调查,下岗职工 49.5% 来自集体企业,44.6% 来自国有企业,两者合占 94.1%。据了解,由于南京市下岗职工出中心与失业保险并轨及企业三联动改制,使得 2003 年本市失业人员登记增速较快,登记失业率有所上升。2003 年南京市新登记失业人员 88 208 人,期末实有失业人员 65 435 人。

从世界各国的就业结构来看,劳动力从第一、二产业转向第三产业是经济发展的大趋势。目前,西方发达国家的三产在国民生产结构中的比例早就占据 60% 以上,从业人数占就业人数的 75% 以上。南京市近年来的实践充分证明,增加就业岗位最多的是私营个体经济,扩大就业的最大空间在"三产"。随着经济体制改革的逐步深入,从 1996 年开始,南京国有、集体经济单位从业人数就呈现不断缩减之势,向个体、私营经济及股份制经济大幅度转移。至 2003 年末,国有、集体单位从业人数分别为 53.03 万人和 6.12 万人,比 1998 年末减少 23.73 万人和 11.38 万人。国有、集体单位就业占城镇就业的比重也逐年下降,由 2000 年末的 55.4% 下降为 2003 年末的 37.5%。2003 年末,第三产业从业人员达到 128.18 万人,占城乡就业的比重为 45.7%,继续超过第一产业(18.3%)、第二产业(36%)。因此,要扩大就业与再就业,关键在非公经济和第三产业(尤其是被称为"后三产"的新兴服务业)。1997 年,北京市在三产就业的下岗职工占总数的 80%;上海的三产就业人员增加了 59.95万,相当于同期下岗职工的人数;天津市的下岗再就业人员也大部分进入第三产业。[1] 因此南京市各级政府在推动再就业工作中,把大力发展第三产业,特别是社区服务业作为扩大就业的主攻方向,如商业、饮食业、旅游业、家庭和社区居民服务业等。2003 年全市开发社区幼儿保育、养老服务、社区保洁、保绿、保安、家政服务、物业管理等就业岗位 20 万人次,新增就业岗位 7.5 万个,创办非正规劳动就业组织 2 250 个,帮扶就业困难人员上岗 1.54 万人。总体上来说,南京失业下岗人员再就业的主要流向是市场主导下的"体制外"单位,大多属于第三产业。

4. 失业者阶层的社会流动受到一定程度的阻滞

当前失业者阶层的社会流动受到了一定程度的阻滞。一是社会制度的不完善,尤其是社会保障制度的不完善在一定程度上限制了社会流动的正常进行。目前南京社会保障制度的保障范围尚不广,保障的水平比较低,社会心理承受能力差,难以提供全面的保障。① 保障范围小、覆盖面低。2002 年南京养老保险参保人数为 121.31 万人,从业人员参保覆盖面南京为 80.9%;医疗保险参保人数南京为 70.22 万人,从业人员参保覆盖面南京为 57.9%。② 现行社会保险制度与多形态就业方式之间的相容性较差。③ 各项保障水平偏低,影响到包括退休职工、失业下岗人员、低保人员在内的城市居民收入水平的提高。三条保障线标准偏低,南京的最低工资标准线为 540 元,失业救济金标准为 284 元,下岗职工生活费为 234 元,南京低保标准为 220 元。与此同时,南京最低生活保障对象呈大幅增加态势,城镇低保对象由 2001 年的 2.94 万人上升到 2003 年底的 6.76 万人。二是失业下岗人员的就业观念较为滞后,在一定程度上影响了他们的职业流动行为。这一点在失业的成因一节中已有详细的分析。

5. 失业者阶层的代际流动受影响

---

〔1〕 席淑君:《下岗人往哪里去——从数字对比看下岗职工流向》,《中国妇女报》1998 年 5 月 25 日。

失业者阶层与其父辈相比,代际流动较为明显,社会流动以下向流动为主。调查发现,失业者阶层在 1990 年时工作以职工(占 63.9%)和学生(14.8%)为主,其多数是国有企业工人,失业后多处于社会的中下层。从调查来看,失业下岗人员的父辈在 1980 年时以职工(占 44.2%)和农民(占 27.3%)为主,但是时代发生了很大的变化,在计划经济体制下,工人是"老大哥",享有优越的政治、经济与社会地位,属于社会的中间阶层。因此,相当部分失业者阶层的社会地位与父辈相比,不是高了,而是低了。

[**个案5-4**] 曹女士 48岁 初中 失业下岗人员

我的上一代与我们这一代相比,他们的社会地位比我们要高得多,因为,当时"劳动最光荣"的口号喊得比现在要响多了。而我们这一代与我儿子那代相比较的话,应该差不多吧,不管是什么职业,还不都下岗了吗?

(访谈员:严 雪)

失业者阶层后代的社会流动受到不同程度的影响。按照西方的"文化剥夺"理论,如果城市贫困问题在短期内得不到解决,很容易出现贫困的恶性循环,即由于父母受教育程度不高,没有技术性工作,收入低或无收入,家庭不稳定,很容易对其子孙后代的社会经济条件和机遇构成一定的影响。日本学者村山良子通过几年的研究发现:人们长期从事某种职业,会形成某种职业特性,在家庭通过与子女的交往以及教育活动,对子女产生潜移默化的影响。其中无职业的父母对子女的个性影响是:神经质、不健康、内向性、友人少、好读书、煽动性、协同性、亲切、决断力。父母文化素质高低也是影响子女成长的重要因素,它在很大程度上取决于父母的理想、情操、道德水平、思想境界、教育能力、教养方式以及处理家庭能力。在当前我国教育投资逐步加大的情况下,对于在经济资源与社会资源占有上处于劣势地位的失业者阶层来说,出现投资力量有限或者无力投资的情况,这就使得失业者的子女不能得到平等的受教育机会,使得他们试图通过受教育改变命运的机会减少。已有的研究也表明,失业下岗人员的失业或下岗对其家庭和子女已经造成一定程度的影响。

虽然说失业者阶层后代的社会流动会受到一定程度的影响,但是从我们的调查来看,由于失业者阶层本身的社会地位较低,加上他们中的大多数对下一代的责任感依然较强,渴望通过教育或知识改变子女的社会地位,实现阶层的上向流动,因此这部分失业者阶层后代的社会地位普遍有所提高,有些通过受教育等途径流动到其他更高的社会阶层中去。但是不能否认的是,也有部分失业者阶层的子女受父辈影响,其社会流动呈水平或下向流动。

[个案5-7]　王先生　46岁　初中　失业下岗人员

下岗后我做过临时工,跟以前相比,我现在的社会地位显然降低了,以前还有固定的工作,还有个保障,现在就没有了,比以前差了。我父亲以前也是工人,现在已经退休了,有点退休金,他们那时候工人很值钱的,社会地位比我现在高多了。我现在没有工作哪还有什么社会地位啊,再说只要有钱花就可以了,能生活就好了,管他什么社会地位的。

(访谈员:唐琳、孔维玮)

[个案5-2]　张先生　54岁　初中　失业下岗人员

我下岗后一直都在做临时工,社会地位跟以前一样,都是社会的最底层,没有什么变化。我父亲以前是在一家全民的商场里做营业员,跟我一样,也是社会的最底层,不过我跟他相比的话,还是比他差一点了,那个时候在全民企业还是蛮有地位的,福利也可以,像我们现在就不行了,只能在外面卖卖苦力,挣那么一点钱。

(访谈员:唐琳、孔维玮)

第六章 南京市知识分子
阶层研究报告

　　2000 年第五次全国人口普查的结果显示,全国总人口为 12.6 亿人,其中每 10 万人中受大专以上教育人口 3 611 人,按此推算,全国拥有大专以上文化的人口为 4 570 万人。[1] 自 1999 年以来,中国高等教育更是获得了突飞猛进的发展,各大高校纷纷扩大了招生规模,受过高等教育的人数将会大大增加。虽然受过大专以上教育的人不一定都是知识分子,但是这却是成为知识分子的一个必不可少的条件。又据统计,在国有企事业单位中共有各类专业技术人员 2 887 万人,另外约有 36.8% 受过高等教育的人在非国有单位中工作。[2] 专业技术人员是知识分子的重要组成部分,他们一般接受了高等教育,在社会上拥有一份稳定而且收入不错的工作,而且总体上较具社会责任感。可以说,专业技术人员在非国有企事业单位工作人数的增加以及传统知识分子与市场结合日益紧密的过程,也是知识分子的观念态度、生活方式、社会流动变迁的过程。在中国经济和社会处于转型期的背景下,知识分子作为一个阶层也呈现出转型时期的特征。因此,目前对知识分子阶层作一次较为全面的研究不但是必要的,而且意义深远。

　　根据南京市人口普查资料,南京市具有大专及以上文化程度的

　　[1] 李瑞:《中国社会知识分子阶层的分析》,《上海大学学报》2003 年第 1 期。
　　[2] 数据来源:《第五次全国人口普查公报(第 1 号)》,中华人民共和国国家出版社,2001 年。

人占 6 岁以上人口的比重 1982 年为 3.3％,1990 年为 6.55％,1995 年为 9.23％,2000 年上升为 12.9％,比 1982 年上升 9.6 个百分点。[1] 由此可以看出南京市知识分子阶层的人数也随之不断增长。本章将尝试对南京市知识分子阶层的生活状况、观念态度、生活方式、社会流动作一个全面的分析。

一、关于知识分子阶层研究的几个问题

知识分子这一概念虽然存在很长时间,学术界对知识分子的探讨也多见于各种刊物杂志,但是,学者们对知识分子的定义、分类、阶级属性众说纷纭,而这些恰恰是做好知识分子研究的基础。笔者认为,在正式分析讨论南京市知识分子阶层之前,首先应当理清以下几个问题。

（一）知识分子的概念

目前,知识分子这一概念在学术界和日常生活中被广泛地使用着,但是,这并不意味着每个人会在同一层面上使用这个概念。事实上,知识分子这一概念目前在我国的使用也非常的模糊。

知识分子的概念是具有时代性的,在高等教育尚未大规模发展之前,真正接受过高等教育的人往往凤毛麟角,所以人们往往把知识的多少作为判断一个人是否是知识分子的惟一的标准,而知识的多少与受教育的程度相连,所以中国在很长一段时间把具有大专以上的人称为知识分子。但是,随着中国高等教育的发展,接受大专以上教育的人越来越多,这样的概念界定标准受到了挑战,因为在人们的眼里,知识分子毕竟是与一般的具有大专以上文凭的人有很大的不同。另外有人将是否从事脑力劳动作为划分知识分子的标准。我们也不赞成这样的界定,一方面虽然知识分子大部分都是从事脑力劳

231

---

〔1〕 南京市人口普查办公室:《跨世纪的南京人口——南京市 2000 年人口普查资料》,中国统计出版社,2002 年,第 78 页。

动,但并非所有从事脑力劳动的都是知识分子。随着科学技术的进步,机械、电子设备的使用,劳动者的劳动方式和内容都发生了很大的变化,繁重的体力劳动大大减少了,体力劳动者劳动的脑力劳动成分日益增加,那些天天要打字誊写的脑力劳动者的劳动相对于体力劳动者来说他们的工作有时更像体力劳动。所以这也不能成为界定知识分子的惟一标准。有的学者也尝试着用多个维度来界定知识分子,如郑也夫认为:知识分子是这样一些人,他们在其社会生活中,在其工作、交往和表达时,比其社会中多数成员更频繁地使用符号象征体系和"一般性"的概念、范畴,即运用一种特殊的"语言"。这种符号象征体系可以是文字,可以是计算机语言,也可以是自然科学中的"公式语言"(如数学语言,物理学语言等等)。这些人频繁地使用这类符号和一般性范畴,首先在于他们具有这种知识和能力,同时又是因为长期的个人兴趣、专业学习及以后的职业要求所导致的,即一方面他们有这种知识和能力,另一方面又确实在经常地使用着它。[1] 郑也夫主要是从知识分子拥有的符号(知识)及其运用上来定义的。在西方,有些学者非常强调知识分子的社会良心和社会责任感,认为知识分子是"暗暗黑夜中担当守更人的角色",是"自由漂浮者",是"阐释并守护世界的意义的人",这主要是针对传统人文知识分子而言的,但对我们认识知识分子的本质仍然具有一定的参考意义。我们认为知识分子是这样的一群人,他们是当时社会上具有较高学历的人,他们创造、阐发、传播、运用精神文化成果,从事精神生产、创新并具有社会主导价值示范作用的人。[2] 这一定义从三个方面来界定知识分子:学历、职业、价值观,笔者认为这三方面较好地描述了知识分子的本质属性。本课题研究的知识分子主要是教师、医生、科研人员等,他们无疑具有较高的学历,他们的工作是创造、阐发、传播、

〔1〕 郑也夫:《知识分子的定义》,《北京社会科学》1997年第3期。
〔2〕 崔英、孟令奇:《论中国当代知识分子对政治的影响》,《北京理工大学学报》2003年第4期。

运用精神文化成果,从事精神生产、创新中的一个环节,他们在社会上一般具有较高的社会地位,在社区内也拥有较高的威望。

（二）知识分子与白领

当下,很多人把知识分子与白领、中产阶级（中间阶级）混为一谈。笔者认为,白领与中间阶级（中产阶级）或许可以作为具有同一外延的定义,它们一般可以互换,正如米尔斯的一部经典著作——《白领——美国的中产阶级》,正是在同一层面上来使用这两个词语。但是知识分子与这两个概念还是有些区别的。最初,"白领人员"是西方社会中对主要从事脑力劳动或非体力劳动的劳动者的统称,他们的主要职业活动领域是行政事务、专业技术、管理监督以及商业经销等。这些职业在历史上曾经是由雇主担任的,甚至在目前仍是雇主工作的一部分,因而从事这些职业的人在西方社会中的地位相对较高,他们主要是与文件、文字、符号打交道,其工作多在办公室进行,无需穿特殊的工作服,因而衣着整洁可穿上白色衬衫,故得名"白领"。[1]米尔斯较早对白领阶层进行深刻的研究,他非常敏感而准确地捕捉到白领阶层的特征:白领职业者悄无声息地步入现代社会。正是在这个白领世界里,我们才能找到20世纪生活的主要特征。由于他们在数量上日益表现出来的重要性,白领职业者已推翻了19世纪认为社会应由企业主和工资劳动者两部分人组成的预测。由于其生活方式的大众化,他们已改变了美国人的生活气息及感受。在最为公开的形式中,他们传递和体验着许多具有我们这个时代特征的心理问题。不管采用哪种方式,任何位于主流中的理论派别都不会把这些问题漏掉。总而言之,他们是一群新型表演者,在供他们表演的舞台上,推出的都是20世纪的主要剧目。[2]米尔斯曾描述

233

---

〔1〕　李强:《当代社会阶级结构与社会分层问题》,中国社会科学出版社,1990年,第127页。

〔2〕　C.赖特·米尔斯:《白领——美国的中产阶级》,杨小东等译,浙江人民出版社,1987年,第1页。

了西方社会白领阶层的主要社会角色：由公司的经理阶层，在政治家身旁系着领带，拎着公文包和计算尺的口齿伶俐，已摸进政治角斗场的各级管理者、招待员、挣薪水的工头，各州联邦政府的农业和家政顾问，联邦调查员，以及受过法律训练的警方调查员等组成的白领世界的顶层；由医生、律师、教师、工程师以及他们的大量的助手们（如实验室助理、护士、制图员、统计师、社会工作者）组成的老的白领职业集团；新兴的各种商品推销员、广告员、售货员和保险公司推销员所组成的商界群体；在办公室巨大的文件堆上从事各种文字工作、管理工作和接待工作（私人秘书、打字员、记账员、出纳、文书等上千种职员）所组成的白领世界的较低层。白领阶层所包含的职业范畴是十分宽泛的，而且与现代科层组织制密切相关，处在遍及社会各界科层制的不同层面上。[1] 因此，非常明显，白领的范围要比知识分子的范围广得多，知识分子是白领阶层或中产阶级的重要组成部分，也是白领或中产阶级中具有较多知识和技能的一部分人。

（三）知识分子的特征及其阶级属性

知识分子的概念是具有时代性的，知识分子的特征在各个时代也各不相同。那么，新的时代背景下知识分子总的特征是什么？这是我们研究一个区域内的知识分子前首先要了解的几个重要问题之一。

首先，现代知识分子走向了职业化和技术化的道路，知识分子拥有知识和技术，并通过职业道路来实现自己的价值。我们可以看到当今社会上部分知识分子游离出国有企事业单位走进市场，或者大量受过高等教育的大学生、研究生一毕业就直接面对市场，进入外资企业、私营企业或者进行自主创业。他们中很多是被雇佣的，但从事的是技术性的工作，因而地位相对较高。其次，知识分子是其专业领域中的专家，很多知识分子，尤其是人文知识分子与政治的关系

---

〔1〕 潘允康：《"白领"与现代社会结构》，《社会科学战线》1999 年第 3 期。

较紧密。正如福柯说的："权力和知识是直接相互连带的；不相应地建构一种知识领域就不可能有权力关系，不同时预设和建构权力关系就不会有任何知识。"[1]第三，他们在经济上属于中产阶级，有些人的收入甚至很高。第四，他们拥有自己的生活方式和工作方式，注重生活品味尤其是文化品位。最后，他们创造了一种新的经济增长和社会财富增加方式，即所谓的知识经济。

理解知识分子的特征，一个必不可少的问题是知识分子的阶级属性问题。作中国知识分子的研究，了解知识分子的发展历程是十分必要的。建国以来，党对知识分子政策进行了四次大的调整，这就是：建国初提出了"团结、教育、改造"的政策；1956 年，对知识分子工人阶级属性的确认；1962 年，为知识分子"脱帽加冕"；十一届三中全会以后，从"尊重知识、尊重人才"的提出到确认"知识分子是先进生产力的开拓者"，从而最终完成了对知识分子的历史定位。[2] 李强认为知识分子是改革中比较典型的受益者，他们在市场转型的两个阶段都是获益者。在第一个阶段，知识分子获得了政治利益，成为工人阶级的一部分，先进生产力的开拓者。在第二个阶段，知识分子获得了经济利益。[3] 现在大部分对知识分子的研究一般都很少强调知识分子的阶级属性，但是，知识分子仍然是属于工人队伍中的一部分，他们是工人队伍中的知识阶层，尽管他们区别于一般的工人，但是他们只是工作方式和所运用的工具不同而已。

二、南京市知识分子阶层的基本状况

根据 2003 年课题组的问卷调查、个案访谈研究结果显示：南京正在形成一个具有较高文化层次、工作稳定、收入丰实、生活质量

---

〔1〕　福柯：《规训与惩罚》，刘北成、杨远婴译，三联出版社，2003 年，第 29 页。
〔2〕　饶定轲：《当代知识分子研究》，华中师范大学出版社，2000 年，第 1 页。
〔3〕　李强：《转型时期的中国社会结构》，黑龙江人民出版社，2002 年，第 108 页。

较高、具有较强社会责任感的知识分子群体。我们将从以下几个方面进行详细分析。

（一）知识分子阶层的生活状况

课题组同时对南京市的六个阶层进行问卷调查，通过随机抽样，在南京市抽取 200 个知识分子的样本，发出问卷 200 份，收回问卷147 份，其中男性样本数为 74 个，占总体样本的 50.7％，女性样本数为 72 个，占总体样本的 49.3％（见图 6-1）。男女所占比例基本一致。在 147 个样本中，样本的中位数年龄为 33 岁，众数年龄为 25，平均年龄为 36.43 岁，其中 23～40 岁之间的知识分子占总样本的63.9％。所有样本中，最小年龄 20 岁，最大年龄为 77 岁，极差 $R=$ 57 岁，样本年龄的标准差为 12.578，这说明知识分子样本的年龄比较集中。笔者认为知识分子年龄分布年轻化、集中化的现象并不是偶然的，这标志着年轻一代的崛起[1]（见图 6-2）。年轻一代是改革开放的受益者，是高等教育改革成果的享受者，因而他们在知识分子中占有重要比重就可以得到一定程度上的解释了。

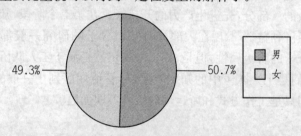

49.3%　　50.7%

男
女

图 6-1　知识分子阶层性别结构

---

〔1〕 李强：《社会分层与贫富差距》，鹭江出版社，2000 年，第 92～99 页。李强认为，新崛起的年轻一代，年龄一般在 20～30 岁之间，他们所受的教育高，收入多。新崛起的一代人实际上是一种标志，它不仅是产业结构变化的结果，而且是社会结构变化的产物。无论在职业结构上，还是在生活方式、社会态度上，新的中间阶层与传统的中间阶层都有重大差异。市场转型以后的代际更替，从本质上反映了具有更高竞争优势的年轻一代人，其在社会整体结构中的地位在上升。这反映出中国社会在朝向一种资源配置更优、效率更高的社会发展。

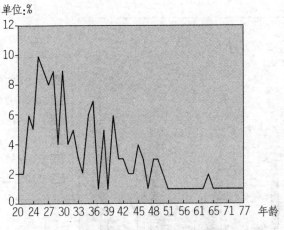

单位:%

图 6－2　知识分子阶层的年龄分布情况

　　样本中的知识分子文化程度主要以大专和本科为主,占样本总数的 88.4%,拥有硕士以上学历的知识分子为 8 人,占样本总数的 5.4%。这说明南京市的知识分子硕士研究生和博士研究生的数量较少。近两年很多高校也开始大规模扩大研究生的招生规模,但是这些扩招的研究生一般还在学校就学,尚未走向工作岗位。

　　本次问卷调查对知识分子在 4 个年份的收入情况进行了追踪。通过图 6－3 我们可以看出,1980 年,被调查的知识分子的年收入主要分布于 1 000 元以下,收入的众数为 600 元。笔者认为导致知识分子收入较低的原因有:① 当时社会成员收入普遍较低,同样数量的钱购买力比现在要来得高;② 改革开放刚开始,脑体倒挂的现象仍然存在。1990 年,知识分子的年平均收入有了显著的提高,达到 7 385.2 元,年收入的众数为 10 000 元。此阶段被调查的南京市工人的年平均收入为 3 787.3 元,远低于知识分子的收入。1990 年中国渐渐走向市场转型的第二个阶段,知识分子开始成为这一阶段改革的主要获益者之一,"脑体倒挂"的现象转变成"脑体正挂"。笔者认为最具有可比性的应该是 2000 年和 2003 年,因为两个年份时间比

单位:%

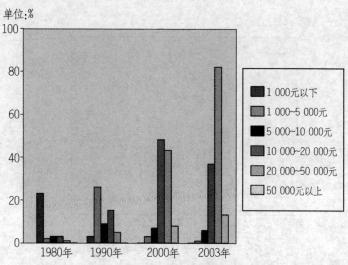

图例:
- 1 000元以下
- 1 000~5 000元
- 5 000~10 000元
- 10 000~20 000元
- 20 000~50 000元
- 50 000元以上

图 6 - 3　知识分子阶层收入变化情况

较较近,被调查者不会因为记忆不清导致数据填答有误,也可以在排除通货膨胀的前提下反映南京市近 3 年内知识分子的收入变化情况(见图 6 - 4)。从图 6 - 4 可以非常清晰地看出,2000 年南京市知识分子的年收入主要分布在 8 000~20 000 元之间,而 2003 年知识分子的年收入主要分布在 20 000~50 000 之间。从年平均收入来看,2000 年南京市知识分子的平均年收入为 20 556.1 元,而 2003 年为 26 950.2元,增幅达到 31.1%。通过四个年份知识分子收入情况的比较,尤其是 2000 年与 2003 年的比较,知识分子在经济方面变化很大,李强称知识分子为市场转型第二阶段典型的经济获益者一点都不为过。

同样我们也比较了 1980 年、1990 年、2000 年、2003 年四个年份知识分子收入的主要来源。从总体上看四个年份知识分子收入的主要来源没有显著的变化,他们主要的收入来源为工资、奖金和单位的其他福利,该项在四个年份所有收入来源中所占比重均在 90%以上,但是所占比重呈递减趋势,1980 年为 98%,1990 年为 97.3%,2000 年为 92.0%,2003 年为 91.3%。这一方面说明被调查知识分

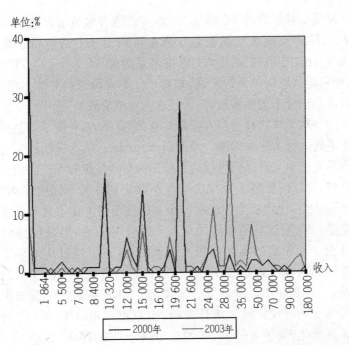

单位:%

收入

1 864 5 500 7 000 8 400 10 320 12 000 15 000 16 000 19 600 21 600 24 000 28 000 35 000 50 000 70 000 90 000 180 000

—— 2000年　—— 2003年

图6-4　知识分子阶层2000年与2003年的收入比较

子的主要收入来源为工资、奖金和单位的其他福利(这主要是因为大部分知识分子从事的工作一般为收入较稳定的国有企事业单位及其政府部门),另一方面说明随着改革的深入,知识分子就业渠道的市场化和多样化,其收入的渠道也有所拓宽。2000年和2003年知识分子的兼职收入成为他们收入的一个比较重要的来源,这与我们平时的日常感受是一致的,比如高校的许多教师,尤其是那些热门专业的老师,有相当一部分的人在从事第二职业,有时他们的兼职收入甚至高于本单位发给他们的工资、奖金和其他的福利。

　　南京市知识分子每月支出中,每月用于伙食方面的开支平均占总开支的23.8%,用于购买服装的开支每月平均为8.9%,交通通讯费用平均占6.1%,教育费用每月平均占9.4%,医疗费用每月平均占3.9%,娱乐休闲每月平均占5.4%,人际交往每月平均占5.6%,

投资储蓄每月平均占 14.7%。2003 年江苏省城镇居民恩格尔系数为 38.3%。[1] 而此次调查显示南京市知识分子的恩格尔系数为 23.8%，比江苏省城镇居民的恩格尔系数低 14.5 个百分点。这说明，如果单从恩格尔系数来说，相对于江苏省城镇的总体生活水平，南京市知识分子的生活较好，已经进入富裕阶段。[2]

　　住房对于现代社会具有特殊的意义，在西方，有的学者甚至把拥有住宅的人称为住房阶级。桑德斯（Saunders）认为现代社会的分层不像马克思主义者那样可以简单归纳为资产阶级和无产阶级。现代社会中，可以按照各人的住房状况不同而划分为不同的住房阶级。桑德斯认为，现代社会中观察一个人的住房情况比留意他的工作更为重要。[3] 虽然对桑德斯的观点不是非常同意，但是住房对于一个社会一个家庭的重要作用不可低估，这点也可以从南京市拆迁过程中的利益冲突可以看出住房对百姓的重要性。在这次调查中亦设置了 1980 年、1990 年、2000 年、2003 年四个年份知识分子住房情况的比较。通过统计分析，南京市知识分子的住房情况有显著的变化（见表 6-1）。被调查知识分子住房面积在 50 平方米以

表 6-1　知识分子阶层住房面积变化情况（%）

面积 ＼ 年份	1980 年	1990 年	2000 年	2003 年
50 平方米以下	42.6	36.4	16.3	8.9
50～100 平方米	42.6	49.3	65.4	72.4
100 平方米以上	14.8	14.3	18.3	18.7

〔1〕　数字来源于江苏省统计信息网。

〔2〕　联合国粮农组织提出用恩格尔系数判定生活发展阶段的一般标准是：60% 以上为绝对贫困，50%～59% 为温饱，40%～49% 小康，30%～39% 为富裕，30% 以下为最富裕。

〔3〕　Saunders P，Williams P. R. " The New Conservatism： Some Thoughts on Recent and Future Development in Urban Studies." *Environment and Planning*，*Society and Space*，1986(4)：393～399

下的 1980 年占所有样本的 42.6%,1990 年占 36.4%,2000 年占
16.3%,2003 年占 8.9%;住房面积在 50～100 平方米的知识分子
1980 年为 42.6%,1990 年为 49.3%,2000 年为 65.4%,2003 年为
72.4%;住房面积在 100 平方米以上的 1980 年为 14.8%,1990 年为
14.3%,2000 年为 18.3%,2003 年为 18.7%。从以上几组数据可以
看出,南京市知识分子的住房单从面积上看有了很大的改善。知识
分子住房面积的差距也在加大,这可以从知识分子住房面积的标准
中可以看出。1980 年、1990 年、2000 年、2003 年四个年份南京市
被调查到的知识分子的住房面积的标准差分别是 34.8、41.2、
54.7、51.9,知识分子住房面积差距的拉大,可以在一定程度上反映
知识分子内部的分化。被调查到的知识分子住房来源也有几个十分
明显的趋势(见表 6-2):① 单位福利分房总体上呈递减趋势。单
位福利分房占南京市知识分子住房来源比重,1980 年、1990 年、
2000 年、2003 年四个年份分别为 42.4%、54.5%、42.4%、
27.7%。1990 年知识分子单位福利分房较 1980 年有显著的增长,
其中的原因可能有:经济发展使城市建设也获得了相应的发展,单
位福利分房成为改革成果分享方式;知识分子在该阶段获得了较之
前更大的认可。2000 年和 2003 年单位福利分房大大减少,这种迅
速的变化主要是因为住房改革政策的影响。[1] ② 一次性付款购买
住房的比例逐年上升。1980 年、1990 年、2000 年、2003 年四个年
份分别为 3%、5.2%、16.2%、19.3%,这一方面可能因为知识分
子的经济实力逐年上升,也有可能是住房改革后,部分知识分子一次
性以低于市场价格购买房改房的比率有所上升。③ 南京知识分子
按揭贷款购买住房的比例以较快的速度上升。知识分子较超前消费
的观念,银行购房贷款系统的完善,知识分子稳定的工作都有利于这
一趋势的出现。

----

〔1〕 从 1998 年中央宣布将停止实物分房,各项住房改革措施正在全国全面展开。

表6-2　知识分子阶层住房来源变化情况（%）

住房来源 ＼ 年份	1980年	1990年	2000年	2003年
一次性付款购买	3.0	5.2	16.2	19.3
按揭贷款购买	3.0	3.9	19.2	29.4
借钱自建房	7.6	2.6	1.0	0.1
全部自费自建	15.2	15.6	9.1	7.6
继承所得	10.6	5.2	4.0	4.2
单位福利分房	42.4	54.5	42.4	27.7
租住	12.1	11.7	5.1	9.2
其他	6.1	1.3	3.0	2.5

汽车、电脑、住房、摄像机、手机成为被调查的南京知识分子今年最想购买的几种大件商品。其中30.0%的知识分子最想购买的大件商品为汽车，10.9%的知识分子选择电脑，10.2%的知识分子选择住房，6.9%的知识分子选择摄像机，2.7%的知识分子最想购买手机。汽车不但作为现代交通工具而存在，而且更成为人们较高社会地位和现代生活方式的表征。近三分之一的南京市知识分子今年最想购买的大件商品为汽车，说明南京市知识分子总体上经济实力较强，他们追求更加现代化的生活方式。

南京市知识分子对目前生活是否满意？它们对未来生活有着怎样的预期呢？调查显示，63.9%的南京市被调查知识分子对目前的生活状态表示满意或非常满意，15.6%的人表示无所谓，而18.3%的知识分子不满意或非常不满意现在的生活（见图6-5）。因而，从总体上看，知识分子对目前生活比较满意。54.4%的知识分子认为自己家庭的生活水平处于中等程度，22.4%的人觉得家庭生活水平处于中等偏上，19.7%的知识分子选择中等偏下，认为家庭生活水平在上等和下等的知识分子都比较少，两者都分别占1.4%。我们可以看到认为自己家庭生活水平在中等、中等偏上和中等偏下的知识

单位:%

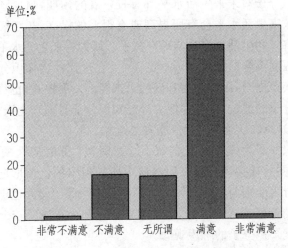

图 6 - 5　知识分子阶层的生活满意度

分子占到总样本的 96.5%,这可以在一定程度上说明目前南京市的知识分子大部分成为中间阶层的组成部分。从图 6 - 6 可以看出,大

单位:%

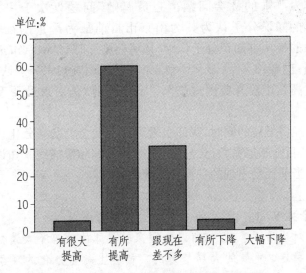

图 6 - 6　知识分子阶层对未来生活水平的预期

部分知识分子对未来生活水平都有较乐观的预期,64.0％的知识分子认为未来生活水平会有所提高或有很大的提高,30.6％的知识分子认为将来的生活水平会与现在持平。认为将来生活水平会有所下降或大幅度下降的知识分子不足 5％。在现代社会知识分子整体阶层地位获得提升,以知识为基础的未来经济发展模式,也将进一步提升知识分子的地位,这些都使大部分知识分子对未来充满信心。

（二）知识分子阶层的观念与态度

知识分子为人类文化传统、道德理念、价值理性的主要承载者,在相同的社会环境和人生际遇中所表现出的价值取向、情感态度乃至行为准则与其他群体有所不同。本次课题研究也十分重视知识分子的价值观念态度等,通过问卷调查和个案访谈较全面地了解了被调查知识分子的思想观念。

1. 对当前南京市发展问题的判断

在回答南京市最严重的社会问题有哪些时,"房价过高"问题排在了首位,34％的被调查知识分子选择了"房价过高"是南京市目前最为严重的社会问题;"官员腐败"问题仅次于房价问题,21.1％的知识分子认为其为南京市目前最为严重的社会问题;17.7％的被调查知识分子认为"环境污染"问题是南京市最为严重的问题;也有13.6％、8.8％和6.8％的被调查知识分子认为"医疗费用过高"、"教育费用过高"、"下岗失业"是南京最严重的社会问题。

在经济发展的同时,我们也看到现在社会上贫富分化现象也比较严重,目前基尼系数已经超过了 0.4 的国际警戒线。知识分子如何看待当前社会出现的贫富分化现象呢?

[个案6-1] 严小姐 26 岁 自由撰稿人

我对政治不感兴趣,所以对国家较具体的政策不太清楚。只觉得当前稳定、发展的大局是好的。社会上贫富分化的现象不可避免,要解决它国家只有加大社会救济的力度。但我国现在的首要任务是发展经济,因此,应该容许一部分人先富起来。解决贫富分化的问题是重要的,但不是主要的。

(访谈员:刘露瑶)

[**个案6-2**] 张先生 47岁 博士 教授、博导

现在,国内政治也很稳定,经济正快速发展,虽然东西部差距很大,而且地区内差距也很大,贫富分化现象比较严重,但这是一个国家发展过程中必须经历的一个阶段,我认为一定的贫富分化有激励作用,有利于国家的发展。

(访谈员:何 翔)

[**个案6-3**] 顾先生 46岁 本科 教师

现在富的真富,同时穷的实在是很穷。不过这也是我们国家发展的必经阶段,不是说要让一部分人先富起来吗?虽然说现在贫富不均是个问题,但如果大家都贫穷,更是个问题。

(访谈员:胡 敏)

采访到的其他一些知识分子对贫富分化现象基本上也持以上类似的观点。他们一般对贫富分化持辩证的观点,一方面肯定它是社会发展过程中必经阶段,一方面又认为国家应该采取相应的措施以避免贫富差距过大。

2. 对改革中受益群体的判断

李强在《转型时期的中国社会分层结构》中根据改革以来人们利益获得和利益受损的状况,将中国人分为四个利益群体或利益集团,即特殊获益者群体、普通获益者群体、利益相对受损群体和社会底层群体。其中特殊获益者群体是指在改革20年中获益最大,比如民营企业家、各种老板、经理、工程的承包人、市场上的各种经纪人、歌星、影星、球星等明星,以及与外资、外企结合的外企管理、技术人员等等。中国的普通获益者群体人数非常巨

大,它包括各个阶层的人,其中既有知识分子、干部,也有一般的经营管理者、办事员、店员、工人、农民等。李强还认为相比较而言,知识分子是比较突出的普通获益者群体,在 20 世纪 70 年代末和 90 年代以来市场转型的两个阶段分别获得了政治利益和经济利益,从而使得知识分子成为我国经济改革的最主要支持者。目前,最为突出的利益相对受损集团就是失业下岗群体。底层社会是由如下的几个群体构成的:① 我国西南、西北集中连片贫困地区,② 下岗工人中的生活极端贫困者;③ 贫困农民和一大批流入城市、居无定所、无正当职业的农民工。[1] 这次课题研究试图了解在社会各个阶层人们的眼里谁是改革中利益受益最大的群体,而谁又是利益受益最小的群体。调查结果显示:35.4%的被调查的知识分子认为国家机关领导是改革最大的受益者;而 22.4%的人认为个体私营业主是改革最大的受益者;分别有 15%的被调查知识分子认为公务员和演艺人员是改革的最大受益者;国企领导也被认为是改革的最大受益者之一,持该观点的被调查知识分子有12.9%;认为第三产业从业人员和专业技术人员是改革的最大受益者的仅有 7.5%和 4.8%。从中可以看出,被调查知识分子眼中改革最大的受益者一般是有权部门的人员,比如政府机关领导和其他的公务员、国有企业的领导等。59.2%被调查的知识分子认为纯务农农民是改革获益最小的群体,其次是工人,32.7%的人认为他们是获益最小的群体。改革是有代价的,但改革的成本应该由谁来承担? 作为一个以工农联盟为基础的社会主义国家,改革应该使最广大的群众能够真正从改革中获得好处,而不能成为少数领导,少数社会精英的获利手段。

3. 对南京市政府工作成效的判断

被调查的知识分子认为南京市政府在美化环境和改善城市交通

〔1〕 李强:《转型时期的中国社会分层结构》,黑龙江人民出版社,2002 年,第103~120 页。

方面做得比较好。27.2%的被调查知识分子认为南京市政府在美化环境方面成效卓著,23.8%的人认为市政府在改善交通方面有显著的成果;7.5%的人认为南京市政府在发展地方经济方面成果显著;另外认为整顿治安秩序、加强社区建设和改革国企等方面成绩显著的被调查知识分子均为6.1%。我们虽然把"最希望政府做的一件事情"设计成一个开放式的问题,但是被调查知识分子的回答却有许多共同的地方,他们的回答可以被归纳成以下几类:① 切实惩治腐败;② 平抑房价;③ 促进再就业;④ 减轻农民的负担;⑤ 完善社会保障制度;⑥ 保障弱势群体的利益;⑦ 提高生活水平;⑧ 深入基层,为老百姓多办实事;⑨ 提高工人、教师的待遇;⑩ 美化环境。其中被调查知识分子要求政府惩治腐败和平抑房价的呼声异常强烈,这跟前面分析的被调查知识分子认为当前社会发展中最严重的社会问题是房价过高和官员腐败问题形成了呼应。

4. 对社会阶层有关问题的判断

为了更进一步了解知识分子的观念和态度,我们设置了有关社会阶层的问题让被调查知识分子进行评价,同时为了分析知识分子价值观念与其他阶层的差别,我们还将知识分子与工人之间的态度进行了比较(见表6-3)。

247

表6-3 知识分子与工人阶层对若干社会热点问题的判断(%)

观点	态度	非常同意		同意		无所谓		不同意		非常不同意	
		知识分子	工人	知识分子	工人	知识分子	工人	知识分子	工人	知识分子	工人
待遇	知识分子应该获得高收入	23.1	4.6	61.9	61.7	8.2	17.3	6.8	13.8	—	0.5
	进城农民应该享受与城市居民一样的待遇	16.3	16.8	57.8	61.2	15.0	7.1	8.2	11.7	1.4	1.5
	公务员待遇太低,应该加薪	3.4	4.6	23.8	14.3	18.4	13.3	34.0	36.7	19.7	30.1

态度 观点		非常同意		同意		无所谓		不同意		非常不同意	
		知识 分子	工人	知识 分子	工人	知识 分子	工人	知识 分子	工人	知识 分子	工人
贫富差距	现在的贫富差距在合理的范围内	0.7	0.5	17.0	8.2	8.8	7.7	57.1	56.1	15.6	25.5
	个人所得税对工薪阶层比对富裕阶层更厉害	24.5	8.7	43.5	43.4	15.6	23.0	12.2	18.4	2.7	2.0
	政府应该给弱势群体提供更多的帮助	29.9	34.2	59.9	58.2	5.4	4.1	4.1	1.5	—	0.5
	按资分配等新的分配方式是不公平的分配方式	1.4	3.1	29.3	28.6	32.0	31.6	34.7	30.1	2.0	2.6
地位	工人的社会地位有所下降	21.1	16.8	56.5	56.6	10.9	11.2	10.2	13.8	0.7	0.5
	应当提高私营企业主的政治地位	4.8	4.6	44.9	43.9	29.3	27.6	17.0	16.3	2.7	4.6
社会进步与流动	职业升迁的主要标准是学历	2.7	3.1	27.9	34.7	15.6	13.3	48.3	42.3	4.8	4.1
	失业下岗工人没法再就业是因为他们自身的素质和态度	5.4	4.6	38.1	23.5	12.2	9.7	39.5	50.5	3.4	9.2
	现代社会靠企业家来推动	2.0	3.6	25.2	31.6	17.7	29.6	49.0	30.1	4.8	2.0

续 表

观　点	态　度	非常同意		同意		无所谓		不同意		非常不同意	
		知识分子	工人	知识分子	工人	知识分子	工人	知识分子	工人	知识分子	工人
其他	在现实生活中法律的权威没有很好地树立起来	23.1	8.2	69.9	61.7	5.4	12.8	6.8	15.3	—	—
	南京市政府的服务意识有很大的提高	3.4	1.5	43.5	54.6	17.7	18.4	30.6	20.9	2.7	2.0

（1）待遇方面。关于"知识分子应该获得高收入"这一观点，被调查的知识分子与工人之间明显的区别是持非常同意态度的人相差很远，知识分子为23.1％，而工人仅为4.6％。这主要是因为被调查知识分子处于自身阶层利益的考虑，希望知识分子获得高收入。"进城农民应该享受与城市居民一样的待遇"这一看法两阶层的评价基本一致。大部分被调查的知识分子和工人都认为进城的农民工应该享受与城市居民一样的待遇。而对"公务员工资太低，应该加薪"这一观点知识分子持同意态度的人也明显高于工人。这可能是知识分子在政府部门工作的人比较多的缘故。

（2）关于贫富差距方面。17.7％的被调查知识分子对"现在的贫富差距在合理的范围内"持同意或非常同意的态度，而同时仅有8.7％的工人表示同意或非常同意。由于知识分子在改革过程中获益较大，他们一般处于社会的中间阶层，对于社会的贫富差距有较高的容忍度。而工人属于改革中获益较少的群体，他们往往有一种相对剥夺的感觉，因而对当今社会中存在的较大的贫富差距往往会愤愤不平。个人所得税对工薪阶层的影响比对富裕阶层更大，这一观点知识分子持非常同意态度的人远远多于工人，分别为24.5％和8.7％。被调查的知识分子和工人对"政府应该给弱势群体提供更多的帮助"这一观点几乎持相同的观点，大部分人都认为政府应该多给弱势群体提供一些帮助。对"按资分配等新的分配方式是不公平的分配方式"这一观点,被调查的知识分子和工人的态度都比较分散,都几乎是三分之一的人表示同意或非常同意,三分之一的人表示无所谓,而三分之一的人表示反对。

（3）地位方面。工人的社会地位有所下降是被调查的知识分子、工人较普遍的共识。同意或非常同意工人的社会地位有所下降的知识分子和工人都在70％以上。近半数的被调查的知识分子和近半数的被调查的工人认为私营企业主的政治地位应该有所提高。近三分之一的知识分子和工人表示无所谓,仅五分之一的知识分子和工人表示不同意或非常不同意提高私营企业主的政治地位。

（4）社会进步与流动。在当今社会,学历对一个人而言至关重要,它往往成为个人获得一个好工作的敲门砖,成为大部分人社会流动的阶梯。对待学历的态度,相对而言拥有较高学历的知识分子与工人却略有不同。30.6％的被调查的知识分子认为学历是职业升迁的主要标准,而持这一观点的工人却比知识分子更高些,达到37.8％。53.1％的被调查的知识分子不同意职业升迁的主要标准是学历,工人持反对态度的达到46.4％。失业下岗工人没法再就业是因为他们自身的素质和态度不够好吗? 被调查的知识分子与工人的看法不尽相同。知识分子,本身受到良好的教育并拥有较高的技术,他们现在较体面的社会地位一般是通过个人奋斗得来的,所以知识分子更加信奉知识和能力。在这次问卷调查中,更多的被调查的知识分子把失业下岗工人没法再就业归因于他们自身的素质和态度,所占比例达43.5％,而工人只有28.1％的人做这样的归因。相比之下,工人群体更多人同意现代社会是由企业家来推动的,这一比例达35.2％,而知识分子仅有27.2％。这可能主要是因为工人与企业的关系更加紧密,而拥有知识和技术的知识分子则可能看到现代社会的主要推动力不应该仅仅从经济方面进行考虑。

（5）其他。现在我们一直在倡导"小政府、大社会",建设"服务型政府"，这次调查显示，近一半的知识分子和工人都认为南京市政府的服务意识有很大的提高。近几年来中国的法律制度建设获得了很大的发展，社会各个领域的立法比较齐全，但是法律是否在百姓中间形成神圣不可侵犯的权威呢？93.0％的知识分子认为在现实生活中法律的权威没有很好地树立起来，而69.9％的工人认为在现实生活中法律的权威没有很好地树立起来，差距之大发人深思。出现这一现象主要有以下几个原因：① 知识分子的文化程度较高，对法律条文的了解比工人要多，文本与现实对比，容易发现立法与执法的不一致。② 知识分子平时的工作与法律直接交涉的机会比工人要多得多。我们在分析知识分子的职业时可以看出有些知识分子本身就是天天直接与法律打交道的律师。③ 知识分子更具有批判现实的精神。知识分子受过良好的教育，它们拥有理性判断的能力，怀抱社会理想，面对现实的缺陷常常会以批判的眼光审视它。

251

三、南京市知识分子阶层的生活方式

生活方式是不同经济和社会地位的群体可以看得见的指标，也是根据经济收入划分的阶层展示其社会存在的方式之一。一般来讲，生活方式主要包括社会关系的模式、物质和文化的消费方式等。[1] 我们虽然在上文的统计分析中已经在一定程度上涉及了知识分子的生活方式，但我们在这里要较详细地探讨知识分子生活方式的特征。从上面的分析可以看出，知识分子在生活条件方面得到了相当的改善，他们的收入获得了较大的提高，对目前的生活比较满意，对未来的预期也比较乐观，可以说知识分子是当今中间阶级（中产阶级）的重要组成部分。周晓虹教授认为：新中产阶级通过在他

---

〔1〕 夏建中、张达：《我国城市白领群体生活方式的社会学研究》，《河南社会科学》2003年第3期。

人公司或国家公务机构中工作、获取薪水的工作——收入的人生模式,决定了他们的消费一般不会在生产资料领域,而只能在生活资料领域(所以,有房、有车常常是他们有"产"的重要标志)。加之他们看重社会声望,用米尔斯的话说,存在着强烈的"地位恐慌";同时又常常是时尚性传播媒介的主要受众,因此他们同其他阶层的群体相比消费上的前卫性是十分明显的。另外,因为中产阶级多数接受过良好的教育,所以他们在消费方面还表现出明显地追求生活品味和格调的趋势。中产阶级这一品性的过度化和模式化,不但使得福塞尔会以凡勃伦的口吻嘲讽中产阶级的浅薄和一律(与此相似的更妙的说法是,"他们似乎只有生活方式,而没有生活"),而且会使布尔迪厄和福塞尔提出人们的消费品味是区分现代社会阶层的重要标志。中国中产阶级在消费上的前卫姿态已经突显出来。[1]作为中产阶级的一部分,南京的知识分子是否也同样表现出消费上的前卫?

(一)家庭开支

在前面的问卷分析中已经对知识分子每月开支的具体分配作了一定的描述,个案访谈的几个知识分子,他们的家庭收入都比较高,但很多人都比较崇尚节俭的生活,开支有张有弛,在一些方面开支较多,在其他方面则很省。

[个案6-2] 张先生 47岁 博士 教授、博导

我们家的收入在这个附近的社区算是比较高的,每个月都有五位数,尽管如此,在生活方面我们还是比较节俭的,家里也没有什么奢侈品。一般来说,每个月的家庭收入,除了满足我们三口的生活之用和给我和爱人的父母买点东西之外,基本没有其他支出。

(访谈员:何 翔)

---

〔1〕 周晓虹:《中产阶级:何以可能与何以可为?》,《江苏社会科学》2002年第6期。

[个案 6 - 4]　　褚女士　47 岁　大专　技师

我们家的消费主要集中在孩子身上。他现在又在澳门科技大学上学，花费得多一点，平均每年要到 7 万到 9 万这么多。其他就主要用在一些日常的消费上，平常我们吃得比较简单，因为我先生有糖尿病，所以几乎不怎么吃荤菜；其余基本就没什么开销了。我们家在消费上还是比较节俭的，因为根据我的观点，为防天有不测风云，没有必要用的钱还是尽量存起来，等以后用到一些特别要用钱的地方比较好。但是对孩子的教育问题就一点都不能省了。现在很多家庭不也说要教育投资吗？这个投资是比什么都值得的。正因为我这样想，我是反对负债消费的，有富余的钱首先是想到投资，然后就是储蓄，很少超前消费。换句话说在经济规划上我们家还是奉行计划经济的。

（访谈员：尹海鸽）

253

[个案 6 - 5]　　吴女士　50 岁　本科　图书馆职员

在咱们社区里，我家经济上算中等吧，经历过那个贫困的年代的人都懂得节俭持家，只要不大手大脚花钱，年底总是有结余的，应该说比上不足比下有余了。说到消费，我们家还是必需品消费比较多，比如吃饭，购买衣服、鞋子等服饰类商品。但是，现在子女教育要花很多钱。该花就花嘛，反正现在恩格尔系数是越来越低了，呵呵，还有一部分是会用在买书、买电脑、MD 等精神上的消费，或者用在外出旅游等消费上。

（访谈员：张寒冰）

[个案 6 - 6]　　李先生　47 岁　硕士　教授

我们家收入情况良好，但是生活方式方面仍然保持着一贯的节俭，家中每月的消费不是很多，主要是食物和一些衣物。现在孩子正在读大学，开销比较大，大约占到整个家庭开支的 50%。平时我在吃喝穿的方面不很讲究，因此没有投入很多金钱在这些方面。由于本身专业的原因，我在担任学校行政管理工作的同时还自发地进行一些必要的专业研究,所以会在研究上投入一部分资金,主要是购买一些办公工具以及参考文献。另外我本人对摄影方面有着浓厚的兴趣,会购买一些自己心仪的摄影器材。总的来说我们家平时的开销就这么多。

(访谈员:钱　辉)

从以上几个被访者的自述中可以看出,南京的一些知识分子在有了较高的经济收入后,在消费上并不一定表现得前卫或没有节制。他们在日常生活中的衣食开支一般较少,但是却把更多的钱投向了孩子的教育,认为教育支出"比什么都值得"。另外知识分子比较重视发展性的投资,如买书、买电脑和其他的一些有利于开发自己兴趣的消费品。在消费社会学的研究领域中,有一种观点颇为引人注目。这种观点认为,大众消费中以地位群体为核心决定的消费方式开始转向为有意识的消费行为,人们通过消费行为来维持、整合一种群体的认同感,使自己成为自己想要成为的阶层或群体。消费包含了物质和文化的消费两个方面,而物质商品往往是被当成是具有象征意义的符号。人们通过对不同商品(符号)的消费来保持自己的个性,同时,似乎更为重要的是维持了群体的特征。[1] 问卷调查和个案访谈的结果都没有明显的迹象表明知识分子拥有属于知识分子阶层特有的消费行为,知识分子的消费也不具有凡勃伦所说的"炫耀性消费"的色彩。[2] 大部分知识分子的生活是比较节俭的,如果硬要说知识分子通过消费行为来维持和整合一种群体的认同感,那么知识分子注重文化方面的消费应该算是其一。

---

〔1〕 夏建中、张达:《我国城市白领群体生活方式的社会学研究》,《河南社会科学》2003 年第 3 期。

〔2〕 凡勃伦认为,这种炫耀性消费的生活方式是阶级地位和尊荣的社会标志。

（二）投资行为

从一个人的收入来源可以看出知识分子的投资渠道,问卷调查的结果显示,知识分子的收入主要来自工资、奖金和单位的其他福利。其次有些知识分子有兼职收入(3.5%),获得金融投资收益的也极少(2.1%),个案访谈也基本上支持这样的结果。但是因为个案访谈的对象一般是比较高级的知识分子,他们中也有一部分人把部分盈余的钱投进股市或者购买国库券等。

被访问的南京市知识分子没有进行其他投资的一般具有较强的保障意识,他们中有些人不愿意投资股市等,主要是觉得股市风云变幻,有很大的风险。所以他们一般选择把钱存进银行或者为家人买个保险什么的,或者为孩子的教育或将来的生活做准备。

[个案6-7]　周先生　57岁　本科　某大学美术学院院长

我们家从不买股票或证券,也没有其他的投资行为,钱一般是存在银行。我们暂时还没有什么投资行为,积蓄用来买些保险,剩下的存入银行。

（访谈员：辛元媛）

255

[个案6-5]　奚女士　50岁　本科　图书馆职员

我们没有进行什么投资行为,我和我爱人都不愿意去承担那些有风险的事情,年纪大了,像股票那种起起伏伏的东西,心脏受不了。女儿又在念书,有钱就存着,为她做打算,给她买了份保险,只要她好,我们也就好。

（访谈员：张寒冰）

有些人没有进行其他的投资行为主要是因为没有时间或者觉得自己没有什么商业头脑。

［个案6-2］ 张先生　47岁　博士　教授、博导

我没有什么投资行为。一是我觉得风险大；二是我觉得现在钱也够用了，再去动那个脑筋也没有必要；第三，也是最主要的原因，我没有那么多的时间。

（访谈员：何　翔）

［个案6-8］ 李先生　30岁　本科　医生

现在我们的年收入大概有10万吧，主要是工资和奖金。我们以前也做过小股民，但亏了之后就再也不炒了，可能我和我妻子都没什么商业头脑吧。

（访谈员：卓广平）

但是也有少部分的知识分子有诸如股票等金融投资，并且他们还从这样的投资行为中获得了一定的收益，有些人还表示将来会持续做一些金融方面的投资。

［个案6-9］ 李先生　65岁　博士　教授(已退休)

几年前我们都把钱存在银行里，现在啊，我购买国库券、买保险，还炒股呢！这样一来，家庭的收入也增大了，不过投资的风险相应也增加了。

（访谈员：金江英）

［个案6-10］ 张先生　38岁　硕士　大学教师

股票是我们家最主要的投资方式，对股票的买卖是在一级市场进行。买股票也是我们家进行了比较久的一项投资行为，我们以后还将继续这项投资。

（访谈员：张　辉）

（三）休闲娱乐

城市社会结构变迁带来的是"城市时间边疆"的深度开发。城市社会结构变迁的一个转化条件就是"闲暇时间"的增多。现在对"城市时间边疆"的开拓成为一种文化。所谓"闲暇文化"一般是指社会整体工作范畴之外的文化现象和文化行为，其核心是对时间的自由支配。[1] 由于职业的特殊性，很多知识分子从事的是教师、科研工作，他们对时间的支配具有很大的弹性。问卷调查和个案访谈都说明了知识分子休闲方式多样化，旅游、学习、和家人一起共享天伦之乐是他们比较共同的休闲方式。旅游成为很多被访问知识分子的选择。

[个案6-4]　褚女士　47岁　大专　技师

去年我还出去旅游了好几次，去了庐山、三峡、黄山、浙西和张家界，领略了一下大自然的魅力。年轻时孩子小，工作忙，现在有钱有时间了，多出去走走，开阔视野，也让自己年轻些，别看我现在近50了，我觉得自己还是很年轻的。

（访谈员：尹海鸽）

[个案6-11]　李女士　30岁　硕士　大学教师

我们懒得做饭的时候，就喜欢和几个同事朋友聚在一起下馆子，有时也去一些环境比较好的咖啡屋坐坐。周末的时候，我喜欢和我老公逛逛街什么的。然后差不多每两个月我们会找时间去附近城市的一些旅游景点散散心放松一下，这几年比较近的一些地方几乎被我们玩遍了。

（访谈员：袁　静）

[1] 张鸿雁：《侵入与接替——城市社会机构变迁新论》，东南大学出版社，2001年，第121~122页。

257

知识分子平时一般比较重视自身的学习,利用休闲时间发展自己,提高自己。这一点是知识分子的休闲方式区别于其他阶层群体生活方式的重要特征:在学习中得到愉悦,得到提高。

[个案6-12] 刘先生 50岁 博士 某大学副校长

节假日的话,我肯定是在办公室里工作。像我是没有休息日的,不分春夏秋冬都在办公室里。我的工作任务是软件性的,也就是说要定期完成一定的研究任务。

(访谈员:武岩竹)

[个案6-13] 林先生 44岁 硕士 医生

在休闲方式上基本是没有什么变化,只是休闲踏青的次数有所增加,形式上不怎么变化,因为我的休闲方式比较单调,多数时间是读读书。在读书的内容上还是发生了一些变化。以前读书是以休闲的为主,比如一些小说。现在读一些历史、人物传记,研究人和社会的成功规律。

(访谈员:隋丹丹)

多数被访的知识分子表示和家人在一起是最开心的事情,他们尤其注意与子女的交流。而布尔迪厄所谓的文化资本只有在父辈与子辈之间充分交流下得到最好的传承。一名江宁区的教师说,到了长假期,他会跟儿子一起看各种球赛,平时还携家人一起去吃肯德基和麦当劳之类的洋快餐。省农科院图书馆的一位管理员也认为与自己的女儿在一起很开心。

(四)人际网络

社会交往对一个人至关重要,交往范围的广度在现代社会成为一种社会资源。作为受过高等教育的、居住于城市中的知识分子,他们的交往方式与传统的交往方式有什么变化?与南京市其他群体的交往方式又有什么不同呢?问卷调查结果显示:

41.5％的知识分子平时经常和同事交往,39.3％的知识分子经常与朋友交往,28.1％的知识分子经常与亲戚交往。对于职业知识分子而言,他们很看重职业成就,因而相当重视业缘关系,从而与同事交往最多也就不足为奇了。职业知识分子的日常交往一般比较重视情感投入,[1]因而朋友之间的交往对知识分子重要程度仅次于与同事之间的交往。知识分子同亲戚之间的交往虽然少于其他群体(如在本次调查中,工人选择与亲戚最经常交往的占32.6％),但仍然是非常重要的交往对象。本次调查还显示,知识分子与邻居和社区的交往很少,6.7％的知识分子经常同邻居交往,仅有1.5％的人同社区经常交往。邻里互动在知识分子日常交往中地位低下,一方面说明现代社会的异质性消解了熟人社会的充分互动,另一方面在一定程度上说明了南京知识分子还没有形成普遍的社区归属感。但是非常奇怪的是知识分子遇到困难时却不是向同事求助最多,恰恰相反,向同事求助的比例非常低,仅占6.5％。同时有54.7％的知识分子遇到困难时向亲戚求助。33.1％的知识分子认为自己遇到困难需要人帮助时会向朋友求助。我们访谈的知识分子都认为社会关系非常重要,是一种重要的资源,被访知识分子交往的对象一般也是同事、朋友、亲戚、同学等,如果遇到困难时,一般性的问题先自己想方设法解决,其次是让自己的朋友帮着解决。如果是涉及到金钱方面一般是找亲戚帮忙。一位医生这么说:"但是要是经济上的问题,我会先找我的弟弟,毕竟血浓于水,牵涉到金钱这么敏感的问题找亲戚解决总会方便些。""血浓于水",这四个字充分地诠释了知识分子交往模式与求助模式的不同。

---

〔1〕 有调查显示,上海市职业知识分子的交往以增进感情为最重要的目的。参见陆晓文:《社会转型中知识分子的职业变化和社会特征》,《社会科学》2003年第3期。

四、南京市知识分子阶层的社会流动

把社会成员划分成几个不同的群体,主要是为了研究的方便,社会分层是建构出来的。社会分层是一种历史的动态的结构和系统,它是蕴涵着社会流动的动态平衡。所谓社会流动是个体或群体在社会分层中地位的升迁或降落。社会流动是社会分层的基础,社会分层是社会流动的结果。[1] 在我国向信息化、全球化时代迈进过程中,知识分子作为我国现代化建设的中坚,其分化与流动很大程度上能折射中国整个社会转型、特别是社会结构重建的现状与趋势,能反映中国知识分子面对社会剧变的价值观及人格变迁。[2] 因为知识分子的流动是一个非常复杂的过程,知识分子的流动受到了各方面的影响,不仅有主体方面的,如个人的知识技能、个人的努力程度、家庭背景、社会交往等,也有社会方面,如社会变革、社会政策的影响等。因而,我们在使用问卷调查的方法外,主要还采用个案研究方法力求在一定程度上再现部分知识分子社会流动的具体过程和影响因素,从而探究知识分子阶层的流动机制。

桑德斯把社会流动的方向和范围划分为代内流动(intra-generational mobility)和代际流动(inter-generational mobility)、向上流动(upward mobility)和向下流动(downward mobility),这种分类丰富了社会流动研究的视角。在这里也主要根据桑德斯的分类视角对南京市知识分子的流动状况作一简要的描述。下面将从受教育程度、收入、职业声望和社区威望等几个维度来考察南京知识分子的

〔1〕 周作宇:《教育、社会分层与社会流动》,《北京师范大学学报》2001年第5期。

〔2〕 鲁小彬:《试论当代知识分子社会流动的动力机制与特征》,《人文杂志》2003年第5期。

社会流动。

（一）知识分子阶层受教育情况的代际流动

南京市被调查知识分子的受教育程度主要是大专和本科，拥有这两种学历的人占被调查知识分子总体的 88.4％。同他们的父辈相比，他们的学历要高出很多。被调查知识分子父亲的受教育程度比较平均地分布在小学、初中、高中、大专等文化程度上，而仅有10.7％的知识分子的父亲受到过大专或大学的教育，他们中还有17.2％的人只上了小学或者是文盲（见图6-7）。由此可见，单从受教育程度这一方面来说，被调查知识分子的文化程度在总体上得到了提升。提升的原因主要是改革开放以来各类教育的发展，知识分子（因为被调查的知识分子主要是较年轻的一代）享受到了教育改革的成果，他们或是接受了正规的全日制的大学教育，或是通过各种函授、夜大、自考等方式获得了较高的学历。索罗金（Pitirim So-rokin）认为，人们在青少年时代接受的教育年限越长，在成人后获得的地位就越高。我们认为这一观点在现代社会是具有普遍意义的，

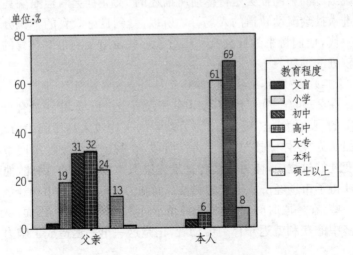

图6-7　知识分子阶层代际间教育程度的比较

尤其是在同一代人之间。但是有时候教育不一定与地位的高低成正比的。比如我国从建国前后开始一直到文革结束的这一段时间实行的"成分制",知识分子被骂作臭老九,私营企业主是资本主义的尾巴,工农群众则是又红又专,在社会上拥有较高的地位。这样的社会流动是政治干预下促成的,人们地位的决定与先赋性的因素最相关,与自致性的因素相关较少。所以,虽然被调查的知识分子受教育程度从总体上看高于其父亲,但是我们并不能因此简单地说被调查知识分子的社会地位从总体来看高于他们的父亲,尤其是认为高于其父亲在改革前的社会地位。被访问到的知识分子大部分认为现在最关心的事情是子女的学习。按照布尔迪厄的观点,文化资本,即一个人父母的教育背景和家庭文化氛围对本人在诸如教育成绩、教育渴望、教育程度方面有较大的影响。被访问的南京市的知识分子,他们的文化程度高,注重教育和文化方面的投资,这对他们的子女无疑产生了良好的影响。个案访谈的结果也证实了这一点,被访问到的知识分子的子女或在名牌高校上学,或现在学习优异。我们虽然不敢说当今的中国社会是科林斯所描述的"文凭社会",但是文凭的确是进入社会流动轨道的入场券。所以,受到良好教育的知识分子的下一代,他们将来的社会流动相对于那些没有受到很好教育的人会有较好的预期。

　　(二)从"脑体倒挂"到"脑体正挂"、"贫富差距"

　　在 20 世纪 90 年代前,知识分子没有走进市场,中国社会存在较严重的"脑体倒挂"现象,体力劳动者的平均收入高于脑力劳动者。李强认为"脑体倒挂"是一个特殊阶段,在我国由计划经济向市场经济变迁的过程中,体力劳动者是最先进入市场经济的,因此,他们最先获得了市场经济所带来的利益。而脑力劳动者进入市场经济要更迟一些,在一段时间里,他们仍滞留于计划经济体制内,因而,从市场经济中的获利就迟于体力劳动者,正是这一早一迟造成了脑力与体力劳动之间的差距,形成了一个特殊时期的"脑体倒挂"问题。[1] 在计划经济向市场经济变迁的过程中,脑力劳动者、知识分子也走向了市场,他们参与市场的进程大大加快:① 出现了大批知识分子下海的现象;② 科教文卫等事业单位创收活动的普遍化;③ 知识升值的出现;④ 知识分子聚集单位的优势开始出现[2],"脑体倒挂"的现象被彻底改变了,从而出现了所谓的"脑体正挂",甚至有些知识分子的收入远远超过一般的体力劳动者。但是人们对知识分子能获得高收入一般是没有太大的怨言,因为他们中大部分的人毕竟靠的是自己的真才实学获得较丰厚的收入的。

那么,被调查知识分子的收入如何? 变化如何? 前面已较详细分析了知识分子的收入情况,非常明显,知识分子在四个年份的收入提升得较快,尤其是被调查知识分子的 2003 年收入比 2000 年有了较大的提高。在收集的几个个案中,大部分的知识分子是教师、学校的管理者,或者医务工作者,他们收入一般在其所居住的社区中属于比较高的。一位南京某高校的教授、博士生导师兼江苏省人大代表说:"我们家的收入在这个附近的社区里算是比较高的,每个月都有五位数的收入。"他拥有一套近 200 平方米的住房,装修还是较好的,家里有台式电脑一台,笔记本电脑两台,家庭影院一套,电视机两台,冰箱、洗衣机等日常电器都一应俱全,家中藏书逾万册,并打算购买汽车。他还说:"我自己也有过特别贫困的时候,那是十几年前,当时我还只是普通教员,女儿才几个月大,我们一家三口在学校的临时宿舍中住了很长一段时间。"一位年轻的自由撰稿人,其爱人是南京一家软件公司的副经理,她说:"我的收入很不稳定,主要收入来自我丈夫,(家庭)年收入在 20 万左右。主要资产是房子和车,我们在月牙湖购买了一处商品房。在月牙湖花园居住的都是多少有些经济实力的人,社会地位较高,属于中上层。"一个南京某大学美

---

〔1〕 李强:《转型时期的中国社会结构》,黑龙江人民出版社,2002 年,第 68 页。
〔2〕 李强:《转型时期的中国社会结构》,黑龙江人民出版社,2002 年,第 69～71 页。

术学院院长,其妻子是做保险的,家庭年收入也在10万左右,拥有两处房产,两台电脑,价值6 000多元的索尼数码相机及其他的一些"普通"的电器。列举的这些知识分子的收入和家庭财产虽然不一定具有典型性,但是,我们也可以在一定程度上看出现在有些知识分子的确获得了高收入,他们的生活已经相当富裕。无疑,跟过去相比,他们在经济上获得了很大的改善。我们在问卷中也问及"改革中受益最大的群体是什么?"虽然大部分的人认为政府机关领导和私营企业主是最大的受益者,但是也有一部分人认为第三产业从业人员和专业技术人员是最大的受益者,而大部分第三产业从业人员和专业技术人员是知识分子。而人们所说的受益也一般是从经济角度上考虑的。

（三）知识分子阶层的职业流动

在一个知识是资本,科技就是生产力的时代,知识分子掌握着可以转化为社会生产力的知识、技术,他们通过专利、版权等方式、更多的是通过工资制度,将知识资本和文化资本转化为经济收入和社会地位,众多知识分子成为以知识谋生的职业群体。那么20年来,南京的知识分子的职业有什么变化?他们对职业的价值评价如何?

从表6-4可以看出本次调查抽取样本的知识分子在1980年、1990年、2000年、2003年四个年份的工作状态。首先我们可以看出,正在就业的知识分子由多到少,退休的知识分子由少到多。这主要是知识分子自身成长的原因。我们在前面已经交待了,本次调查样本比较年轻化,所以在1980年、1990年两个年份很多知识分子尚处于求学状态。其次,下岗失业从无到有,但处于较低水平。目前知识分子被推向了市场,有市场就会有风险和失业,"知识失业"现象也在所难免。但是相对于工人而言知识分子的下岗失业比例还是比较小的。从被调查的知识分子所填的在1980年、1990年、2000年、2003年四个年份的职业可以看出,20年来虽然知识分子仍然主要从事着传统的被人们认为是知识分子所从事的行业,如:教师、科研人员、医务人员等,但是知识分子职业范围在20年内发生了很大的变化。1980 年和 1990 年,被调查知识分子职业主要有教师、医务人员、政府官员、企业管理者、会计、军人、一般的职工等,而 2000 年和 2003 年被调查知识分子从事的职业有:教师、科研人员、医务人员、工程师、公务员、军人、企业管理者、律师、会计、记者、中介代理、编导、程序员、个体户、商人、一般职员等,职业范围比以前更加广泛,更加丰富。从图 6-8 可以看出,2003 年,被调查的知识分子从事职业的单位性质仍然主要是事业单位,占 63.9%。政府机关、国有企业、集体企业、三资企业、私营个体企业均比较少,都在10% 以下,比较分散。他们所在的行业也大部分是科教文卫,占56.5%。被调查的知识分子现有职业的获得主要是靠自己当时的毕业分配和单位的招聘,这两项所占的比例分别为 57.1% 和 23.1%。

表 6-4　知识分子阶层工作状态变化情况(%)

年份 \ 工作状态	正在就业	下岗失业	退休	其他
1980 年	23.8	—		74.8
1990 年	42.9	—	2.0	55.1
2000 年	73.5	2.0	4.1	20.4
2003 年	90.5	0.7	6.1	2.7

职业价值评价,通俗地讲,就是人们对职业活动各种因素及特性的倾向性,通常以人们在选择职业、从事职业时在乎什么、追求什么、向往什么等形式反映出来。[1] 已有的研究结果显示,知识分子的职业价值评价倾向与其他人员相比,有些共同之处,如重视职业活动中的人际环境、义利因素等,但也有其特别之处,如重视自我体验,重视内心感觉。[2] 调查显示,被调查知识分子对目前的工作总体比较满意,63.3% 的被调查知识分子对目前的工作表示满意;

[1] 顾雪英:《知识分子职业价值评价倾向研究》,《南京师大学报》1999 年第 3 期。
[2] 同[1]。

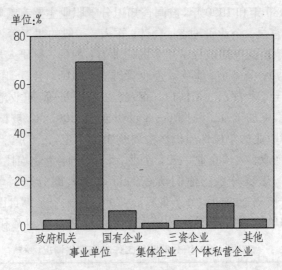

单位:%

图6-8 知识分子阶层工作单位性质

4.1%的人表示对目前的工作表示很满意;17.7%的人表示无所谓;11.6%的知识分子表示对目前的工作表示不满意;仅有1.4%的被调查知识分子对目前的工作表示非常不满意。在回答"最向往的职业"这一开放性问题时,被调查的知识分子选择的职业也大部分集中于科教文卫这些事业单位,教育、医务、新闻出版、自由职业者、公务员、自己创业、科研技术、艺术类职业成为大部分被调查知识分子的选择。能实现自己的价值和开发自己的潜能、受人尊重、收入高成为知识分子选择职业的最为重要的标准,而与此同时被调查的工人却把收入高、受尊敬、福利好作为选择自己最为理想的职业的标准,通过被调查知识分子和工人的比较,反映了知识分子择业标准更倾向于社会地位,而不是物质的、实利的东西。

（四）知识分子阶层的社区声望

一个人在社区中的声望是由一个人的综合性因素决定的,这个综合性因素是由经济资源(收入)、文化资源(受教育程度)、权力资源(党派、官职)和个人的品德与修养构成的。在个案访谈中,通过知识分子自身的感受和评价从而侧面考察知识分子阶层在社区中的声望变迁及变迁的原因。

被访问的南京知识分子普遍认为自己在社区中声望或地位较高是由于自己的职业或在工作中取得的成就。

[个案6-8] 李先生　30岁　本科　医生

我们这个社区内住的大多是有固定工作而收入又相对较高的工薪阶层。对我们这群人来说,并不像当权者或有钱人那样关心自己的社会地位。对于我这个医生来说,我对社会地位并不在意。可能作为医生,一般往往会赢得一定的社会地位,但我认为这主要是人们对医生救死扶伤的一种尊重,如果把这也作为社会地位的话。我这种地位的获得主要是因为我的学历和专业,还有就是作为医生必须有的良好的职业道德。说到底就是所受的教育,如果我没有接受教育,我就不会是医生,那所有的这一切也就不一样了。

(访谈员：卓广平)

正如我们上面分析的,这位医生把自己在社区中所获得的地位与尊重归因于自己的学历和职业。但是也有知识分子把在社区中所拥有的声望主要归于自己在事业上获得的成果和自己在单位中担任的职务。

[个案6-2] 张先生　47岁　博士　教授、博导

社区周围大都住着我们单位的工作人员,所以无所谓职业声望的高低,如果硬要分的话,像我们这样的教授、博导比较受人尊敬,别人见了都会很主动热情打招呼,而且逢年过节也会有不少人来做客;一般讲师可能在这方面不太能比得上,各方面的往来也相对少了一点。我认为自己在社区中还是处于比较高的地位,毕竟自己在学术上取得一定的地位,而且在学校也担任领导职务。

(访谈员：何　翔)

经济实力也是赢得社区地位和威望的一个重要的条件,知识分子虽然职业声望比较高,但对他们而言,要想赢得更高的社区地位与威望还有待经济实力的提高。

[**个案6-12**] 刘先生 50岁 博士 某大学副校长

在我们这片,一般就是认为在企业里就高职的人比较让人羡慕,而那些靠体力活谋生的人就比较不受重视,或者是开小店的也不怎么样。像我这样的,应该说是受人尊敬,但是没有人羡慕,因为赚钱不多嘛。

(访谈员:武岩竹)

在个案访谈中,年龄较大的知识分子的社会地位变迁一般还受到国家政策和时代变迁的影响,被访问的知识分子,年龄大一点的很多是曾经上山下乡过的,他们现在地位的取得也是因为抓住了国家恢复高考的机会,接受了教育,改变了他们生活的轨迹。正如鲁小彬在文章中分析到:知识分子进行社会流动有三个动力机制,知识与社会的关系是知识分子社会流动的宏观动力;知识分子社会流动的中观机制主要是教育机制和职业提升制度;在自主意识指导下的社会理性选择是知识分子社会流动的微观动力。[1] 宏观机制的完善是政府的工作,知识分子自己无法选择,而中观机制则需要政府和知识分子共同努力,一方面政府要完善教育制度和就业制度,另一方面知识分子要发挥微观机制的动力,做出具有社会理性的选择,这样知识分子的社会流动才能健康畅通。

---

〔1〕 鲁小彬:《试论当代知识分子社会流动的动力机制与特征》,《人文杂志》2003年第5期。

第七章　南京市个体私营业主阶层研究报告

　　近年来,个体私营企业发展迅猛,但个体私营业主究竟算不算一个阶层,对此问题的看法,目前学术界还没有达成一致,依然存在众多的争议。所以在概念的使用上,既有不少学者称它为"阶层",如陆学艺教授和李强教授,李强教授有时也把个体私营业主称作"利益群体";也有不用"阶层"这一概念的,如李春玲副研究员把它称为"群体",而张厚义研究员在多篇文章中则把它称为"集团"。[1]

　　不管使用哪一种概念,当我们把这部分人作为社会整体结构中的一个相对独立的组成部分而与其他部分相区别时,他们内部至少要具有某种程度的同质性。这种同质性可以是肤色、体型,可以是语言、文字,也可以是经济地位、社会声望,或者其他更具综合意义的指标。这些指标是使这部分人具有与其他人相区别的可辨识的特征,也即我们所使用的分层标准。

　　由于分层的标准不同,目前学术界划分阶层的方法也很多样化。比如,陆学艺教授在《当代中国社会阶层研究报告》中把我国社会划分为十大阶层:国家与社会管理者阶层;经理人员阶层;私营企业主阶层;专业技术人员阶层;办事人员阶层;个体工商户阶层;商业服务人员阶层;产业工人阶层;农业劳动者阶层,以及城乡无业、失业和半失业人员阶层。他的划分标准主要是职业和对组织、经济和文化三

---

〔1〕 郑杭生:《中国社会结构变化趋势研究》,中国人民大学出版社,2004 年,第133~134 页。

种资源的占有状况。这里个体工商户和私营企业主分别单列为一个阶层。而郑杭生教授在《关于城市社会阶层划分的几个问题》一文中,则把我国的城市社会划分成了七个阶层:管理阶层;专业技术人员阶层;办事员阶层;工人阶层;自雇佣者阶层;私营企业主阶层和其他阶层。这里的私营企业主也被单独列为一个阶层,而个体工商户则未被提及。但根据郑杭生教授的界定,我们可以推论得出:个体工商户只可能有两种归属,要么包括在自雇佣者阶层里面,要么属于"其他"一类。属于前者,主要是因为自雇佣者阶层的主要特征是"从事职业不受雇于他人"[1],而个体工商户显然符合这一条件,所以这样归类是行得通的。但行得通不等于归得好,自雇佣者阶层的范围毕竟比个体工商户的范围要广,它还应该包括一些如软件设计师、画家、作家、自由撰稿人等的"自由职业者",这也可能是郑教授划分这一阶层的本意,把个体工商户与他们放在一起,两者似乎又有着比较明显的区别,前者会涉及到雇工的问题,而后者却通常是单打独斗,自己既当老板又当伙计。而若将个体工商户包括在"其他"(未能确切区分的阶层)类里面,可能会显得含混不清,但又是比较稳妥的划分方法。

从社会分层的研究现状来看,目前把个体工商户和私营企业主放在一起进行分析的还很少。但事实上它们的性质是一致的,都属于私有制的经济成分。

个体工商户,简称个体户,主要是指生产资料归个人所有,以个人或家庭劳动为基础,或少量雇工(8人以下),从事商品生产、商品交换及提供劳务,产品和收入归自己支配的社会成员。他们既是私有者,又是劳动者。

私营企业主是指私有企业的投资者与所有者,有时也被称为私营经营者、雇工大户。根据现行政府法律法规及国家工商行政

---

[1] 郑杭生:《中国社会结构变化趋势研究》,中国人民大学出版社,2004年,第133~134页。

管理局和统计局的界定，"私营企业是指企业资产属于私人所有、雇工8人以上的营利性的经济组织"。[1] 早期私营企业主要有三种形式：独资企业、合伙企业与有限责任公司。从2000年开始南京市工商行政管理局把私营企业分独资企业、合伙企业、有限责任公司和股份有限公司四种形式来统计。戴建中就是根据私营企业的这四种形式的划分把私营企业主定义为"私营独资企业投资人或私营合伙企业、私营有限责任公司的主要投资人及私营股份有限公司的控股人"。[2]

　　从个体工商户和私营企业主的定义可以看出，两者性质相同，都属于私有经济，差别主要在雇工的人数上，临界点是8人。但也有学者认为雇工人数并不是他们最主要的差别，差别的关键在于他们是否直接参与劳动。这些学者认为个体工商户是直接参与劳动的，他们既是生产资料的小私有者，同时又是劳动者，而私营企业主则基本上已经脱离了直接的体力劳动，他们主要从事的是决策和管理的工作。这两方面的差别在当代是否仍然具有区分的意义是值得商榷的。过去无论是个体经济还是私营经济都是以劳动密集型产业为主，知识和技术的含量比较低，劳动力数量的多寡无疑会对经济单位的效益产生直接的、决定性的影响。但是在现代工业社会、信息社会中，劳动力的质量比数量显得更为重要，两三个人左右的小型经济单位获得的经济效益可能百倍、千倍于几十人、上百人的工厂。所以以雇工人数的多寡，尤其把分界线定为8人来区分个体经济和私营经济已经显得很牵强了。陆学艺教授也提到，"近年来，工商行政管理部门对于经济组织的注册登记不再在雇工规模上作硬性规定（如雇工8人以上），注册者可以根据自己的偏好和实际情况，将其创办的经济组织登记为'个体工商户'或'私营企业'（包括各种独资企业、合

271

---

〔1〕　参见《私营企业暂行条例》，1988年。
〔2〕　郑杭生：《中国社会结构变化趋势研究》，中国人民大学出版社，2004年，第133页。

伙企业、有限责任公司与股份有限公司）。"[1]而对于是否直接参与体力劳动，也不足以成为区分个体工商户和私营企业主的主要标准。在产业结构调整，第三产业兴起，信息产业飞速发展的今天，很多个体工商户已经基本脱离了体力劳动，转而从事各种脑力劳动。在中国普遍实行所有权与经营权相分离，私营企业主对企业只拥有所有权，而把经营权交给职业经理人之前，个体工商户与私营企业主之间的界限是"剪不清，理还乱"的。所以，本章把个体工商户和私营企业主合在一起的，称之为"个体私营业主阶层"。通过对南京市个体私营业主阶层的问卷调查和入户访谈，收集第一手资料，力图对南京市个体私营业主阶层的发展历程、主要来源、经济地位、消费习惯、社会网络、观念态度等方面作一个全面的剖析。

一、南京市个体私营经济的发展历程

随着社会转型的深入，中国的社会结构正发生着深刻的变化，个体私营业主在这一过程中迅速发展壮大，并且成为一支不可忽视的社会力量。南京市作为一个经济、文化等各方面都比较发达的东部省会城市，它的个体私营经济发展更为迅速。根据 2002 年年底的统计资料，江苏省是全国私营企业户数最多的省份，共有 28.62 万户，而同期南京市的私营企业户数为 39 208 户，占全省总户数的 13.7%。

虽然有这样骄人的成绩，但南京市个体私营经济的发展与其他兄弟省市的发展一样，在建国后也经历了一个曲折的过程。

在建国初的几年时间里，国家对私营工商业进行了整顿，当时南京市的私营工商业登记注册总数为 25 226 家。[2] 但从 1954 年开始，随着对工商业资本成分的改造，私营工商业的比重进一步下降，

---

〔1〕 陆学艺：《当代中国社会流动》，社会科学文献出版社，2004 年，第 241 页。
〔2〕 资料来源：南京市工商行政管理局统计数据。

全市私营工商业登记注册总数减至25 001家。[1] 到1956年1月,南京市对资本主义工商业社会主义改造基本完成,私营工商业作为资本主义工商业中的一部分,也随之基本消失。此后,南京市根据中共中央的指示,继续加强对残存的私营工业、个体手工业和小商小贩进行社会主义改造,到1978年底,全市城乡个体工商业仅剩1 738户、1 758人,[2]私营企业基本灭绝。

通过对上述历史资料的回顾可以看出,经过资本主义工商业的社会主义改造,个体和私营这两种经济成分几乎在南京市灭绝,它们的重新兴起是在1978年党的十一届三中全会召开以后。

1978年,党的十一届三中全会后,全国进入了经济体制改革的新时期。在对外开放、对内搞活经济的方针指引下,南京市也制定了一系列发展经济的方针、政策,为个体私营经济的恢复和发展提供环境和条件。

个体工商业规模小,灵敏性高,对政策变化的反映相当迅速。1978年以后,南京市的个体工商户开始蓬勃发展。1978年时仅为1 738户,到1985年已经达到38 370户、47 112人,[3]连续几年都是翻一番的增长速度。而南京市的私营经济到1988年才有所启动,这与这个国家的政策环境分不开。1988年4月12日,第七届全国人民代表大会第一次会议通过了宪法修正案,规定:“国家允许私营经济在法律规定的范围内存在和发展。私营经济是社会主义公有制经济的补充。国家保护私营经济的合法的权利和利益,对私营经济实行引导、监督和管理。”从此明确了私营经济的法律地位。同年6月国务院又相继发布了《中华人民共和国私营企业暂行条例》、《私营企业所得税暂行条例》、《关于征收私营企业投资者个人收入调节税的规定》。这样,国家对私营企业的监督和管理才逐步走向规范化。南

〔1〕 资料来源:南京市工商行政管理局统计数据。
〔2〕 同上
〔3〕 同上

京市根据国务院发布的《中华人民共和国私营企业暂行条例》，对私营企业登记注册的步骤、审批程序、政策界限、市与区（县）登记工作的分工（有限责任公司及科技咨询业由市局办理登记，其他私营企业由区县局办理）等作了具体部署，按条例要求进行换照，办理登记。至年底，共登记私营企业30户。

值得注意的是，根据有关资料，这一时期雇工经营的私营企业已经在各地陆续出现了，但当时都隐身于专业户、个体工商户、新经济联合体中。所以，南京市虽然没有1988年以前的相关统计数据，但并不等于当时就绝对没有私营企业的存在。

1989年4月1日，南京市各区、县正式办理私营企业登记，对雇工在8人以上的个体工商户及合作经营组织，按私营企业开业登记要求，重新登记，核发私营企业营业执照（其中有限责任公司核发《企业法人营业执照》）。至年底，全市登记注册的私营企业达292家。从30家到292家，这是一个巨大的飞跃，但其中也包括了不少过去隐身的私营企业重新登记注册，恢复"真身"的情况。可以说，这段时期是南京市的个体私营经济快速恢复的时期。

尽管个体私营经济在此阶段发展得如火如荼，但从整个社会的观念上来讲，深受社会主义意识形态熏陶的人们对这样一种"私有"的经济形式仍然心存疑虑，所以无论是学术界还是民间都一度对姓"社"还是姓"资"的问题展开过激烈的争论。

1992年，邓小平同志视察南方，发表了具有划时代意义的"南方讲话"。它大大促进了人们思想的解放，整个社会对私有性质的个体私营经济有了更客观理性、更实事求是的认识。此后，南京市出台了一系列鼓励和促进个体私营经济发展的政策措施，积极为他们创造良好的环境和条件。南京市的个体私营经济至此终于迎来了一个发展的春天。由于体制转轨，原来的计划经济体制松动，本属于体制外的个体私营经济迸发出了强大的生命力，短短五六年时间就从占企业总户数的4.1%增加到28.0%（见表7-1）。

表 7-1　1997 年～2002 年注册登记企业分布情况（%）

	国有企业	乡镇企业	三资企业	个体私营企业	其他企业	总数（户）
1997 年	60.0	28.2	3.8	4.1	3.9	4 775
1998 年	57.3	28.2	4.6	5.5	4.4	5 348
1999 年	41.0	23.0	3.7	21.5	10.8	8 530
2000 年	39.7	22.6	4.2	22.9	10.6	9 401
2001 年	34.9	20.0	6.9	26.6	11.6	10 869
2002 年	34.0	19.0	7.4	28.0	11.6	11 809

资料来源：南京市工商行政管理局统计资料。

可见，南京市的个体私营经济的发展速度是最快的。1997 年至 2002 年的 6 年中，虽然国有企业、乡镇企业、三资企业、个体私营企业和其他企业在户数的绝对量上都有显著的增长，但它们占总户数的比重却有很大调整，国有企业和乡镇企业所占比重持续下降，国有企业的降幅最大，6 年年平均降幅为 4.3 个百分点，情况稍好的乡镇企业也年平均下降 1.5 个百分点。而同期的三资和个体私营企业都呈不断增长的趋势，其中个体私营企业的增幅更为显著，它突破性的一年是 1999 年，一下从上年的 5.5% 增加到 21.5%，增加了 16 个百分点。

南京市个体私营经济的发展和其人格化的象征——个体私营业主阶层的成长就像一枚硬币的两个面，其实是同一个过程。南京市个体私营业主阶层的成长主要表现在以下几个方面：

1. 户数增加

南京市的私营企业从 1988 年的 30 户到 2002 年的 39 208 户翻了 1 300 多倍，其间经历了 1989 年和 1992 年的两次飞跃，都是在原来的基础上翻了几番。从 1995 年到 2002 年的 8 年中，私营企业户数的年平均增长幅度为 30%。南京市的个体工商户从 1978 年的 1 738 户到 2002 年的 109 591 户也翻了 63 倍多（见表 7-2）。

275

表 7-2 1992 年～2002 年个体私营企业户数增长情况（户）

	私营企业	个体工商户
1992 年	861	71 493
1994 年	4 929	99 184
1995 年	6 303	85 187
1996 年	7 221	89 726
1997 年	10 288	87 722
1998 年	15 021	93 452
1999 年	18 078	98 603
2000 年	23 221	96 954
2001 年	31 831	103 052
2002 年	39 208	109 591

资料来源：南京市工商行政管理局统计资料。

2. 业主人数增加

户数增加的同时，业主的人数也大大增加。南京市 1997 年的私营业主人数仅为 22 804 人，到 2002 年已经增加到了 95 227 人。由图 7-1 可见，这一增长是一个持续的、稳定的过程。

图 7-1 1997 年～2002 年南京市私营业主人数增长情况

3. 经营规模的扩大

个体私营经济在户数增加,业主人数增加的同时,其规模也在不断扩大。南京市私营企业的注册资金从 1997 年到 2002 年分别为 620 517万元、912 700万元、1 177 901万元、1 485 568万元、2 162 347 万元和2 961 672万元,6 年增长了近 234.12 亿元。个体工商户的注册资金从 1997 年到 2002 年分别是 110 732 万元、129 798 万元、213 361万元、178 634 万元、201 886 万元和 252 039 万元,期间虽然有一些波动,但总体上是在不断的增长,6 年间增长了 14.13 亿元。可见,私营企业的规模增长更为显著。

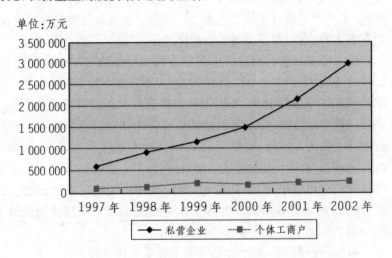

单位:万元

图 7–2 1997 年～2002 年南京市个体私营企业注册资金增长情况

二、南京市个体私营业主的基本特征

对于个体私营业主的基本特征,已经有不少学者做过分析。贾铤分析了私营企业主的基本状况:从性别结构看,男性占绝大多数,农村女性更少;从年龄结构看,中年人占绝大多数;从教育结构看,文化素质普遍偏低。[1]

"中国私营企业研究"课题组的研究结果表明,从原职业结构看,农村私营企业主大多是"能人",包括原生产队干部、队办企业负责人和有一技之长者;城镇私营企业主起初多是些离退休和社会闲散人员以及待业青年,后来越来越多的工人、干部、专业技术人员、进城农民等加入其中,业主的职业地位及社会影响也因此不断提高。从性别结构看,女性所占比重越来越大。从年龄结构看,开业越早的当时年龄越小。从教育结构看,大部分业主具有初高中文化程度,属于文盲和小学的比例逐渐减少,而大学及以上的则逐渐增加。从行业结构看,第三产业超过了第二产业、第一产业,正成为发展的新领域;从经营方式看,有限责任公司增长速度最快。[2]

为了弄清社会转型过程中南京市的社会结构变动情况,我们在2004年初组织了一次1 200份问卷的大型调查。为了便于对每个阶层的子样本单独作分析,本次南京市社会分层调查采用的是不等比例分层抽样的方式,每个阶层抽200人。个体私营业主阶层回收的有效问卷数为134份,有效回收率67%。有效回收率低,一方面是由于采用自填式个别发送法来发放问卷,另一方面也是由于该阶层本身对调查比较敏感,合作意愿较低,有些真实情况不愿透露。但是,134份问卷终究不是一个小样本,它们还是能一定程度地反映了南京市个体私营业主阶层的一般状况。

本次调查的134名个体私营业主的基本构成如下:

(1)性别构成。本次调查的134名个体私营业主中,男性60人,女性72人,分别占了总数的44.8%和53.7%,另有2人未作回答,占了1.5%。

(2)年龄构成。134名个体私营业主中,年龄最小的17岁,最大

---

〔1〕 曾永泉、黎民:《私营企业主群体研究:近20年的发展和评析》,南京社会科学2001年第7期,第61页。

〔2〕 同上

的 64 岁,平均年龄为 34.7 岁,年龄中位数为 33 岁,众数为 27 岁(见表 7-3)。

表 7-3　个体私营业主阶层的年龄分布

	16～25 岁	26～35 岁	36～45 岁	46～55 岁	56～65 岁
人数(人)	19	60	34	17	4
百分比(%)	14.2	44.7	25.4	12.7	3.0

与其他阶层相比,个体私营业主阶层的平均年龄最低,阶层内的年龄差距也比较小(见图 7-3)。

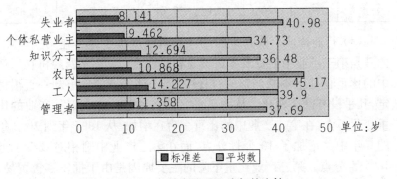

图 7-3　各社会阶层平均年龄比较

(3) 教育构成。134 名个体私营业主的文化程度集中在初中、高中、大专层次,分别占总人数的 23.9%、37.3% 和 23.1%,以高中为最多,三部分合计占到总人数的 84.3%。其余的本科为 8.2%,小学为 4.5%,文盲和硕士以上都很少,仅占 1.5%(见表 7-4)。

表 7-4　个体私营业主阶层的文化程度分布

	文盲	小学	初中	高中	大专	本科	硕士以上
人数(人)	2	6	32	50	31	11	2
百分比(%)	1.5	4.5	23.9	37.3	23.1	8.2	1.5

　　若给文化程度赋分：文盲、半文盲＝1；小学＝2；初中＝3；高中
＝4；大专＝5；本科＝6；硕士以上＝7，则个体私营业主阶层在受教育
程度上的平均得分为 4.07 分。与其他几个阶层相比，该阶层的平均
受教育程度处于中等水平，但内部差异比较大。知识分子阶层的文
化程度最高，管理者阶层其次，个体私营业主阶层再次，后面依次为
工人阶层、失业者阶层和农民阶层（见表 7-5）。

表7-5　各社会阶层平均文化程度比较

	管理者	工人	农民	知识分子	个体私营业主	失业者
平均数	5.15	3.73	2.58	5.55	4.07	3.44
标准差	1.08	1.06	1.04	0.70	1.12	0.87

　　（4）行业构成。南京市的个体私营经济集中分布在第三产业，
尤其是第三产业中的批发零售贸易和餐饮业。其中私营经济在三产
中的比重正处于不断调整的过程中，而个体经济的比重却一直很稳
定，几乎没有什么变化。从图 7-4 可见，私营经济在第一产业的比
重变化不大，在第二产业中的比重一直在增加，从 1997 年到 2002 年
的 6 年中共增加了 10 个百分点，而在第三产业中则相对减少了近
10 个百分点。第三产业比重下降的主要原因是由于批发零售贸易、
餐饮业的比重下降幅度较大，6 年中从 64.1％一直下降到了 42.6％，
而交通运输仓储业、社会服务业和其他行业的比重上升幅度却很有
限，6 年分别上升了 1.4％、7.7％和 2.6％，赶不上批发零售贸易、餐
饮业的下降幅度。南京市的个体经济在三次产业中的比重比较稳
定，第一、第二、第三产业占总体的比重分别保持在 0.03％～0.3％、
8％和 91％左右。

　　（5）城乡构成。南京市的私营经济和个体经济在城乡分布上
差别较为明显。私营经济的城乡差别非常巨大，城镇一般保持在
80％以上，而农村一直都在 20％以下，但它们的差距正呈逐步缩
小的趋势。南京市的个体工商户在城乡分布上相对比较均衡，多
数年份大体上是四六分成，城镇为六，乡村为四。但 1999 年的时

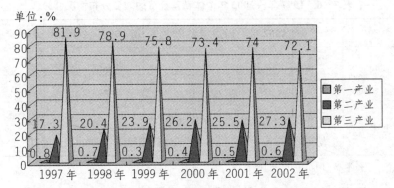

图 7−4　1997 年～2002 年南京市私营经济在三个产业中的比重

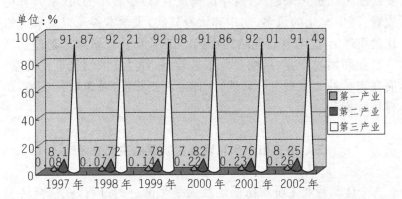

图 7−5　1997 年～2002 年南京市个体经济在三个产业中的比重

候出现过城乡倒挂的现象,主要原因是该年度城镇个体工商户的户数有一个较大幅度的缩减,而乡村个体工商户却有一个较大幅度的增长,这样一调整,城镇个体工商户户数反而出现少于乡村个体工商户户数的局面。但从整体上看,南京市个体工商户的城乡分布格局还是呈现出城镇发展较快,农村相对萎缩,城乡差距有拉大的趋势(见表 7−6)。

表 7-6　1997 年～2002 年个体私营经济的城乡分布情况（%）

		1997 年	1998 年	1999 年	2000 年	2001 年	2002 年
私营经济	城镇	93.0	90.9	83.7	84.2	87.7	82.4
	农村	7.0	9.1	16.3	15.8	12.3	17.6
个体经济	城镇	52.3	57.7	48.3	57.3	57.5	73.1
	农村	47.7	42.3	51.7	42.7	42.5	26.9

资料来源：南京市工商行政管理局统计资料。

概括一下南京市个体私营业主阶层的构成：从性别构成看，女性所占比重越来越大；从年龄构成看，以中青年为主；从教育构成看，高中文化的最多，初中和大专其次，大学本科及以上学历的比例正逐渐增多；从行业结构看，第三产业所占比重远远超过了第二产业和第一产业；从城乡分布来看，私营经济城镇比重在萎缩，而在农村的比重则上升较快；个体经济则相反，城镇增长较快，农村相对萎缩。

三、南京市个体私营业主阶层的主要来源

个体私营业主阶层队伍的壮大是个渐进的过程，在社会转型的不同阶段其主要来源也有着较明显的阶段性特征。李培林曾经在《关于中国社会分层的若干问题》一文中分析到："改革开放后，第一批私营企业主主要来源于进城农民、城市待业人员和个体户，第二批主要来源于国有单位'下海'的人员，第三批主要来源于转制的中小国有企业和集体企业领导人以及工人，第四批主要来源于投资创业的专业技术人员。"[1]另外，戴建中在《私营企业主的

[1] 郑杭生：《中国社会结构变化趋势研究》，中国人民大学出版社，2004 年，第 39～40 页。

内部分化》一文中,从私营企业主的职业流动角度也分析过这一阶层的主要来源。他谈到:"20 世纪 80 年代最早参与建立市场、希望在另一种制度中有可能改善自己地位的,恰恰是原体制外和最边缘化的群体。……这批人一般职业都比较'低微',也很少有来自国有企事业单位的。""到了 80 年代末,尤其是 1992 年邓小平南巡讲话以后,……原体制下处境较佳的核心成员们,在改革的最初冲击后,开始适应并且寻找对自己最有利的位置,其中一部分人也开始'下海'了。1989 年到 1997 年是干部、技术人员'下海'的高峰时段。""1997 年以后'下海'现象减少,……是因为随着市场初建期大量空白地带的消失,市场竞争激烈起来,生意难做了,'下海'已不是愉快并且轻松的事业了。到 1997 年以后,国有中小型企业的改制紧锣密鼓地进行,现在的'弄潮儿'已是乘大船出航,再也不必赤膊上阵了。"[1]

　　两位学者对个体私营业主的主要来源作了大致相仿的阶段划分,但根据他们所提供的统计数据来看,在最后结论上两者是不一致的。李培林提到:"据调查统计,目前的私营企业主中,有 43.4% 来源于国家企事业单位干部,17.4% 来源于个体户,14.2% 来源于工业和服务业工人,10.5% 来源于专业技术人员,9.3% 来源于农民,还有 5.2% 来源于其他职业人员。"[2]所以,他的结论是:个体私营业主阶层最主要的来源是国家企事业单位干部。而根据戴建中所提供的数据表(见表 7-7)和他的分析,我们得出的结论却是:个体私营业主阶层的主要来源是农民。

---

〔1〕 郑杭生:《中国社会结构变化趋势研究》,中国人民大学出版社,2004 年,第 141 页。

〔2〕 郑杭生:《中国社会结构变化趋势研究》,中国人民大学出版社,2004 年,第 40 页。

表7-7 不同时期开业的私营企业主的职业流动(%)

		开业年份				合计[1]
		1989年前	1989年~1992年	1993年~1997年	1997年后	
开办私营企业前的职业	专业技术人员	7.0	8.3	6.8	5.1	6.5
	企事业单位负责人	13.7	13.2	21.0	25.7	20.8
	供销人员	2.2	1.5	1.7	1.1	1.3
	职员、工人、服务员	15.9	13.7	12.8	11.6	12.8
	村、乡干部	5.2	1.5	2.2	2.7	2.5
	农 民	37.6	42.5	39.5	41.5	40.4
	个体户	18.1	18.8	15.4	12.1	15.1
	军 人	0.4	0.5	0.4	0.6	0.5
	无 业	0.0	0.0	0.1	0.1	0.1
合 计		100.0	100.0	100.0	100.0	100.0

资料来源：戴建中《私营企业主的内部分化》,见：《中国社会结构变化趋势研究》,中国人民大学出版社,2004年,第141页。

　　南京市的情况跟全国总体的情形不大一样。南京市的个体私营业主绝大部分是从"普通职员或职工"转化而来。根据我们本次调查的情况来看,这一比例大概占到了个体私营业主总体的50%～70%左右。还有极少数人在从事个体私营经济之前,换过不少职业,已经很难说清楚他究竟是从农民转变成个体私营业主的,还是从工人转变过来的。另外一个比较明显的趋势是：从1980年到2003年,随着时间的推移,管理者"下海"从商的比例增长得很快(见表7-8)。

表7-8 个体私营业主阶层早期职业的分布情况(%)

	1980年	1990年	2000年	2003年
普通职员或职工	64.9	53.9	47.8	66.6
管 理 者	5.4	7.9	8.2	14.3

------

〔1〕 计算采取四舍五入法,个别加总结果大于或小于100.0。

从个案访谈的情况来看,也是如此,甚至有不少个体私营业主在从事个体私营经济之前生活比较贫困。他们下海从商有着各式各样的原因,但最主要的还是经济上的压力。

[个案7-1]　秦先生　48岁　高中　个体私营业主

我在做陶瓷生意之前在一家工厂做技术工人,妻子生过孩子之后就在家带孩子。有一次,我上班去了,儿子生病了,我下了班急忙赶到医院,看到她抱着儿子在一个角落里哭,她说家里就那点钱了,医生说要住院,钱不够,我一看到这场景就心酸得不得了,发誓去赚钱,赚钱!

(访谈员:李　青)

[个案7-2]　陆先生　42岁　高中　个体私营业主

我出生于农民家庭,学习刻苦,成绩很好,但高考差三分没考上大学。我的很多同学经过复读考上了中专或大学,而我则没有。于是,我就跟村里的长辈外出打工。那时,农民工不太多,而我的学历在民工中又比较高,所以经过一番努力,三四年后我就成了包工头。

(访谈员:刘　云)

[个案7-3]　陈先生　35岁　初中　个体私营业主

初中毕业后,我在家劳动了两年,然后就去参军了。复员后我被安置在一家食品厂当保安,在那里认识了我的妻子,然后结婚。婚后不久,女儿就出生了,为了维持这个家,我在外面跑了一段时间,最后听了一个朋友的建议,开了这个饭店,一直到现在。

(访谈员:唐学静)

[个案7-4]　张先生　46岁　高中　个体私营业主

我以前是个木匠,高中毕业后没考上大学,就跟着建筑队干活,就这样跟着师傅学了木匠。自己毕竟是高中毕业,还算有灵性,很快

285

做了大工(大工:当时建筑队按资历和技术为发放工资方便而制定的等级,大工仅次于工头),在当时可以拿到1.5个工分,生活还算可以。后来有了孩子就不想出去了,就和妻子学做松花蛋,干点小买卖。再后来,二儿子也要上学,我就和妻子商量着用多年积蓄开了家小百货店,多挣点钱供儿子读书,因为在外跑了这么多年越发发现知识太重要了。这两年遇到市政府开发江宁,我们就在江宁买了栋房子开起了超市,生活还算可以吧。

(访谈员:苗永良)

[个案7-5] 张先生 42岁 本科 个体私营业主

我大学毕业后就在一家公司上班,只是个小职员。从小到大我都是一个不服输的人,自尊心很强。当公司职员时成天要堆着笑脸,讨上司欢心,而且还要做这做那,一天下来身子都快垮了,拼命工作赚点小钱,于是毅然辞掉工作自己开公司当老板。这么多年来,我只换了这一次工作。

(访谈员:曹海波)

在个案洽谈中,还了解到个体私营业主的家庭出生。从调查结果看,绝大多数的个体私营业主出身于普通的工人家庭和农民家庭,这两组人分别占了总人数的38.8%和32.5%,两者合计占了总人数的71.3%,另外还有一小部分人父辈就已从事个体私营业的,占了总数的15%,父辈从事管理职业的还不到5%。

[个案7-6] 周先生 44岁 大专 私营企业主

我的爷爷是个木匠,原先开一家木器店,自己做家具卖,但在我出生的时候,店已经关门了。我出生那年恰巧是自然灾害,生活比较艰苦。当时我父亲只是一名普通工人,每月有40多元工资,母亲没有工作,父亲一个人拉扯我和我三个姐姐,维持全家的生计。

(访谈员:马晔嘉)

[**个案7-7**] 赵先生 43岁 大学 私营企业主

我出生于一个贫困的农民家庭,那时因家庭贫困,所以我只好努力学习,将来能够出人头地。……小时候,我们家很穷,那时我也没想到好好读书,所以学习成绩很差。可是有一次,我爸和我们那边的一户有钱人家发生了争执,那人说:"你们家有什么本事,代代都只会修地球。"那时候他们家有个大专生。我爸觉得很没有面子,回家偷偷地流泪,这件事深深的刺痛了我,从此,我就开始认真学习,没想到真的考上了大学,现在自己又做了老板。

(访谈员:朱大伟)

[**个案7-3**] 陈先生 35岁 初中 个体私营业主

我是在文革时期出生的,我的父母是地地道道的农民,家里很穷,所以尽管我在学校成绩一直很好,也只上到初中。

(访谈员:唐学静)

无论从南京市个体私营业主本人的从业经历,还是其父辈的职业看来,南京市个体私营业主阶层的主要来源是很平凡的,大部分没有什么特殊的背景,他们进入个体私营经济领域主要是靠白手起家、自主创业,他们的崛起既是因为他们抓住了时代赋予的种种机遇,更是与他们付出比别人更多的辛勤和努力分不开。

四、南京市个体私营业主阶层的收入与经济地位

衡量人们的经济地位的主要指标可以是收入,也可以是财富或者资产拥有量等。但事实上,有关个体私营业主的这些指标都很难得到非常准确数据,一方面是因为他们的个人收入往往与企业的生产循环密切相联系,很大一部分都会用来进行再投资,另一方面,他们在调查中也往往存在着故意隐瞒真实收入或财富的情

况,这与他们在政治上缺乏安全感有很大关系。从问卷调查的情况来看,南京市的个体私营业主阶层的平均年收入在六大阶层中并不是最高的,反而落后于管理者阶层,而与知识分子阶层不相上下(见表7-9)。主要原因是个体私营业主阶层内部的收入分化非常严重,不谈个体工商户的经济实力无法与私营企业主相比,就连私营企业主内部,大私营企业主和小私营企业主的收入差距也相当大。富豪榜上名列前茅的几位都有上亿元的个人资产,而绝大多数的中小企业主不过才几十万、上百万,所以当我们把个体工商户和私营企业主划分到一个阶层中来时,这一差距会显得更加巨大。本次调查中收入最高者达到年收入100万,而收入最低者年收入只有3万。

表7-9 各社会阶层年收入的平均值比较(元)

所属阶层	1980 年	1990 年	2000 年	2003 年
管理者	2 235.9	6 628.1	28 652.8	35 264.9
工 人	1 627.6	3 780.8	9 770.1	11 273.5
农 民	1 714.9	2 900.5	6 218.3	6 954.4
知识分子	3 155.4	7 434.6	20 614.8	27 060.3
个体私营业主	2 171.9	6 722.3	20 364.7	28 477.8
失业者	1 283.4	3 875.7	5 562.2	6 111.0

虽然在各阶层中,个体私营业主阶层的平均年收入不是最高的,但高收入者在个体私营业主阶层中所占的比重却是最重的。我们统计了所有阶层年收入在5万元以上的人数,总共不过54人,但个体私营业主却有24人,占了44.4%;而管理者只有14人,知识分子只有13人,分别占了25.9%和24.1%,所以从人数上看,管理者阶层和知识分子阶层与个体私营业主阶层的差距比较大。可见南京市的个体私营业主中不乏高收入者,我们不能因为其年收入的平均值低而否认这一点。

　　另外,还可以从其他一些方面来证实个体私营业主阶层,尤其其中的私营企业主们的高收入情况,比如:住房面积。现代社会,房子已经不单纯是生活的必需品,而且还是家庭的固定资产之一,买房已经不单纯是一种消费,还是一种投资。它是一个家庭经济地位的象征。有什么样的经济实力,就有什么样的住房条件。随着人民生活水平的普遍提高,每个阶层的平均住房面积都在增大,而个体私营业主的平均住房面积在六个阶层中一直仅次于农民阶层而排在第二位。农民阶层的住房面积是一个特例,它们的面积虽然都很大,但绝大部分是自建房,总造价不高,无法与城市中的商品房的价格相比,所以面积大并不能说明农民的购买力强,经济地位高。

表 7－10　各社会阶层住房面积的平均值比较(平方米)

所属阶层	1980 年	1990 年	2000 年	2003 年
管理者	61.0	66.5	75.9	87.8
工　人	54.4	62.6	76.5	74.3
农　民	91.7	110.2	127.3	143.4
知识分子	59.6	63.6	78.2	84.3
个体私营业主	78.5	85.9	87.7	93.7
失业者	44.9	46.4	52.2	55.4

　　个体私营业主阶层不仅有能力购买房子供日常居住,而且甚至有不少人凭借其雄厚的经济实力购买了面积大、环境好的景观别墅,专供闲暇度假之用,一家购买几处住房的也比比皆是。他们对居住条件已经脱离"遮风避雨"这一低层次的要求,而日益向舒适享受型发展。此次调查的个体私营业主,住房总面积最高者达到了 750 平方米,按 2002 年南京市商品房均价 3 486 元/平方米计算,光房子这一项,该个体私营业主就已拥有 260 万元的资产了。当然,现在的房价已经又上涨了不少,市区的均价已经在 5 000 元/平方米以上了。

所以,在购买住房这一大件商品上,个体私营业主阶层无疑是最有经济实力的一个消费群。

个体私营业主阶层居住的房子不仅面积大,而且从来源上看,面积在100平方以上的大套型住房,一次性付款购买的比例远比同属于社会中上层的管理者阶层和知识分子阶层高(见图7-6)。管理者阶层和知识分子阶层都追求生活的品质,也购买大套型住房,但按揭贷款购买的占了相当比例。这说明以他们的经济实力,购买住房还不是一件很轻松的事情。

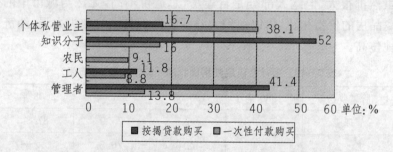

图7-6 各社会阶层购买100平方以上住房的主要付款方式比较

另外,在汽车的拥有量上,个体私营业主阶层也有着非常明显的优势,通常要高出其他阶层至少5个百分点。而汽车正是除房子以外的家庭经济地位的另一大象征物品。可见,与其他阶层相比,个体私营业主阶层,尤其是私营企业主们的经济地位已经相当高。

但是,个体私营业主阶层内部的收入差距相当大,有人高也有人低。那么,哪些因素会影响到他们的收入呢?通过对样本的分析我们发现:

(1)性别因素:年收入在男女两性之间表现出较大的差距,男性年收入的平均水平比女性高出不少(见表7-11)。

表 7‑11　个体私营业主阶层年收入的性别差异比较(元)

	年收入平均值	标准差
男	33 327.5	45 854.5
女	26 509.3	26 630.4

(2)年龄因素：处于 36~45 岁年龄段的人收入最高,46~55 岁年龄段的人其次(见图 7‑7)。

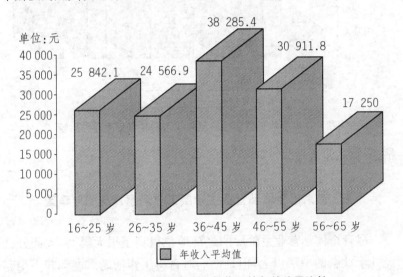

图 7‑7　个体私营业主阶层年收入的年龄差异比较

(3)教育因素：从大的趋势来讲,受教育程度越高,年收入也越高。但在调查中我们发现年收入的平均值小学比初中高,高中比大专高。

其实,年龄因素和教育因素虽然对于收入有很大的影响,但这种影响并不是独立的,在年龄偏大的个体私营业主中,受教育程度对收入的影响就偏小,而资历和经验才是更重要的影响因素;而在年龄偏轻的个体私营业主中,受教育程度对收入就会有非常大的影响。所以,单独看这些因素对收入的影响,反而可能看到与日常经验相反的

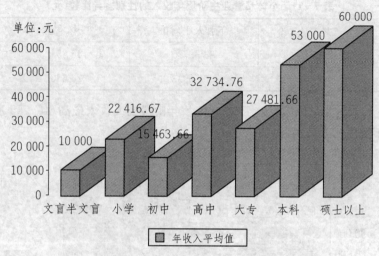

图 7-8　个体私营业主阶层年收入的教育程度差异比较

情形,这不足为怪。

五、南京市个体私营业主阶层工作满意度与职业声望

　　尽管个体私营业主阶层的经济地位得到了很大提高,大部分已经处于社会的中层以上,但是他们对自身工作的满意度却并不是非常高,这在很大程度上也反映了个体私营业主阶层的自我认同度不高。其实,对自身的工作是否满意,绝不仅仅靠衡量收入这一个指标就能决定,往往受到很多因素的影响,而每个人看重的标准是不一样的,这与该个体当前最迫切的需求有关。

　　本次调查中,在问及"您对目前工作的满意度"这个问题时,只有2.4%的人答"非常满意",54.8%的人答"满意",两者合起来,也即对目前工作基本满意者仅占 57.2%。这一比例,在管理者阶层中是78.3%,在知识分子阶层中是 69.1%,个体私营业主与他们的差距比较大(见表 7-12)。

表 7-12　各社会阶层工作满意度比较(%)

所属阶层	非常不满意	不满意	无所谓	满意	非常满意
管理者	0	6.7	15.0	75.0	3.3
工人	3.5	25.7	25.7	43.9	1.2
农民	8.5	27.4	34.2	29.9	0
知识分子	1.4	11.5	18.0	64.8	4.3
个体私营业主	2.4	17.1	23.3	54.8	2.4
失业者	29.5	47.5	8.6	14.4	0

尽管如此,在问及"您最向往哪一种职业?"时,还是有 46.3% 的人填了与经商、做老板、从事企业管理相关的职业,这是填写人数最多的一类。另有 17.2% 的人填了与政府机关及相关职能部门有关的职业,排名第二;还有 6.7% 的人想做教师,5.2% 的人想从事自由职业,4.5% 的人想从事白领工作,3.0% 的人想做医生;其他还有人想做画家、科学家、导游、会计师、演员、兽医、驾驶员、银行职员等等职业,分布分散,每种职业仅有个别人填写(见图 7-9)。

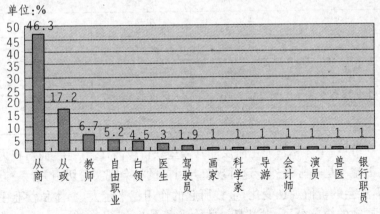

图 7-9　个体私营业主阶层理想职业的分布

从上述数据来看,经济收入仍然是个体私营业主阶层考虑工作是否令人满意的最重要的因素。在问及"向往该职业的最主要原因"时,获选最多的还是"收入高",因为个体私营业主阶层在经济上已经属于社会的中上层,目前相对优越的生活无一不与他们较高的经济收入有关系,也是他们在社会垂直流动中不断上升的根本原因,所以任何条件下他们都会把经济收入放到优先考虑的位置。但是,高收入只是一个必要条件,在目前很大程度上已经获得满足的情况下,他们的需求发生了转移,开始转向收入以外的其他因素,比如:声望。从我们的调查情况来看,南京市的个体私营业主阶层对于权力的需求似乎并不如我们想象中那么迫切,反而"声望"是他们非常看重的一个因素。获选票数排在第二位的是"受尊敬","名声好"排在第三。"地位高"、"权力大"只并列排在第四,"福利好"排在最后(见表7-13)。而且,个体私营业主阶层是惟——个"受尊敬"和"名声好"选项得票率同时排名在前三位的阶层。

表7-13　影响各社会阶层选择理想职业的三大因素比较

所属阶层	最多	其次	第三
管理者	收入高	受尊敬	福利好
工　人	收入高	受尊敬	福利好
农　民	收入高	地位高	福利好
知识分子	受尊敬	收入高	地位高
个体私营业主	收入高	受尊敬	名声好
失业者	收入高	受尊敬	福利好

可见,个体私营业主阶层非常渴望获得较高社会声望,而对权力的欲望不是非常强烈。这种现象与目前的社会现实密切相关。一方面,社会的价值观在变化,金钱所起的作用越来越大,个体私营业主阶层中的精英分子,尤其是一些大私营企业主已经能够通过自己的经济实力来影响政府,所以即使他们不直接掌握权力,也能够间接地

影响权力；另一方面，个体私营业主阶层目前的社会声望却偏低（见表7-14），仇立平曾经对人们的职业地位进行过调查，私营企业主在职业地位上的综合加权分数为 74.6，排在企业厂长经理、党政机关领导人、工商税务干部、公安政法干部后面，居第五位，而他们的收入分数、权力分数、声望分数分别为 87.0、68.4、65.0，分别位居第三、第六和第十三位，声望排名与他们较高的经济地位不符，但又很难通过金钱或其他东西去交换得到。

表7-14　个体私营业主阶层不同时期职业声望排名比较

职业	1999年全国63个城市的抽样调查	1987年中国经济体改所课题组的抽样调查	1993年中国居民家庭生活调查课题组的抽样调查
私/民营企业家	25	18	23
工商业个体户	46	28	32

資料来源：许欣欣《从职业评价与择业趋向看中国社会结构变迁》，见：《中国社会分层》，社会科学文献出版社，2004年，第135～136页。

　　个体私营业主阶层的社会声望低是由方方面面的原因所造成的。传统社会的价值观是重"义"，重"名"，而轻"利"，凡与钱有关的东西都是低下的，应该遭到唾弃；个体私营业主恰恰属于过去"士农工商"中最末等的与钱打交道的"商人"行列，地位一直比较低下。到了现代社会，鄙视"金钱"的观念已经被扭转过来了，对于个体私营业主们的高收入和优越的物质生活条件，人人都艳羡不已。但是在公众眼里他们仍然是一个"穷"得只剩下"钱"的群体，他们没有高学历，没有优雅的谈吐气质，没有高品位的生活方式，也没有显赫的出身（所以社会上提到个体私营业主时，还往往带着轻蔑口吻称他们为"暴发户"），还往往与投机倒把，制假售劣，走私贩私，不正当竞争等不法行为相联系。在南京市立案查处的经济案件中，个体私营企业的违法违章案件所占比重一直居高不下，从1997年到2002年6年中，这一比重平均在32%左右，比起国有、集体、联营、外资和股份制企业,以及机关团体和自然人等都要高出不少(见表7-15)。在众多的违法违章案件中,南京市个体私营企业主要的违法行为是社会普遍痛恨的制售假冒伪劣商品行为。假冒伪劣商品的制售,不仅仅破坏市场经济的公平竞争原则,破坏市场经济秩序,而且有些质量低劣的商品甚至危害到人民群众的生命安全,社会影响极其恶劣。另外,他们还和重婚、包二奶等封建腐朽的生活方式相联系。所以,尽管拥有很高的经济地位,但个体私营业主阶层总体给人的印象并不好,声望也不高。

表7-15 1997年~2002年南京市个体私营企业违法违章情况

	1997年	1998年	1999年	2000年	2001年	2002年
立案查处的经济案件总数(件)	1 287	1 542	3 073	4 520	4 868	3 293
个体私营企业违法违章案件数(件)	447	543	984	1 604	1 276	947
个体私营企业所占比重(%)	34.7	35.2	32.0	35.5	26.2	28.8

资料来源:南京市工商行政管理局统计资料。

六、南京市个体私营业主阶层消费状况和生活满意度

我们常用恩格尔系数来衡量一个国家、一个地区或一个家庭的富裕程度。俗话说:"民以食为天",在各个阶层的众多消费项目中,排在第一位的都是"伙食费",先满足生存需要才能去考虑其他。但是,"伙食费"在支出总额中所占的比重是不一样的。恩格尔系数指的就是伙食费在支出总额中所占的比重。联合国粮农组织曾大体规定,恩格尔系数在0.3以下为最富裕阶层;0.3~0.4之间为富裕阶层;0.4~0.5之间为小康阶层;在0.5~0.6之间的,为勉强度日阶层;0.6以上为绝对贫困阶层。本次调查的134个个体私营业主平均每月伙食费支出占总支出的34.4%,已经处于富裕水平。

表7－16　个体私营业主阶层开支情况（％）

	伙食费	购买服装	交通通讯	教育费用	医疗费用	娱乐费用	人际交往	投资储蓄
个体私营业主	34.4	11.9	9.3	16.5	7.8	9.7	10.3	22.3

备注：表中各项的百分比是平均的百分比。

　　个体私营业主在投资储蓄和教育费用方面的支出比重也较大，分别为22.3％和16.5％。这一情况与其他阶层也是基本一致的。"投资储蓄"是为了保障将来的生活，而"教育费用"是培养下一代的必要的支出，在教育子女的问题上，几乎所有的家庭都是尽其所能，倾其所有。而且，从个案访谈的情况看，文化程度较低的个体私营业主往往有较强的"补偿心理"，他们由于历史和政治等原因，没有获得高学历，一直是他们心中最大的遗憾，有不少人谈起受教育程度偏低是他们事业发展的一个瓶颈，"要是我能多读几年书，我的公司应该不会只有现在的规模"，所以很多人都把希望寄托在下一代身上，尤其在经济条件比较宽裕的前提下，他们更是狠下血本。

　　与其他阶层相比差别较为明显的是，个体私营业主在购买服装、交通通讯、人际交往和娱乐费用等方面的支出的比重都比较高。这些费用有些是联系业务所必需的，比如"交通通讯"和"人际交往"的费用，这些与他们的经营活动是分不开的，当然也有像"娱乐费用"那样不太容易辨认的支出，有的是生意场上必要的应酬，有的是纯粹的个人享乐。

　　南京市的个体私营业主阶层认为自己目前的生活水平处于中等以上者占总体的比重达到了76.1％，这一比例比管理者的78.2％和知识分子的78.1％略微低了一点点，但是"上等"的比例为1.5％比管理者阶层的0和知识分子阶层的1.4％高出一点点，而"中等偏上"的比例处于知识分子和管理者阶层的之间，知识分子阶层的这一比例最高，为22.5％，个体私营业主阶层为19.4％，管理者阶层为17.7％。差异不太显著，所以这三个阶层对自己目前的生活水平的评价差不多。

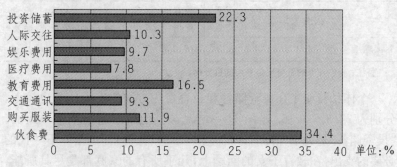

图7-10　个体私营业主阶层消费支出占总收入的比重

　　但是,个体私营业主阶层的生活满意度与管理者阶层和知识分子阶层的差别比较人,主要是在"满意"这一栏上,个体私营业主阶层只有50%,而管理者和知识分子阶层的这一比例分别达到了63.7%和61.3%,相差10多个的百分点。个体私营业主阶层中在生活满意度上选"非常不满意"和"不满意"这两项的也占到了总数的26.9%。作为改革的既得利益者之一,这一比例比较高,也反映了个体私营业主阶层内部的差异性比较显著。

　　不过,个体私营业主阶层对未来生活水平的预期持乐观态度者比较多,高出了管理者和知识分子阶层,达到了66.5%。

表7-17　各社会阶层的生活满意度及对未来生活水平的预期比较(%)

		管理者	工人	农民	知识分子	个体私营业主	失业者
生活满意度	非常满意	1.6	1.1	0	2.1	2.2	0.7
	满意	63.7	39.7	37.7	61.3	50.0	8.6
	合计	65.3	40.8	37.7	63.4	52.2	9.3
目前生活水平	上等	0	0.5	0	1.4	1.5	0
	中等偏上	17.7	5.4	8.2	22.5	19.4	3.3
	中等	60.5	50.5	36.9	54.2	55.2	16.6
	合计	78.2	56.4	45.1	78.1	76.1	19.9

		管理者	工人	农民	知识分子	个体私营业主	失业者
未来生活水平	有很大提高	3.2	3.8	1.6	4.2	7.5	2.0
	有所提高	57.3	49.5	32.8	59.2	59.0	27.2
	合计	60.5	53.3	34.4	63.4	66.5	29.2

由于经济条件优越,个体私营业主阶层的生活各方面都比较如意,惟一比较突出的矛盾就是太过忙碌,没有时间与家人一起享受天伦之乐。

七、南京市个体私营业主阶层的社会网络

个体私营业主阶层的社会关系以情缘关系为主,血缘和业缘关系其次。在问及"您平时和谁交往较多"时,有42%的人选择了"朋友",人数最多;其次是选择"亲戚"和"生意伙伴",他们都占总人数的18.3%;再次是"同事",占了13%。个体私营业主阶层的这样一种社交特征与他们的人生经历有很大关系。他们中的绝大部分出身普通,学历也不是很高,能奋斗出今天的成就,与父母亲戚的帮助没有太大关系,主要靠的是他们本身的技能和在社会上的历练。生意场对他们而言更像一个"江湖",要在其中摸爬滚打而立于不败之地,更需要朋友的帮助,他们都相信"多个朋友多条路"、"在家靠父母,出外靠朋友"的道理。

表7-18　各社会阶层主要交往对象比较(%)

所属阶层	亲戚	朋友	同事	生意伙伴	邻居	同学	领导	社区	其他
管理者	21.9	38.6	43.9	1.8	1.8	14.9	3.5	7.0	3.5
工人	33.1	30.3	25.7	2.3	21.1	6.9	0.6	2.9	2.3
农民	40.3	11.8	5.9	0	36.1	5.0	0	0.8	1.7

所属阶层	亲戚	朋友	同事	生意伙伴	邻居	同学	领导	社区	其他
知识分子	29.2	38.5	43.1	3.8	6.9	9.2	1.5	1.5	0.8
个体私营业主	18.3	42.0	13.0	18.3	4.6	2.3	0	0.8	0.8
失业者	51.7	32.9	18.1	3.4	15.4	4.7	0.7	4.0	0.7

　　问及"遇到生活上的困难,您会向谁求助"时,有41%的个体私营业主选择了"朋友",40.3%选了"亲戚",两者差别不是很大。看来朋友确实很重要,不仅平时交往频繁,关键时刻也能找他们帮忙。而亲戚终究是亲戚,有"血浓于水"的关系,就算平时不常往来,有困难还是可以找他们帮忙。而生意伙伴就不一样,虽然平时交往甚多,但主要是生意上的往来,有困难的时候一般不会想到要他们帮忙。

表7-19　社会各阶层主要求助对象比较(%)

所属阶层	亲戚	朋友	同事	生意伙伴	邻居	同学	领导	社区	其他
管理者	44.4	40.2	9.5	0	0	7.0	8.5	1.7	4.3
工人	53.9	27.0	7.9	1.1	7.3	2.2	2.2	1.1	8.4
农民	66.4	8.4	0.8	0.8	12.6	1.7	0.8	0.8	8.4
知识分子	56.7	31.9	6.7	0	3.0	6.0	2.2	0	6.7
个体私营业主	40.3	41.0	1.5	2.2	1.5	2.2	0.7	3.0	3.0
失业者	58.9	26.5	3.3	0.7	4.0	1.3	3.3	7.9	4.6

　　[个案7-2]　陆先生　42岁　高中　个体私营业主
　　平时家里来往最密切的是同事,其次是亲戚、父母,再次是同学。如果家中急需资金,首先会找同事商量。如果生活上出现困难,则会先和父母亲戚商量。但这些都不是绝对的,而要视情况而定。家中关系网最广的是我,包括家人、亲戚、同学、同事、朋友。其中有的人和我关系很复杂,可能我的同事既是我的同学或亲戚也是我的朋友。社会网络给了我很多工作上的机会以及生活上的支持,是我能够努力工作并小有成就的保证。每个人都应当创造和经营自己的社会关系网络,而不是等闲视之。

（访谈员：刘　云）

　[个案 7 - 5]　张先生　42 岁　本科　个体私营业主

　　从创业以来,我一直和不同阶层的人打交道,在社会上树敌很少,但却交了不少朋友,有公司老板、出租车司机、医生、服务员等等。我承认其中有一些是由利益关系驱使的,但我更相信人与人之间的友情,这种感觉是微妙而特殊的,无法形容却假不了。

（访谈员：曹海波）

　[个案 7 - 6]　周先生　44 岁　大专　个体私营业主

　　我们家关系网最广的当然是我啦,俗话说的好"朋友多了路好走",很多事情都是靠朋友。

　　与我们交往最密切的还是工作上的伙伴。与亲戚和同学之间的交往也是有的,但已经比较少了。与邻居的交往时最少的。如果在事业上遇到困难,或需要资金的话,还是会找朋友寻求帮助。我认为那是最有效的途径。经过这么多年的打拼,我目前拥有的社会关系网络还是比较广的,这当然也是在社会上的立足之本。像我刚开始做生意时,有营业执照和各种各样的文件要办,如果不是靠托关系、走门路,就不可能那么快就办下来。

（访谈员：马晔嘉）

　[个案 7 - 7]　赵先生　43 岁　大学　私营企业主

　　在我们家庭中,社会关系网最广的当然是我了。我有许多朋友、同学、同事以及事业上的朋友等等。在我走过的许许多多顺利和曲折的道路上,他们多少次向我伸出援助之手帮助我们家度过难关,我认为:在人生的道路上,朋友越多越好。俗话说:少一个朋友多一堵墙。

(访谈员:朱大伟)

与个体私营业主不一样,管理者和知识分子阶层的社会关系则是以业缘关系为主,情缘关系次之,血缘关系排在第三位;工人和失业者阶层的社会关系则以血缘关系为主,情缘关系次之,业缘关系排在第三位;而农民阶层的社会关系也是以血缘关系为主,地缘关系次之,情缘关系排在第三位。

八、南京市个体私营业主阶层的态度和观念

在问及"改革中受益最大的群体"时,有44.3%的个体私营业主选择了"国家机关领导",有20.6%的人选了"个体私营业主"自身,还有选"公务员"和"国企领导"的也比较多,分别占到总人数的14.5%和11.5%。这样一个排列与其他阶层是基本一致的,但是管理者选得最多的是"个体私营业主",其次才是"国家机关领导"。看来对"改革中受益最大的群体"的认识,大家都大同小异,但无论如何,国家机关领导和个体私营业主确实是改革中获益最大的两个群体。李强教授在《中国社会分层结构的新变化》一文中,根据改革以来人们利益获得和利益受损的状况,将中国人分为四个利益群体或利益集团,即特殊获益者群体、普通获益者群体、利益相对受损群体和社会底层群体。而私营企业家、各种老板正是特殊获益群体中的一个组成部分。对个体私营业主来说,没有改革,就没有他们这个阶层的存在和发展,就没有他们今天的成就,南京市个体私营业主们对这一点认识得很清楚。

而对"改革中受益最小的群体"的认识,大家都集中在"农民"和"工人"上,选这两项的个体私营业主分别占了总人数的52.8%和

40.8％，"农民"选的人更多一些。

在问到对社会上一些被议论得比较多的观点有何看法时，我们发现南京市的个体私营业主对于一些社会弱势群体给予了很大的同情。他们中的绝大多数人都认为"政府应该给弱势群体提供更大的帮助"、"进城农民应该享受与城市居民一样的待遇"，认为"工人的社会地位有所下降"，对此持"同意"和"非常同意"态度的人数合计占总数的比重分别为 95.4％、81.2％和 76.7％。个体私营业主持这种态度，和他们的出身背景有很大的关系。我们在前面已经分析过，个体私营业主阶层主要来源于社会中下层的普通的职员或职工，他们的家庭背景都是非常普通的工人、农民，甚至有不少过去生活在贫困中，所以，他们虽然现在生活条件优越，但是对社会下层的弱势群体抱有很深的同情。

个体私营业主阶层中大多数人支持"私营企业主应当提高政治地位"、"在现实生活中，法律的权威没有很好地树立起来"，以及"知识分子应该获得高收入"等观点，比重分别是 68.7％、67.7％和 62.6％。虽然他们的经济收入比较高，但是并不认为我国目前的贫富差距在合理的范围内，对"公务员待遇太低，应该加薪"这一观点也不认同。

个体私营业主阶层对"按资分配等新的分配方式是不公平的分配方式"和"职业升迁的主要标准是学历"这样两个观点的看法则分歧比较大，"同意"、"不同意"和"无所谓"的比重差不多。与管理者和知识分子阶层相比，他们的观念还是相当保守的，在"按资分配等新的分配方式是不公平的分配方式"这一观点上，持"非常同意"和"同意"的比重比其他五个阶层都多，达到了 39.6％，而管理者、工人、农民、知识分子和失业者阶层分别只有 31.7％、32.8％、27.7％、29.8％和 37.1％。

表 7 - 20　个体私营业主阶层对若干社会热点问题的判断(%)

态度观念	同意	无所谓	不同意
现在的贫富差距在合理的范围内	18.7	10.4	70.9
知识分子应该获得高收入	62.6	22.1	15.3
现代社会靠企业家来推动	50.8	24.2	25.0
在现实生活中,法律的权威没有很好地树立起来	67.7	12.8	19.5
个人所得税制度对工薪阶层比对富裕阶层更严厉	57.1	24.1	18.8
进城农民应该享受与城市居民一样的待遇	81.2	9.8	9.0
工人的社会地位有所下降	76.7	6.8	16.5
失业下岗者没法再就业是因为他们自身的素质和态度	39.4	9.1	51.5
政府应该给弱势群体提供更大的帮助	95.4	2.3	2.3
南京市政府的服务意识有很大的提高	50.8	13.6	35.6
职业升迁的主要标准是学历	35.3	21.5	43.3
按资分配等新的分配方式是不公平的分配方式	39.6	29.8	30.6
私营企业主应当提高政治地位	68.7	14.5	16.0
公务员待遇太低,应该加薪	23.5	15.2	61.3

当然,和其他几个阶层一样,南京市的个体私营业主阶层普遍对于与自身生活密切相关的问题比较关注,比如房价过高、教育费用过高、看病费用过高、物价上涨等,同时也对与自身生活间接相关的环境污染、官员腐败比较关注,但是对公共事务不太关注,比如交通、公共卫生、社会治安等等。在问及"南京市当前社会发展中最严重的问题是什么"的时候,样本中有 23.3% 的个体私营业主选了"房价过高",比重最大,20.2% 的人选了"官员腐败",如果按选票数由多到少

排列,后面依次为"环境污染"、"教育费用过高"、"看病费用过高"、
"物价上涨",都在 10% 以上,其他在 10% 以下。

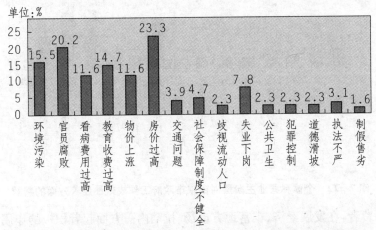

单位:%

图 7 - 11　个体私营业主阶层对南京市社会发展中最严重问题的判断

　　在问及"近年来,南京市政府工作在哪方面成效最显著"时,个体
私营业主中有不少人选了"鼓励私营经济发展",这一部分占总人数
的 16%,仅少于"美化城市环境"和"改善城市交通状况",它们分别
占总人数的 19.2% 和 18.4%。看来对于政府在这方面的工作,不少
个体私营业主是肯定和认同的。

　　但是,他们也希望政府把工作做得更好、更细。在开放式的问题
"您最希望政府做的一件事是什么"中,他们对市政府提出了各种各
样的希望。有不少人填写了"调整房价"、"降低物价"、"惩治腐败"、
"减少对个体私营企业的税收"、"改善农民生活"、"解决失业下岗",
看来这些是他们最为迫切的愿望。另外也有人提到"加强社区建
设"、"深入群众,了解百姓疾苦"、"搞好市政建设"、"改善交通"、"加
强社会治安治理"、"提高福利水平"等等。

　　总的来讲,改革开放以后发展起来的南京市新兴的个体私营业
主阶层已经日益壮大,在南京市的经济生活和社会生活各方面都扮
演着非常重要的角色,他们既是勤奋积极的生产者,也是实力雄厚的

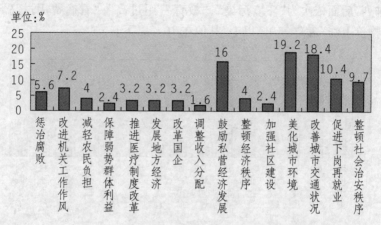

图7-12　个体私营业主阶层对南京市政府工作成效最显著方面的判断

消费者,在发展经济、丰富地方市场、拉动内需方面起着积极的作用。

他们中虽然绝大多数出身平凡,而且文化程度也不高,但是他们年轻,有雄心和毅力,敢闯敢干,绝大多数人靠自己多年不懈的努力,诚实经营、勤劳致富,获得现在的成就。不仅荣耀了家族,也为自己和家人创造了优越的物质生活条件,同时他们中也有不少人"饮水思源",致富之后不忘家乡父老,在家乡投资修桥筑路,带动家乡父老走共同富裕的道路。虽然他们中也有一些人靠不法手段起家,但这只是其中的一小部分人。我们在绝大多数个体私营业主身上看到的是:勤奋、刻苦、踏实、肯干、讲诚信、重义气,对家庭和社会有着强烈的责任感等中华民族的传统美德。所以,他们的崛起对于公民道德建设和精神文明建设同样也有良好的促进作用。

我国的社会结构在作进一步的调整,政府希望经济发展,社会稳定,号召要大力发展我国的中等收入者阶层,而个体私营业主作为中等收入者阶层中的一个非常重要的部分,对他们作进一步引导,鼓励他们继续发展,为社会做出更大贡献,才是我们应有的态度。

附录　典型个案选编

[**个案1**] 张小姐　29岁　高中　工人

我在铁路部门上班,我父亲退休前也是在铁路上工作,是一名老铁路职工。我的爱人和我在同一个单位工作,我们是在工作中认识的,他比我大3岁,是从一所铁路中专毕业后分配到铁路供电段的。现在我们已经结婚4年了,由于种种原因,我们一直没有要孩子,我们的工资也不高,两个人加起来将近两千块钱。我们铁路职工的工作时间是不固定的,工作几天然后休息几天。前两年,我们段里更换设备,我们就上半年的班然后休息半年,趁着这段时间,我们两个人开了一家小饭店,一个月有两三千的收入,但我觉得这样的工作太单调,我们就把它给盘出去了。前几个月,我接触到一家跨国公司,公司环境比较不错,正好赶上这家公司需要大量的销售人员,我觉得做销售人员会使我的潜力得到最大的挖掘,所以,我就加入了,这算我的第二职业吧,我的第二职业有一千多块的收入,最近我还想开个自己的店铺。至于消费,除了正常的开销之外,我们还得还债,因为我们结婚时买房、装修、买家电等用了不少钱,现在还没还完,但我们还会拿出一部分钱用于个人发展,在这方面我们是不会吝啬的,股票方面我们没有投资,因为这个风险太大,我们没有太多的积蓄,也没有这方面的经验。

我觉得我的经历很普通,我是1975年出生的,19岁参加工作,一直没有换过,不过,第二职业换过好几次,干过很多不同的工作,对于别的工作我也想尝试一下,因为我是一个不安于现状的人。虽然我现在的工作足以养家糊口,但我的大脑中有很强的危机意识,因为这种危机就发生在我的身边。前几年我们铁路线改造的时候，引进了许多先进的设备，比如以前的各种数据报表、跳闸的预警都是人工完成的，现在全部是电脑控制，那次就有一批职工下岗了。我想，以后随着科技的发展，我的工作也会被电脑代替，到那个时候，如果我没有其他的工作的话，我就只能等政府救济了。另外，还有一件事给我的印象非常深，我16岁的时候，我奶奶得了尿毒症，如果要治疗的话就要换肾脏，但这项费用要用十几万，我爷爷奶奶生了我爸和我大伯两个儿子，还有我两个姑姑，但那时我们几家倾家荡产也拿不出那么多的钱，更不用说后继的治疗费用了。我就想，像我爸爸那样一个工人，辛辛苦苦干了大半辈子，结果连自己最亲的人都救不了，我觉得这就是他一辈子的悲哀了，我就下决心这辈子要做一个成功的人，不要像我父母一样，他们像牛一样劳作了一辈子，结果什么都没有得到，也许我和他们的观点不一样吧。我渴望成功，要抓住每一次机会，虽然我现在还没有成功，但现在我还年轻，我觉得这就是我的资本，或许再过5年、10年我就会成功。我没有什么波澜壮阔的经历，我也是一个平凡的人，但我不愿做一个平庸的人。我爱人是1972年出生的，20岁参加工作，他是个很有自信的人，这与他的家庭环境有关，他从小什么都自己做，实在做不到才找父母帮忙。我爷爷是一个农民，一辈子被束缚在土地上，而我爸爸则摆脱了这个束缚，成了一名铁路工人，虽然我现在也是一名铁路工作者，但我不会被束住手脚，一辈子就吃这口饭，我会向更高的目标奋斗。

现在我们两个最关心的事就是我们的事业了，我们现在已经把大部分的经历都投入到事业中去了，我的工作是比较轻闲的那种，所以我平时除了做第二职业之外，还会在个人发展方面投入很多时间和经历。我现在正努力学习营销方面的知识，也买了一些书，听一些课，有时还会去学习电脑，我觉得这方面的花费是值得的，也是很有必要的，我丈夫支持我这么做，他自己是如此的。我想趁现在还年轻，没有太重的家庭负担，多做点事情，等以后有了孩子，想做也放不开手脚了。我们最高兴的事情就是我们的事业有了进步，最不高兴的事就是不被理解。我妈妈说我:"有份好的工作不去做,等你把工作丢了,以后拿什么过日子。"其实,我拼命干工作的目的除了实现自己的理想之外,最主要的原因就是父母了,自从我工作以来,就没有好好陪过他们,也不能拿出钱来让他们过幸福的生活。

我们家的消费是这样分配的,因为我们在外面的欠款还没有还完,所以每月的收入的三分之一还被用来还借款,用于日常消费的大概占三分之一,剩下的三分之一是机动的,用于自身发展的。如果还有盈余就储存起来,毕竟还要为自己留后路。干我们这行,没有固定的节假日,有时候大年初一还要工作,有时候很空闲,空闲的时候,我就做我的第二职业或者充实自己,这样时间就被安排得满满的,毕竟是一个人干两份工作,很少给自己安排节假日,但有时候也会出去转转,我们铁路职工在省内坐火车是免费的,所以每次出去了花不了什么钱,但是这样的机会挺少的。

在我周围声望比较高的职业是知识水平比较高的职业,比如教师、工程师、医生等;比较低的只能靠出卖自己的体力为生,如民工。我的职业处于中间地带吧。平时家里来往最多的是同事和邻居,然后是父母、同学、亲戚,如果家里急需要一笔钱的话,首先我会找同学和同事去借,我父母年纪大了,他们需要钱来养老,我和哥哥、姐姐上学、结婚已经花了不少钱,他们也拿不出什么钱。如果家庭中出现什么困难我会找哥哥和姐姐,有时候也会找父母,毕竟他们的生活经验多一些。在工作中出现困难,我会找同事和领导,有时候也会找我爸,他是老职工了,还是有些办法的。

我对我目前的生活还算比较满意,我现在的生活过得比较充实。

(访谈员:吕新伟)

[个案 2] 徐先生 44 岁 高中 工人

我是 1960 年出生的,今年 44 岁。1977 年高中毕业时,正逢上山下乡运动,下乡务农一段时间后,在南通参加工作,销售工作是我的初始职业。在此期间,我认识了我现在的妻子。1984 年调回南京

309

总公司后,与妻子办理结婚手续。3年后,妻子为我家添了一个儿子。1991年至1995年,我曾停薪留职在上海待了5年。如今,我在南京三乐电器公司工作。

我父母都是南京人,母亲是一名工人,10年前因病去世。父亲原是一名公司职员,现在已经退休,跟我一块住在南京市鼓楼区一套商品房里。我现在的一切都没有靠我父母什么。妻子的父母都是南通人,曾经都是行政干部,现在都已经退休在家了。妻子今年43岁,跟我一样也是高中毕业,现在是南通一家小公司的经理。由于我工作忙,妻子的父母又都在南通,所以儿子出生以后,妻子就带儿子到南通生活。儿子今年17岁,在南通一所重点中学读高二,成绩还不错,我和妻子都想他能考到南京的大学来,然后妻子也回到南京,我打算重新买一套商品房,那样我们一家人就能团圆了。

我有两个哥哥,一个姐姐。我和兄长交往最频繁,经常串门拜访,而远方亲戚就是通过打电话保持联系,中秋节和春节会上门拜访。然后跟同学的交往也比较多,一般每年都会有固定的时间聚一聚。有一个同学从小玩到大,有了近40年的交情,算是最亲密的朋友了。我认识的人还算比较多,除工作时间之外,我经常跟亲戚、同学、朋友联系,认识各个阶层的人也多,可以在某些事情上帮助朋友解决困难。我与人相处一般都以诚相待,做不到的事情也不会事先就说出来,所以在朋友当中品行、声望还算比较好。虽然我学历不高,但在为人处事方面,朋友们都信任我。但如果我家里急需要资金或家庭出现困难时,我一般都找兄弟姐妹帮忙,因为当他们当中有谁出现困难时,其余人也会竭尽所能。我平时不找朋友或同学借钱,因为这样在朋友中不太自在,没有以前那种纯粹的朋友关系了。

平时我都是在本市消费,双休日回到南通陪妻子和儿子度过,一般不会外出旅游,儿子小学毕业时,带他出去玩过,父亲身体好的时候,也一起到比较近的地方玩玩。我和父亲的关系比较融洽,妻子也是一个温柔很善解人意的人,她同样也孝敬老人,总之,我们的家庭生活还算是比较幸福的。

我现在住的是旧房,两年以后打算买一套新房。现在使用的家具都是老的,一般也不添新电器,家里有一台8年多的老式彩电,一台冰箱,一台旧风扇和一个电暖器,其余的是电饭煲、电水壶,用电量都不是很大。我以前的收入不高,所以收入多数用在必需品上,现在生活水平普遍提高,收入也是10年前的七八倍了,除了日常生活开支外,我们将大部分钱投放在儿子身上,希望他将来能有更好的发展,现在打算攒钱给儿子买一台电脑。

我目前的社会地位不高,应该算是底层,但是我并没有抬不起头,任何一种行业都有其不可缺少的重要性,我的朋友当中有公务员、高级管理者,也有农民,大家在一起时,并不计较各自的身份和地位,我觉得品行很重要。现在贫富不均,有人就心理极不平衡,终日怨天尤人。其实,我感觉每个人的财富收入都是通过自身的努力得来的,即使某些人通过不正当手段得来钱财,也不会长久地守住它。我觉得,虽然没有钱不能生存,但是钱够用就行了,太多的欲望就会活得很累,该是你的逃也逃不掉,不是你的想要也没有。

311

(访谈员:王 敏)

[个案3] 李先生 52岁 小学 农民

我,一个地地道道的中国农民,生于1952年,长在红旗下。亲身经历了3年自然灾害,文革10年浩劫,也目睹了改革开放政策下农村、农民的大变化。

我的父亲叫李德才,生于1925年,是富农子弟,当时我的爷爷是做猪肉生意的,通过做生意,家里积攒了相当的收入。爷爷有3个儿子,父亲最小。那个年代是动乱的年代,当官的、当兵的都欺负老百姓,尤其是当兵的经常到村子里来抢东西。猪啊、鸡啊、鸭之类的,什么都抢。但这些还不算太可怕,对于富农、地主而言,最可怕的就是土匪(这帮人专抢富农、地主家),这可是一群杀人不眨眼的家伙,一伙人一般都是百人以上,还有刀、枪。这帮人惯用的做法是将富农或是地主家的孩子或老婆绑了去,然后家人给钱,或者给米,往往一给就是几百石,甚至上千石。如果哪家的儿子或老婆多,他们就把抓来的人杀死,把头割下来送到对方家中去,勒索钱财,如敢不给,下一个亲人就还是这个下场。由于我爷爷家很有钱,这伙人有一回就盯上了我爷爷家,他们原本打算把我爷爷的大儿子也就是我的大伯抓住杀了再去要钱,可结果错抓了我父亲,因为我父亲当时太小,就没有将他杀死。后来,我的爷爷给了很多钱、米,还大摆了酒席,才领回了父亲。从那以后,我父亲明白只有读书才是惟一的出路。16岁那年,父亲去了南京城,在金陵大学堂(也就是现在的南京金陵中学)读书。当时的校长陈嵘(化名)是美国哥伦比亚大学和日本东京早稻田大学双博士,一个很偶然的机会与我父亲相识,之后一直大为器重我父亲。经常还赠送他一些绝版的珍贵古书籍,这些书后来被新四军借去,未曾归还。毕业以后,父亲被推荐到当时蒋经国一手创建的国民党国防部勘建大队,直接在蒋经国的领导下展开工作。当时他们的主要任务是追查腐败官员,惩治那些囤积居奇的资本家。当然,这些表面上正义的行动归根到底还是为维护蒋家王朝服务的。20世纪40年代,我父亲曾经随蒋经国赴上海抓捕黑帮老大杜月笙,最后因他在上海的势力太大而以失败告终。从我父亲进国防部工作起,我爷爷家在当时的家乡已是声名鹊起,人所共闻。父亲经常一身戎装回家探望,每次均是许多人前去相迎。

1949年,国民党败退台湾,我父亲由于当时已经结婚,加上我的姐姐已经出世,他没有舍得抛弃她们去台湾,于是留了下来,在解放军进城后的第8天,我的父亲就被通知前去交代问题。随后,即被戴上了长达20多年的"帽子",尤其是在文革的10年中,父亲和我们这些他的子女们经常受到批斗,受尽非人的折磨。后来,还是多亏了邓小平才摘掉了我们家的"帽子",由于父亲是个有文化的人,而当地的教育又急需人才,于是父亲之后成了一名教师,直至退休。

我16岁便开始当家主事,一般的农活我那时都会做了。那个时候懂事很早,其实,在那个年代里不懂事,不干活,不当家也不行,形势逼人啊!当时家里有5个子女,我是老二弟弟妹妹们都还很小,没有办法,家庭中的负担太重。因而我只读到了小学五年级就辍学,但那个时候特别想读书,经常挑灯自学到半夜,可父亲不理解我,他经常唉声叹气地说他自己就是个有文化的人,可是有什么用?照样种田,照样受欺负。可见读书没有多少用处。现在看来,父亲的话错了,现在最重要的就是有知识、有文化。时代的变化实在是太大了!所以现在我和妻子拼命地挣钱供我的两个儿子读书,虽说负担重了一些,但花再多的钱我也觉得值!

那个时候,家里太穷,在人民公社时期,什么都是大包干,集体主义,统一分配。当时整个国家都太穷了,因而分到各家各户的粮食往往吃到秋季就吃光了,没有办法,只能去外地找东西吃。那个时候我们那里人经常去外省用微薄的积蓄买一种叫"红薯片儿"的玩意儿,我们这里叫它山芋干儿。这种东西在外地很便宜,买回来熬粥吃,可以填饱肚皮,支撑到来年。可是去外省的路费太贵了,付不起怎么办呢?后来大伙儿想出了一个主意,这也是一个冒险的决策:爬煤炭车。我们那里有一个小火车站,火车往往在这里停靠几分钟,于是在夜间,我们趁火车靠站之时,偷偷爬上装满煤炭的火车去外省。这一路上眼睛都不敢眨一下,因为随时都有可能被深埋进煤坑里。到了外省后,还得提防铁路管理人员的抓捕。于是许多人往往在火车刚减速,还未停稳之时就跳下车,我记得当时我们村子里就有几个青年死在火车车轮下。可是除此之外,实在是没有办法啊!等到回来的时候也是按照同样的办法,所不同的是,回来的时候家里有人在车站接应。不过你先得将吃的货物从火车上扔下去,然后才可以快速地跳下车(以防丢失货物)。那几年,我为了生存,去过山东,跑过河南,那些日子是我这一生中最艰苦的时期,至今回想起来,还忍不住流泪。(点起一支烟)

1980 年,我们这里实行分田到户,也就是所谓的家庭联产承包责任制。83 年,我经人介绍结了婚,当时我已经 29 岁了,这在农村中属于绝对的晚婚了,没有办法,成分不好啊!我妻子是安徽人,她家也是很贫穷的那一种,兄弟姐妹比我家还多,(笑),婚后尽管生活困难,但我们过得很好。转眼都已经过了 20 年了,我们的头发都白了许多,她经常开玩笑地说,到我们李家没有过上一天好日子。(笑而又止,流泪)说实在的,我总是感觉对不住她,觉得欠她太多了。可能注定我和她这一辈子总是辛劳,(沉默许久,叹了一口气),这时间过得真快,现在我的两个孩子都渐渐长大了。两个儿子——这又是很重的负担啊!现在我和我妻子还是像从前那样吃苦耐劳,日出而做,日落而息。1991 年我承包了村里的一个大鱼塘,养鱼很辛苦的,每天晚上我都得去看护,半夜里还要起来巡视,防止有人偷鱼。经过几年的经营,陆续下来,积累了一点收入,94 年我们这里修建公路,鱼塘被征用,政府补偿了我一笔钱。此外,我和妻子又分别向亲戚借了一点钱,于是,我们盖起了一座小洋楼,两年后我又借款买了一辆拖拉机,又过了 3 年,我们还清了所有的外债。这期间,我们家省吃俭用,还好,两个儿子也都很懂事,学习很自觉,也很用功。大儿子前年考上了名牌大学,(喜形于色)我们全家都非常高兴,小儿子去年考取了省重点高中,虽然负担仍然很重,但我和我妻子仍在辛苦地挣钱供他们俩读书。两年前我开始种树苗,后来证明这可是个正确的选择。北京 2008 年兴办奥运会,国家在今后几年对树苗的需求量一定有增无减,加上我们这里前几年修建了公路,交通十分发达,不愁卖不出去,而且一定可以卖个好价钱。

今年春节我家买了一台 25 寸创维彩电,三十晚上,我们全家都坐在电视机前看中央电视台的春节联欢晚会。说实在的,我很喜欢"创维"这个牌子,朴实又蕴涵着某种激励人们前进的意义。现在,彩电、洗衣机、电冰箱、电饭煲、组合式沙发……应有尽有。当然,目前两个儿子读书所花的钱仍旧是家庭中占绝大部分的家庭支出。此外,每年春节,我都会给妻子、儿子还有我自己添置一些衣物。买年货就更不必说了,一般情况下,每年买拜年的年货要花去七八百元,这对于我们这个家庭,甚至对于一般的农村家庭来说,都不是一笔小数目了。可以说,我家是比上不足,比下有余啊!(笑)

我们这个家庭,休闲的时间几乎是没有的,因为我已经说过了,重担在肩，我与妻子必须不停地劳动赚钱，所以，休闲这个词对于我们这个家庭而言，是近乎陌生的。如果说有一些休闲的话，那也是仅仅在春节期间和偶尔下雨下雪的不能干活的恶劣天气里，我和妻子有时也忙里偷闲得出去转悠，或是打打麻将，再或者就是睡睡觉，休息休息以准备下次的劳作。

　　当前我们家最关心的事还是我两个儿子的学业。小儿子再过两年就要参加高考，大儿子也快毕业，希望他可以找到一份好的工作缓解我们家庭的经济压力，但如果他考上了研究生，那就算砸锅卖铁我也会让他继续念下去。除此之外，生活上的平安和健康是最重要的，我经常和我的家人讲，一个家庭最大的财富不是有花不完的钱，而是一家人的平平安安、健康幸福，这是我们家每个人的心愿。

　　家里发生过太多让我难忘的事情，其中，最让我记忆犹新的就是99年夏天我父亲的去世。（点燃一根烟，叹气）人生最大的痛苦就是你眼睁睁地看着亲人的离去却无能为力。因为每个人都在变老，每个人都会因为衰老而死去，这是自然规律，没有人能够改变。父亲走的那个晚上，我哭成泪人，完全不顾自己有妻儿有家庭，早已经过了不惑之年。至今我还常常念到我的父亲，常常回想起有关他的事情，回想起小时候的事情来。我很清楚：走了，就永远也不会回来了。

　　我们家是个农民家庭，没有什么靠山，也没有什么复杂的社会关系，交往最密切的，当然还是亲戚，其次是邻居和几个朋友。我的儿子有一帮好朋友，他们经常保持着密切的联系，常常去聚会，今年春节他们还到我家里来做客的，这些小伙子都非常懂礼貌。俗话说：患难之中见真情，去年我儿子住院开刀，他们都来探望，这让我很高兴。

　　可能是因为以前家里穷吧，那个时候我和妻子经常吵架，甚至动粗。可是现在条件渐渐得好起来了，孩子们也渐渐长大了，家里的矛盾也越来越少了，当然完全没有矛盾是不可能的，但每次忍忍就过去了，即使忍不住，刚一争吵，大儿子就严厉地"教训"起我们俩来了：都一大把年纪的人了，还有什么好吵的？（笑）

关于当前的社会形势，我觉得贫富分化，农民收入增长缓慢是最重要的、最危险的，也是最迫切的问题。现在社会上，有钱人越来越有钱，有的吃一顿饭就要花去几万、几十万元，那可是我们农民几辈子也挣不到的啊！中国有这么多的农民，农民不富裕，中国就不能叫做富裕。农民们要是闹点什么事情，那可不是闹着玩的还有，我们目前比较关心的问题就是台湾问题，只要是中国人，我说的是真正的中国人，都是盼望统一的，我们当然不会例外！只是我们不想打仗，如果战争爆发，受苦受难的还是我们这些平民百姓啊！说实在的，中国已经经不起折腾了，农民也再也经不起折腾了。应当抓紧大好时机，发展经济，使老百姓富裕起来，过上好日子，这才是最根本、最重要的事情。除此之外，老百姓还极其关注一个大问题——腐败问题。改革开放 20 多年以来腐败现象越来越严重，出了很多大贪官，老百姓看在眼里，急在心中，我不懂什么大道理，很多话也不好说，但是我明白：一个执政党的腐败如果不及时惩治，必然失去民心，道理很简单：你腐败，老百姓就不拥护你；谁腐败，人民就反对谁。

（访谈员：宋福波）

[**个案 4**]　赵先生　32 岁　专科　公务员

我的祖上世代是农民，我父亲 65 岁，初中文化。在他初中毕业后，被分到村里当会计，他们那个时候能上到初中毕业就是高学历了。当会计时，乡政府要培养年轻干部，我父亲有一个堂哥在乡政府任职，他推荐了我的父亲，我的父亲就去了宜兴进修。在宜兴时，他的出色表现被省××厅级机关看中，选派到苏州大学等高校学习，学习结束后就进了省级机关成为一名公务员。我 1972 年出生于溧阳，后随父亲来到了南京，在南京长大。高考落榜后，本来想复读，后来因父亲的关系（我父亲那时是物资处的处长），经××厅介绍的关系就去了镇江公安专科学校读书，毕业后分到××厅级机关的一个下属单位工作，现在为科长。2001 年结婚，2002 年有了一个女儿。

我的爱人出生于南京的一个普通工人的家庭，27 岁，中专文化，小学老师。现在我家三代同堂,五口人。

我的月收入2 000元左右,我妻子的月收入1 200元左右,我父亲的月退休金2 000元左右,我母亲的月退休金800元。我和我妻子差不多工作了七八年,结婚花了一笔钱,现在手里有几万元钱,我父母工作了很多年,应该有10万元左右的存款,这只是我的猜测,没问过他们。我和我妻子的钱主要是花在结婚上了,还有就是买衣服。现在有了小孩,开销很大,在吃饭方面基本上是我父母花钱。剩下的钱存入银行以备不时之需。现在有两套住房,都是单位分的房子,我现在住在父母家里,这房子有80多平方米,我打算把我的房子装修一下,过阵子就搬过去。

平时我不炒股,那玩意我不懂,不敢拿血汗钱开玩笑,万一被套住了,我怎么对得起我的家人。但我偶尔会买福利彩票或体育彩票,不会上瘾,也能支持福利事业和体育事业。我不会买私家车,就算买得起,也消费不起,我的单位离我家也不远,骑车或坐公交车一会儿就到了。我们小区的车几乎都不是私人的,都是一些领导的车,我只是一个小公务员,还不能坐那样的车。我们的家庭消费观念是量入为出,我觉得我的家人也确实很节俭。我的父母都是穷苦人家出身,他们从小节俭惯了,不喜欢铺张浪费。现在我们家除了基本生活费外,就数在女儿身上花的钱最多了。

节假日,我和我的妻子会带着女儿去公园或郊区走走,呼吸呼吸新鲜空气,我的父母很少出门,他们一般会在家看看书和报纸,自得其乐。

自从公务员加薪以后,很大一部分人认为这一工作既稳定,工资又不低,福利也很好,这可能也正是报考公务员的人越来越多的原因。不过,也有人认为不就是每年挣几万块钱的小公务员,够什么呀。我自己觉得,(公务员职业)不好也不坏,够生活就行了,跟那些工人、农民比起来我也该知足了,我其实是一个喜欢安于现状的人,也就是不思进取,嘿嘿——。

谈到社会关系网络,我现在与父母住在一起,当然跟父母的关系最亲密。然后就是妹妹一家,其他亲戚来往不多。还有就是同事,我们经常一起去吃饭、聊天和打球。邻居都是本单位的,偶尔串串门,在小区里碰到也会打个招呼。同学几乎不联系了。如果我急需一笔钱的话,我会找父亲商量。父亲退休在家,有一定的存款,而且也会支持我,父亲一定会帮助我度过难关的。再说父亲有很多经验与人际关系,不管在经济上还是工作上他都能帮助我解决难题。我家社会关系最广的是我父亲。他在很多地方待过,认识的人很多,工作年限又很长,关系网很大。而且他比较喜欢与人结交,人缘很好,有很多人都认识他。这些社会关系网络对我们有很大影响,以我为例,如果没有父亲的社会关系网,我也不会有机会念大学,也不会走上公务员的道路。所以啊,这种人与人之间的关系不可小看。

(访谈员:王良梅)

[个案5] 陈先生　34 岁　本科　公务员

我 1970 年出生于南京,我的童年是在军区大院里度过的,简单而快乐。1989 年我参加高考,由于我不喜欢医生这个职业而对历史有兴趣,我在填志愿时违背了父母的意愿,后来被南京一所高校的历史系录取,我的父母非常生气,这在我们大院不是什么值得骄傲的事,直到后来我弟弟继承了家庭的传统成为医生,他们才逐渐停止对我的指责。毕业后我进入了我喜欢的省级机关单位工作,我工作十分努力,良好的工作表现得到了上司与同事的认可,现在我已成为部门的负责人。我爱人和我是校友,比我低两届,在一家国有企业工作。我们现在与我丈人与丈母娘住在一起。这是我妻子的意思,为了方便照顾他们,他们也可以帮助我们照看孩子。我丈人原来是南京卷烟厂的工人,现在退休在家,丈母娘是普通家庭妇女,我丈人平时喜欢下棋与种花,所以有空就找老朋友下棋,或者逛花鸟市场。丈母娘喜欢打麻将,经常和邻居玩。我和我爱人没什么矛盾,如果有,我们一般都听老人的。

我父亲是军区总院一个科室的主任,我母亲是省妇联的干部,都退休了。他们现在和我弟弟一起生活在加拿大,我弟弟开设了一家中医诊所,生意还不错,我和我父母基本上每个月通一次电话,一般都是问问他们的身体情况,他们也很关心我的儿子。我和我弟弟交流主要通过网络,一般每个星期我们都会聊聊工作和生活情况。

我的年收入有 5 万元左右,我太太月收入 2 500 块左右,加上其他奖金,一年共 3.6 万元左右,我丈人的退休金有 1.4 万元左右,还有我父母每年给我儿子 1 万元。所以年收入大概有 11 万元左右。我们在衣物方面的开支开销比较大,加上每年一次的全家旅行,这方面大概花费 3 万元左右。另外大概有 3 万元购买股票与债券,3 万元用于平时的日常开支,大概剩 2 万元左右存入银行。

我的房子是 1999 年我结婚的时候买的,一共是 412 580 元,我记得非常清楚,是我父母帮我买的,房款是一次性付清的,花费了他们几乎所有的积蓄,室内装修是请专人设计的,总共花费了 15 万元,是我们夫妻俩共同承担。我们的小区建筑档次较高,我们相当于中等水平。

我和邻居交往很少,我太太、丈人、丈母娘和邻居交往较多,我喜欢我的工作,我也认为我的投入和我所得的比例很合理。我觉得社会的贫富差距还是蛮大的,我还要努力工作,争取有更多的发展机会。平时我和同事的聚会较多,和以前的同学也经常有联系。如果有聚会,我和我太太一定会参加,他们是我的好朋友,能帮我解决许多问题。如果家庭急需用一笔钱,我首先会找我的父母帮忙,因为他们有能力帮我,也一定会帮我。如果我和我太太工作上遇到困难,首先会找同事协商解决,如果不行,会向上司求助。

总之,我现在的生活很幸福,最大的希望是儿子能够健康成长。

(访谈员:毛晓薇)

[个案 6] 王先生 46 岁 初中 失业下岗人员

我今天来这个职业介绍机构找个工作。我是 2003 年 6 月份下岗的,下岗前在南京一家小型工厂做工人,收入很低,工作时间很长,几乎不给休息，合同里面说的是 8 小时结果延长到 12 小时，加班是很正常的事情，也不给加班工资，更没有周末，这样一个月才只有几百块钱，单位只是负责养老保险和医疗保险。加上我妻子的工资倒是能够过日子，后来企业倒闭，单位被卖掉，我们就被迫下岗，这完全是企业自身的问题。当时下岗也没有办法啊，心里不服气也没有办法，单位要你下岗还能不下岗啊，而且现在下岗的人那么多，45％的都是下岗的，也就习惯了，也不是我一个人的事情。后来也找过一些工作，都是临时性的短期的，最近的一份工作是物业管理，在 3 月份，通过这家职业介绍所应聘到的，其他方面的信息来源太少了，有时候朋友帮帮忙。现在小区里不行，也没有人管这种事情，下岗失业的人那么多。但是那家单位也是违法的，根本不符合劳动法和南京市的工资相关规定，南京市规定最低工资是 620 元，他们只给 500 元，这不是违法吗？后来觉得工资不高就不做了，就在 7 月份。现在就经常来转转，看看有没有什么工作机会，现在快两个月没有工作了，没有收入，就靠妻子的收入、家中原有的积蓄和临时性工作所得，什么救济金、补助金、低保都没有，没有人管啊！单位没有了，谁还管你的生活啊？现在还没有找到工作，现在工作太难找了，机会太少，下岗的人又多，自己学历不高，没有什么优势。

我家女儿上高中，下岗后经济紧张了，给她的生活费少了，但是学习没有耽误过什么，学费啊，买书啊该给的钱还是要给，总不能不让孩子上学吧？对她的学习也没有太高的期望，估计她考不上大学，就现在的学习成绩来看，没有那个水平，就算考上了我们也没有那么多钱供她上学啊。现在大学的学费那么高，我还不知道什么时候找到合适的工作，根本上不起。毕业后就找个工作干干吧，挣点钱贴补贴补家里。

平时家里的开支主要是伙食费和女儿教育费，收入不高也不能随便花钱，连饭都吃不上了哪还有心情去玩啊，乐啊。就这样，家里的收入也仅仅只能勉强维持，主要是现在孩子的上学要花好多钱。

下岗前一点休息的时间都没有，下岗后也一直在找工作，也间断做过一些临时工,做临时工的时候也很少有休息时间,你要挣钱哪有那么多时间休息啊。平时有空的时候就在家待着,看看电视,睡睡觉,没有其他的活动,现在出门就要钱啊。没有工作的时候哪有节假日的概念啊,跟平常一样,也就是走走亲戚,平时跟亲戚、朋友来往最密切,以前的同事很少联系了,邻居嘛,还可以吧。跟亲戚朋友在一起就是在家里吃吃饭,玩玩,出去吃太贵了,承受不起。下岗的这段时间没有谁给过自己很大的帮助,反正可以到职业介绍所查找信息,找工作,朋友有时候帮帮忙,但是很有限,其他的就只能靠自己了,别人怎么给你帮助啊? 什么都是自己的事情,只能相信自己,依靠自己的努力。

下岗后做过临时工,跟以前相比,现在社会地位显然降低了。以前还有固定的工作,还有个保障,现在就没有了,比以前差了。我父亲以前也是工人,现在已经退休了,有点退休金,他们那时候工人很值钱的,社会地位比我现在高多了。我现在没有工作哪还有什么社会地位啊,再说只要有钱花就可以了,能生活就好了,管他什么社会地位的。

现在贫富差距太大了,都是很正常的事情了,那些富的人很有钱,我们穷的人就没有钱,好多富的人都是贪污违法得来的,只是没有被发现,等到被发现了,揭露出来了就该蹲监狱了,那都富得不合法。不过,社会公不公平是政府行为,那是他们的事情,我们小老百姓即使不服气又能怎么样? 我们就像小蚂蚁,政府让我们怎么做就只能怎么做,不然还能怎么样? 我们又没有权力要求政府怎么样? 再说要求了,政府听我们的吗? 所以我们也烦不了这些事情了,只要有个工作,有口饭吃就够了,多余的也不去管了,那不是我们的事情,是政府的事情。

目前最大的困难就是找工作太难了,自己学历不高,年纪也不小了,工作太难找了,都来这里转了两个月了,还是没有眉目。只要有了固定的工作生活就没有问题了。

(访谈员:唐琳、孔维玮)

[**个案7**] 张女士 33岁 大专 失业下岗人员

我是2000年失业的,我以前的单位是一个光学仪器公司。失业后我也没什么好想的,毕竟现在很多人下岗失业,而且当时的单位效益也不好,现在已经不存在了。当时我正怀了孩子,这可能是我失业的一个原因吧。

我生完小孩就又开始找工作了,毕竟养孩子挺花钱的。我这期间做过出纳工作,做了3个月。最近一次是从今年1月到6月在一家公司做文员。都是通过职介公司找的。最近的一个工作工资比较低,所以我想换一个工作。我以前做的工作工资也就六七百块的样子。工作比较不稳定,有一次我在一个单位做会计,我每天都是提前15分钟到单位,工作很好,但不知什么原因,3天以后那个单位就不要我了。

我失业后领了两年的救济金,总共有5 000多元(应该是6 000多元),每个月270元。但是没有低保(最低生活保障),因为低保是有规定的,好像是家庭人均收入低于200元以下的才有吧。我们家就靠我和我丈夫的工资,还有以前的一点积蓄。我丈夫工资也不高,每个月也就五六百块,也就够他自己花,他还要抽烟嘛。我的工资要自己花,孩子还要花,还有我自己还在参加自学考试,这方面也要花钱。现在养个孩子挺花钱的,她现在在上幼儿园中班,我对她希望挺高的,希望她以后像你们一样上大学,有个稳定的工作,所以我自己花钱很少,一般不买衣服,也不买化妆品。生活还是挺紧的。

平时有空在家也就做做家务,带带孩子,剩下的时间我一般是学习,当然有时也看看电视,看看报纸什么的。和以前的朋友、同事也没什么联系了,大学的同学偶尔打打电话。和亲戚倒是联系的稍微多一些。不过在一起吃饭、聚会还是比较少,大家各忙各的。找工作也就靠自己,多到职介所跑跑。我现在有财务证书。现在就是要多些证书,这样比较好找工作。不过实际的工作能力也是老板很看重的。

我父亲以前从事教育工作,当过老师。但你要说社会地位谁高谁低也不好说，毕竟时代不一样了嘛。他们那个时候比较稳定，而我们现在是市场经济（时代），人们的流动性大，也不谈什么地位不地位的。我对我自己现在和以前的社会地位也没什么感觉。

现在的贫富差距确实存在，能力高的收入就高，你技能低收入就低。比如上次我在天桥上看到一个中年男子带着个小孩在乞讨，他如果有技能还用乞讨吗？我觉得自己比那些社会最低层的还是要好一些，也能接受自己目前的状况。我相信只要自己努力，有文化，就能有比较好的生活。

我最大的困难就是找不到好工作，比较稳定的工作。现在用人单位都看重你的能力，所以我要多学习，多拿些证书。

（注：我们在找到这个访谈对象的时候，一开始不太愿意接受访谈，但听说我们是南京大学的学生后，就很配合。今天她要了两个单位的地址，准备去应聘。她家住在凤凰东街，她要去面试的地方却很远，在双龙巷那边，但这丝毫没有打消她的热情。而且，她还不停地向我们打听南大研修班的情况。她比较相信一切都靠自己的努力和能力，对现实比较乐观，依然充满了希望。）

（访谈员：唐琳、孔维玮）

[**个案8**] 李先生　30 岁　本科　知识分子

我的职业是医生，现在我的家庭只有我和我的妻子，还没有孩子。虽然结婚已有两年了，但我们暂时还没有这个打算。一是因为我们都是脱离父母来到这个城市的，经济并不宽裕；还有一个是我们现在都还很年轻，想趁现在多学点东西，多做点工作。等以后有了小孩就要分散很多精力了。

现在我们的年收入大概有 10 万吧，主要是工资和奖金。我们以前也做过小股民，但亏了之后就再也不去炒了，可能我和我妻子都没有什么商业头脑吧。我们单位的效益还不错，职工的福利还过得去，但买房的事全部得自己张罗。这里的房价很贵，当初刚买房时，我们手头一度很拮据，幸亏双方父母的支援。现在我们已经拥有了这套两室两厅的住房,这对我们这样的小家庭来说已经蛮不错了。现在我家里的设备基本已齐全了,电脑、彩电、冰箱、空调、微波炉什么的都已先后添置。我和我的妻子都来自普通的家庭,生活一向很简朴,都不喜欢大手大脚的铺张浪费,就像我们的衣服、鞋子之类的,基本上都是百来块的,很少有上千的消费品。所以我们的消费并不高。我们俩也没什么嗜好,我不吸烟也不喝酒,这些对人的身体有很大的伤害。作为医生,我们都很注重自己身体的保养,可能是潜移默化的职业影响吧。

我的个人经历比较简单。我今年30岁,大学毕业,出生于一个普通的工人家庭,父母文化不高但都很重视对我的教育。从小学到初中再到高中考大学,我的成绩一直很好,后来考取了某大学的医学院。大学毕业后到这个城市的一家大医院工作,进了一个挺对口的科室,工作很顺心。工作两年后,认识了现在的妻子。她也是我们医院的职工。我觉得我的人生经历还是蛮顺的,而且,我对我所选择的医生职业比较满意,我这个人喜欢静下来做工作,而且比较有耐心,所以很适合从事现在的工作。

我在社区内的地位可能是中等吧,我觉得这个划分只是在经济地位上有意义,至于其他方面,我觉得并不具有可比性。我们的家庭收入大概是10万吧,以前我在哪本书上看到过,说我们国家现在从收入看10万是道槛,是区分低收入和中高收入者的界限,我想我们只能勉强算是中收入阶层吧。至于在我们这个社区内嘛,彼此之间平时都不大有往来,我只知道我们这社区住着一些公安局的公务员和一些房地产开发公司的员工,我们医院的同事也有几个,可能他们的收入都比较高吧。我对我现在的工作和报酬还算满意,毕竟工作舒心,福利也不错的,当然工资能再涨一点就更好了。我们这个社区内住的大多是有固定工作而收入又相对较高的工薪阶层。对我们这群人来说,并不像当权者或是有钱人那样关心自己的社会地位。对于我这样的医生来说,我对社会地位毫不在意。可能作为医生一般往往会赢得一定的社会地位,但我认为这只是人们对医生救死扶伤的一种尊重，如果把这也作为社会地位的话。我的这种"地位"的获得，主要是因为专业与学历，还有就是作为医生必须有良好的职业道德。说到底就是所受的教育了，如果我没有接受教育，我就不会是医生，那所有的这一切也就不一样了。

我们两家的两代之间基本是发生了垂直的代际流动。我家是普通的工人家庭，父母亲的学历都不高，只是初中而已，但爸爸妈妈都很勤劳。父亲会点手艺，在我们那一带小有名气，现在是一家事业单位的技术工人。母亲很聪明，很会操持理家，爷爷奶奶过世很早。父亲和母亲都很重视对我的教育，他们对我的学业一直抓得很紧，父母的言传身教给了我很多宝贵的东西。

对于我们这个新组建的小家庭来说，并没有许多家务需要料理，但我们空闲时间并不多，尤其是我的妻子，工作比我忙，还经常有夜班。到了双休日，我们通常会逛逛街添置一些家用品，或是就近出去游玩，放松一下。如果是稍微长一点的假期，我们就回父母家。到父母家或到岳父家都很方便，大概一个多小时的路程，我们经常回家看望父母，既是尽一点孝道，同时对我们自己来说也是一种休息。现在父母亲都还有劳动能力，在生活上也无需我们太多的照顾。我们每次回家，父母亲都很高兴的。

我现在最希望我们能尽快有个健康聪明的小宝宝，结婚已经两年了，父母亲早等着抱小孩了！最快乐的嘛，就是我们的住房基金马上就能批下来了，到那时我们就可以换一套更大的房子了！现在也没有什么很不愉快的事情的，一切都挺好的，我觉得生活得很舒服。我也说不清楚哪件事情最难忘，可能是结婚那天吧。

平时和我们往来最密切的是我的几个同事，大家经常串门，打打牌，聊聊天什么的。不过最喜欢往来的还是父母亲，父母亲总是把我们当作小孩那样，所以回家感到特别的舒服。如果让我在常联系的人之间排序，我想应该是：父母亲、同事、亲戚、然后再是同学和邻居。如果我家里有什么难办的事，我会首先告诉我的父母。

我们家庭内部到目前为止基本没有什么矛盾，家里的事务都是民主解决的,而且,我的妻子也很会体谅我。对于家里的收入,我是会计,她是出纳,哈哈！我们没吵过架,顶多偶尔拌拌嘴。如果吵架的话我们会请双方的父母来主持公道的。

我认为当前的社会从宏观上讲的确是发展迅速,但从微观上看问题很多了,下岗、腐败、贫富分化、城乡差别……对于这些问题,我国政府在短时间内还不能彻底的解决,现在能做只是缓解和治理,或是在一定程度上减轻而已。但是发展是硬道理。纵观这些年的发展,人民的生活水平提高了,经济总量也上去了,社会在不断地进步。我很相信我们党最终能处理好这些问题。我现在还不是党员,但我已经是团委委员和入党积极分子了。

（访谈员：卓广平）

[个案9] 张先生 47岁 博士 知识分子

我是南京某高校的高层领导、教授、博士生导师,江苏省人大代表。我爱人在南京白下区某医院工作,女儿在读高三,成绩也挺让人满意的。

先来谈谈我们家的生活方式吧。坦白地说,我们家的收入在这附近的社区算是比较高的,每个月都有五位数的收入。尽管如此,在生活方面我们家还是比较节俭的,家里也没有什么奢侈品。一般来说,一个月的家庭收入,除了满足我们一家三口的生活之用和给我和爱人的父母买点东西之外,基本没什么其他的支出。我们的交际圈也很广,朋友们大多主张君子之交淡如水,所以偶尔才会有礼尚往来方面的支出。节假日我一般比较忙,所以都是我爱人带着女儿出去玩玩,在南京呆久了,也没有什么地方可玩的了,她们也只是在新街口、湖南路等地方转转,买点生活用品和衣物之类的。今年女儿高三,处于关键时期,也就更加没有什么户外活动了。当然,比起十几年前我们刚到南京的时候,现在的情况好多了,当时我们只是在卫岗有套很小的房子,不但离市区远而且两人的收入也不多,平时就是待在家里,哪里也不去。现在住得离市区近了,手头也有钱了,女儿也大了,也就闲不住了。

我没有什么投资行为。一是觉得风险大;二是觉得现在的钱也够用了,再去动那个脑筋也没有必要;第三,也是主要的,我没有那么多的时间,现在工作挺忙的,平时最开心的事情就是能安静地在家呆着,上上网,和爱人下下棋、看看电视或者陪女儿玩玩,女儿现在高三了,也没有多少时间能玩。我现在最关心的事情就是她的成绩,不过她也挺懂事的,成绩一直挺好的,在学校也名列前茅,她能考上好大学我们就放心了。我和爱人的脾气都很好,平时基本没有什么矛盾,偶尔闹点小矛盾也是因为父母的事情,人之常情嘛,都想对自己的父母好一点,我觉得挺正常的。而且对于现在的生活状况,我已经非常满意了,和我小时候的生活状况相比,真是有着天壤之别,人要知足,知足常乐嘛。

社区周围大多住着我们单位的工作人员,所以无所谓什么职业声望的高低,如果硬要分的话,像我们这样的教授、博导比较受人尊重,别人见了都会很主动热情地打招呼,而且逢年过节也会有不少人来作客;一般讲师可能在这方面不太能比得上,各方面往来也相对少了一点。我认为自己在社区中还是处于比较高的地位,毕竟自己在学术上取得了一定的地位,而且在学校也担任领导职务。

作为党员和人大代表,我当然是百分百支持党和中央现今的各项政策,尤其是以经济建设为中心的政策和开发西部的政策。中国现在是世界上很有地位的大国了,大的方面,许多国际形势都对我们有利。有人说我们对美国日本的态度不够强硬,其实我们现在的力量还不算强,应该大力发展经济,积蓄力量,尽快实现中华民族的伟大复兴。只有我们积累了足够的力量,我们才有发言权,说的话才有分量。现在,国内政治也很稳定,经济正快速发展。虽然东西部差距很大,而且地区内差距也很大,贫富分化现象比较严重,但这是一个国家发展过程中必须经历的一个阶段。我认为,一定的贫富分化有激励的作用,有利于国家的发展。我自己也有过特别贫困的时候,那是十几年前,当时我还只是个普通的教员,女儿才几个月大,我们一家三口在学校的临时宿舍中住了很长一段时间,但是那段时间确实对我有很大的激励作用,感觉干什么都特别有干劲,没有那段困难生活对我的激励,也许就没有今天的我了。这也许就是我这一生最难忘的事情,也是令我们全家最难忘的一段时间了吧。

由于我们夫妻双方的父母都在外地,平时我们一般和本地的朋友来往,另外一般都是工作伙伴,在学校抬头不见低头见,所以一般没有特意的串门交往,我们经常交往的对象一般都是社会上不同单位的朋友,频率也不是很高,致使偶尔相互拜访一下。当然,春节期间是不同的,本地的朋友、同事之间会经常聚一聚,相互赠送一些礼品以表示友情,我们还会专门找时间回去看看父母和其他的亲戚。

我们家庭内部很少出现激烈的矛盾,即使有也是因为很小的事情,一般来说,我们都是家庭内部解决的,从来没有借助过外力。家庭困难最近几年也不多了,若干年前有过,当时一般都是找领导和朋友。

我们家社会关系最广的毫无疑问是我,因为我经常在外面开会,而且是学校的领导,自然认识很多的人。社会关系自然是很有用的,无论在哪个社会上,只靠自己是很难办成事情的,人不可能一辈子都不求人的,无论是公事还是私事。我们家都很注重社会关系的培养,我和爱人在外面都有很多很好的朋友,朋友多走天下。

再来谈我的一些经历吧。我是 1956 年出生的,属猴,我在济南出生,然后一直在济南接受教育,并在山东大学拿到了理学学士学位。我和爱人就是在大学认识的,我们恋爱很有意思,当时的人也是流行去电影院看电影或者逛逛公园,我们不是,我们是在一起做题目讨论题目,渐渐地感情就积累出来了。毕业后我留在济南任教,并和爱人结婚生下了女儿玲玲。没多久我就被调到南京,一边任教一边攻读硕士学位,这段时间就是我们家最困难的时期了。很幸运的,在我取得硕士学位之后不久,我被公派到德国攻读振动力学的博士学位,这也应该算是我人生的转折点了。几年德国的生活没怎么改变我,倒是把我女儿改变了不少,当时她和我爱人跟我一起去德国,是去陪读的,几年下来女儿德语是张嘴就来,而且说得特别好。取得博士学位后,我受到了当时德国总理接见,他很客气地请我留下工作,但是身为共产党员的我还是选择了回国,继续为国家做贡献。1999年的时候,朱镕基总理接见了国内几十个年轻的科技工作者,我也有幸在其中,并被受命于现在的这个职位。在我自己看来,人生是比较成功的,一方面,是由于我自己用功,另一方面,给予和国家的政策也是相当重要的。我也经常跟我女儿说:"你们现在生活在好年代,要牢牢抓住机会,趁年轻多学点东西,以后才能大有作为。"不过其实我也不希望她真的能做出什么太大的事业,只要她自己满意,能生活得很好很幸福就够了,还是那句话,知足常乐啊。

我的父亲早年从事革命工作,但是在文革期间不幸遇害,当时母亲为了不让我和姐姐受牵连,把我们的姓氏改随她,后来叫得习惯了,也就没再改回来。母亲原来在外交部做过翻译,也在大学当过教授,她是我很崇敬的人。我的祖父祖母是地主阶级,战争期间就转化为农民了。但是良好的家庭教育传统保留了下来,使我的母亲接受了良好的基础教育和高等教育。因此,某种意义上说,没有他们的教育也就没有今天的我吧。

(访谈员:何 翔)

[个案10] 秦先生 48岁 高中 私营企业主

我家在南京市六合县,盖着三层小洋楼,是1996年盖的,400多平米,走进屋内,里面全部装修一新,家用电器均属高档的时尚品牌:三台LG空调,一台34英寸SONY纯平彩电和两台29英寸康佳彩电,还有两台超薄DVD,厨房里有一台三星电冰箱,客厅和卧室都是步步高无绳电话,另外还有台式电脑和笔记本电脑各一台。

我出生于1956年,是土生土长的南京人,在家排行老三,上面还有两个姐姐,家里只有我一个儿子。我的父亲是位老工人,小学文化,是我刚开始工作时候所在厂的"元勋",年轻的时候还获得过"全国劳动模范"称号,在当时算是个有能力的人,现在已经退休了,但仍然被一家工厂聘为顾问。我的母亲没有文化,一直在家照顾我和我的两个姐姐,现在在家陪伴我父亲。我的大姐今年53岁,初中毕业,现在在珠江路做电脑生意,大姐夫今年54岁,高中毕业,是某私营企业的部门经理,膝下有一女儿,今年26岁,天津大学本科毕业,已经结婚,现在在南京某酒店任大堂经理。我的二姐今年50岁,初中毕业,是全职家庭主妇,二姐夫与二姐同年,高中毕业,现在在北京做电脑生意,膝下也有一个女儿,今年24岁,大专毕业,在北京某合资企业做会计。我的两个姐姐文化程度都不高,主要是家里没钱同时供三个小孩读书,两个姐姐很早就开始在家帮母亲做事了。这是我这边的家庭情况。我的妻子顾女士生于1957年,比我小一岁,也是高中毕业,现在在一家加油站做会计。她那边的家境稍好,她的父亲在市里的一家工厂当厂长,母亲是中学教师,老两口都是有文化的人。我有一个儿子,现在在东南大学读大三,一家三口不与双方父母居住在一起,是标准的核心家庭。

我高中毕业没考上大学就去河北当了两年兵,回家后沾了他父亲的光进工厂当了技术工人,那时候认识了我的妻子顾女士。因为当时我家穷,她的父母不赞成我们的婚事,后来闹了很久老俩口才同意。我和她1981年结婚,1982年有了我们的儿子。原来家里就两个人,开销也不大,又是两个人在挣钱,添了儿子以后,她就辞职在家专门照看孩子,家里的开销大了,又只有我一个人在工作,工资明显不够用,所以,家里的经济状况就大不如前,甚至非常拮据。有一次,我上班去了,儿子生病了,我下了班急忙赶到医院,看到妻子抱着儿子坐在一个角落里哭,她说家里就那点钱了,医生说要住院,钱不够,当时我一看到这场景就心酸得不得了,发誓去赚钱,赚钱!

后来,我看到城里很多人都自己做生意了,而且发了大财,还听城里人说,这年代,只要有胆量不想发财都难。所以我毅然辞职自己干起了陶瓷的小本生意;其实当时就是在摆地摊,就在家门口,靠近菜市场那片。虽然陶瓷那玩意东西小,其实挺赚钱的,因为它没有定价,一块钱进的货,三块钱能卖,三十块钱也能卖,利润大得很。后来攒了点钱,觉得做那生意整天往外跑着去进货,没办法照顾家里老婆孩子,就在家门口租了个店面搞装潢,做防盗窗、防盗门,又挣了点钱。后来,因为妻子在南通外贸公司当经理的二哥到家里来玩,说到那时候内地有很多东西都可以出口,台湾要一批机器零件,但他们公司很缺货,没人做这个生意,他建议我来试一下,因为我在原来的厂里是技术工人,有这方面的底子,于是我在1992年10月份开办了现在的这个厂。刚创办的时候根本就不能算个厂,只能算个"手工作坊",一共才5个人,其中有我离开厂的时候带出来的两个徒弟。开始的时候连做了两年亏本生意。到第三年才赚了3万多块钱,当时已经很高兴了,怎么说也是赚了钱了。经过多年的摸爬滚打,现在只要厂子经营稳定,我家一年的收入大概在63万左右,不过其中的大部分钱都要直接投到厂子里去进货用了。

在消费方面,我个人都是应酬方面花的钱比较多,我烟抽得不多,但喜欢抽好烟,一年都要花到一万多块钱。妻子她爱打扮,以前家里条件不好,现在条件好了就净买好的化妆品,名牌衣服,一年也花不少钱。我的儿子在上东南大学,四年本科读下来花销也不小。而且逢到节假日妻子会带着儿子出去旅游,上次暑假他们就去了香港。我和妻子都喜欢打麻将,去年买了电脑后妻子没事就喜欢上网打牌。我们都不喜欢炒股,因为觉得那跟赌博差不多,我还是比较喜欢老老实实地挣钱,这才是最稳妥的。

我家以前因为穷,在村里没什么地位,加上又不会干地里的农活,别人就更看不起我,说我一辈子都不会有什么出息。但自从我做生意有钱之后,别人都对我另眼相看了,尤其他出资给他们村子修了路,修了个小学,做了点好事实事,我在村里的名声已经很不错了,村里有什么困难都来找我想办法。

我们家关系网最广的当属我自己,我一直相信"朋友多了路好走"这句话,很多事情都是靠朋友解决的。我目前的交往圈子是比较固定的,因为我的厂不大,和我做生意的都是些熟人,大家彼此都比较了解。我认为自己是个讲信用的人，也正因为这个原因，我的生意伙伴都乐意与我合作，有些生意只给我而不给别人。

我目前最关心的有三件事：一件是孩子读书的事，一件是和德国一家企业做生意的事，还有一件是我父亲的身体健康状况。我很为自己的儿子自豪，2001年儿子考上大学的时候，我大摆宴席，请了三十几桌亲友，让大家分享我的快乐，现在听说儿子在谈恋爱，我既高兴又有点担心儿子的学业。而我的父亲前段时间曾生病住院了，虽然现在已经出院了，但他闲不住，非要继续去当那个顾问，所以我很担心。

虽然事业有成，但我也有我的遗憾。过去没有出来做生意时，我们一家三口周末都去公园玩玩，自从我做了生意就一直很忙，再也没有陪妻儿去过一次公园了，很想有机会一家三口去旅游度假，享受天伦之乐。

（访谈员：李　青）

[个案11]　周先生　44岁　大专　个体私营业主

我出生于1960年南京一户普通的工人家庭，我是家里的第四个孩子，在我之前还有三个姐姐，大姐比我大8岁，二姐比我大5岁，三姐比我大2岁。我们当时与奶奶和未出嫁的姑姑生活在一起，那时爷爷已经过世了。

我的祖籍并不是南京，是浙江宁波的奉化。听说是我爷爷年轻时来到南京定居的，后来抗战时期又搬回了老家，直到新中国成立，才回到南京。爷爷奶奶育有四子两女，我父亲是长子，目前我父亲和大姑妈已经去世了。现在除了我家和小姑妈家还在南京，其他亲戚都去了别的城市，除了每年过年通电话，偶尔清明时他们回南京扫墓，基本上已经没什么来往了。

我的爷爷是个木匠，原先开一家木器店，自己做了家具卖，但在我出生的时候，店已经关了。我出生那年恰巧是自然灾害，生活比较艰苦。当时我父亲每月有40多元工资，母亲没有工作。

我 1979 年考上大学,就在南京本地。我的 3 个姐姐由于文革等种种原因都没考上大学,我是家里惟一的一个大学生。那时我家的条件还是比较好的,姐姐们都已经参加了工作,而且都还没有出嫁,一家人有 4 个在工作,而且我学校里还发补助,基本上不用家里的钱。

1981 年我大学毕业参加工作。由于我姑父在市政府工作,所以通过关系我被分配到了南京市政府的某部门当一名科员。之后几年,我的 3 个姐姐陆续出嫁,我和父母一直住在一起。

1985 年,通过朋友介绍,我认识了我现在的妻子。她生于 1962 年,祖籍就是南京,家里还有一个姐姐和一个弟弟。她的父亲原先是机关干部,文革时遭受的迫害比较严重,文革后平反,重新恢复了工作和地位。她母亲是小学教师。我和她认识的时候她刚大学毕业,在银行工作。她姐姐和姐夫结婚后在北京定居,弟弟还在上大学。

1987 年,我与妻子结婚,当时我们还与父母住在一起。1988 年,我拿到单位分配的房子,就与父母分开住了。1989 年 3 月,我们的儿子出生了。现在他已经是一名初中二年级的学生了。

我自从 1981 年参加工作后,工作就一直很平淡,没什么大起大落。在机关工作闲暇的时间比较多,已开始也觉得挺轻松的,泡一杯茶,拿一张报纸,基本上没什么事。但时间一长就觉得这种生活实在太乏味。毕竟自己还年轻,应该在这种年纪干一番事业的,这种把板凳坐穿的日子太消极了,不是我的理想。于是在 1985 年的时候,我开始报名参加了夜校的学习。我报的第一门课程是英语。学生时代我的英语还不错,但工作几年后荒废了不少,再拿起书本的时候觉得很多东西都已经很陌生了。我很多时候都是利用平时上班时间来学习的,进展还不错。在学习了一年英语之后,我开始学习法律,同时仍然在自学英语。但在 1987 年结婚之后就放弃学习了。1989 年儿子出生以后,家庭的负担明显加重了,虽然我和妻子的工作都不错,生活也称不上拮据,但是为了进一步改善生活,追求更美好的明天,我们还是决定放弃工作,开始经商。

我是 1991 年 5 月正式辞掉工作下海经商的。这个主意一开始是听一个朋友讲的，自己还没有这个念头，但是后来看几个朋友生意都做得挺好的，于是也想试着干。当时作出这个决定也是花了很长的时间，经过深思熟虑的，毕竟原来的工作也很好，虽然不可能平步青云，但在办公室里熬到一定年头，总是会被提升的，没有风险，而且社会地位也比较高。但是这样的工作实在太沉闷，更主要的是收入一般，所以最终我们还是决定放弃了工作。刚开始，是我先辞职的。

当时我妻子的表哥开了家木材厂，于是妻子建议我做地板的生意。1991 年 9 月，我正式与妻子的表哥合作，他们厂加工出来的地板全部由我来做销售。由于我没有本金，第一次的钱是卖了地板之后才支付的。一开始生意并不是很好，也许这与我当时急于要看到成果的心态有关。我做的第一批都是自家生意，亲戚朋友谁要买地板就来找我，有时再介绍几笔生意。之后我认识了一个搞装修的包工头，在达成了一定的协议之后，他接受的所有工程，只要需要地板就买我的，并给我介绍认识了另几个包工头。就这样，到 1994 年底，情况已经非常好了。月纯利润从两三千上升到了六七千，同时也有了比较广阔的人际关系网络。这时我妻子也辞了职，与我一起干。现在我卖的地板已经不是从表哥的厂里进的了，而是代理各种品牌的地板。

1999 年的时候，我妻子的一个同学成为南京某汽车的销售商，想聘请我妻子。可能是出于想尝试一种新的行业，建立起更大的关系网，或者想更独立吧，我妻子同意了。刚开始时年薪五万四，到 2001 年上升到了七万二，到 2003 年达到了年薪十万。

目前我们家的月收入，扣除税收，基本上稳定在两万元左右。我们在南京购买了三套住房。原先那套旧的也折旧买下了，现出租，每月租金 600 元。我父母家老房动迁后，我们给他们买了套两居室的住房。2002 年 12 月，我父亲去世以后，我们接母亲来同住，父母那套房子先闲置着，准备留给儿子成年后使用。我们自己购买了一套三室两厅的房子。2000 年的时候我们买了辆桑塔纳，到 2002 年又买了辆丰田,这样我们夫妻两个出行都比较方便了。买车和买房的钱部分还是贷款的。

我们现在的生活应该算是很不错了,有房有车。收入部分用来还贷款,部分作为孩子的教育基金存起来,部分用来支付保险费,其他的就作为家庭的日常开支了。

我们全家人都是某健身俱乐部的会员。我们工作比较忙,很少有机会出门旅游,每逢假期,常常是老人和孩子一起出门旅游。我们并不觉得有什么遗憾,能给老人和孩子创造一个良好的生活环境,也是我们努力奋斗的一大动力。

目前我们家最关心的事情,和其他千万个普通的中国家庭一样,还是孩子。自从那个小家伙出生以来,我们的心就无时无刻不是围绕着他的。他的成长,他健康,他的前途,都是我们最关心的事。我们都希望把他培养成一个全面发展的人才,于是从小就让他学钢琴、学绘画、学书法。可孩子总是比较贪玩的,让他安静地做 10 分钟都是比较困难的,为此也和他发生过无数次的冲突。但是随着他一天天的长大,我们也发现了他的另一些兴趣所在,比如说他喜欢摄影、喜欢吉他、喜欢篮球。我们总是努力地支持他,把他向好的方向引导,而不是强迫他。他现在的理想是报考中央戏剧学院的影视编导专业,将来成为一名导演。我们都为他能有自己的理想而感到自豪。

我们家总体来说是比较和睦的,但总难免会产生摩擦,特别是当我们夫妻意见不一致时。对于我们之间出现的种种矛盾,最后总是能比较快地达成和解,这跟我们都接受过良好的教育,思想比较开通有很大的关系。我们都清楚一个家庭只要团结一致,才能向着好的方向发展。于是在有意无意中,我们都回各自退一步,矛盾就自然而然地化解了。

与我们交往最密切的还是工作上的伙伴。与亲戚和同学之间的交往也是有的,但已经比较少了,与邻居的交往是最少的。如果在事业上遇到困难,或需要资金的话,还是会找朋友寻求帮助。我认为那是最有效的途径。经过这么多年的打拼，我目前拥有的社会关系网络还是比较广的，这当然也是在社会上的立足之本。像我刚开始做生意时，有营业执照和各种各样的文件要办，如果不是靠托关系走门路，就不可能那么快办下来。

从现在看来，如果当初不辞职，那么我们现在的生活也应该是比较好的。但我们对自己的选择无怨无悔，而且认为现在的生活更富裕、更充实。

（访谈员：马晔嘉）

参考文献

[1] ［美］乔纳森·特纳. 社会学理论的结构. 邱泽奇译. 北京：华夏出版社,2001

[2] ［美］丹尼尔·贝尔. 后工业社会的来临——对社会预测的一项探索. 高铦译. 北京：新华出版社,1997

[3] ［美］丹尼尔·贝尔. 资本主义文化矛盾. 赵一凡译. 北京：生活·读书·新知三联书店,1989

[4] ［德］马克斯·韦伯. 社会学的基本概念. 胡景北译. 上海：上海人民出版社,2000

[5] ［德］马克思、恩格斯. 德意志意识形态. 马克思恩格斯全集(第四卷). 北京：人民出版社,1960

[6] ［德］马克思. 资本论(第三卷). 郭大力、王亚南译. 北京：人民出版社,1966

[7] ［俄］列宁. 列宁全集(第35卷). 北京：人民出版社,1986

[8] ［法］福柯. 规训与惩罚. 刘北成、杨远婴译. 北京：生活·读书·新知三联书店,2003

[9] ［美］C.赖特·米尔斯. 白领——美国的中产阶级. 杨小东等译. 杭州：浙江人民出版社,1987

[10] 毛泽东. 毛泽东选集(合订本). 北京：人民出版社,1991

[11] 侯惠勤. 正确世界观人生观的磨砺——马克思主义著作精要研究. 南京：南京大学出版社,2002

[12] 陆学艺. 当代中国社会阶层研究报告. 北京：社会科学文献出版社,2002

[13] 陆学艺. 当代中国社会流动. 北京：社会科学文献出版社,2004

[14] 李培林、李强、孙立平. 中国社会分层. 北京：社会科学文献出版社,2004

[15] 李强.转型时期的中国社会结构.哈尔滨：黑龙江人民出版社,2002

[16] 李强.社会分层与贫富差距.厦门：鹭江出版社,2000

[17] 李强.西方发达国家的白领阶层.北京：中国社会科学出版社,1990

[18] 李强.当代中国社会分层与流动.北京：中国经济出版社,1993

[19] 边燕杰.市场转型与社会分层——美国社会学者分析中国.北京：生活·读书·新知三联书店,2002

[20] 孙立平.断裂——20世纪90年代以来的中国社会.北京：社会科学文献出版社,2003

[21] 孙立平.转型与断裂.北京：清华大学出版社,2004

[22] 郑杭生.当代中国城市社会结构——现状与趋势.北京：中国人民大学出版社,2004

[23] 郑杭生.中国社会结构变化趋势研究.北京：中国人民大学出版社,2004

[24] 郑杭生等.当代中国社会结构和社会关系研究.北京：首都师范大学出版社,1997

[25] 李路路、王奋宇.当代中国现代化进程中的社会结构及其变革.杭州：浙江人民出版社,1992

[26] 关家麟.中国东部地区社会结构变迁.北京：社会科学文献出版社,2002

[27] 许欣欣.当代中国社会结构变迁与流动.北京：社会科学文献出版社,2000

[28] 张鸿雁.侵入与接替——城市社会结构变迁新论.南京：东南大学出版社,2001

[29] 倪鹏飞.中国城市竞争力报告NO.2.北京：社会科学文献出版社,2004

[30] 王开玉.中国中部省会城市社会结构变迁——合肥市社会阶层分析.北京：社会科学文献出版社,2004

[31] 汝信等.2004年中国社会形势分析与预测.北京：中国社会科学出版社,2004

[32] 宋林飞.江苏经济社会形势分析与预测.南京：江苏人民出版社,2002

[33] 袁亚愚.乡村社会学.成都：四川大学出版社,1990

[34] 朱力.社会学原理.北京：社会科学文献出版社,2003

[35] 饶定轲等.当代知识分子研究.上海：华东师范大学出版社,2000

[36] 朱力、陈如.城市新移民——南京市流动人口研究报告.南京：南京大学出版社,2003

[37] 唐启国. 市情论. 南京：南京出版社,2001

[38] 冯同庆. 中国工人的命运——改革以来工人的社会行动. 北京：社会科学文献出版社,2002

[39] 李琦. 国家战略机遇期与南京"两个率先". 南京：南京大学出版社,2004

[40] 第五次全国人口普查公报(第1号). 北京：中华人民共和国国家出版社,2001

[41] 南京市人口普查办公室. 跨世纪的南京人口——南京市2000年人口普查资料. 北京：中国统计出版社,2002

[42] 南京统计局. 南京统计年鉴(2000年～2004年). 北京：中国统计出版社

[43] 南京市总工会、南京市工人运动研究会. 2003年度工会优秀调研报告和论文汇编. 2004

[44] 郑也夫. 知识分子的定义. 北京社会科学,1997(3)

[45] 崔英、孟令奇. 论中国当代知识分子对政治的影响. 北京理工大学学报,2003(4)

[46] 潘允康. "白领"与现代社会结构. 社会科学战线,1999(3)

[47] 李文平. 农民负担的形成与解决思路. 中国农村观察,1998(3)

[48] 牟秀珍. 对农民负担问题的深层思考. 农村经济,1994(9)

[49] 徐翔、王洪亮. 关于农民增收途径的实证分析——以江苏为例. 生产力研究,2003(2)

[50] 叶飞. 对农民增收的思考——以江苏吴江市为例. 社会,2004(3)

[51] 李俊超. 对江苏农业实行"两个转变"的思考. 江南论坛,1996(2)

[52] 秦兴方. 农村城市化进程中农民集团的行动逻辑——以江苏为例. 中国农村观察,2001(5)

[53] 沈越. "三农"问题的根本出路在于城市化. 当代经济研究,2002(2)

[54] 张祥晶. 文明"冲突"：城市化过程中不容忽视的问题. 福建省社会主义学院学报,2002(4)

[55] 李强. 关于城市农民工的情绪倾向及社会冲突问题. 社会学研究,1995(4)

[56] 朱力. 群体性偏见与歧视：农民工与市民的摩擦性互动. 江海学刊,2001(6)

[57] 明庆华、刘亚玲. 浅谈流动人口的子女教育问题. 湖北大学学报,1999(3)

[58] 刘惠英. 江苏农民消费的演变及发展趋势. 江苏统计,2001(4)

[59] 包振强、范金、周青春. 论农民消费结构的优化. 中国流通经济,1995(6)

[60] 胡发平. 市场经济与农民问题之探讨. 农业经济问题,1994(6)

[61] 林俊荣. 解决当前农村面临的主要问题的新思路——农业土地集体租赁模式初探. 龙岩师专学报,2002(4)

[62] 范大平、刘红燃. 论当代中国农村的生活方式建设. 零陵学院学报(教育科学版),2004(2)

[63] 李路路. 论社会分层. 社会学研究,1999(1)

[64] 李路路、李汉林. 资源与交换——中国单位组织中的依赖性结构. 社会学研究,1999(4)

[65] 刘祖云. 社会转型与社会分层——20世纪末中国社会的阶层分化. 华中师范大学学报(人文社科版),1999(4)

[66] 李强. 政治分层与经济分层. 社会学研究,1997(4)

[67] 米加宁. 社会转型与社会分层标准——与李强讨论两种社会分层标准. 社会学研究,1998(1)

[68] 李培林. 新时期阶级阶层结构和利益的变化. 中国社会科学,1995(3)

[69] 曾永泉、黎民. 私营企业主群体研究:近20年的发展和评析. 南京社会科学,2001(7)

[70] 王世谊. 私营企业主阶层的定位问题探析. 东南大学学报,2002(1)

[71] 汤在新. 我国私营企业主收入的来源和性质. 南方经济,2001(4)

[72] 李欣欣. 我国目前的私营企业主与50年代民族资本家的不同点. 经济研究,2002(3)

[73] 张厚义. 中国大陆私营经济的再生与发展. 社会学研究,1993(4)

[74] 戴建中. 中国私营企业主研究. 中国人民大学学报,2001(2)

[75] 刘纪兴. 我国的非公有制企业家群体基本现状分析. 社会学研究,1992(6)

[76] 李闻. 走出国有企业经营者收入低迷的现状——对国有企业经营者与私营企业主收入的比较分析. 石油大学学报,2001(8)

[77] 杨万东. 如何看待私营企业主收入问题讨论综述. 经济理论与经济管理,2002(6)

[78] 赵万江. 试论现阶段私营企业主的收入. 齐鲁学刊,2002(6)

[79] 潘石. 私营企业主的消费行为特征与效应分析. 消费经济,1991(6)

[80] 蒋少龙. 私营企业主阶层分析. 经贸实践,2002(6)

[81] 李瑞. 中国社会知识分子阶层的分析. 上海大学学报,2003(1)

[82] 夏建中、张达. 我国城市白领群体生活方式的社会学研究. 河南社会科学,2003(3)

[83] 周晓虹. 中产阶级:何以可能与何以可为?. 江苏社会科学,2002(6)

[84] 陆晓文. 社会转型中知识分子的职业变化和社会特征. 社会科学,2003(3)

[85] 周作宇. 教育、社会分层与社会流动. 北京师范大学学报,2001(5)

[86] 鲁小彬. 试论当代知识分子社会流动的动力机制与特征. 人文杂志,2003(5)

[87] 沈大春. 解析南京辞官下海现象. 金陵瞭望,2004(11)

[88] 周长洪. 南京市失业人口状况分析. 南京人口管理干部学院学报,2003(3)

[89] 周迎春、孙宁等. 南京市失业保障机制分析. 经济师,2003(3)

[90] 周长洪、杨来胜. 南京市就业形势分析与应对措施. 南京人口管理干部学院学报,2004(1)

[91] 桂勇、顾东辉等. 社会关系网络对搜寻工作的影响——以上海市下岗职工为例的实证研究. 世界经济文汇,2002(3)

[92] 陈成文. 社会学视野中的失业概念及其启迪意义. 中国软科学,2000(11)

[93] Saunders P, Williams P. R. "The New Conservatism: Some Thoughts on Recent and Future Development in Urban Studies". *Environment and Planning*, *Society and Space*,1986(4):393~399

后　记

　　社会阶层分化作为社会结构转型的重要内容,是社会现代化进程的必然产物。改革开放以来,我国社会阶层结构正潜移默化地发生着变化,从传统的金字塔型向橄榄型转变。党的十六届四中全会提出的构建社会主义和谐社会,对不断扩大中等收入者比重,形成橄榄形现代社会结构,促进经济社会系统保持良性运行和协调发展具有重大的现实意义。

　　南京作为经济比较发达的城市,阶层结构的变化更为明显。阶层分化促进了社会成员在社会结构中的合理分布,推动了我国民主和法治建设的进程,促进了人们思想观念的转变。但是社会阶层分化也有负面效应,如社会公正问题、社会焦虑问题等。为了剖析南京市社会阶层结构状况,寻求阶层结构变动的对策,我们以"现代化进程中的南京社会阶层结构变动研究"为题申报了 2003～2004 年度南京市科技局重点软科学招标课题,并获立项资助。同时,中共南京市委宣传部、中共南京市委办公厅将我们研究的"南京市社会阶层状况与富民对策"和"南京市社会阶层状况与对策"作为重点调研课题。由此可见,中共南京市委、市人民政府对我们课题研究的重视和关心。为了进一步深化和推广我们的研究成果,我们决定在课题基础上编写《社会大分化——南京市社会分层研究报告》一书。

　　课题组组建和调研过程中,我们得到了南京大学、南京理工大学等高校的大力支持,南京大学的朱力教授在百忙中担任课题的首席顾问,并担任主编;南京理工大学的张曙和王宇红两位老师在经费十